KB052889

악녀는 모래시계를 되돌린다

외전

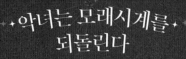

악녀는 모래시계를 되돌린다
외전

산소비 장편소설

Contents

1. 첫 만남은 갑작스럽게, 그리고 생각보다 오래전에

1. 첫 만남은 갑작스럽게, 그리고 생각보다 오래전에

계속되는 장마가 끝나고 모처럼 볕이 따사로운 날이었다. 지루할 정도로 참으로 긴 장마였다. 하늘이 우는 것처럼, 구멍이 난 것처럼 끊임없이 내리던 비가 드디어 그쳤다.

아리아가 외출하는 제 어미의 뒷모습을 물끄러미 응시했다.

"어제 사다 놓은 빵 있지? 그거 먹고 있어."

"……빵? 그건."

어제 사다 놓은 빵. 심지어 어제가 아닌 일주일도 더 된 빵이었다. 빵이라고 하기 무색할 정도로 딱딱한 빵이었다.

이가 부러져도 이상하지 않을 만큼 딱딱해서, 아직 여덟 살밖에 되지 않은 아리아가 먹기에는 무리가 있었다.

그에 아리아가 무어라 한마디 덧붙이려다가 이내 입을 닫았다. 어차피 투정을 해 보았자 아무런 소용도 없다는 걸 알기 때문이었다.

투정은 받아 줄 상대가 있을 때나 하는 법이었다. 어미는 제 투정을 받아 주는 이가 아니었다. 아리아는 일찍 그것을 깨달았다.

"어디 나가지 말고."

대답 없는 아리아에 카린이 콧노래를 부르며 외출했다.

너무 어린 나이에 모정의 존재를 지워 버린 아리아는, 투정도 불평도 하지 않고 카린의 부재를 잠시 지켜보다가 몸을 일으켰다.

'심심해.'

심심했다. 장마 내내 외출하지 못한 탓에 답답하기도 했다. 어미는 놀아 주지 않았고, 가지고 놀 장난감은 없었다. 아직 어린 아리아에게는 지겹고도 긴 장마였다.

곧 배가 고파져 딱딱한 빵을 몇 번 먹어 보려 노력한 아리아가, 이내 아파 오는 턱을 몇 번 문지르며 먹는 것을 포기하곤 낡아 빠진 신발을 신고 외출했다. 외출하지 말라는 카린의 당부 따윈 사라진 지 오래였다.

'한두 번도 아니고, 뭐.'

아리아는 먼저 집 근처에 만연한 진흙과 쓰레기 더미를 관찰하고는 제 어미가 불렀던 콧노래를 따라 부르며 거리로 향했다.

그리 걷지도 않았는데 신발은 이미 흙투성이였다. 정상적인 부모라면 제 아이가 그런 신발로 외출을 했음을 깨닫겠지만 카린은 그런 것에 무뎠다.

그리고 알아챈다 하더라도 달리 추궁을 하진 않았다. 일을 마치고 돌아온 그녀는 늘 피로하고 지쳤었기에.

때문에 아리아 역시 카린의 말을 가볍게 무시하고 외출할 수 있었고, 마음 또한 그다지 무겁지 않았다.

그렇게 거리를 향해 조금 걷고 있을 때였다. 지저분한 골목 어귀에 동네 아이들이 모여 있었다.

"야, 죽은 거 아냐? 피 좀 봐."

"와! 나 죽은 사람 처음 봐."

"아냐, 봐 봐. 피가 빨갛잖아. 아직 살아 있는 거라고."

"그럼 살았나?"

"글쎄?"

"한번 만져 봐."

"싫어! 죽었으면 어떡해!"

"죽었으면 죽은 거지, 뭐."

……뭐지? 사람? 죽어? 끔찍한 소리를 내뱉는 아이들에게 흥미를 가진 아리아가 천천히 그들에게 다가갔다.

"빨리 만져 봐!"

"네가 해!"

"네가 궁금하다며!"

"넌 안 궁금해?"

"구, 궁금하지만……."

만져 볼 생각은 없어. 아이가 뒷말을 잇기 전에 아리아가 고개를 불쑥 들이밀었다.

"뭔데?"

"으아아악!"

"아악!"

"깜짝 놀랐잖아!"

아리아의 등장에 아이들이 마치 귀신이라도 본 듯 기겁을 하며 흩어졌고, 이내 말을 건 이가 아리아라는 것을 깨닫곤 짜증을 내기 시작했다.

"뭐야. 매춘부 딸이잖아?"

아이의 말에는 가시가 돋쳐 있었다.

"네 어미나 따라갈 것이지 여긴 무슨 일이야?"

"으으, 매춘부 병이 옮는다!"

"헉, 그럼 나도 매춘부가 되는 거야?!"

"그래! 그러니까 빨리 도망쳐!"

아리아가 미간을 찌푸렸다.

매춘부. 제 어미를 칭하는 말이었다. 그것이 구체적으로 무엇인지는 모르겠지만, 들을 때마다 기분이 상하고 화가 났다. 아리아가 작은 주먹을 말아 쥐었다.

"그럼 쟤는 매춘부 병에 걸린 거야?"

"……아마도?"

멋모르는 어린아이들이 아리아를 사이에 두고 어른들에게 배운 험담을 하기 시작했다. 뜻도 모르면서. 아이들이 하기에는 저급하고 더러운 험담이었다.

개중에 조금 머리가 커 매춘부가 무엇인지 아는 아이가 아리아의 전신을 훑으며 비웃었다.

"아니, 쟤는 못생겨서 안 돼."

"하하! 뭐야, 그게!"

"뭐, 못생긴 건 맞지."

"지저분하니까."

"그럼 매춘부 병 안 걸리겠네!"

한바탕 웃음이 터진 가운데, 분을 이기지 못한 아리아가 한 아이에게 달려들었다. 자신이 아는 최선의 욕을 내뱉으며.

"야! 이 나쁜 놈아!"

작은 손이지만 갑작스레 아리아에게 밀린 탓에 한 아이가 넘어졌고, 다른 아이들이 아리아에게 달려드는 것은 시간문제였다.

"이 못된 년이!"

"매춘부의 딸 주제에 어딜 감히!"

"기어 나오지 말고 집구석에나 처박혀 있으라고!"

"아아악!"

모진 손들이 아리아의 머리채를, 낡은 옷을, 그리고 여린 피부를 거침없이 뜯었다. 한두 번 해 본 솜씨가 아닌 듯 망설임이 없었다.

아리아 역시 이리될 것을 알면서도, 다치는 것은 자기 혼자라는 것을 알면서도 이를 갈며 아이들에게 맞섰다.

어미의 직업 때문에, 사람들의 시선 때문에 아주 어릴 때부터 아리아는 계속 그렇게 혼자 사나운 시선과 손길들에 맞서 싸워야 했다. 그런데.

"……여자아이 하나를 두고 너무하는 거 아니야?"

오늘만은 달랐다. 갑자기 나타난 장신의 남자아이가 아리아의 멱살을 쥐고 있던 아이를 떼어 냈다. 마치, 어른이 아이를 떼어 내듯 가벼운 손놀림이었다.

그 남자아이는 연이어 아리아의 머리채를 쥔 아이를 떼어 내곤 제일 키가 큰 아이까지 힘껏 밀어 넘어뜨렸다. 순식간에 일어난 일이었다.

"뭐, 뭐야……?!"

"나? 방금 전까지 저기 누워 있던…… 시체?"

남자아이가 피가 뚝뚝 떨어지는 제 다리 한쪽을 가리키며 대답했
고, 그제야 그 아이가 자신들이 지금까지 죽었는지 살았는지 갈피
를 잡지 못했던 사람이라는 것을 깨달은 아이들이 기겁을 하며 도
망을 치기 시작했다.

"으, 으아아아악!"

"아아아악!"

"으악! 으악!"

"시체다! 시체가 움직였다!"

이를 아리아가 얼빠진 얼굴로 응시했다. 아니, 구경에 가까운 얼
굴이었다.

아리아는 언제 마을의 아이들에게 괴롭힘을 당했냐는 듯 눈을 반
짝이며 자신을 도와준 상처투성이의 남자아이를 응시했다.

"너, 괜찮아?"

남자아이가 아리아에게 물었다. 괜찮느냐는 말은 아리아보단 그
남자아이에게 어울렸음에도, 남자아이는 바닥에 널브러진 아리아
를 바라보며 안부를 물었다.

"괜찮냐고."

"왕자님!"

그러나 아리아의 입에서 되돌아온 것은 헛소리였다. 난데없는 '왕
자님'이라는 말에 남자아이가 서둘러 주변을 살폈다. 그러다가 이내
아무도 없다는 것을 확인하곤 다시 아리아에게 시선을 주었다.

"……뭐?"

"날 구해 준 왕자님!"

아리아의 대답은 아이에겐 이해하기 힘들었다. 잘 먹지 못해 몸

집이 작은 아리아였기에 더더욱 대화할 의지를 잃게 만들었다.

어려서 말이 안 통하나 보다. 결국 대화를 포기한 남자아이가 한숨을 쉬며 등을 돌렸고, 그대로 사라지는가 싶더니 이내 몇 걸음 가지 못한 채 바닥으로 고꾸라졌다.

"어?! 어어?! 왕자님!"

놀란 아리아가 헐레벌떡 남자아이에게 달려갔으나, 상처를 입고 밤새 비를 맞은 아이가 멀쩡할 리 없었다.

"어, 어떡하지?! 어떡하지?!"

흐려지는 남자아이의 시야 속에 마지막으로 비친 것은, 다른 아이들이 못생겼다 놀린 것과는 달리 맑고 투명한 녹색 눈동자가 눈물을 가득 머금고 있는 모습이었다.

* * *

지저분하고 낡은, 버려진 창고. 다시 눈을 뜬 남자아이가 가장 먼저 마주한 풍경에 대한 감상이었다.

잠시 눈을 깜빡이며 초점을 맞추다가 고개를 돌리자, 옆에 앉아 꾸벅꾸벅 졸고 있는 아리아가 눈에 들어왔다.

"……설마."

여기까지 데리고 와 준 것인가. 저 작은 몸으로 잘도 옮겼군. 어른이라도 불렀나?

싶었지만, 이내 원래 다치지 않았던 등과 엉덩이가 화끈거리는 것을 느끼곤 그녀가 자신을 질질 끌고 왔다는 사실을 깨달았다.

'괜한 상처가 늘었잖아.'

등의 고통을 깨닫자, 어디선가 구린내도 함께 났다. 자신의 이마에서 나는 냄새였다. 손을 뻗자 더러운 넝마가 이마에 놓여 있었다.

진흙물에 씻은 모양인지, 넝마를 잡은 손에 더러운 것이 잔뜩 묻어났다. 원래의 용도는 알 수 없었지만 진흙물에 씻은 것만으로도 충분히 구역질이 나오는 모양새였다.

"참 나……."

이런 더러운 넝마를…… 걸레보다 못한 조각을 감히 자신의 이마에 얹다니. 한 가지 다행인 것은 그럭저럭 예쁘게 접어서 얹었다는 것이다. 조그만 게 어디서 주워들긴 건 있어 가지고.

남자아이의 시선이 다시금 아리아에게 향했다. 아리아는 여전히 앉아서 꾸벅꾸벅 졸고 있었다.

"……."

대단하다면 참으로 대단한 소녀였다. 그 작은 몸으로 동네 아이들과 맞서 싸우지를 않나, 자기보다 훨씬 큰, 그것도 초면인 자신을 여기까지 옮겨 주지 않는가.

빈민가의 아이라고는 믿기지 않을 정도로 뽀얀 얼굴에는 군데군데 생채기가 가득했다. 쥐어뜯긴 금색 머리카락도 엉망이었다.

흙먼지가 눌어붙어 자세히 보아야 알아챌 정도였지만, 이렇게 다친 자신은 내버려 두고 남을 먼저 도왔다는 사실 역시 대단했다.

이런 사람이. 이런 소녀가.

'내 옆에 있었다면 좋았을 것을. 그랬다면 이런 일은 당하지 않았을 텐데.'

그러나 불행히도 자신의 곁에는 그녀처럼 자신의 상처를 보듬어 주는 이가 없었다. 상처를 주고 가진 것을 빼앗으려 하는 이들만 가득했다.

지난밤을 회상하자, 다시금 분노와 슬픔, 그리고 공포가 치밀었다. 할 줄 아는 게 아무것도 없는 무력한 자신에 대한 미움까지.

차라리.

차라리 이렇게 살 바에는 죽는 것이…….

"어? 일어났네?"

"……!"

반짝반짝. 아이의 부정적인 생각을 아리아의 맑은 목소리가 깨뜨렸다.

빛나는 녹색 눈이 마주해 왔다. 자신이 주워 온 것에 대해 한 치의 의심도 없는 순수한 눈이었다.

경계심이 없어도 너무 없었다. 남자아이가 생각을 멈추고 한숨을 내쉬었다.

"그래, 내가 잠들고 얼마나 지났지?"

"음…… 하루? 어제 잠들었으니까?"

하루나 잠이 들어 있었다고? 그동안 잘도 안 들켰군. 참으로 다행이었다. 안도하는 아이에게 아리아가 바짝 붙었다.

"왕자님!"

"왜 자꾸 날 왕자님이라고 부르는 건데."

"그야, 날 구해 줬으니까!"

"……널 구해 주면 왕자야?"

"응! 왕자님은 위험에 처한 여자를 구해 준다고 하셨어! 백마를 타고!"

누가 그런 터무니없는 소리를. 심지어 백마는커녕 넝마의 상태였다.

"그게 무슨…….."

소리냐며 묻고 따지려던 남자아이가 이내 세간에 떠도는 '왕자' 와 '공주'의 이미지를 떠올리고는 그녀의 말뜻을 이해했다.

멋진 왕자님. 아름다운 공주님.

뭐 그런 건가. 저 나이 또래 귀족 영애들도 감히 자신을 앞에 두고 이따금 그런 말을 하곤 했던 기억이 떠올랐다.

'그러니까, 내가 저 소녀를 구해 줘서 왕자처럼 보인다는 건가.'

멋있다는 말인가? 넝마의 행색이 백마를 탄 것처럼 보일 만큼?

그리 생각하니 나쁘지 않았다. 괜히 눈에 힘이 들어갔다. 왕자가 맞느냐는 비아냥보단, 멋진 왕자님이라는 호칭이 낫지 않은가.

그렇지만 계속해서 자신을 계속 왕자라고 부르게 둘 순 없었다. 간신히 도망쳤거늘…… 너무 위험했다.

"내 이름은 왕자가 아니니까, 그렇게 부르지 마."

"그래? 이름이 뭔데?"

"아…….."

아무렇지 않게 되묻는 물음에 아이 역시 대수롭지 않게 제 이름을 말하려다가 이내 서둘러 입을 다물었다.

위험할지도 모르니 왕자라고 부르지 말라고 해 놓고 이름을 그대로 말할 뻔한 것은 뭔지. 칼을 맞은 건 다리가 아니라 머리라고 해도 손색이 없을 정도로 멍청한 언행이었다.

남자아이는 생각에 빠졌다. 뭐라고 부르라고 할까. 풀네임은 금방 정체가 탄로 날 테고, 새로 짓자니 머리가 안 돌아가고.

그렇다면 남은 것은 하나였다.

"아스. 아스라고 불러."

"응, 아스 왕자님!"

"왕자님은 빼고! ……그나저나, 네 이름은 뭔데?"

"아리아. 아리아라고 해! 왕자님!"

아리아가 배시시 웃으며 대답했다. 맑은 녹색 눈이 부드럽게 휘었다. 자꾸 왕자라고 불러서 화를 내야 하는데, 그 얼굴을 보자 아스는 아무런 대꾸도 할 수가 없어졌다.

도대체 누가…… 누가 못생겼다고 한 거야. 미친 거 아닌가. 기억은 나지 않지만 만나면 그 못난 눈을 흠씬 때려서라도 교정시켜 줘야겠다며 아스가 괜히 속으로 투덜댔다.

"왕자라고 부르지 말래도."

"응!"

* * *

"뭐야…… 여덟 살이나 먹었다고?"

아리아의 나이를 들은 아스가 당황하며 되물었다. 많이 먹어도 일곱 살밖에 안 되는 줄 알았는데, 뭐가 이렇게 작담.

"아스는?"

"난 열한 살."

"와! 어른이네!"

별로 어른이라고 생각해 본 적이 없었는데. 늘 능력이 부족하다며, 아직 멀었다며 혼이 나기만 했는데, 작고 순수한 아리아를 마주하니 자신이 아주 큰 어른처럼 느껴졌다. 이상한 기분이었다.

"그래서 나쁜 놈들을 해치웠구나."

아리아가 눈을 반짝였다. 어른이라서 그런 건 아니고, 그저 아주 어릴 때부터 자신을 지키기 위해 배운 체술 덕분이었다.

정작 필요할 땐 아무런 쓸모도 없어 이 모양 이 꼴이 되었지만.

"나도 크면 나쁜 놈들을 때려눕힐 수 있을까?"

"아니."

여기서 커 봤자 얼마나 더 크겠는가. 아스가 솔직하게 대답하자, 아리아가 눈에 띄게 시무룩한 표정을 지었다. 아주 크게 실망한 듯한 얼굴이었다.

이를 정면에서 마주하자 괜히 죄를 지은 기분이 들었다. 고작해야 작은 아이가 실망했을 뿐인데. 아스가 눈을 질끈 감았다.

"딱히 때려눕히지 않아도 돼. 나쁜 놈들을 처리하는 데는 여러 가지 방법이 있으니까."

"그래? 뭐가 있는데?"

그런 방법이 있다니! 아리아가 다시 눈을 빛내며 아스를 응시했다. 아스가 열심히 눈을 굴리며 대답했다.

"뭐…… 남에게 돈을 줘서 때려눕히게 만든다든가, 뒤를 캐서 재산을 몰수하는 방법도 있고, 황무지로 전출을 보내는 것도 나쁘지 않지. 개중에서도 가장 좋은 방법은 그자보다 권력이 있는 자에게 처리를 맡기는 거야. 관계가 짙을수록 좋지."

"……."

아스가 자신이 아는 것을 모두 털어 의기양양하게 설명을 마치고는 아리아의 반응을 기다렸다.

그러나 불행히도 아리아는 누가 봐도 알아듣지 못한 표정을 짓고 있었다. 도대체 너 무슨 소리를 하는 거냐는 얼굴이었다.

"······아하."

"너 이해 못 했지."

"응!"

아리아가 씩씩하게 대답했고, 아스가 팔짱을 꼈다. 애초에 이렇게 작은 아리아가 단박에 이해할 거라고 생각하지 않았기 때문이다.

뭐라고 설명해야 이해할까. 잠시 고민에 빠진 아스가 자신이 아는 가장 쉽고 간단한 말을 골랐다. 아마도 이렇게 말하면 알아듣겠지.

"흠, 아리아 너보다 힘이 세거나 돈이 많은 사람한테 부탁하면 돼."

간단명료했다. 그야말로 정답이었다. 스스로 해치우지 못한다면 힘을 빌리면 그만이었다.

아리아 역시 이번에는 쉽게 이해한 모양인지 눈을 반짝였다.

"아! 아스처럼?"

"······나?"

"응! 아스가 날 구해 줬잖아!"

그리고 아리아 역시 아스를 구해 준 참이었다. 생명과 직결된다는 점에서 아리아가 더 큰일을 했기에 아스가 대답을 머뭇거렸다.

생각해 보니 힘이 더 세지 않아도 되는 일도 있었다. 물론, 아주 드문 일이었지만. 그랬기에 아스는 이내 그렇다고 대답할 수 있었다.

"뭐······ 그렇지."

"그럼 앞으로 무슨 일이 생기면 아스가 날 도와주면 되겠다!"

"뭐?"

그건 좀. 동네 아이들을 조금 손봐 주는 정도는 쉬운 일이었지만, 바로 어젯밤에 생명의 위협을 느낀 사람으로서는 바람직하지 않은 행동이었다. 눈에 띄면 위험했다.

"……."

"아스는 힘이 없어?"

"글쎄."

표면적인 권력으로는 가히 최고라고 자부할 수 있었지만, 실질적인 권력은 아무것도 없었다. 허수아비라는 말이었다. 심지어 없애버려도 무방한 허수아비.

황위는 황족의 직계가 아니더라도 이을 수 있었다. 이를테면 옅지만 피를 이은 프레데리크 공작가의 장남이라든가. 귀족파에게는 그쪽이 훨씬 나은 선택일 것이다. 그래서 지난밤에 그런 짓을 한 거겠지.

애매모호한 대답과 그늘진 아스의 표정에 아리아의 얼굴이 시무룩해졌다.

"그치만, 덩치 큰 애들을 혼내 줬잖아!"

"운이 좋았던 모양이지."

"……."

아스의 단호한 거절에 아리아가 제 작은 입술을 깨물었다. 참으로 무어라 대꾸하기 어려운 대답이었다. 어른도 그러한데 아이라고 별수 있을까.

하지만 아리아는 그렇지 않았다. 그녀가 대답을 찾은 듯 다시 맑은 녹색 눈을 반짝이기 시작했다.

"그럼 내가 도와주면 되겠다!"

"뭐?"

"가끔 싸움이 나면 내가 이길 때도 있거든. 그러니까 반대로 내가 아스를 도와줄게! 이래 봬도 나, 힘세!"

아리아가 앙상한 나뭇가지처럼 마른 제 팔을 들어 보이며 말했다.

참으로 신뢰가 가는 팔이었다. 아스가 저도 모르게 피식 웃음을 흘렸다. 우울한 얼굴은 어느새 사라져 있었다.

"그래. 그렇게 해 줘."

"응!"

꼬르륵.

진지한 이야기를 털어 내자 곧장 허기가 제 존재를 알렸다. 아리아는 간병으로, 아스는 기절했었기 때문에 둘 다 꼬박 하루 이상을 아무것도 먹지 못한 상태였다.

"빵 먹을래?"

"빵이 있어?"

"응! 엄마가 사다 놓은 거."

아스가 고개를 끄덕였다.

마침 배도 고팠고, 빵을 주겠다니 거절할 이유가 없었다.

아리아가 곧장 주방으로 달려갔다. 주방이라고 부르기도 민망하게 작은 방 바로 옆에 붙어 있었지만, 어쨌든 몇 걸음 걸어 주방에서 빵을 가져왔다.

아리아가 먹다가 실패한 딱딱한 빵이었다. 아무런 생각도 없이 그 벽돌 같은 빵을 받아 든 아스가 빵보다 더 딱딱하게 얼굴을 굳혔다.

"이게 뭐야?"

"응? 빵!"

"……이게 빵이라고?"

돌이 아니라?

마치 빵 색을 한 돌 같았다. 정녕 먹을 수 있는 건가. 아스가 미심쩍어하는 얼굴로 빵을 코에 가져다 댔다. ……음식의 냄새가 아니었다.

"거짓말하는 거 아니고?"

끄덕끄덕. 아리아의 표정에는 한 치의 거짓도 없었다. 아스가 고민과 고뇌에 빠졌다. 음식이 맞는 걸까를 넘어 먹으면 죽는 건 아닐까, 하는 고민이었다.

귀족파에서 보낸 암살자는 아니겠지. 아스가 의심의 눈초리로 아리아를 쳐다보았다.

배시시. 아리아가 퍽 귀여운 미소로 화답했다. 전의를 상실하게 만드는 미소였다. 잠시라도 의심했던 게 허탈해졌다.

"……넌 안 먹어?"

"나?"

아리아가 대답 대신 입을 벌려 제 이를 보였다.

"아아, 못 먹는 거군."

나이가 나이인 만큼 이가 몇 개 빠진 상태였다. 저러니 이 벽돌 같은 빵을 먹을 수가 없겠지.

아리아가 어서 먹으라는 눈을 빛냈다. 계속해서 눈을 빛내고 있었다. 부담스러울 정도로.

"흠……."

그래서였다. 이딴 빵 따위, 평소라면 쳐다볼 일도 없을 터였지만 부담스러워서 괜히 입에 넣어 보았다. 그러자 곧 '으득' 하는 끔찍한 소리가 입 안에서 들렸다. ……설마, 이가 부러진 건 아니겠지.

"어때? 맛있어?"

아니, 맛은커녕 고통밖에 남지 않았다.

아리아 역시 먹어 보았으면 알 텐데 왜 굳이 맛의 유무를 묻는 걸까. 설마, 지금까지 빵 한 조각 먹지 못한 건 아니겠지.

혹시나 하는 마음에 아스가 물었다.

"넌 안 먹어 봤어? 맛은 왜 물어."

"나? 당연히 안 먹어 봤지. 그걸 어떻게 먹어."

맛 때문이 아니라, 이 때문에 못 먹는다는 말이었다. 그럼 도대체 뭘 먹고 지냈다는 말인가.

"그럼 넌 뭘 먹는데?"

"나? 나는 풀 같은 거?"

풀은 아무 데서나 구할 수 있었다. 신선하고 맛있는 풀은 구할 수 없었지만, 독이 없다면 아무거나 주워 먹어도 상관없었다.

어미가 구해 오는 음식은 딱딱한 빵 따위가 전부였기에 아리아는 자연스레 풀만 먹게 되었다.

물론, 그렇다고 집 근처의 아무 풀을 뜯어다가 먹는 건 아니었지만, 어쨌든 평민들조차 잘 먹지 않는 풀을 먹었다.

"이거, 맛은 없어."

아리아가 가져온 풀을 본 아스가 한참이나 아무런 말을 잇지 못했다.

어딜 어떻게 보아도 먹는 풀이 아닌데, 이걸 먹고 산다고? 이 어린아이가? 아니, 어쩌면 이걸 먹은 탓에 이렇게 작은 걸 수도.

"매일…… 매일 이걸 먹는 거야?"

"응, 거의 매일 먹어. 먹기 싫을 때 빼고는. 근데 배고파서 결국

먹어. 싫지만, 빵이라도 먹을 수 있다면 안 먹을 텐데. 빨리 이가
다 나왔으면 좋겠어."

"……."

아스는 어쩐지 참담한 기분이 들었다. 자신은 진실도 모른 채 아
무런 생각도 없이 참으로 호의호식했구나 하는 기분도 들었다.

진짜 백성들의 삶도 모르면서, 막연하게 상상만 하여 썩은 적폐
세력을 물리치고 백성들을 위한다며 귀족파에 반항했다. 자신이
그들에게 이겨야 황권이 굳건해지고 나라가 안정을 찾을 수 있다
고 아주 어릴 때부터 그렇게 생각했다.

하지만 그 안정이란 도대체 무엇인지. 무엇을 위해서 그리 싸웠
는지. 그저 막연하게밖에 몰랐었기에 진짜 참담한 생활을 마주하
니 스스로가 부끄러워졌다. 쓸데없는 권력 다툼 속에서 이 아이를
이렇게 만든 것이 자신인 양 느껴졌다.

"왜 그래?"

그런 아스의 손을 부드럽게 감싸 쥔 아리아가 퍽 걱정스럽게 물
었다. 아스의 죄책감을 덜어 줄 만큼 다정한 말투였다.

만난 지 고작 하루 만에, 이름밖에 모르는 수상한 사람에게 어찌
이리도 친절할 수가 있을까.

잠시 아리아의 손을 잡고 조용히 위로를 받던 아스가 제 외투 안
쪽에 손을 넣었다. 다행히 생각했던 물건이 들어 있었다.

"나가자."

아스가 몸을 일으켰다. 깜짝 놀란 아리아가 눈을 동그랗게 뜨고
물었다.

"어딜?"

"밖에. 치료도 받아야 하고, 옷도 갈아입어야 하고."

지저분한 옷을 갈아입고 상처 입은 다리를 치료해야 했다. 크게 다친 것도, 독이 있던 것도 아니니 소독을 하고 약초를 덧대는 정도가 전부겠지만, 어쨌든 여기선 진흙물로 씻어야 했기에 나가야 했다.

그리고.

"또 한 가지 볼일이 있어. 그러니까 동행해 줘. 난 여기 길을 몰라. 다리도 아프고."

"응, 알았어."

아리아가 씩씩하게 대답했다. 퍽 믿음직스러웠다. 이렇게 작은 아이에게, 그것도 여자아이에게 도움을 받게 되는 날이 오다니.

원래는 남자가 여자를 돕는 것이 일반적이었다. 교육도 더 많이 받고 힘도 세니까.

아무리 업적을 쌓아도 가문을 잇는 것이 남자이기도 했다. 그러니 기본적으로 남자가 더 많은 것을 갖고 있었고, 돕는 입장은 자연스레 남자가 되었다.

물론, 세간이 그렇다고 지금 이 상황이 치욕스럽거나 모욕적이지는 않았다. 그저 자신은 상처를 입었고, 지리도 모르고, 쫓기는 입장인 데 반해 아리아는 이 거리를 잘 알고, 듬직한 데다가, 씩씩하고 용기도 있으니 당연하다는 생각이 들었다.

잘 이유는 모르겠지만, 아스는 아리아를 꽤 의지하고 있었다.

"생각보다 아프진 않네."

바닥에 발을 디디고 몇 걸음 걸은 아스가 혼잣말했다.

하룻밤 사이에 조금 아문 것인지, 그도 아니면 생각보다 훨씬 얄은 상처였는지는 모르겠지만 익숙해지면 멀쩡하게 걸을 수 있을 것도 같았다.

"가자."

"……!"

그랬는데, 외출을 하자며 옆에 붙은 아리아가 아스의 손을 잡았다. 놀란 아스가 이게 뭐 하는 짓이냐며 눈빛으로 추궁했고, 아리아가 해맑게 웃으며 대답했다.

"다리 아프잖아. 내가 부축해 줄게. 이래 봬도 나 튼튼해!"

손을 잡는 걸로 부축이 되진 않는데.

자신보다 훨씬 작은 아리아가 그다지 도움이 되지 않기도 했고. 아니, 그것보단 딱히 부축이 없어도 걸을 만했다. 그러니 굳이 손을 잡지 않아도 됐고, 잡지 않는 편이 편했다.

"……알겠어."

그런데도 아스가 고분고분 대답했다.

아리아가 맑게 웃었다. 지금껏 그녀가 지었던 미소 중에 가장 맑고 환한 미소였다.

＊　＊　＊

"……정말 여기가 의원이라고?"

"응!"

간판이 없는 것은 그렇다고 쳐도, 당장 무너질 것 같은 이 건물에 의사가 있다고?

아스가 의심하며 아리아를 쳐다봤다. 그러나 제 손을 꼭 잡은 아리아는 이번에도 한 치의 거짓도 없다는 듯 말똥말똥 뜬 눈으로 아스를 마주했다.

"여기가 의원이라고 했어. 가 본 적은 없지만, 아무튼 그래."

"뭐…… 좋아. 차라리 이렇게 낡아 빠진 편이 나을 수도."

그래야 추적당하지 않을 테니까. 시체가 나오지 않았으니, 지금 쯤 자신을 쥐 잡듯 잡으려 수도를 다 뒤지고 있을 것이 분명했다.

자신을 덮친 것은 복면을 쓴 암살자였지만, 보낸 이는 필시 귀족 파일 테니 사람과 돈을 풀어 자신을 찾고 있을 터였다. 그러니 이렇게 추적을 당하지 않을 만한 곳이 나을 수도 있었다.

아리아의 손을 잡은 아스가 낡아 빠진 건물 안으로 들어갔다. 내부는 조금 나을까 싶었는데 외관과 별반 다르지 않았다. 물론, 의사 또한.

"……진료를 볼 순 있는 거겠지?"

아니, 상처 입은 자신보다 더 걷기 힘들어 보였다. 느릿느릿 진료 도구를 챙기는 의사를 대신해 아리아가 씩씩하게 대답했다.

"괜찮아! 동네 아이들이 돌팔이라고 하는 걸 들었어."

"돌팔이……."

아리아 덕분에 불안이 가중되었다. 정말 괜찮은 걸까. 걱정했지만 다행히 의사로서의 자질은 충분했던 모양인지, 그가 말없이 아스의 상처를 소독하고 약초를 바르곤 단단하게 붕대를 감았다.

"얼마지?"

"됐네, 애들한테 돈을 어떻게 받나. 쯧쯧, 어디서 이런 엄한 상처를 입어선……."

의사가 퍽 가엾다는 듯 대답했다. 소문만 좋지 않을 뿐 나름 실력도 있고 정도 있는 모양이었다.

그 대신 의사는 아리아에게 한 가지 부탁을 했다.

"날더러 돌팔이라고 했던 아이들의 이름을 좀 적어 놓고 가려무나. 아주 혼쭐을 내 줘야지."

"이름? 나, 글씨 못 써."

"……."

당당하게 말하는 아리아를 잠시 훑어본 의사가 이내 그녀가 너무 어리고, 이 동네가 변변치 않은 곳이라는 것을 깨닫고는 손을 내저었다. 빨리 가 보라는 뜻인 듯 보였다.

"고마워. 돌팔이 의사!"

아리아가 칭찬 아닌 칭찬을 남기고 아스와 함께 의원을 떠났다. 등 뒤로 쯧, 혀를 차는 소리가 작게 들렸다. 그때까지 조용히 있던 아스가 아리아에게 물었다.

"너, 글씨 못 써?"

"응. 그치만 우리 엄마는 글자를 조금 읽고 쓸 줄 알아. 사람을 자주 만나서 글자를 알아야 된대."

아리아가 자랑스레 제 어미를 칭찬했지만, 아스는 조금이라는 단어에서 그녀의 어미 역시 완벽하게 글을 읽고 쓰지 못한다는 것을 깨달았다.

여덟 살이라면 귀족가의 영애들은 글자를 깨우치고도 남을 나이였다. 물론, 벽돌 같은 빵과 잡초를 먹는 형편이니 글자를 아는 것이 더 신기할지도 모른다.

"그렇군……."

아스의 짧은 대답에는 한숨이 섞여 있었다.

"왜 그래? 다리 아파?"

"아니, 괜찮아. 며칠 지나면 다 아물 것 같아."

"그래? 그런데 왜 한숨을 쉬어?"

아리아가 이해할 수 없다는 듯 고개를 갸웃거렸다.

아스는 그런 그녀가 안타깝고 가여웠다. 아마 앞으로도 그녀의 삶이 나아질 것 같지 않아서.

글자를 배워야 지식을 습득하고 좀 더 나은 일을 할 수 있었다. 그러니 잡초를 먹는 생활에서 도망치려면 글자를 배워야 했다. 하지만.

'지금 당장 여유가 없어서 불가능하겠지.'

그래 보였다. 조금만 생각하면 알 수 있었다. 아리아의 어미가 하루를 꼬박 집에 돌아오지 못할 정도로 바쁘다는 것을. 그런데도 잡초와도 같은 풀을 먹고 있지 않은가.

만약 그녀의 어미가 귀가했다면 아스를 가만뒀을 리가 없었다. 깨워서 누구냐고 추궁이라도 했을 터였다. 하지만 그렇지 않아 보였기에 아스는 아리아의 형편을 대충이나마 파악할 수 있었다.

게다가 배운다 한들 아리아가 할 수 있는 일이 무엇이 있을까.

평민도 아닌 빈민가의 여자아이였다. 방안을 떠올리려 애썼지만 없었다. 그래서 아리아 역시 글자를 모르는 것을 대수롭지 않게 여긴 것일 터였다.

'지금의 내가 이런 생각을 한들…… 아무런 소용도 없고.'

아스에게는 힘이 없었다. 당장 암살자에게 쫓겨 숨어 다니고 있지 않은가. 제대로 된 병원조차 못 가고 있는 참이었다. 고작해야 정신을 잃은 사이 목숨을 부지한 것에 감사하는 초라한 신세였다.

"……아무것도 아냐. 그냥 옷이 찝찝해서. 의복을 사야 할 것 같아."

"그래? 괜찮아 보이는데?"

확실히 암살자에게 상처 입어 밤새 비를 맞고 하루 동안 기절까지 했던 아스의 옷차림보다 아리아의 옷차림이 더 추레했다. 그것도 옷이라고 입고 다니는 거냐는 소리가 목구멍을 타고 넘어오는 것을 간신히 참아 냈다.

"기분 전환도 할 겸……."

"기분 전환?"

"……그래, 새 옷을 입으면 기분이 바뀌기 마련이니까."

"기분을 바꾸는데 옷을 산다고?"

전혀 대화가 통하지 않았다. 아스가 침음했다. 이건 나이의 문제가 아니었다. 어린 영애들도 의복이나 장신구를 구입하여 기분을 전환하고는 했으니 말이다. 뭐라고 대답해야 할까.

"사실, 겉보기엔 멀쩡해 보여도 안에는 다 찢어졌어. 오늘 중에 옷이 산산조각 나도 이상하지 않지. 당장 걷다가 찢어질 수도. 알몸이 되면 경비대에 잡히겠지."

"아, 그래? 그렇다면 사야지. 경비대는 아주 무서운 사람들이니까."

구구절절한 설명에 그제야 말이 통했는지 아리아가 아스의 손을 잡아끌었다.

"그런데, 옷이라는 건 아주 비싸대. 새 옷은 부자들만 입는 거래."

"그래?"

"응. 그래서 항상 밖에서 구경만 했어. 반짝반짝해서 예쁘거든."

"……그렇군."

아스가 조용히 맞장구를 쳐 주자, 조금 신이 난 아리아가 자신이 본 옷들이 얼마나 예뻤는지 늘어놓기 시작했다.

"색깔이 너무 많아서 신기해. 어떻게 그런 많은 색깔이 있을까? 꽃에서 가져온 걸까? 너무너무 예뻐."

듣는 아스마저 신이 나게 만드는 목소리였다. 얼마나 대단한 옷을 가져다 놓았기에. 괜히 아스마저 기대하게 만들었다. 그리고 이윽고 도착한 부티크에는.

"어때? 너무 예쁘지?"

"……."

새 옷이라고는 보기 힘들 정도로 밋밋한 옷들이 걸려 있었다. 아리아가 유리창 너머로 전시된 옷들을 구경하며 까르르 목소리를 높였다.

"참도 예쁘군."

"그치?"

고급 의복을 기대한 것은 아니었지만, 정말 밋밋하고 볼품없는 옷들이었다. 아리아의 말대로 지금 아스가 입고 있는 지저분한 옷이 더 나아 보일 정도였다.

하지만 그렇다고 이대로 있을 수는 없었다. 흙과 먼지가 묻어서 그렇지, 본래 황태자가 입던 옷이었기에 계속 같은 옷을 입고 돌아다니는 것은 바람직하지 않았다.

아스가 아리아와 함께 부티크 안으로 들어갔다.

"……무슨 일이지?"

싸구려 소파에 앉아 들어온 둘을 확인한 부티크의 주인이 미간을 찌푸리며 물었다.

어딜 어떻게 보아도 손님으로 보이지 않았기 때문이다. 지저분한 몰골의 아이 한 명과 키만 조금 큰 아이 한 명. 그 역시 옷에 지저분한 흙과 먼지를 달고 있었다.

미심쩍어하는 주인의 태도에 아스가 제 안주머니에 손을 넣어 금화 한 닢을 내보이며 대답했다.

"의복을 구입하려고."

부티크의 주인이 눈을 동그랗게 뜨며 물었다.

"······어디서 난 돈인데?"

"알 필요가 있나? 팔기 싫다면 다른 곳으로 가야겠군."

그건 그랬다. 손님이 돈을 어디서 구해 왔든 알 바가 아니었다. 아스가 가게를 빠져나가려 하자, 주인이 냉큼 자리에서 일어나 소리쳤다.

"자, 잠깐!"

아스가 뒤를 돌자, 주인이 어느새 표정을 달리하고 공손하게 말했다.

"무슨 옷을 찾으시나요, 손님?"

참으로 자본주의에 철저한 모습이었다. 반말은 존댓말이 되었고, 목소리도 한층 높아졌다. 돌변한 주인의 태도에 어이가 없어 아스가 실소하며 대답했다.

"내가 입을 만한 평범한 옷과 ······그리고 이 아이가 입을 옷. 내 건 어두운 색으로, 이 아이 건 밝은 걸로."

"예! 알겠습니다."

아스의 말이 끝나자마자 주인이 서둘러 옷을 찾기 시작했다.

출처는 모르겠지만 어쨌든 금화를 본 참이었기에 그럭저럭 비싼 옷들만을 골랐다. 그리고 그사이 아리아가 잡은 아스의 손을 끌어당기며 무슨 말이냐고 물었다.

"내 옷은 왜?"

"그냥."

"그냥?"

"그냥 너도 사는 게 어떨까 싶어서."

"난 돈이 없는데? 부자도 아니고."

아리아가 고개를 갸웃댔다. 아스가 자신에게 옷을 선물할 수도 있다는 가능성은 전혀 생각하지 못한 모양이었다.

그도 그럴 것이 이 동네에선 선물을 하는 사람은 거의 없었다. 하물며 평판도 좋지 않은 매춘부의 딸인 아리아가 그런 대단한 일을 겪어 봤을 리 만무했다.

심지어 아스와 아리아는 만난 지 하루 정도밖에 되지 않은 사이였다. 당연한 추론이었다.

"내가 부자야. 그러니까 너한테 선물할게. 날 구해 준 보답으로."

이제 어느 정도 아리아와의 대화에 적응한 아스가 아주 자연스럽게 그녀가 납득할 만한 대답을 내놓았다.

"……진짜?!"

아리아의 눈이 동그랗게 커졌다. 놀라울 정도의 크기였다. 반짝반짝 빛나는 녹색의 보석이 아스의 새파란 눈을 향했다. 마주할 때마다 생각하는 거지만, 참으로 예쁜 눈이었다.

"진짜야?!"

"그래. 그러니까 마음에 드는 옷 골라 봐."

꺄아아악! 부티크 안에 아리아의 목소리가 퍼졌고, 때를 맞춰 주인이 추린 옷가지를 가져왔다.

"마음에 드는 걸로 입…….."

말을 잇던 주인이 아리아와 아스의 몰골을 한차례 확인하고는 큼큼 헛기침을 했다. 바로 어제 진흙탕에서 구르고 난리를 친 참이었기에 가관이었다.

"……어 보시진 못하고, 사이즈는 대충 맞을 테니 골라 보세요."

주인의 시선은 특히 아스의 이마에 오랫동안 머물렀다.

그제야 아스는 아침까지 제 이마에 진흙물에 담갔던 넝마가 얹어져 있었던 것을 깨달았다. 아리아의 솜씨였다. 잘도 그런 몰골로 돌아다녔구나. 머리가 아파 왔다.

"……혹, 간단하게 몸을 씻을 수 있는 곳은 없나?"

살짝 얼굴이 붉어진 아스가 제 손바닥으로 입매를 가리며 물었다. 퍽 부끄러운 모양이었다. 고급 부티크라면 모를까, 이런 싸구려 부티크에 그런 시설이 있을 리가.

"원래는 없는데, 이번만은 특별히…….."

당연히 없었지만, 주인이 보기에도 아스와 아리아의 상태가 좋아 보이지 않았는지 다행히 욕실을 빌려주었다.

손님용이 아닌 부티크의 주인이 사용하는 거주용 욕실이었다. 모처럼의 새 옷을 더럽히지 않았으면 하는 주인의 바람 또한 있었다.

"씻는 방법은 알아?"

"응! 엄마가 알려 줬어."

"좋아, 그럼 먼저 씻고 와. 씻고 나선…… 이걸 입고."

아스가 눈앞에 있는 옷을 아리아에게 건넸다. 그것을 받아 든 아리아가 냉큼 욕실로 사라졌다. 아리아가 씻는 사이, 아스는 주인이 가져온 옷들을 확인하며 그나마 질이 좋고 깔끔한 디자인을 골랐다.

생각보다 보는 눈이 있는 아스에 주인이 눈치를 보며 일부러 넣어 놓았던 가격 대비 질이 나쁜 옷을 몇 가지 뺐고, 무엇을 골라도 좋은 옷을 샀다며 부러움을 살 만한 것들만이 남았을 때쯤, 아리아가 젖은 머리카락에서 물을 뚝뚝 흘리며 나타났다.

"다 씻었어."

"……!"

아스가 말을 잃었다. 그것은 부티크의 주인 역시 마찬가지였다. 나름 깨끗하게 치워 놓은 부티크 바닥에 머리카락에서 떨어진 물방울이 얼룩을 만들었다.

"흠……. 씻고 나니 생각보다 뭐…… 이 동네 애치고는 반반하네."

주인의 시선이 아리아의 전신을 훑었다.

단순히 놀랍다는 눈빛이었지만, 아스가 느끼기에는 퍽 기분 나쁜 눈빛이었다. 아무리 달라진 모습이 놀랍다고는 하지만 저렇게 어린아이를 상대로 어떻게 저리도 불경한 눈을 할 수가 있는 것인지, 라고 아스가 착각했다.

아스가 서둘러 아리아에게 다가가 그녀의 손에 들려 있던 수건을 뺏어 서둘러 물이 뚝뚝 떨어지는 머리카락을 감쌌다.

"다 말리고 와야지."

"시간이 지나면 마르는데."

"감기 걸리잖아."

"튼튼해서 안 걸려."

퍽이나. 아스가 괜히 아리아의 머리카락을 세게 문질렀다.

"아파!"

"……미안."

그렇게 한참을 문지르자, 물기가 꽤나 사라져 평민들에게서는 쉽게 찾아볼 수 없는 아름다운 금발이 모습을 드러냈다.

방치한 것치고는 부드럽고 탄력 있는 금발이었다. 손으로 몇 번 빗는 것만으로도 가지런히 정돈되었다.

"……."

괜히 말렸나. 부티크 주인의 눈빛이 기분 나빠 빨리 머리를 말렸는데, 막상 말리니 젖었을 때보다 훨씬 나은 상태였다.

아직 아이임에도 불구하고 시선을 끄는 외모였다. 어미가 일부러 지저분하게 방치했나 생각이 될 정도로.

눈만 예쁜 줄 알았는데, 앳된 이목구비 전체가 예뻤다. 자신과는 다른 화사한 금발까지도.

다 예뻤다. 이렇게 예쁜 소녀는 귀족 영애들 중에서도 본 적이 없었다. 아스가 저도 모르게 마른침을 삼켰다.

"아스는 안 씻어?"

"……씻어야지."

씻어야 하는데. 찜찜한데. 분명 이마에 잔뜩 묻은 구정물 흔적이 웃길 텐데.

갑자기 그렇게 할 수 없었다. 아리아를 혼자 두고 갈 수가 없었다. 이렇게 예쁜 아이를 두고 갔다가 무슨 일이라도 생기면 어쩌나 걱정이 됐다.

그렇다고 같이 욕실에 들어갈 수도 없고. 안 씻을 수도 없고. 참으로 곤란했다.

"그럼 빨리 씻고 와."

"흠……."

아스가 망설였다. 그에 따라 부티크 주인의 마음도 불편해졌다. 아스가 자신을 의심하고 불쾌히 여긴다는 것을 깨달았기 때문이었다.

바보가 아닌 이상, 저리도 경계하는데 알아채지 못할 이는 없었다.

"……귀찮으시면 젖은 수건으로 닦으시든지요."

그래서였다. 주인이 아스에게 해결책을 제시했다. 마침 아리아의 머리카락을 말려 젖은 수건이 있었기에 꽤 그럴듯한 해결책이었다. 아스가 냉큼 주인의 말을 받아들였다.

"그러는 게 좋겠어. 아리아, 넌 마음에 드는 옷이라도 골라 봐."

"응응! 지금 입고 있는 옷은? 이건 돌려줘?"

"아니. 그것도 네 거야."

아스의 대답이 끝나자마자 신이 난 아리아가 옷을 고르기 시작했다.

이상한 음률의 콧노래까지 불렀다. 아스가 이를 조금 떨어진 곳에서 지켜보며 지저분한 흔적을 닦아 냈다. 옷 때문에 닦지 못하는 부분은 새 옷으로 갈아입을 때 닦으면 그만이었다.

"나, 이거 갖고 싶어!"

아리아가 꽤나 짙은 분홍색의 원피스를 가리켰다.

눈이 아플 정도로 짙은 분홍색이었다. 심지어 가슴부터 허벅지까지 형형색색의 이상한 무늬가 재봉되어 있어 어디에 눈을 두어야 할지 모를 번잡스러운 원피스였다.

"……진심이야?"

"응!"

"……"

아리아의 눈빛은 진심이었다. 정말 이 기괴한 원피스를 사고 싶다 말하고 있었다. 당황한 아스가 입을 다물었다. 왜 저런 이상한 원피스를 빼놓지 않았냐며 과거의 자신을 욕했다.

"왜?"

정말 왜일까. 왜. 어디가 예뻐서 그걸 사겠다고 하는 건데. 아스가 퍽 진지하게 물었다.

"색이 밝고 많아서 예뻐! 난 여러 가지 색깔이 있는 게 좋아."

"하아……."

이건 정말 아닌데. 아리아가 정말 그 원피스를 입을 기세였기에 아스의 눈이 빠르게 움직였다. 잘 보이지는 않았지만 남은 원피스를 빠르게 훑었다. 다행히 아리아가 고른 것 외에는 모두 무난했다.

"잠깐만, 저 색은 어때?"

"응? 이거?"

"그래, 그거."

"으음……."

별론데. 굳이 듣지 않아도 아리아의 속내를 알 수 있었다.

그도 그럴 것이 갓 피어오른 수줍은 꽃잎처럼 연한 분홍색의 원피스였기 때문이었다. 아리아의 성에 차지 않는 옅은 색이었다.

"무늬도 없고…… 너무 단순해."

확실히 아리아가 고른 것에 비하면 단순했다. 질이 좋고 디자인이 세련됐을 뿐이었다. 아리아에게는 하등 상관없는 부분이었다.

"그럼 장신구를 착용하면 되잖아. 붉은색 리본도 잘 어울릴 것 같은데."

"……장신구? 붉은색 리본?"

아리아가 눈을 끔뻑였다. 이곳에서 의복에 멋을 내는 장신구를 착용하는 이는 없었다. 그럴 돈이 있을 리 없었다. 한 끼 식사를 제대로 차리는 데도 빠듯했기에.

"어울리는 장신구를 준비해 볼까요?"

무언가를 더 사겠다는 의사 표시를 한 아스에게 주인이 반색하며 물었고, 아스가 고개를 끄덕였다. 그리고 얼마 지나지 않아 연분홍색 원피스에 어울리는 붉은 리본과 탈착용 레이스가 준비되었다.

"와아…… 예쁘다."

그것은 화려하고 밝은 것만 좋아하는 아리아의 마음에도 쏙 드는 예쁜 장신구였다.

"나…… 나 진짜 이거 가져도 돼? 정말 사 주는 거야?"

태어난 이래 선물이라는 것을 받아 본 적이 없는 아리아가 아스에게 확인하듯 물었다. 이게 꿈이 아니라 현실이 맞느냐는 듯한 얼굴이었다.

그까짓 게 뭐라고. 원한다면 이런 낡고 작은 부티크를 몇 개나 사 주고도 남을 만큼의 보석이 아스의 안주머니에 있었다.

"왜, 싫어?"

그러니 그냥 '그래'라고 대답하면 끝나는 일을, 아리아가 방방 뛰는 모습이 귀여워 괜히 '싫어?' 하고 한마디 덧붙였다.

그러자 아리아가 그럴 리가 있겠냐는 듯 고개를 세차게 저었다.

"아니!"

"그럼 가져."

대답이 끝나자마자 아리아가 새 옷을 품에 안아 들었다.

"옷은 저기서 갈아입으면 됩니다."

당장이라도 입고 싶어 하는 얼굴이었기에 주인이 탈의실을 가리켰고, 아리아가 쏜살같이 사라졌다. 그사이 주인이 아스가 입을 만한 옷을 추천했고, 개중 제일 어두운 옷을 골랐다.

도망을 치고 있는 상태였기에 최대한 눈에 띄지 않는 것으로 선택했다. 모자를 쓸까 고민하다가 옷깃을 세워 입매를 가리는 것만으로도 충분할 것 같아 구입만 하고 말았다.

선택을 마치자, 옷을 갈아입는 데는 그리 오랜 시간이 걸리지 않았다. 어차피 주인은 남자였고, 아리아도 없었기에 딱히 탈의실이 필요하지 않았기 때문이다.

젖은 수건으로 몸을 대충 닦고 갈아입는 데는 얼마 걸리지 않았고, 주인이 꺼내 놓은 옷들을 모두 정리할 때까지 아리아는 모습을 나타내지 않았다.

'설마, 옷 입는 방법을 모르나.'

단순한 원피스였지만 가능성이 없는 것은 아니었다. 나이가 어리기도 하고, 여러 가지 경험해 보지 못한 것이 많아 보였으니까.

다행히도 그런 아스의 걱정과는 다르게 조금 시간이 걸리기는 했지만 아리아가 새 옷을 갈아입고 탈의실에서 나왔다. 하릴없이 소파에 앉아 있기만 했기에 아스가 곧장 탈의실에서 나오는 아리아에게 시선을 돌렸다.

"이렇게 입는 거…… 맞아?"

"……."

세상에. 아스가 다시금 말을 잃었다.

"아니야?"

이에 불안해진 아리아가 화들짝 놀라며 물었고, 그제야 아스가 고장 난 인형처럼 고개를 끄덕였다.

"입어 보니 괜찮네. 아까 내가 골랐던 것보다."

퍽 마음에 드는 듯 치마를 잡고 한 바퀴 빙그르르 돈 아리아가 함박웃음을 머금었다. 멍청하게 이를 응시하는 아스를 대신해 주인이 입을 열었다.

"리본과 레이스까지 착용하면 더 예쁠 겁니다."

이미 주인의 손에는 레이스와 리본이 들려 있었다. 손수 아리아의 옷에 달아 줄 생각인 듯 보였다. 늘 그랬듯 손님이 완벽한 의복을 입을 수 있도록 도우려는 의도였다.

"잠깐, 내가 하지."

하지만 아스에게는 그리 보이지 않았다. 괜히 불순해 보였다. 아리아가 너무 어려 그럴 생각조차 하지 않았음에도 그러했다.

아스가 주인의 손에 들려 있던 리본과 레이스를 빼앗았다. 단 한 번도 남에게 리본이나 레이스를 달아 준 적이 없어 어떻게 하는지 잘 몰랐지만 그냥 빼앗았다.

"흠……."

그러고는 고민했다. 이걸 어떻게 다는 거였더라. 이를 조금 한심하게 쳐다보던 부티크의 주인이 조용히 언질을 놓았다.

"리본은 그냥 핀을 옷에 고정하면 되고, 레이스는…… 그 굵은 부분 보이십니까? 거길 이렇게 고정하면 되는 그런 간단한 장식이니 앞으로 편하실 겁니다."

고맙다는 인사는 없었다. 알고 있었는데 그렇게 하지 않았을 뿐이라는 듯 설명 뒤에도 잠시 침묵하던 아스가 아리아의 앞에 섰다. 리본을 달기 위해서였다. 하지만 행동할 수가 없었다.

"가슴 조금 위쪽에 달면 됩니다."

알아, 안다고!

이제는 몰라서 그러는 것이 아니었다. 그저, 그저 위치가 조금 그랬기 때문이었다. 민망했다. 왜 하필 가슴 근처인지.

아직 어리다고는 해도 여자는 여자였다. 이성이었다. 심지어 아까부터 굉장히 예뻐 보였다. 그랬기에 차마 가슴에 리본을 달기 민망하고 부끄러웠다.

그렇다고 부티크의 주인에게 맡길 수도 없는 노릇이니 달긴 달아야 했다.

"……."

리본을 잡은 아스의 손이 천천히 움직였다. 아주 느린 속도였다. 그랬기에 그가 조금 손을 떨고 있는 것이 아리아와 주인에게 여실히 드러났다.

고작해야 리본을 다는 것일 뿐인데. 참으로 웃긴 장면이었기에 부티크의 주인이 어처구니가 없다는 헛웃음을 삼켰고, 아리아가 고개를 갸웃거리며 물었다.

"어디 아파? 술 중독?"

뜬금없는 물음이었다. 아스가 미간을 찌푸렸다.

"술 중독이라니?"

"어머니가 그랬어. 술을 많이 마셔서 중독이 된 사람들은 손을 덜덜 떤다고. 아스같이."

손을 덜덜 떨고 있었던 것이 맞았기에 반박할 여지가 없는 대답이었다.

부티크의 주인이 제 입을 틀어막았다. 아스의 눈이 이리저리 방황하기 시작했다.

"이건…… 그러니까…….”

"술 중독?”

"아냐! 난 술 안 마셔. 내가 나이가 몇 살인데……. 아직 열한 살이라고. 이건 그저…… 그저 지병이야.”

"지병?”

아니, 왜 이런 변명을 한 거지? 아스가 크게 후회하며 한숨을 삼켰다. 상황이 점점 악화되고 있었다.

"그래, 지병…….”

"지병이 뭔데?”

"선천적으로 타고나는 병.”

"그래서 손을 떠는 거야? 술 중독이 아니고?”

"……그래.”

그래. 될 대로 되라. 아스가 포기한 채 말했다. 그러자 아리아가 퍽 걱정스러운 표정을 지었다.

"그럼 안 낫는 거야?”

"……아마도.”

아리아의 근심이 깊어졌다. 그런 아리아의 얼굴을 아스가 빤히 내려다보았다. 방금 전까지는 수치스럽고 한심했었는데 어쩐 일인지 금세 풀어졌다.

의도치 않게 거짓말을 해 양심에 찔렸지만, 후에 사정을 말하고 풀면 그만이었다. 아리아가 조금 더 큰 뒤에 말이다. 그때 손을 떨었던 건 지병이 아니라 다른 이유였다고. 기회가 있을지는 모르겠지만.

"그래도 리본은 달아 줄 수 있어.”

아리아 몰래 다짐을 한 아스가 다시 손을 움직였다.

이번에도 역시 조금 떨리고 있었지만 아까처럼 방황하진 않았다. 괜히 의식을 했던 가슴을 지나 조금 위에 리본을 달았다.

시간이 조금 걸렸으나 생각보다 어렵진 않았다. 그저 손의 떨림을 넘어 얼굴까지 빨개졌다는 해프닝이 있었지만 말이다.

"손."

"응."

그 변변치 못한 상태로 아리아의 소매에 레이스까지 달자, 밋밋한 원피스는 온데간데없이 퍽 고급스러워 보이는 의복이 되어 있었다. 아리아 역시 마음에 드는 모양인지 연신 제 원피스를 들여다보기 바빴다.

"어때, 리본과 레이스를 다니 아까 골랐던 원피스보다 예쁘지?"

"아니, 그건 아니야. 아까 그게 더 예뻐."

그래서 덜덜 떨었던 손과 달아오른 얼굴을 뒤로한 채 태연한 척 물었지만, 돌아온 대답은 부정이었다.

참 나. 아스가 헛웃음을 삼켰다. 지금은 아직 어리니까 그렇게 말할 수 있다고 보지만, 과연 나중에도 그럴 수 있을까.

"10년 뒤에도 그렇게 대답할지 궁금한데."

"응? 무슨 뜻이야?"

"아무것도 아냐."

아스가 아리아의 머리를 쓰다듬었다. 입가에는 미소가 걸려 있었다.

* * *

몸을 청결히 하고 의복을 갈아입은 아스와 아리아는 거리와 이질

적이었다.

고작해야 낡은 부티크에서 산 옷을 걸친 것인데도 귀티가 흘렀다.

나이는 어리지만 얼핏 보기에도 이곳에 있을 외형이 아니었다. 부티크를 나오자마자 행인들의 시선이 따라붙었다.

길이라도 잘못 든 걸까. 잘못해서 말이라도 섞었다가 후에 보복을 당하는 건 아니겠지. 될 수 있는 한 쳐다보지 말고 조용히 지나가자.

행인들이 비슷한 생각을 하며 조용히 거리를 걸었다. 왜 저런 낡은 부티크에서 나오느냐는 시선도 있었다.

한 명은 황태자니 그들의 생각대로 이런 거리에 어울리지 않았지만, 나머지 한 명은 그들이 그렇게나 욕하고 비난했던 매춘부의 딸임에도 말이다.

그러거나 말거나 신경도 쓰지 않은 아리아가 아스에게 물었다.

"어디로 갈 거야?"

"이제 뭐라도 먹어야지. 원래 그러려고 나온 건데, 꼴이 흉해서 옷을 산 거고."

대답하듯 아리아의 배에서 꼬르륵 소리가 났다. 기다리고 기다렸다는 듯한 반응이었다.

"나도 나지만 너도 배고플 테고."

"나?"

"그래, 너. 배 속에서 음식 달라고 아우성이잖아."

"그치만 난 돈이……."

없는데. 라고 말을 이으려던 아리아가 눈을 동그랗게 떴다. 설마, 설마 옷을 사 줬던 것처럼 음식도 사 주는 건가? 하는 기대가

담겨 있었다.

의도하지는 않았겠지만 퍽 귀여운 얼굴이었다. 귀하디귀한 산해
진미를 사 달라고 해도 흔쾌히 승낙해 버릴 표정이었다.

아스가 부드럽게 웃으며 아리아의 머리를 쓰다듬었다.

"혼자 먹으면 맛이 없으니까, 괜찮다면 같이 먹어 줬으면 하는데."

"으, 응! 응! 응! 당연하지!"

대답을 기다릴 필요도 없었다. 딱딱한 빵을 먹을 수 없어 꼼짝없
이 굶었던 아리아였으니까. 혹여나 아스가 말을 바꿀까 봐 아리아
가 목이 빠져라 끄덕였다.

"맛있는 곳 알아?"

"응! 먹어 보진 않았지만 알아! 지나갈 때마다 너무 맛있는 냄새
가 나서 침이 고였거든!"

"그래, 그럼 거기로 가자. 안내 부탁해."

"응!"

맡겨만 둬! 아리아가 아스의 손을 꼭 잡았다. 지금부터 빨리 움
직일 테니 단단히 각오하라는 뜻인 것 같았다.

그리고 아니나 다를까, 아리아는 지금까지 아스를 배려했던 느릿
한 걸음걸이와는 다르게 퍽 조급한 걸음으로 손을 끌었다.

물론 아스가 다친 것을 잊지는 않았는지, 중간중간 아스의 표정
과 걸음걸이를 살피며 그에게 무리가 가지 않는지 확인했다.

'얼마나 먹고 싶었으면……'

생긴 것은 그렇지 않은데 마치 강아지 같았다. 먹이를 준다는 말
에 사정없이 꼬리를 흔드는 강아지. 그게 너무 귀여워 아스가 피식
피식 새어 나오는 웃음을 감추지 못했다.

다행히 아스는 그다지 다치지 않았고, 치료도 받아 걷는 데도 지장이 없었기에 아리아를 따라가는 데 무리가 없었다.

애초에 아리아가 아스보다 훨씬 작아서 보폭에 큰 차이가 있었다. 정말 다쳐서 제대로 걷지 못한다고 하여도 아리아와 나란히 걷는 것쯤은 가능할 것 같았다.

그렇게 아리아를 따라 조금 걷자 목적지에 도착할 수 있었다. 그리고 그 목적지는 아스의 말문을 또 한 번 잠시 막히게 만들었다.

"……여기야?"

아스가 겨우 입을 떼고 아리아에게 물었다.

"응! 어때? 맛있어 보이지!"

최소한 테이블과 의자가 있는 식당을 생각했는데. 예상과는 다르게 아리아가 아스를 데리고 간 곳은 거리의 노점상이었다.

정체불명의 고기와 야채를 꼬치에 꿰어 이상한 색의 소스를 발라 파는 노점상. 불 조절에 실패한 것들은 테두리가 까맣게 타 있었다.

이상한 냄새가 나긴 나는데…… 진정 먹을 수 있는 것일까. 아니, 무엇보다 먹고 탈이 나진 않을까. 위생 상태가 좋아 보이지 않았다. 난생처음 보는 음식의 모양에 아스가 아연실색했다.

"……아까 봤잖아. 나, 돈 많아."

그러니까 제대로 된 식당으로 가자, 제발. 아스가 애원하듯 말했지만 이미 눈이 돌아간 아리아에게는 통하지 않았다.

"그럼 많이 먹어도 돼? 두 개 먹어도 돼?! 응?!"

아니. 그 말이 아니야, 라고 대답하려던 아스가 입을 다물었다.

"세 개는 안 되겠지……? 아무리 아스가 돈이 많아도 세 개는 조금 무리겠지……?"

저리도 눈치를 보며 묻는데 어찌 거절을 할 수가 있을까. 마치 비를 맞고 오들오들 떠는 아기 고양이 같았다.

……그래, 애초에 아리아에게 추천해 달라고 한 자신의 잘못일지도 모른다. 제대로 된 식당에는 내일 가자. 아니, 저녁에 가도 괜찮을 것 같았다. 어차피 시간은 많을 테니까.

"……네 개 먹어. 다섯 개 먹어도 돼. 여섯 개도. 먹을 수 있을 만큼 마음껏 먹어."

"진짜?! 진짜지?!"

"그래."

신이 난 아리아가 냉큼 음식을 두 개 주문했다. 조리랄 것도 없이 이미 만들어 놓았던 고기 꼬치가 아리아의 손에 들렸다.

"두, 두 개 나왔습니다."

이를 건네는 노점상 주인의 얼굴과 말투가 떨떠름했다. 겉보기에 귀족가의 자제라고 해도 손색이 없을 아스와 아리아였기 때문이다.

서민들 사이에선 그럭저럭 맛집으로 유명했지만, 귀족들은 눈에 들어오기만 해도 인상을 찌푸리고 멸시하는 노점상이었다. 세균이 득실대 병에 걸릴 거라며 스치듯 비웃었던 귀족도 있었다.

그래서 아주 신경 쓰이고 부담스러웠다. 그런데 이상하게도 꼬치를 받아 든 아리아의 얼굴이 세상을 다 가진 듯 기뻐 보였다. 참으로 이상한 날이었다.

"자, 아스 몫!"

혼자서 두 개 먹는 줄 알았는데, 아리아가 꼬치 하나를 아스에게 내밀었다. 아스가 마른침을 삼키며 빠르게 거절했다.

"나는 됐어."

"왜? 배고프다며."

"……."

그렇다고 이 이상한 음식을 먹고 싶진 않았다.

"빨리 받아. 그래야 나도 먹지."

하지만 이렇게 계속해서 권하는 아리아를 무시할 수도 없는 일이었다. 아니, 원래 성격대로라면 무시할 수 있었지만 그렇게 할 수 없었다.

결국 마지못해 아스가 고기 꼬치 하나를 받아 들었다. 질보다는 양을 중시하는 모양인지 꽤 무게가 나갔다.

"얼마지?"

"2, 2실버입니다……."

2실버라니, 엄청나게 싸군. 일반 서민들에게는 그리 싼 가격이 아닌데도 이를 모르는 아스가 품에서 돈을 꺼내 가격을 지불했다.

황궁에서 살 때는 본 적도 없는 금액이었다. 갖고 있지도 않았다. 옷을 먼저 구입하여 잔돈을 만들어 두길 잘했다는 생각이 들었다.

"맛있어! 맛있어! 너무 맛있어!"

그사이 먼저 꼬치를 맛본 아리아가 목소리를 높였다. 세상에 이런 맛있는 음식이 있어도 되느냐는 얼굴이었다. 저렇게 좋아하니 꼬치가 아니라 노점상을 사 주고 싶을 정도로.

그렇게 맛있나. 아스가 손을 들어 꼬치의 냄새를 맡았다. 먼저 냄새라도 맡아 보자는 속셈이었다. 어쩌면 맛있는 냄새가 날지도 모르지 않는가.

하지만 꼬치에서는 겉모양과 크게 다르지 않은 냄새가 났다. 고기에서는 조금 비린내가 났고, 소스는 과해 코가 아렸다. 식욕이 가시는 냄새였다.

"아스는 안 먹어?"

"……."

그래서 차마 먹을 생각을 하지 못하고 있자, 벌써 꼬치 하나를 다 먹어 치운 아리아가 아스에게 물었다. 하나 더 먹고 싶어 하는 얼굴이었다. 아스가 물었다.

"하나 더 먹을래?"

"응! 두 개 더 먹을 수 있을 것 같아!"

"그래, 그럼."

대화를 듣고 있던 노점상의 주인이 아리아에게 꼬치 하나를 더 건넸다. 아리아가 꼬치를 받자마자 행복한 듯 먹기 시작했고, 이는 아스에게 호기심을 불러일으켰다.

'……흠, 한 입만 먹어 볼까.'

저리도 잘 먹는 것을 보면 맛이 없진 않은 모양인데. 점심시간이 지나 그리 붐비지는 않았지만 계속해서 손님도 밀려드는 곳이었다.

정말 생각처럼 이상한 음식이라면 이렇게 붐비지 않을 터. 결국 호기심을 이기지 못한 아스가 고기 끄트머리를 조금 베어 물었다. 맛이 없으면 바로 뱉을 준비도 마친 상태였다. 그런데.

"……맛있잖아?"

"그치?"

허기가 져서 그런가, 생각보다 맛있었다. 아니, 꽤 맛있었다. 분명 이상한 냄새가 났었는데, 막상 맛을 보니 달콤하면서도 매콤한 소스와 부드러운 고기가 함께 어우러져 그럴듯한 맛을 냈다.

이런 음식도 있다니. 충격이었다. 끄트머리만 맛보았던 아스가 이번에는 고기 한 덩어리를 몽땅 입에 넣었다. 원래 이렇게 성급하게 먹는 타입이 아닌데.

"……진짜 맛있어."

"그치, 그치?"

빠르게 꼬치 하나를 비운 아스가 하나 더 주문하여 그것 또한 냉큼 먹어 치웠다. 아니, 두 개도 부족했다. 하나를 더 먹어 치워 세 개를 비우자 배가 조금 차는 기분이 들었다.

노점상의 주인이 그제야 떨떠름하고 불안해하던 얼굴을 지웠다. 그러고는 여느 손님에게 했던 말을 내뱉었다.

"하나 더 먹겠수?"

그럴까. 그래도 될 것 같았다. 앞으로 세 개 정도는 거뜬히 먹을 수 있을 것 같았다.

그래서 그렇게 대답하려다가 문득 시야에 수십 개의 노점상이 들어왔다. 자세히 보니 갖가지 음식들을 팔고 있었다.

'한 가지만 계속 먹는 건…… 좀 그렇지.'

그러니까, 여러 가지 음식을 맛보고 싶어졌다는 뜻이었다. 아스가 아리아에게 물었다.

"꼬치 외에 추천할 만한 음식이 또 있어?"

"응! 여기 맛있는 냄새 나는 음식 많아! 사람들이 자주 가는 곳들!"

먹어 본 적이 없어서 정확하게는 모르는 아리아였지만, 어느 노점상이 인기가 있고 맛있는 냄새가 나는지는 아는 모양이었다.

"그럼, 꼬치는 충분히 먹었으니 다른 데도 가 보자. 한 가지만 먹기에는 아깝지."

"진짜 그래도 돼?"

"그래."

전적으로 아리아를 위해서라기보다는 아스 역시 다른 음식을 맛보고 싶었다.

처음에는 위생이나 여러 가지 환경 요소들이 걱정됐지만 지금은 아니었다. 그냥 맛있는 음식이 지천에 깔렸을 뿐이었다.

"디저트까지 전부 다 안내해 줬으면 해."

"응! 응! 걱정 마!"

디저트가 뭔지도 모르면서 아리아가 씩씩하게 대답하며 아스의 손을 잡았다. 아스와 아리아의 노점상 털기는 이제부터 시작이었다.

* * *

아스가 노점 음식의 참맛을 깨달았기에, 두 사람이 거리를 누비며 음식을 싹쓸이하기까지 그리 오랜 시간이 걸리지 않았다.

도대체 누가 위생이나 모양으로 노점 음식을 꺼렸냐는 듯 아스는 마치 걸신이 들린 양 온갖 음식을 하나하나 다 맛보며 품평까지 했다.

풀이나 딱딱한 빵이 주식이었던 아리아에게는 당연한 일이었으나, 황성에서 나고 자라 비싸고 귀한 것만 먹던 아스에게는 참으로 의외인 일이 아닐 수 없었다.

"흠, 역시 꼬치는 처음 먹었던 곳이 제일 맛있었어."

"나도 그렇게 생각해!"

모든 음식이 다 맛있었기에 평가를 할 수 없었던 아리아가, 어쩐지 그럴듯해 보이는 아스의 말에 적극 긍정했다.

아스는 아리아가 모르는 휘황찬란한 언어를 사용하여 몇 푼 하지도 않는 길거리 음식을 고급 레스토랑의 음식처럼 표현했다.

대부분의 말을 이해하진 못했지만, 똑똑하게 보이기에는 충분했기에 아리아는 아스가 아주 시답잖은 말만 해도 고개를 끄덕이고 긍정했다.

"이제 배도 부르니 디저트를 먹어야겠지."

"디저트?"

아까도 들었지만 여전히 디저트가 뭔지 잘 모르는 아리아였다. 때문에 고개를 갸웃거리자 아스가 대충 짐작했다는 듯 대답했다.

"오는 길에 봐 둔 곳이 있어. 과일을 갈아 넣은 우유 같았는데 줄이 길었거든. 맛이 있다는 뜻이겠지."

"아! 나 뭔지 알 것 같아! 어딘지 알 것 같아!"

짧은 설명이었음에도 아리아가 목소리를 높이며 아는 체를 했다. 유명한 곳인 듯싶었다.

"그것도 줄곧 먹고 싶었거든!"

그렇지 않은 음식이 있었을까 싶을 정도로 모든 음식에 나왔던 대답이었다. 귀에 딱지가 내려앉는다고 해도 이상하지 않을 정도였다.

하지만 아스는 지겹지도 않은지 기뻐하는 아리아에 자신 역시 기분이 좋은 듯 입꼬리를 올려 마주 웃었다.

"그럼 가자."

"응!"

아리아가 거리낌 없이 손을 내밀었고, 아주 당연하다는 듯 아스가 이를 잡았다.

이는 아직 어린 데다가 키 차이가 많이 나는 아스와 아리아를 퍽 사이좋은 귀족가의 오누이처럼 보이게 했다. 그것도 서민 놀이가 꽤나 마음에 들어 신이 난 오누이로.

'이럴 때가 아닌데.'

생각해 보면 참으로 어리석은 행동이었다. 눈에 띄다 못해 봐 주십사 여기저기 돌아다니고 있지 않은가. 고작해야 하루가 지났을 뿐인데 이토록 태연하게 거리를 걷다니.

지금이라도 모자를 쓸까. 고민하던 아스가 모자를 꺼내 머리에 썼다.

고민할 때가 아니었다. 목숨이 달린 일이었으니까. 갑자기 모자를 쓰는 아스에 아리아가 눈을 동그랗게 뜨며 물었다.

"모자?"

"그래, 잘 어울려?"

"음. 아니……."

빈말이라도 어울린다고 해 주지, 좀.

그럼에도 밉지 않은 것은 그게 참으로 아리아다웠기 때문이다. 감정 표현에 솔직하고 거짓이 없었다. 그게 퍽 귀여워 또 괜히 웃음이 났다.

음료를 파는 곳에 도착한 아스가 딸기가 들어간 우유를 두 개 주문했다.

인기 메뉴인 듯싶었다. 즉석에서 딸기를 갈고 정체 모를 달콤한 즙과 우유를 넣어 만들었기 때문에 시간이 조금 걸렸고, 이를 동네 아이들이 침을 흘리며 구경했다.

"맛있겠다……."

"나도 한 번만 먹어 보고 싶다……."

"진짜 맛있겠지?"

'음……?'

퍽 익숙한 얼굴이었다. 그도 그럴 것이 바로 어제 만난 아이들이었기 때문이다. 피를 흘리고 쓰러진 자신을 시체라며 구경하고, 매춘부의 딸이라며 아리아를 흠씬 두드려 팼던 아이들이었다.

노점상에 찰싹 달라붙어 먹고 싶다는 염불을 외우고 있었기에 아리아가 한눈에 아이들을 알아보았다.

"어? 너희."

"헉!"

딱히 아는 체를 하려던 것은 아니었는데, 저도 모르게 손가락질을 하며 입을 떼자 아이들이 놀라 숨을 삼켰다. 어째서 귀족가의 자제가 자신에게 눈길을 주냐는 듯한 반응이었다.

"죄, 죄송합니다!"

"그, 그냥 너무 맛있어 보여서 쳐다본 거예요! 다른 뜻은 없었어요!"

아이들이 변명하기 시작했고, 주변에 있던 어른들이 서둘러 눈을 피했다. 혹여나 눈이라도 마주쳐 봉변을 당할까 봐 두려운 모양이었다.

심지어 자리를 뜨는 이도 있었다. 아무도 그토록 험담하던 매춘부의 딸이 눈앞에 있는 소녀라고는 생각하지 못하는 듯싶었다.

"누가 뭐래?"

아리아가 무심하게 대꾸했다. 다짜고짜 변명과 사과를 하는 아이들이 이상하다는 얼굴이었다.

"어제는 그렇게 흠씬 두드려 팼으면서. 덕분에 엉망진창이었다고!"

아리아가 눈을 흘기며 대답했고, 그게 무슨 말인지 도통 모르겠다는 얼굴로 아이들이 와들와들 떨었다.

"으, 음료 나왔습니다."

퍽 심상치 않은 분위기였기에 눈치를 보던 노점상의 주인이 겨우겨우 입을 떼며 음료를 건넸고, 아스가 아무렇지 않게 그것을 받아 들어 하나를 아리아에게 건넸다.

"자, 받아. 아리아."

……아리아?

익숙하면서도 낯선 이름이었다. 그러나 그 예쁜 이름과 천박한 매춘부의 딸을 단박에 연결시키기에는 무리가 있었기에, 아무도 아리아의 정체를 눈치채지 못했다.

"와! 진짜 맛있어!"

"꽤 괜찮네. 너무 달다는 것만 제외하면."

무엇으로 달게 만들었는지는 의문이었지만, 과할 정도의 단맛이 품질이 낮은 딸기의 맛을 보완하고 있었다. 그래서 나쁘지 않았다. 저품질은 저품질대로의 경쾌하고 자극적인 맛이 있었다.

"다, 다시 만들까요?"

하지만 노점상의 주인은 이를 너무 달아 별로라고 받아들인 모양인지, 사색이 되어 다시 만들겠다며 고개를 조아렸다. 쓸데없는 굽신거림이었다.

눈에 띌 대로 띄고 굽신거리는 이들까지 나타난 탓에 아스가 불편함을 감추지 못했다. 신분을 드러냈을 때와 지금은 천지의 차이가 있었기 때문에.

"어디 한적한 곳 없어? 조용히 음료를 마시기 좋은."

"한적한 곳? 한적한 곳이야 많지. 저 골목도 그렇고."

아스의 물음에 아리아가 한적하다 못해 어두침침하고 불길해 보이는 골목을 가리켰다. 불한당이 아지트를 틀고 기다리고 있을 것처럼 생긴 곳이었다.

"……다른 곳은 없어? 저긴 너무 한적한데."

"그럼 광장으로 가자! 거긴 저렇게 한적하진 않아! 엄마가 혼자서는 거기까지 못 가게 해서 자주 못 갔는데, 아스랑 같이 가면 되겠다!"

아리아는 어미인 카린 몰래 가끔 광장에 가곤 했었다. 사람이 많아 볼거리가 많았기 때문이었다. 재미있었다.

그렇지만 카린의 말을 어기고 간다는 사실에 마음 한구석이 늘 불편했는데, 오늘은 아스와 함께였기에 당당하게 광장에 가자고 말을 꺼낼 수 있었다.

"광장이라……."

가도 될까. 시체를 찾지 못했으니 분명 사람을 깔아 두었을 텐데. 귀족파에서 푼 이들이 자신을 쥐 잡듯이 뒤지고 있을 것이 분명했다.

가지 말아야 한다는 생각이 들었다. 분명 잡히고 말 거라고. 잡혀서 죽을 거라고. 불길한 예감이 들었다. 그래서 다시금 거절하려는데, 아리아가 아스의 손을 덥석 잡았다.

"엄마는 늘 사람이 많은 곳은 위험하다고 했지만, 아스랑 함께라면 괜찮을 거야!"

"아리아……."

그녀는 온몸으로 광장에 가고 싶다 어필하고 있었다.

정말 안 되는데. 위험한데. 후회할 것이 분명한데. 아리아가 가

자고 하니 가야만 할 것 같았다.

'뭐…… 모자도 썼으니 괜찮지 않을까.'

그래서였다. 평소라면 내리지 않을 결정을 내리게 된 것은. 아스는 사람들의 시선을 피하기 위해서라는 본래의 목적도 잊은 채 광장에 가기로 결심했다.

"좋아, 한 바퀴만 돌고 오자."

"한 바퀴?"

한 바퀴만 돌기에는 너무 섭섭한데. 아리아가 그런 표정을 지었기에 아스가 그녀가 혹할 만한 미끼를 꺼냈다.

"그래. 한 바퀴만 돌고 저녁 먹어야지. 조금 이르지만 먹을 수 있잖아?"

"다, 당연하지! 얼마든지 먹을 수 있어!"

"꼬치부터 시작하는 게 좋겠지."

"으, 응!"

그리고 아주 당연하게도 아리아가 그 미끼를 덥석 물었다. 그래, 그까짓 광장에 다녀오는 일이 뭐가 그리 어렵다고. 서둘러 다녀오자.

모자도 써서 얼굴을 가늠하기 힘든 데다가 아리아와 함께이니 모습을 감춘 황태자라고 보긴 어려울 게 분명했다.

아스가 아리아의 손을 단단히 마주 잡았다. 두 사람이 노점상이 즐비한 거리에서 모습을 감추기까진 그리 오랜 시간이 걸리지 않았고, 겨우 사라진 아스와 아리아에 구경꾼들이 가슴을 쓸어내리며 활기를 되찾았다.

*　*　*

"찾았나?"

"……죄송합니다."

"그깟 어린애 하나 못 찾고 뭘 하는 거야!"

프레데리크 공작이 던진 유리잔이 벽에 부딪쳐 산산조각이 났다.

그 바람에 공작에게 보고를 하던 기사가 흠칫 놀라 몸을 떨었다. 다행히 맞히려고 한 의도는 없었던 듯 누군가에게 상처를 주는 일은 없었지만, 공작이 얼마나 화가 났는지를 여실히 보여 주어 공포를 심어 주기에는 충분했다.

"그, 금방 찾아오겠습니다!"

"오늘 내로 찾아오도록 해. 사람을 두 배, 세 배로 풀어서 빨리 찾아내!"

"네!"

기사가 서둘러 몸을 돌렸다. 한시라도 빨리 황태자를 찾아 제 목숨을 부지해야 했다. 아주 위험하고 은밀한 짓에 관여했으니, 언제 어떻게 목이 떨어져도 이상하지 않았다.

"잠깐!"

그렇게 헐레벌떡 빠져나가려는데, 공작이 기사를 불러 세웠다.

설마 목을 내려치는 건 아니겠지. 두려움에 빳빳하게 긴장한 기사가 다시 공작을 향해 돌아섰고, 공작이 조용히 한마디를 덧붙였다.

"생포할 필요는 없어. 놓칠 것 같으면 죽여. ……아니지, 그냥 죽이는 편이 낫겠군. 어차피 죽을 목숨, 굳이 살려서 데려올 필요는 없겠지."

"……예, 예!"

황태자를 발견하는 즉시 죽이라는 불경한 명령을 받은 기사가 빠르게 프레데리크 공작저를 빠져나갔다.

이를 공작저의 정원에서 한가로이 차를 마시던 이시스가 물끄러미 응시했다.

"최근 들어 품위도 없이 방정맞은 걸음으로 저택을 오가는 이들이 늘었네."

방금 빠져나간 기사가 누구냐는 물음이었다. 하지만 시녀 역시 그들의 정체를 알지 못했기에 이시스가 바라는 답을 내놓을 수 없었다.

"아마도 곧 사라지겠지요, 아가씨. 각하께서도 저리 방정맞은 방문객은 달갑지 않으실 테니까요."

"흐음."

이시스가 차를 한 모금 마시며 눈매를 가늘게 좁혔다. 그 눈에는 불쾌함이 깃들어 있어, 공작저의 품위를 손상시키는 이들이 하루빨리 사라졌으면 하는 바람이 담겨 있었다.

* * *

"이렇게 생긴 아이를 보았나?"

"아, 아니요! 모, 못 봤습니다!"

거리가 어수선했다. 건장한 체격의 남자들이 웬 아이를 찾고 있었기 때문이다.

심지어 얼굴에는 복면을 쓰고 있었기에 정체마저 가늠하기 힘들었다. 아이를 잃어버린 부모로 보이지는 않았다. 그보다는 찾는 아이에게 해코지를 하려는 이들로 보였다.

"아무래도 이 근방에는 없는 것 같습니다. 조금 더 범위를 넓히는 게 좋을 듯합니다."

"넓힐 범위가 어디 있다고."

"빈민가 쪽은 아직이지 않습니까."

빈민가라. 황태자에게는 어울리지 않는 곳이었지만, 몸을 숨기기에는 제격인 곳이었다.

왜 아직도 그곳에 사람을 풀지 않았을까. 남자가 눈짓했다. 빨리 찾아보라는 뜻이었다.

이에 지시를 받은 남자가 서둘러 사라졌고, 빈민가와 그 주변 거리에 사람이 순식간에 풀렸다. 모두 아스의 초상화를 들고 있었다.

그들은 지나는 행인들을 강제로 멈춰 세웠고 상점에 들어가 초상화를 들이밀었다. 이보다 더 흉흉할 수 없는 분위기에 모두가 긴장을 하며 몸을 사리던 참이었다.

"이 아이를 본 적이 있나? 검은색 머리에 푸른 눈을 하고 있는데."

"어……?"

부티크의 주인이 아스의 얼굴을 알아보고는 얼빠진 목소리를 내뱉었다.

금화를 갖고 있던 소년. 설마, 이자들에게서 돈이라도 훔친 것인가. 아스를 찾는 덩치가 큰 남성들은 얼굴의 대부분을 가리고 있었지만 퍽 험악해 보였다.

이럴 줄 알았으면 옷을 팔지 말걸. 돌려 달라고 하면 어쩌지. 걱정하는데, 다행히도 돈을 돌려 달라는 말은 없었다. 남자들은 그저 아스의 행방만을 물을 뿐이었다.

"그, 글쎄요. 행방까지는 잘 모르겠습니다. 그저 옷을 사서 갈아입고 떠났을 뿐입니다⋯⋯."

"그래? 무슨 옷을 사 입었지?"

"거, 검은색 상하의를 입었습니다. 모, 모자도요."

"전신 검은색?"

"예, 예⋯⋯."

"언제 왔었지?"

"두, 두세 시간 전쯤인 것 같습니다."

남자아이만 찾는 것 같으니, 동행했던 여자아이에 대한 이야기는 굳이 꺼내지 않아도 되겠지. 부티크의 주인이 눈치를 보며 남자들의 반응을 기다렸다.

"그 외에 다른 점은?"

"다른 점이요?"

"그래."

"딱히⋯⋯."

그 말을 끝으로 부티크의 주인의 몸이 바닥으로 쓰러졌다. 날카롭게 베인 목에서는 핏물이 왈칵 쏟아졌고 눈은 초점을 잃었다.

"아마도 이 근처에 있는 모양이니 모두 흩어져. 발견 즉시 사살한다. 거기 너는 다른 팀에게 알려. 목표물이 빈민가에 있다고."

"예."

한번 물꼬를 틀자 아스의 행방을 찾는 것은 그리 어렵지 않았다. 아무리 황태자라고는 하지만 아직 어린 탓에 어리석게도 여기저기 흔적을 남겨 놓고 있었다.

"어어? 아까 노점상에서 본 것 같은데."

"저, 저쪽 노점상에서 본 것 같습니다."

아무리 옷깃을 세워 얼굴을 가려 일부밖에 보지 못했다고는 하나, 흔히 볼 수 있는 이목구비가 아니었기에 아스를 보았다는 목격자들이 속출했다. 그 수가 꽤 많았기에 무고한 희생이 다수 뒤따랐다.

이곳이 빈민가의 근처였기 때문에 억울하게 목숨을 잃은 이들의 한을 풀어 줄 이도 없었다.

그들의 죽음을 넘어 복면을 쓴 남자들이 이윽고 아리아와 아스가 마지막에 머물렀던 노점에 다다랐다.

그곳에는 사람들이 꽤 많았기에 함부로 초상화를 꺼내 들 수 없었다. 한 번에 이렇게 많은 자들을 죽일 수는 없었기에.

그래서 마땅한 자를 물색하며 두리번대는데, 마침 꾀죄죄한 아이와 눈이 마주쳤다. 퍽 겁에 질려 있어 행방을 묻기 적당해 보였다.

"너, 이리 와 봐."

"저, 저요……?"

"그래. 너."

모여 있는 아이들 중 가장 키가 큰 아이였다. 소년이 당장이라도 울 것처럼 눈물을 글썽이며 주춤주춤 일어났다. 겁에 잔뜩 질린 얼굴이었다.

"별다른 건 아냐. 도움이 필요해서 말이지. 그냥 예, 아니오, 라고만 대답하면 그만이야."

남자가 아이를 으슥한 골목으로 데려갔다. 그러고는 곧장 초상화를 펼쳐 바들바들 떨고 있는 아이에게 보였다.

"이 얼굴을 아나?"

"어⋯⋯. 어, 아⋯⋯! 네, 네⋯⋯!"

아이가 조금 고민하더니 이내 알겠다는 듯 고개를 끄덕였다.

초상화가 훨씬 귀티 났지만 아까 그 귀족 소년이 틀림없었다. 부분적으로밖에 보지 못했으나 저 파랗고 깊은 눈이 비슷했다.

"그래? 그럼 어디로 갔는지도 아나?"

"아, 아마도 광장으로 갔을 거예요. 그렇게 말하는 걸 들었어요!"

"광장이라⋯⋯. 그렇군. 언제 갔지?"

"어, 얼마 안 됐어요!"

"네 주변에 있다가 간 건가?"

"네!"

"그래, 그렇군. 알려 줘서 고맙다. 아주 착한 아이구나."

정말 고맙다는 듯 남자의 손이 아이의 머리를 쓰다듬었다. 퍽 부드러운 손길이었기에 아이의 떨림이 멎을 정도였다.

"악!"

그러나, 그 부드러운 손길은 오래가지 않았다. 거칠고 강인한 남자의 손이 아이의 머리채를 잡아 꺾었고, 아이는 곧 비에 젖은 솜 인형처럼 바닥에 널브러졌다.

"방금 갔다⋯⋯ 라. 다 잡았군."

아이를 뒤로한 남자가 골목에서 순식간에 모습을 감췄다.

—

2. 운명

2. 운명

"우와, 이거 봐! 이 목걸이 진짜 예쁘다! 꼭 우리 엄마가 갖고 있는 것 같아!"

싸구려 목걸이를 본 아리아가 눈을 동그랗게 뜨며 감탄했다. 누가 줘도 안 가질 것처럼 생긴 목걸이였다.

저리도 좋아하는 걸 보니 사 주고 싶은데, 또 이런 쓰레기 같은 목걸이를 사 줄 바엔 제대로 된 보석이 달린 비싼 것을 사 주고 싶다는 생각도 들었다. 그래서 쉽게 무언가를 사 줄 수가 없었다.

"목걸이가 좋아?"

"목걸이? 응. 목걸이도 좋고, 귀걸이도 좋고, 반지도 좋아! 팔찌도! 반짝반짝 예뻐!"

"그렇군⋯⋯."

저리도 좋아하니 역시 제대로 된 것을 하나 사 줘야겠군. 노점상의 싸구려 목걸이가 아닌 고급 목걸이를 말이다. 귀걸이도 좋고 반지도, 팔찌도 좋다니 모두 사 줘야겠다.

그런데, 언제 사 주지. 지금 당장 다 사 주고 싶었지만, 보석을 모두 사 줄 돈은 없었다. 그러기 위해선 다시 황성으로 돌아가야 했다.

하지만 황성에서 위협을 받아 도망친 지금, 다시 황성으로 돌아갈 용기가 없었다. 어떻게 돌아가야 하는지도 막막했다.

'방법이 없나…….'

황성에 돌아가는 것 말고 아리아에게 장신구를 사 주는 방법. 주객이 전도된 느낌이었지만 지금 당장 아스에게 중요한 우선순위는 그러했다. 아리아에게 진짜 예쁜 장신구를 선물해 기뻐하는 얼굴을 보고 싶었다.

"무슨 색이 좋은데?"

미리 물어봐 놓자는 생각에 아스가 아리아에게 물었다.

"색? 목걸이 색?"

"응. 목걸이도 그렇고, 귀걸이도 그렇고."

"음……. 파란색?"

"파란색?"

"응! 아스의 눈처럼 예쁜 파란색."

참으로 어여쁘기도 하지.

어떻게 저리도 귀엽고 사랑스러울 수 있을까. 품행은 방정맞고 말투는 날것과도 다름없었으나 아스에게는 그렇지 않았다. 그 모든 것이 사랑스러운 소녀였다.

"……그래. 알았어."

꼭.

언젠가 황궁에 돌아가게 되면 네게 파란색 장신구를 선물할게.

목걸이, 귀걸이, 팔찌, 반지까지. 자신의 색으로 가득 찬 것을 선물한다면 아리아가 기뻐해 줄까. 기뻐해 줬으면 좋겠는데.

그렇게 생각하며 군중들에 떠밀리지 않으려 아리아의 손을 더욱더 꽉 잡았을 때였다. 누군가 아스의 팔을 거칠게 잡아챘다.

"잡았다."

그와 동시에 입이 틀어막혔다. 소리를 지르지 못하게 할 속셈인 듯 보였다. 남자가 믿기 힘들 정도로 강한 힘으로 아스의 팔을 잡아끌었고, 아스의 손을 잡은 아리아가 바닥에 넘어졌다.

"악……!"

꽤나 아프게 넘어진 탓에 아리아가 소리를 질렀고, 그 바람에 주변에 있던 행인들의 시선들이 모였다. 재빨리 아스를 납치해 죽이려 한 계획과는 동떨어져 있었다.

"뭐야?"

"넘어졌나 본데?"

"일으켜 줘야 하나."

"귀족 아냐……?"

그 시선이 꽤 많았기에 남자가 잠시 당황한 사이 아스가 재빨리 넘어진 아리아를 업었고, 죽을힘을 다해 도망치기 시작했다.

"젠장……!"

이를 남자가 서둘러 뒤쫓았다. 절대 놓칠 수 없다는 다급한 발걸음이었다. 남자는 아리아를 업은 아스보다 걸음이 빠른 것은 당연했고, 곧 아스를 따라잡을 수 있었다. 하지만.

'근데 이걸 어떻게 데려가서 죽이지?'

이렇게나 사람이 많은데. 모두가 보는 앞에서 죽일 수는 없는 노릇이었다. 얼굴이라도 본다면 곤란하니까.

이미 잡힌 것이나 마찬가지였음에도 포기하지 않고 달리는 아스를 바짝 뒤쫓으며 남자가 방법을 생각했다. 그러다가 이내 무슨 좋은 수가 떠올랐다는 듯 품에 손을 넣었다.

"흐, 흐아아앙! 아, 아스! 나 아파!"

"……미안. 미안해. 조금만 참아. 미안."

영문을 모를 상황에 아리아가 결국 울음을 터뜨렸고, 아스가 연신 미안하다며 사과했다. 이대로라면 남자에게 잡힐 것이 분명한데도. 이렇게 울게 내버려 두었다간 그 어디로도 도망칠 수 없다는 것을 알면서도 말이다.

아리아를 버리고, 두고 간다면 수월할 것이 분명한데도 아스는 아리아를 버릴 수 없었다. 운이 좋다면 그대로 살겠지만, 운이 나쁘다면 아리아는 필시 죽을 것이다.

아리아를 죽게 내버려 둘 순 없었다. 조금만. 조금만 더 빨리. 빨리 도망친다면. 어쩌면 아리아만은 살릴 수 있을지도. 그렇게 다시 이를 악물고 다리를 내딛는데.

"윽."

오른쪽 허벅지에 통증이 일었다.

"윽……!"

한 번이 아닌 두 번이었다. 날카로운 무언가에 찔린 듯 고통이 밀려들었다. 아스가 반사적으로 몸을 왼쪽으로 틀었다. 오른쪽에서 공격하는 남자를 피하기 위해서.

"윽!"

한 번 더 공격이 가해졌고, 아스가 완벽하게 방향을 틀었다. 무섭고 이상한 와중에서도 아리아가 제 다리에 느껴지는 따뜻하고 축축한 것을 확인하려 시선을 내렸다.

"피, 피……?!"

가벼운 공격이었지만 칼에 찔린 탓에 아스의 허벅지에선 피가 흐르고 있었다.

소년이 감당할 수 있는 상처와 고통이 아니었다. 당장 바닥에서 나뒹굴며 아프다고 소리쳐야 마땅했다.

하지만 아리아를 등에 업은 아스는 그렇게 할 수 없었고, 다리가 찢어지는 듯한 고통을 참아 내며 열심히 뛰고 또 뛰었다.

뛸 수 있는 상태가 아니었음에도 아리아가 등에 업혀 있다고 생각하니 멈출 수가 없었다. 지난번에는 허벅지에 상처를 한 번 입은 것만으로도 지쳐 쓰러져 일어날 수 없었는데 말이다.

"아, 아스……! 피, 피 나! 피! 피 난다고!"

결국 참지 못한 것은 아리아였다. 그녀가 자신이 다치기라도 한 것처럼 사색이 되어 아스의 옷을 쥐고 흔들었다. 다쳤으니까 빨리 치료를 해야 한다며 울먹였다.

"나, 나 내릴게! 나 걸을 수 있어! 뛸 수 있어!"

그러고는 이내 아스가 무언가로부터 필사적으로 도망치고 있다는 사실을 깨닫고는 스스로 뛰겠다고 말했다. 그러는 편이 아스를 위한 것이었고 무언가로부터 빠르게 도망칠 수 있다고 생각했기 때문이었다. 하지만.

퍽—

때는 이미 늦은 뒤였다. 그렇게 하기도 전에 뒤를 쫓고 있던 남자가 아스의 등을 밀었다. 그 바람에 아스가 바닥으로 넘어졌고, 등에 업혀 있던 아리아 역시 바닥으로 굴러떨어졌다.

"드디어 한적한 곳으로 왔군."

남자가 거리로 통하는 길을 등지고 서며 눈을 빛냈다. 더는 도망칠 곳이 없었다.

"아리아!"

아스는 당장 제 목이 내려칠 위협이 눈앞에 있는데도 땅바닥에 나뒹구는 아리아를 먼저 찾았다. 다행히 멀리 떨어져 있진 않았던 덕에 금방 아리아에게 다다를 수 있었다.

"괘, 괜찮아?! 괜찮은 거야?!"

그건 아리아가 할 소리였다. 아리아가 손을 바들바들 떨며 자신을 일으켜 세우는 아스의 전신을 살폈다.

꼴이 말이 아니었다. 땀과 피로 얼룩져 엉망이었다. 모르는 사람이었다면 비명을 질렀을지도. 갑자기 무슨 봉변인지 모를 일이었다.

꿈이었으면. 눈물이 왈칵 쏟아져 나왔다.

"아스……!"

"윽!"

하지만 꿈이 아니라는 것을 상기시키기라도 하듯 남자가 아스의 어깨를 발로 걷어차 넘어뜨렸다. 그는 아스와 아리아에게 일말의 여유도 주지 않았다.

"곧 죽을 목숨인데 연애 놀음까지 해 대다니, 아직 여유가 있나 보군."

남자의 손에는 단검이 들려 있었다. 아까부터 몇 번이나 아스를 공격했던 단검이었다. 사람이 많은 곳에서는 죽일 수 없어 아스를 으슥한 골목으로 몰아넣기 위해 사용한 단검이기도 했다.

거침없이 사람을 죽일 그 섬뜩한 단검을 손에서 한 바퀴 굴린 남자가 넘어진 아스에게 빠르게 다가갔다. 그 모습이 마치 죽음의 사신과도 같았다.

곧 아스의 배 위에 앉은 남자가 그가 발버둥 치지 못하게 한 손으로 어깨를 누르며 단검을 아스의 허벅지에 깊게 박았다. 더는 그 어디로도 도망치지 못하도록.

"으아아아악!"

비명을 지르는 아스의 목에 핏줄이 선연했다. 맑고 깨끗한 눈은 실핏줄이 터져 더는 아이에게 어울리지 않는 모습으로 변모했다. 그 끔찍한 광경에 아리아가 아스를 따라 비명을 질렀다.

"아이를 죽이는 건 내키지 않는 일이지만, 제국을 위해선 어쩔 수 없지."

아무리 상부의 명령이라고는 하지만 아이를 해친다는 죄책감 때문인지 쓸데없이 말이 길었다. 평소라면 하지 않았을 언행이었다.

"어차피 살아 있어도 계속 고통받을 테니, 얌전히 죽어라."

그렇게 아스가 아닌 자신을 납득시키는 말로 마지막 죄책감마저 떨친 남자가 단검을 하늘 높이 치켜들었다.

절대 실수하지 않겠다는 듯 손잡이를 쥔 손에 잔뜩 힘이 들어갔다. 이제 저 단검이 떨어지면…….

'아리아는……!'

더는 도망칠 길이 없어진 아스가 고개를 돌려 아리아를 응시했다. 뜻 모를 상황에 공포에 질린 아리아가 사색이 되어 지적에서 바들바들 떨고 있었다.

도망쳐야 하는데. 이럴 시간 없는데. 목격자가 된다면 필시 살해 당할 것이다. 시체도 찾지 못할 정도로 끔찍한 꼴을 당할 것이다. 그러니 어서.

"도, 도망쳐, 도망쳐! 빨리 도망쳐!"

아스의 외침에 남자가 미간을 찌푸렸다.

꼬맹이 주제에 이런 상황에서도 제 목숨을 구걸하지 않고 타인을 지키려 하는 것이 마음에 들지 않은 모양이었다. 그것이 겨우 떨쳐 낸 남자의 죄책감을 불러일으켰다.

그리고 그런 아스의 외침에 퍼뜩 정신을 차린 아리아가 자리에서 벌떡 일어났다. 자신의 뜻대로 도망을 치려는가 싶어 아스가 조금 안심하려던 찰나, 뜻밖에도 아리아가 향한 곳은 여전히 불쾌함을 드러낸 채 아스를 노려보는 남자였다.

"이 나쁜 자식아아아!"

"……?!"

갑자기 달려와 온 힘을 다해 밀친 아리아의 작은 두 손에 남자가 어처구니없이 밀렸다. 아주 우습게도 아리아가 아스의 앞을 막아 서며 두 팔을 활짝 벌렸다.

"아, 아스를 괴롭히지 마! 괴롭히지 마!"

굵은 눈물방울을 뚝뚝 흘리는 소녀에게는 어울리지 않는 언행이 었다. 남자가 어처구니없다는 듯 헛웃음을 삼켰다. 그것은 아리아 의 등 뒤에서 보호를 받게 된 아스 역시 마찬가지였다.

빨리 도망치지 않고 뭘 하는 거야. 네 어이없는 행동으로 암살자 가 멈춰 있는 사이에 도망치라고! 더는 아리아를 업고 도망칠 수 없게 된 아스가 제 무능함을 탓하기라도 하듯 빨리 도망치라 고함을 쳤다.

"제발. 제발 도망쳐! 제발!"

"싫어! 싫다고! 싸움이 나면 내가 도와준다고 했잖아! 내가, 내가 아스를 도와준다고 약속했잖아! 아스도 날 도와줬잖아!"

"그건……!"

그건 그저 눈앞에서 싸움이 벌어지고 있었고, 혼자서도 충분히 이길 수 있어서 도와줬던 거고. 그런 하찮은 약속 따위 진심으로 할 리가 없지 않은가.

하지만 아리아는 정말 아스를 지키기라도 하겠다는 듯 작고 약한 손으로 아스의 팔을 잡아끌었다. 물론 그렇게 한다고 저보다 훨씬 더 큰 아스를 데리고 도망갈 수 없었다. 쓸데없는 노력일 뿐이었다.

결국 불가능하다는 것을 깨달은 아리아가 아스의 몸을 끌어안았다. 남자의 칼을 자신이 대신 맞기라도 하겠다는 듯. 아스가 밀어낼 수 없게 온 힘을 다해 꼭 끌어안았다.

"됐으니까 제발, 제발 도망쳐……!"

"싫어! 싫어! 싫다고!"

"아리아!"

"싫어!"

"난 됐으니까!"

"싫어! 싫어! 싫어! 싫어!"

아리아가 아스에게 한층 더 엉겨 붙었다. 부상당한 아스가 절대 밀어낼 수 없게. 그 양심을 찌르는 모습을 잠시 지켜보던 남자가 이내 마음을 다잡은 듯 손에 쥔 단검을 다시 단단히 쥐었다.

임무는 임무였다. 대의를 위해 작은 아이를 희생하는 위대한 임무. 눈앞에 있는 아이만 해치우면 모든 것이 끝난다. 그래야 모두가 평안한 미래를 만들 수 있었다.

"그럼 동시에 보내 주지. 어차피 살려 보낼 생각은 없었으니까."

죄책감을 떨친 남자의 기백이 흉흉했다. 이를 정면으로 마주한 아스가 눈을 크게 떴다. 정말 이대로라면, 이대로라면 자신은 물론이고 아리아마저 살해당할 것이다.

최악이었다. 아니, 최악이라는 표현조차 지금 이 상황을 설명할 수 없었다.

어떻게 해야 하지? 생각하고 답을 찾기도 전에 단검을 치켜드는 남자가 눈에 들어왔다. 안 돼. 안 돼! 밀쳐 떨어뜨릴 수 없다면……!

"아리아!"

"……!"

아스가 온힘을 다해 몸을 뒤집었고, 남자의 칼이 아스의 등에 정통으로 꽂혔다. 순식간에 일어난 일이었다.

"아, 아스?!"

놀란 아리아가 아스의 어깨를 흔들었다. 손이 바들바들 떨리고 있었다. 그러나 칼에 찔린 아스의 몸이 물 먹은 솜처럼 아리아의 위로 늘어졌다.

"아스?!"

힘을 주어 흔들자, 아스의 입에서 새빨간 피가 흘러나와 아리아의 어깨를 적셨다. 죽음의 기운이 물씬 풍겼다.

설마, 죽은 것은 아니겠지. 아리아가 숨을 삼켰다. 아니, 숨을 쉴 수가 없었다.

"……윽."

그사이 남자가 아스의 등에 꽂힌 단검을 빼냈다. 치명타가 아니었기에 한 번 더 공격을 가하기 위해서였다.

제 죽음을 직감한 아스가 잘 움직이지 않는 팔을 겨우겨우 움직여 아리아를 팔에 안았다.

어떻게든 아리아만은 살려야 하는데. 이대로라면 자신을 죽인 남자가 아리아를 죽일 것이 분명한데.

하지만 어리고 무능한 아스는 아무것도 할 수 없었다. 겨우 마음에 드는 사람을 만났는데, 지켜 주기는커녕 사지로 몰아넣는 신세라니.

"……제발……."

제발 아리아만이라도 살았으면.

자신은 죽어도 괜찮으니 아리아만이라도. 불가능하다는 걸 알지만 제발 기적이 일어나 아리아가 살았으면. 신께서 이 가여운 아이에게 구원해 주셨으면.

등 뒤에서 느껴지는 살기에 아스가 아리아를 안은 팔에 힘을 주었다.

마지막 남은 힘이었다. 아리아를 구해 달라고. 자신은 괜찮으니 제발 아리아를 구해 달라는 소망이었다. 그렇게 죽음을 눈앞에 둔 아스가 이룰 수 없는 소원을 간절히 빌며 눈을 꼭 감았을 때였다.

챙―!

갑자기 눈앞에서 사라진 아스와 아리아에 남자가 칼을 떨어뜨렸다.

"어, 어디 갔지?"

방금 전까지 바로 앞에 있었는데! 남자가 눈을 비비고 다시 주변을 둘러보았다.

하지만 보이는 것은 짙은 어둠뿐이었다. 주변을 샅샅이 뒤졌지만 사람의 흔적은 없었다. 남은 것은 아스가 흘린 붉은 피 정도였다.

"허……."

사라진 아스와 아리아를 찾으러 남자가 다시 거리로 뛰쳐나갔다.

* * *

같은 시각.

아리아의 낡은 집 앞 골목에 도착한 아스가 천천히 그녀를 안은 팔을 풀었다. 등에 칼이 꽂혀 피가 흐르는 상황인데도 어쩐지 고통이 느껴지지 않았다.

"……아, 아스?"

도대체 이게 무슨 상황인지 몰라 아리아가 아스의 이름을 불렀다. 하지만 아스가 아리아에게 전한 것은 그에 대한 대답이 아닌 경고였다.

"나와 만났던 일은 모두 잊어. 절대 기억하지 마. 아무 일도 없었던 거야. 그리고 당분간 집 밖으로 나오지 마."

무심하고 차가운 표정이었다. 말투 또한 그러했다. 마치 다른 사람 같았다. 그것이 죽음보다 더 무섭고 두려워 아리아의 얼굴이 사색이 되었다.

"그게 무슨 말……!"

"살고 싶으면 그렇게 해. 너도 나도. 그렇게 한다고 약속해."

살고 싶으면 그렇게 해. 그렇게 하면 아스가 사는 거야? 그런 거냐고! 아스의 말도, 지금 이 상황도 아무것도 이해할 수, 납득할 수 없었다.

하지만 아스는 이를 설명하는 대신 무심한 얼굴로 아리아의 대답을 기다리고 있었기에 고개를 끄덕이는 수밖에 없었다.

아주 미약한 움직임이었음에도 아스는 이를 확인할 수 있었고, 이내 몸을 돌렸다.

"어, 어디 가?!"

당장이라도 사라져 버릴 듯한 아스의 모습에 아리아가 서둘러 물었다.

가지 마. 어디가!

하지만 아스는 목적지를 알려 주는 대신 잠시 고개를 돌려 아리아의 얼굴을 확인하는 것으로 작별 인사를 마쳤다.

그렇게 다시 고개를 바로 한 아스가 한 걸음 아리아에게서 멀어졌다. 고작해야 한 걸음뿐이었는데 이상하게도 그곳에 아스의 흔적은 하나도 남아 있지 않았다.

마치 연기처럼, 신기루처럼 한 걸음에 아스의 모든 것이 사라졌다.

"아, 아스……! 아스?!"

"나와 만났던 일은 모두 잊어. 절대 기억하지 마. 아무 일도 없었던 거야. 그리고 당분간 집밖으로 나오지 마."

"살고 싶으면 그렇게 해. 너도 나도. 그렇게 한다고 약속해."

그리고 주문처럼 아스의 말이 맴돌았다.

세뇌하듯 계속해서 반복되며 아리아의 머릿속을 어지럽혔다. 아리아가 제 머리를 부여잡았다. 머리가 깨질 것 같았다.

"아아악……!"

풀썩.

결국 고통을 이기지 못한 아리아가 바닥에 쓰러졌고, 한동안 그대로 방치된 아리아는 몇 시간 뒤, 콧노래를 부르며 돌아온 어미에게 발견되었다.

"누구…… 아, 아리아?!"

카린의 목소리가 낡은 골목에 울려 퍼졌다.

그도 그럴 것이 아리아는 아스의 피로 엉망진창이었기 때문이다. 고운 옷과 황금빛 머리카락 역시 피와 흙으로 본연의 모습을 잃은 지 오래였다.

"벼, 병원……. 병원! 병원!"

아리아를 끌어안은 카린의 얼굴 또한 엉망이 되었다.

방금 전까지는 곱게 화장을 해 퍽 아름다운 얼굴이었지만, 이제는 모두 눈물에 지워져 슬퍼하는 어미의 얼굴만이 전부였다.

카린이 아리아를 안은 채 골목을 내달리기 시작했다. 그럴 만한 힘이 없음에도 아리아를 안은 팔이, 다리가 지치는 일은 없었다.

그렇게 한참을 내달린 카린은 낮에 아리아가 아스와 함께 방문했던 병원에 도착할 수 있었고, 자다 깨 멍청한 얼굴로 나타난 의사에게 빨리 내 딸을 살려 달라며 울음을 터뜨렸다.

"아리아……! 아리아! 이 엄마가 미안해! 엄마가 너무 미안해! 널 두고 가는 게 아니었는데! 늦게 오는 게 아니었는데!"

카린의 어수선과 함께 아리아를 꼼꼼히 진료한 의사가 이내 고개를 내저으며 한숨을 쉬었다. 그것이 마치 아리아가 크게 다치기라도 한 듯 보였기에 카린이 목 놓아 엉엉 울기 시작했다.

"그만 우시게. 다친 데는 없으니."

"……네?"

"아, 다친 데가 있긴 하구만. 넘어진 모양인지 무릎이 까졌어."

의사가 아리아의 무릎을 소독하며 대답했다. 카린이 멍청한 얼굴로 되물었다.

"다, 다친 데가 없다고요? 무릎밖에? 피가 이렇게나 많이 났는데……?"

"이 피는 이 아이의 피가 아니야. 정 못 믿겠으면 젖은 수건으로 닦아 보든지."

의사가 구석에 떨어진 수건을 눈짓했다. 카린이 서둘러 수건을 적셔 아리아의 얼굴과 어깨 등을 닦았고, 정말 그의 말대로 아리아는 다친 곳이 없었다.

"그러니까, 어수선 그만 떨고 집에 가. 이 늦은 밤에 말이야. 단잠도 다 깨우고."

치료를 끝낸 의사가 카린을 내쫓았다. 여전히 깨어나지 못하는 아리아를 등에 업은 카린이 멍하니 중얼댔다.

"이, 이게 아리아의 피가 아니라면 도대체 누구 피가 이렇게 묻은 거지……?"

하루를 꼬박 잠들어 있다 깨어난 아리아는 지난 일을 전혀 기억하지 못했다.

왜 처음 보는 옷을 입고 있는 건지, 누구의 피가 묻은 것인지, 무슨 일이 있었던 건지 전혀 기억하지 못했다.

"정말이야? 누구한테 협박을 당해서, 무서워서 말을 못하는 건 아니고?"

끄덕끄덕. 아리아가 고개를 끄덕여 긍정을 표했다.

거짓말이 아닌 정말 아무런 일도 없었다는 듯 태연한 얼굴이었다. 카린이 한숨을 내쉬며 머리를 짚었다.

"……좋아, 그렇다고 치자. 더 물어볼 기력도 없으니까. 앞으로 절대 어디 나가지 마. 집 앞에도. 알았어?"

"네."

원래부터 못 나가게 했으면서 뭘 더 나가지 말라는 건지. 아리아가 대충 대답했고, 그제야 한시름 놓은 카린이 외출 준비를 서둘렀다.

* * *

"……!"

피투성이가 된 자신을 발견하고 당황한 어린 로한을 본 장면을 마지막으로 잠에서 깬 아스가 자리에서 벌떡 일어났다.

눈을 뜬 것은 한밤중이었다. 꿈의 여파 때문인지 턱선을 타고 식은땀이 흘러내렸다.

'도대체 이게 무슨…….'

그러고는 서둘러 자신의 옆에 누워 곤히 잠든 아리아를 확인했다.

코 밑에 손을 가져다 대자 따뜻한 숨결이 느껴졌다. 뺨에 손을 대니 온기가 느껴졌다. 살아 있었다. 언제나처럼 따뜻하고 다정한 아리아였다.

'왜, 어째서 잊고 있었을까.'

아주 오래전에 아리아를 만났던 것. 지금까지 황성에서 습격을 당해 바로 크로아로 넘어간 줄 알고 있었는데, 사실은 그보다 더

긴 이야기가 숨어 있었다.

'살기 위해서였나. 하지만, 왜 나까지⋯⋯.'

아리아를 잊고 있었던 걸까. 아니, 애초에 처음 능력이 발현됐을 때의 기억이 애매했다. 없다고 보아도 무방했다.

황성에서 습격을 당한 뒤 기억이 끊겼고, 정신을 차리니 어째서인지 크로아 왕국이었고, 공간을 이동할 수 있는 능력이 생겨 있었다.

후에 죽음의 위기에 처하면 능력이 생긴다는 사실을 알게 되었기에 그저 습격을 당해 능력이 생긴 줄로만 알고 있었다. 하지만.

'아니었어. 죽음의 위기 때문이라기보다는 아리아를 구하기 위해서였어.'

아리아를 죽음의 위기에서 구하기 위해.

그리고 그 능력은 아리아와 아스까지 두 사람을 모두 구했다. 모든 것이 아리아 덕분이었다. 지금도 과거도. 그리고, 아마도 미래도.

아무리 그렇다고 해도 어째서 아리아를 잊어버렸던 걸까.

과거의 아리아는 지금과는 판이한 모습이었지만 그마저도 사랑스럽고 어여뻤다. 그동안 잊고 지냈던 것이 억울하고 울분이 터질 만큼.

'다행히 아리아도 모두 잊은 모양이군.'

참으로 말을 잘 듣는다는 생각이 들었다.

미리 기억하고 알아봐 주었다면 좋았을지도 모르겠다는 생각이 드는 한편, 그 끔찍했던 기억을 잊고 살아 줘서 고맙다는 생각 또한 들었다.

생각을 정리하고 꿈에서 벗어나 안심한 아스가 아리아의 머리카락을 매만졌다. 그때도 지금도 참으로 아름답게 빛나는 금발이었다.

"……아스 님?"

매만지는 손길이 계속되자, 아리아가 길고 풍성한 속눈썹을 깜빡이며 잠에서 깨어났다.

벌써 아침인가. 그러나 이내 아직 침실에 어둠이 내려앉은 것을 확인하고는 제 머리카락을 만지는 아스의 손에 제 손을 겹쳤다.

"악몽이라도 꾸셨나요? 안아 줘야 잠이 드시겠어요?"

악몽, 글쎄. 어쩌면 악몽일 수도 있고 악몽이 아닐 수도 있었다.

아리아에 대한 추억을 기억해 냈으니 악몽이라기보다는 달콤한 꿈이라고 봐도 무방하겠지만, 그 끝에 엉엉 우는 아리아 또한 마주했으니 악몽일 수도 있었다.

그래서 무어라 정의하기 힘들었지만 확실한 것은 하나였다.

"네, 그래 주셔야 할 것 같습니다."

아리아가 안아 주었으면 좋겠다는 점이었다.

악몽이든 아니든 아리아가 안아 주기를 바랐다. 과거와는 달리 조금 커진 손으로, 팔로 과거처럼 위로해 주기를 바랐다.

이제 모두 괜찮다고.

더는 위해를 끼칠 이가 없다고.

그리고 혹여나 누군가 아리아를 해치려 한다면 저지할 힘이 있다고 말이다.

"이리 와요."

아리아가 손을 뻗어 아스의 목에 감았다. 과거와 똑같이 부드럽고 따뜻한 손이었다. 그 손길에 몸을 맡긴 아스가 아리아의 품에 안겨 허리에 손을 둘렀다. 이보다 더 행복한 순간은 없을 것이다.

"다 큰 어른이 악몽을 꾸고 부인에게 안기다니, 소문이라도 나면 어쩌려고 그러세요. 그것도 이제 곧 황제가 되실 분인데 말이죠."

"글쎄요. 저는 소문이 났으면 좋겠습니다."

"뭐라고요?"

"그런 황태자비이니 절대 건드려서는 안 된다는 소문 또한 나지 않겠습니까. 성질 고약한 황태자의 엄벌이 떨어질 테니."

"세상에⋯⋯."

태연하게 대답하는 아스에 아리아가 아연실색했다.

"제국의 위신이 떨어지고도 남겠네요."

"어쩔 수 없겠지요."

어둠이 내려앉은 침실에 어느새 두 사람의 작은 웃음소리가 퍼졌다. 아리아가 놀리듯 아스의 목을 매만졌다.

"무슨 꿈을 꾸셨나요."

"그냥 예전에 있었던 일이었습니다."

"예전에 있었던 일이요?"

"예. 우리가 처음 만났던 날이요."

"처음 만났던 날이요?"

만물상에서? 아리아가 미간을 찌푸렸다. 아리아가 기억하는 그와의 첫 만남은 그리 좋지 않았기 때문이다.

"왜 그런 꿈을 꾸셨을까요. 별로 좋은 기억도 아닐 텐데요."

"좋은 기억이었습니다. 꿈을 꿔서 참으로 다행이다 싶을 정도로요."

"⋯⋯그래요?"

아스의 일을 망쳐 놓기만 했는데. 게다가 아스가 아리아를 협박하기까지 했었다. 다시 생각해도 그다지 좋지 못하다고 생각한 듯 아리아가 한숨을 내쉬었다.

혹시 아스만 좋았던 건 아니냐며 반박하고 싶어 하는 얼굴이었다.

그러다가 이내 그가 늘 자신과의 추억을 소중히 여겼고, 그 어떤 것이든 행복한 추억으로 생각했다는 것을 상기하고는 입을 닫았다. 무어라고 반박해도 돌아오는 것은 다정한 말일 테니까.

"그러고 보니, 아직도 색깔이 많고 치렁치렁한 드레스가 좋으십니까?"

"……네?"

그렇게 다정한 대화를 나누다가 갑자기 아스가 뜬금없는 질문을 했다.

아리아에게는 그러했다. 하지만 아스로서는 지난 과거의 약속을 지킨 것에 불과했다.

비록 혼자만의 약속이었지만, 10년 뒤에도 계속 취향이 같을지 물어본다는 그 약속 말이다.

아리아가 미간을 찌푸리며 되물었다.

"무슨 말씀이세요?"

"과거에는 그런 취향이셨던 것 같아서 말입니다. 꽤나 좋아하셨던 것 같은데."

"그걸 어떻게……."

어떻게 알았지. 아스에게는 단 한 번도 보여 준 적이 없는데.

그도 그럴 것이 과거로 회귀한 뒤 요상한 드레스들을 몽땅 태워 버린 아리아였다. 아스는 그 후에 만났으니 알 리가 없었다.

그런데 어째서 자신의 취향이 이상했다는 것을 알고 있는 걸까. 그것도 이렇게 갑자기. 뜬금없이.

영문을 몰라 하는 아리아에 아스가 웃음을 감추지 못했다.

단발성에 불과하지만 과거와 현재를 오가는 것이 이토록 재미있는 일이었는지 이제야 알겠다며 뜻 모를 소리를 했다.

"혹시, 제가 모르는 비밀이라도 생기셨나요?"

"아뇨, 우리 둘 다 아는 과거일 뿐입니다. 그저 제가 먼저 기억을 해 냈을 뿐이지요."

"기억을 해 내다니…… 그게 무슨 말이에요?"

"글쎄요, 설명하기 어렵습니다. 때가 되면 비께서도 기억이 나시지 않을까요."

"정말 안 알려 줄 거예요?!"

그리고 결국 애를 태우며 진실을 알려 주지 않는 아스에게 아리아가 버럭 화를 냈다. 알려 주지 않으면 대가를 치르게 될 거라는 협박이기도 했다.

하지만 이 모든 것을 말로 설명할 수는 없었다. 설명하기 어려웠다. 직접 느껴야 했다. 어째서 기억을 잃게 되었는지 말이다.

자신이 기억을 되찾았듯, 아리아 역시 기억을 되찾으면 되는 일이었다. 시간의 차이는 있을지라도 분명 그런 날이 올 거라는 예감이 들었다.

"미안합니다."

그래서 장난기를 얼굴에서 지우고 진심을 다해 대답했다. 그 감정이 통한 것인지, 아리아 역시 더는 화를 내지 않고 가만히 아스의 눈을 마주했다.

"제가 알아서 떠올려야 할 기억이 있는 거군요."

"예."

"그게 바로 우리가 처음 만났던 날이고요."

"예."

"그리고 그때의 저는 치렁치렁한 드레스를 좋아했었던 모양이네요."

"……그렇습니다."

"무슨 이유인지는 모르겠지만 우리 둘 다 잊고 있었는데 그걸 아스 님이 먼저 기억해 낸 거고요."

"정확합니다."

똑똑한 아리아는 아스와의 대화를 통해 해답을 찾은 듯 보였다. 비록 그것이 알맹이는 쏙 빠져 껍데기뿐인 해답이었지만.

"알겠어요. 절 놀리려고 알려 주지 않는 것은 아닌 것 같으니, 알아서 열심히 생각해 볼게요. 잊어버린 제 탓도 있을 테니까요."

잊어버리게 만든 것은 아스였지만, 아무것도 기억하지 못하는 아리아가 마지막에 제 탓을 하며 대화를 마쳤다.

이에 아스가 무어라 대꾸도 하기 전에 아리아가 제 손을 아스의 등으로 미끄러뜨리며 말을 이었다.

"그러니 어서 자요. 곧 기억해 낼 테니까요. 바빠서 잠도 별로 못 주무시면서 새벽에 이렇게 깨어 있으면 안 되죠."

아리아의 손이 아스의 등을 토닥였다. 마치 어린아이를 재울 때처럼 일정한 박자를 띠었다. 그 손길이 퍽 다정하기 그지없었으나 아스는 이대로 잠을 잘 수 없었다.

"아니요, 저는 다 잤습니다. 이제 일어날 생각입니다."

"네?"

그 대답에 눈을 동그랗게 뜬 아리아가 탁자 위에 놓인 시계를 확인했다. 아직 자리를 털고 일어나기에는 한참 이른 새벽 네 시였다.

"아직 네 시인데요?"

"급한 일이 있어서요."

"급한 일이요?"

새벽 네 시에? 급한 일이라고? 아리아가 눈을 끔뻑이며 대답을 재촉했다.

"비께 아직 드리지 못한 선물이 떠올라서요."

"선물…… 이요? 이 새벽에?"

나중에 줘도 되는데.

아니, 이미 수도 없이 선물을 받아 더는 받고 싶은 선물이 없었다. 그리고 지금 아리아에게 가장 필요한 선물은 아스가 단잠을 자고 피로를 떨쳐 내는 것이었다.

"제대로 다시 맞춰 드려야겠습니다. 벌써 10년 전에 한 약속이고, 다짐이니 새벽이 문제가 아니라 너무 늦었지요."

"아스……!"

그리 대답한 아스가 아리아의 이마에 입을 맞추고 자리에서 일어났다. 정말 당장이라도 선물을 준비하러 갈 것처럼 바쁜 움직임이었다.

"잠시만요! 전 괜찮아요!"

아리아가 서둘러 따라 일어났다. 그럴 필요가 없다는 듯 연신 아스에게 괜찮다고 말했다. 이 새벽에 무슨 선물이란 말인가.

그러나 아스는 괜찮다는 아리아의 말을 따를 생각이 없는 모양인지, 황성을 활보할 수 있는 겉옷을 걸쳐 입고는 침실의 문고리를 잡았다.

"아. 확인할 것이 한 가지 있는데, 아직도 제 눈동자를 닮은 파란색이 좋습니까?"

"……그걸 말이라고 하세요?"

아리아가 화를 내는 건지 아닌지 모를 말투로 대답했고, 아스가 보는 이까지 부끄러워질 정도로 환하게 웃으며 침실을 나섰다.

그로부터 얼마 지나지 않아 아리아의 손에 귀걸이와 목걸이, 반지, 그리고 팔찌 등이 세트로 이루어진 장신구가 도착했다. 아스의 눈동자 색을 쏙 빼닮은 귀한 보석으로 만들어진 것이었다.

그것이 너무나도 아름다웠던 탓에 새벽에 갑작스레 나가 버린 아스를 며칠 동안이나 타박하던 아리아의 마음까지 사르르 녹였다.

3. 작은 아리아

3. 작은 아리아

　때는 아스의 황제 즉위식을 한 달 남겼을 시기였다. 아리아는 아스에게 자리를 물려준 황제가 칩거할 장소를 확인하고 있었다.

　'폐하께선 명이 다하는 그날까지 이럴 모양인가.'

　이제 더는 황권에 도전할 귀족들이 없거늘. 황제는 여생을 수백의 호위와 함께 수도에서 멀리 떨어진 요새에서 보내겠다고 하였다.

　'이해가 가지 않는 바는 아니지만.'

　그는 역대 최고로 무능했던 황제니까. 황제는 아스와 마찬가지로 아주 어릴 때 귀족파의 위협으로 죽을 고비도 넘겼다고 했다.

　그 후 일말의 저항도 없었던 것을 생각하면, 황제는 아스와는 달리 능력이 발현되지 않았던 모양이다.

　때문에, 그때부터 그의 인생은 목숨만을 부지하기 위한 여정이었다. 위협에 고개를 숙이고, 자식마저도 방패로 내세웠다.

　'뭐, 내겐 잘된 일일지도.'

허울뿐이기는 했으나, 황제였던 자다. 제 몸을 사리기 바빠 간섭일랑 하진 않겠지만, 지척에 있으면 신경이 쓰이는 법이었다.

그런데 스스로 멀리 떠나 주겠다니, 이보다 더 좋은 일이 있을까.

아스의 부친이라고 해서 양심에 찔릴 일은 없었다. 그는 단 한 번도 아비의 노릇을 한 적이 없으니까. 그러니 걸림돌은 이만 사라져 주는 편이 나았다.

"좋아. 행렬과 기사들의 의복만 간소하게 변경하고, 이대로 진행하도록 해. 그렇다고 소홀하게 하라는 말은 아니야."

눈에 띄는 것을 극도로 꺼려 하니, 화려하지만 않게 하라는 뜻이었다.

예견된 지시였기에 질문이나 반박은 없었다. 아리아의 서명이 담긴 서류를 받은 시종이 공손한 인사를 마치고는 그녀의 집무실을 떠났다.

'……드디어 끝인가.'

정말이지, 끔찍한 업무량이었다. 황제를 따라갈 행렬과 거취는 물론이고, 아스의 즉위식까지 해결해야 했기 때문이다.

본래대로라면 새 황제의 즉위식은 황실의 행사를 책임지는 황후가 처리했어야 할 일이었으나, 불행히도 현재 그 자리는 공석이었다.

덕분에 자연스럽게 모든 일이 아리아의 몫이 되었다.

'아스 님의 즉위식이었기에 망정이지.'

다른 누군가였다면 패악을 부려도 수천 번은 부렸을 것이라며 말도 안 되는 상상을 한 아리아가 짧게 실소했다.

'……피곤하긴 한가 보네. 별생각을 다 하고. 이제 황성의 행사 정도는 익숙해질 만도 하건만.'

아무래도 쉬어야 할 것 같았다. 다행히 예정보다 일이 일찍 끝났기에 다음 일정까지 시간이 남았다.

따뜻한 차라도 한 잔 마시고, 찌뿌둥한 몸을 풀 겸 산책해야지. 아스를 보고 오는 것도 나쁘지 않을지도.

생각하는 사이, 스르륵 눈이 감겼다. 그렇게 저도 모르게 잠이 든 아리아는 얼마 뒤, 문득 느껴지는 낯선 인기척에 번쩍 눈을 떴다.

'—?!'

낯선 생명체가 눈에 들어왔다. '그것'은 집무실 구석에 자리한 소파 뒤에 있었다.

'뭐야, 저건.'

자세히 보니 소파 귀퉁이를 잡고 눈만 빼꼼 내민 작은 아이였다.

부드러운 웨이브가 진 밝은 금발에 어딘가 익숙한 반짝반짝 빛나는 파란색 눈동자. 고작해야 소파보다 조금 큰 키로 미루어 보아, 나이는 다섯, 혹은 여섯 살쯤 되었을까.

소파를 쥔 조막만 한 손과 이마가 하얬다. 절반밖에 드러나지 않은 얼굴이었지만, 고생 하나 안 해 본 듯한 고운 외형이었다.

무해해 보이는 겉모습을 마주하니, 긴장으로 빳빳하게 굳었던 전신에 허탈함이 치달았다.

'귀족 아이? 길을 잃었나?'

부모와 함께 황성에 방문했다가 홀로 떨어진 것이 아닌 이상, 감히 황태자비의 집무실에 함부로 들어왔을 리가 없을 테니 그럴 가능성이 컸다.

'하지만 그런 것치고는…….'

아이가 너무 태연했다. 아니, 어딘가 흥미진진해 보이고 신이 나 보였다.

아무리 귀족의 아이라고 하더라도, 황성에 온 이상 적당히 겁을 먹고 몸을 사려야 마땅한데.

멋대로 집무실에 침입한 것으로 추정되는 아이는 아리아와 눈이 마주쳤음에도 도망갈 생각은커녕, 짙은 속눈썹을 팔랑이며 그녀를 관찰하고 있었다.

그 맹랑한 모습에 아리아가 미간을 찌푸리며 물었다.

"너 뭐야? 여긴 어떻게 들어왔지?"

퍽 싸늘한 물음이었거늘, 도리어 아이의 커다란 눈망울이 초롱초롱 빛났다.

'외국에서 온 아이인가?'

그래서 말을 못 알아듣나? 혹은 고운 외형 때문에 전혀 그래 보이지는 않았지만, 극히 희박한 확률로 암살자일 가능성도 있었다.

'물론 진짜 암살자라면 저렇게 티가 나게 남을 훔쳐보고 있진 않겠지만.'

이런저런 생각을 하는 사이에도 반짝반짝 빛이 나는 파란색 눈은 아리아에게서 떨어지지 않았다.

이 이상 아이와 눈싸움을 해도 소용이 없었기에, 경비병을 불러 아이를 내쫓는 것이 좋겠다고 생각한 아리아가 자리에서 일어났을 때였다.

"블리스!"

쏜살같이 소파에서 튀어나온 아이가 뜻 모를 말을 외쳤다.

블리스가 무엇이냐며 의문을 가질 새도 없이, 완전히 드러난 아이의 얼굴에 아리아가 잠시 숨을 멈췄다.

'……!'

어째서인지 아이의 얼굴이 아주 익숙했다. 눈 색만 다를 뿐, 거울 속에서 늘 보았던 자신의 얼굴과 비슷했다.

그럴 리는 없겠지만, 마치 도플갱어라도 만난 것 같았다. 기묘한 감정이 그녀의 가슴을 강타했다.

눈을 휘둥그레 뜬 아리아가 굳어 있는 사이, 배시시 웃은 아이가 다시금 입을 열었다.

"너 아니고 블리스! 내 이름."

뜬금없이 제 이름을 외친 아이는 호기심 가득한 얼굴로 아리아의 주변을 뱅글뱅글 돌았다.

장난치지 말고 빨리 네 집으로 돌아가라며 내쫓아야 하거늘.

즐거워하는 얼굴조차 자신의 과거 모습 같아, 아리아는 잠시 미동도 할 수가 없었다.

"……너, 어디 가문의 누구야? 이름 말고 성은 뭐지? 부모님은?"

그러다가 겨우 꺼낸 말이, 어디 가문의 누구냐는 말이었다.

자신과 너무나도 닮은 얼굴에 혹여나, 어쩌면 하는 생각이 들었다.

어려운 질문도 아닌데, 움직임을 멈춘 블리스가 입을 딱 닫고 눈동자를 굴렸다.

그렇게 청명한 파란색의 보석을 한참이나 굴리던 아이는 이내 해답을 찾고 다시 씩씩하게 대답했다.

"아주아주 먼 가문! 여기 말고 저어기."

작고 뭉툭한 손가락으로 집무실 천장을 가리키는 것은 덤이었다.

얼핏 하찮아 보이는 짤막한 신체에 저도 모르게 시선을 빼앗긴 아리아가 이내 정신을 차리고는 다시 물었다.

"아주 멀다고? 혹시 제국이 아니라, 외국이야?"

"응? 음…… 응!"

잠시 생각에 잠겼던 블리스가 고개를 끄덕이며 긍정했다. 외국이라는 말에 아리아의 심장이 덜컥 내려앉았다.

"외국 어디? 설마 크로아? 크로아니?"

확신하며 물었으나, 아니기를 바랐다. 여기서 맞다고 대답하는 순간, 자신의 가정도 맞아떨어지기에.

몹시 심각한 아리아의 표정과 말투에 겁을 먹은 것인지, 눈을 피한 블리스는 대답하지 않고 우물쭈물 손가락을 꼼지락댔다.

그 정도면 대답이나 다름없었다. 그렇다는 대답 말이다. 아이라서 그런지, 알기 쉬웠다.

블리스는 아주 큰 비밀을 숨기고 있기라도 한 듯, 눈치까지 보고 있었다.

'어째서 이런 일이.'

끔찍한 결론에 다다른 아리아가 이마를 짚었다.

이십 년 가까이 떨어져 지낸 두 사람이었기에, 이런 일이 있을 수도 있다고는 생각했으나―

'이복동생이 날 만나러 올 줄이야.'

아리아는 어릴 때의 자신과 쏙 빼닮은 블리스를, 자신의 이복동생이라고 판단했다.

나이라도 조금 어렸다면 재혼한 어머니가 낳았다고 생각할 수도 있었겠지만, 그러기엔 블리스의 나이가 너무 많아 보였다.

게다가 두 사람의 사이에는 무려 이십 년이라는 공백이 존재했다.

아버지는 후작저에 틀어박혀 한평생을 어머니만 그리워했다고는 하나, 혹시 또 모르는 일이었다.

눈앞에 증거가 나타나니 의심하지 않을 수가 없었다.

'이제 더는 지저분한 상황은 없을 줄 알았는데.'

이렇게 큰 문제가 아직 남아 있었다니. 갑자기 속이 답답해졌다. 얼음을 띄운 냉수라도 마셔야 할 것 같았다.

늘 그랬던 것처럼 종을 흔들어 하인을 부르려던 아리아가 움직임을 멈추었다.

'……잠깐, 얘를 누군가에게 들키기라도 한다면.'

오해를 받을 것이 틀림없었다.

황성의 하인들은 입이 무거우니 떠벌리진 않겠지만, 빌미를 만드는 것 자체가 바람직하지 않았다.

그렇게 이런저런 생각을 하던 아리아의 눈에, 블리스가 들어왔다.

고개를 푹 숙이고 눈을 되록되록 굴리는 모양새가 퍽 풀이 죽어 보였다.

'겁도 없이 감히 황태자비의 집무실에 쳐들어와서 씩씩하게 제 이름을 말할 때는 언제고.'

애는 애였던 모양이다. 조금 추궁을 했다고 눈치를 보는 것이, 어쩐지 조금 가여웠다.

무슨 상황인지는 조금 더 대화를 해 봐야 정확히 파악할 수 있겠지만, 아이에겐 죄가 없었다.

달리 확인할 방법이 없는 것도 아니었기에, 거친 추궁은 여기까지였다.

"……거기 그러고 있지 말고, 일단 앉으렴."

한결 누그러진 아리아의 말투에, 블리스가 눈을 댕그랗게 떴다.

그러고는 언제 풀이 죽었냐는 듯 방긋 웃으며 쪼르르 소파에 앉았다.

"목마르니?"

아리아가 테이블 위에 놓인 컵에 물을 따르며 물었다.

"응!"

기다렸다는 듯 블리스가 고개를 끄덕였기에, 아리아는 물이 반쯤 담긴 컵을 그녀에게 건넸다.

"머리카락에 먼지가 붙었구나."

그러면서 블리스의 머리카락을 귀 뒤로 느릿하게 넘겨 주었다.

지척까지 다가온 향긋한 숨결에 아이가 볼을 발그레 물들였다.

의도한 바는 아니었으나, 마침 잘되었다며 아리아는 블리스의 귓불을 확인했다.

'점까지 있다니…….'

조모인 바이올렛이 알려 준 가문의 특징이었다.

그녀와 자신, 그리고 친부인 클로이에게도 있는 작은 점이 블리스의 귓불에도 똑같이 존재했다.

더는 부정할 수 없는 확실한 증거였다. 복잡한 마음으로 가득 찬 아리아의 눈이 블리스에게 향했다.

상황을 아는지 모르는지, 뺨이 발갛게 달아오른 블리스는 작은 두 손으로 물컵을 꼭 쥐고 내용물을 홀짝였다.

그 모습이 썩 귀여웠다. 아이에는 관심도 없는 아리아가 물끄러미 이를 지켜보고 있을 만큼.

하지만 아주 잠깐이었다. 곧 걱정이 밀려들었기에 아리아가 집무실 안을 산책하며 고민에 빠졌다.

'얘를 어떻게 한담.'

어머니는 이 아이의 존재를 알고 계실까? 모른다면 어떻게 말을 꺼내야 하는 거지?

알면 필시 까무러치겠지. 아니야, 재혼하기 전에 생긴 아이 같으니, 별생각 없을지도. 그런 성격이니까.

뭐가 어찌 된 건지는 모르겠으나, 아무래도 피아스트 후작저까지 데려다줘야 할 것 같았다.

자신이 데리고 있어 봤자 아무것도 해결되지 않기에, 크로아로 돌아가자며 아리아가 블리스를 향해 돌아서는데―

"……?!"

뜻밖에도 아이의 모습은 어디에도 보이지 않았다.

'내가 헛것을 본 건가.'

집무실을 전부 다 뒤졌지만, 블리스의 모습은 온데간데없었다.

블리스뿐만 아니라, 아이에게 건넸던 컵까지도.

혹시나 하는 마음에 하인들까지 불러 책장 뒤까지 모두 찾아보았지만 헛수고였다.

그 누구도 블리스의 흔적을 찾을 수가 없었다.

"황태자비 전하, 집무실 안에 기사를 배치하심이 어떠실지요."

시녀인 루비의 진지한 제안에 아리아가 고개를 저었다.

이렇게까지 찾았는데 나오지 않는 걸 보면, 아무래도 자신이 꿈과 현실을 헷갈린 모양이었다.

'그래, 이제 와서 나와 똑같이 생긴 이복동생이라니. 말도 안 되는 일이지.'

차라리 먼 미래의 자신이 모래시계를 깨뜨려 과거로 돌아오는 편이 현실적이었다.

하필이면 꿔도 그런 꿈을 꾸다니. 일은 바빴지만 평화롭기는 했기에 역경이 그리웠던 모양이다.

"그래도 누군가가 침입했다고 하시니, 몹시 걱정이 됩니다."

"괜찮아. 피곤해서 꿈과 현실을 헷갈린 모양이야. 귀찮은 일은 거의 끝이 난 참이니, 푹 쉬면 괜찮아지겠지."

"그렇지만……."

평소 같았으면 절대 반박하지 않고 고개를 숙일 그녀였으나, 누군가가 침입했다는 말이 어지간히도 마음에 걸린 모양이었다.

몇 번이나 같은 말을 하게 만들어 퍽 귀찮았지만, 그게 자신의 안위를 걱정하는 마음이라고 생각하니 그리 기분이 나쁘지 않았다.

그래서였다.

"좋아. 그렇지만 집무실 안은 신경이 쓰일 테니 문밖에 세워 두는 정도라면 허락할게."

문밖에 세워 두는 것도 신경이 쓰일 게 분명한데도, 아리아가 루비의 제안을 허락했다.

그제야 표정이 밝아진 루비가 당장 그리하겠다며 고개를 숙여 집무실을 빠져나갔다.

처음에는 애니를 부러워하며 잔머리만 굴리는 시녀인 줄 알았는데, 꽤 충성스럽지 않은가.

슬슬 그녀의 공로를 인정해 줄 때가 된 것 같았다.

그렇게 블리스를 깨끗하게 잊은 아리아가 오후 일정을 확인했다.

남은 일정은 의상 디자이너인 클로시 부인이 가져올 의복들을 검토하는 것이었다. 즉위식에서 입을 아스의 정장과 자신의 드레스였다.

역사의 한 페이지를 장식할 중요한 행사였기에, 한 치의 부족함도 없이 완벽해야만 했다. 그런데.

"화, 황태자비 전하! 일정을 미루셔야 할 것 같습니다! 클로시 부인께서 쓰러지셨습니다……!"

어째서인지, 시작도 하기 전에 일이 틀어지고야 말았다. 퍽 다급한 얼굴로 소식을 가져온 하인에게 미간을 찌푸린 아리아가 물었다.

"갑자기? 어째서? 무슨 사고라도 있었던가?"

황성에서 지낸 이후로 줄곧 클로시에게 드레스를 맡겨 왔었기에, 아리아는 그녀에 대해 꽤 잘 아는 편이었다.

클로시는 지병은커녕, 오랜 밤샘 작업에도 끄떡없는 건강 체질이었다. 성격 또한 호탕하여, 스트레스를 쌓아 두고 속병을 앓는 타입도 아니었다.

그러니 건강에는 문제가 없을 터. 아니나 다를까, 하인의 입에서 나온 소식은 무척이나 뜻밖의 것이었다.

"그게…… 가져온 의복들이 물에 젖었다고 합니다."

"물? 비도 오지 않는데 젖었다고?"

"예, 비 전하께 보여 드리려고 미리 응접실에 세워 둔 옷들에 누가 물을 뿌린 것 같다고……."

감히 어느 누가 즉위식에 사용할 의복에 그런 못된 짓거리를. 아리아의 눈빛이 싸늘하게 가라앉았다.

"안내해. 어떻게 되었는지 직접 확인할 테니."

"예, 예!"

하인을 따라 도착한 응접실은 흡사 아수라장이었다. 쓰러진 클로시 부인은 소파에 누워 눈과 이마에 젖은 수건을 올리고 있었다.

그녀의 제자들과 황성의 하인 몇몇은 젖은 의복들을 수습하려 부채질을 하는 중이었다.

"화, 황태자비 전하……!"

"비 전하를 뵙습니다!"

그러다가 개중 한 명이 아리아를 발견했기에, 하던 일을 멈춘 모두가 예를 취했다.

클로시 부인 역시 자리에서 벌떡 일어나 아리아의 앞에 무릎을 꿇고 그 사이에 얼굴을 묻었다.

"황태자비 전하……! 정말, 정말 면목이 없습니다……! 저를 죽여 주십시오!"

"그런 사소한 일로 부인을 죽이면 앞으로 저는 어떻게 하라는 거죠? 부인만 한 솜씨는 찾을 수가 없는데."

클로시 부인에게는 죄가 없었기에 아리아가 용서하겠다는 뉘앙스를 내비쳤다.

관리를 어떻게 했느냐며 뺨을 맞아도 죄스러운 마음이 다 가시지 않을 텐데. 도리어 죄를 묻지 않겠다는 말에 클로시 부인이 눈물을 터뜨렸다.

그런 그녀를 뒤로한 아리아가 망가진 의복의 상태를 가늠했다.

"이건…… 정말 누군가가 물을 뿌린 게 확실하군. 그것도 아스 님의 정장과 내 드레스 모두에."

바지와 드레스 밑단까지 모두 젖어 있었다. 잘 말리면 원래대로 돌아오긴 할 것 같은데, 다른 것도 아닌 황제의 즉위식에서 입을 의복이었다.

누군가에게 해코지를 당한 의복을 말려서 다시 입는 일 따위 용납할 수 없었다.

"만에 하나를 대비하여 아무도 들어오지 못하게 문을 잠가 놓았었는데, 어떻게 들어가서 물까지 뿌린 건지 도통 알 수가 없습니다."

"목격자는?"

"없습니다. 저희가 번갈아 가며 문을 지켰는데 아무도 보지 못했습니다."

"너희들은? 보았니?"

아리아의 물음에 하인들도 고개를 저었다.

"저희는 물론이고 주변을 지났던 하인들에게까지 모두 물어보았습니다만, 아무도 보지 못했다고 합니다."

그렇다면 외부는 아니겠고, 내부 소행이란 말인가. 어쩌면 문을 지키던 클로시의 제자 중 누군가의 소행일지도 모르는 일이었다.

용서할 수 없었다.

도대체 어떤 방법으로 만인의 눈을 피해 의복에 물을 뿌렸는지는 모르겠지만, 반드시 잡아 그 대가를 톡톡히 치르게 만들고야 말겠다고 아리아가 다짐했다.

"즉위식에 관련된 물품들이 보관된 장소의 경비를 충원하도록. 그리고 부인, 그만 울고 일어나세요."

아리아의 부름에 아직까지 울고 있던 클로시 부인이 고개를 들었다.

고생하여 만든 작품을 버리게 된 그녀의 퉁퉁 부은 눈이 퍽 안쓰러웠다.

하지만 지금은 그런 사소한 것을 보듬어 줄 때가 아니었다.

"부인께서 이렇게 계속 울고만 있으면 즉위식은 물거품이 되겠죠. 제국 역사에 길이 남을 망신이 될 테고요."

이럴 시간에 눈물을 닦고 일어나서 의복을 다시 만들어야 했다.

"부족한 인력은 얼마든지 빌려 드릴 테니, 말씀만 하세요. 아직 한 달이라는 시간이 남아 있으니, 부인께선 충분히 새로운 의복을 만드실 수 있을 거예요."

채찍과도 같은 아리아의 말에 클로시 부인이 고인 눈물을 닦고 표정을 달리했다. 아리아의 말이 맞았다. 이러고 있을 때가 아니었다.

"……알겠습니다, 황태자비 전하. 최대한 빨리 완성된 의복을 가지고 다시 찾아뵙겠습니다."

"좋아요. 그럼 저는 부인에게서 눈물을 뽑아낸 자를 찾아보도록 하죠."

정말 즉위식을 망칠 생각이라면, 이번 한 번으로 끝나지 않을 것이 분명했다.

그 누구에게도 들키지 않고 침입했던 기술을 살려 또 다른 무언가를 망치려 들겠지.

'그 전에 잡아서 놈의 목을 쳐 버리겠어.'

용의주도한 놈인 것 같으니 쉽지는 않겠지만, 모래시계를 사용한다면 생각보다 쉽게 꼬리를 잡을 수 있을지도.

그런 생각을 하는데, 불쑥 아리아의 허리에 손이 감겼다. 익숙하고 강인한 손이었다.

그 위에 자신의 손을 포개자, 목덜미에 따뜻한 입술이 내려앉았다.

"누가 누구의 눈물을 뽑았다는 말씀이십니까. 설마 내 비의 눈에서 눈물을 뽑았다는 말은 아니겠지요."

확인할 필요도 없이 아스였다. 물어 놓고 대답은 뒷전인 듯, 목덜미에서 시작된 입맞춤이 뺨을 지나 입술에 가볍게 내려앉았다.

빈번하게 일어나는 일이었기에, 새삼스레 놀라는 이는 없었다.

다만 아무리 보아도 부끄러운 것은 어쩔 수 없는지, 뺨을 붉힌 이들이 예를 갖춰 인사를 마치고는 조용히 응접실을 빠져나갔다.

"여긴 어쩐 일이시죠?"

아리아의 물음에서 반가운 기색이 묻어났기에, 아스가 기분 좋은 웃음을 흘리며 대답했다.

"드레스가 도착하는 날이라고 하여 서둘러 일을 끝내고 보러 왔습니다. 그런데 문제가 있는 모양입니다."

그의 눈이 즉위식에서 입을 아리아의 드레스로 향했다. 젖은 부분의 색이 짙게 변모해 있었기에, 그가 순식간에 상황을 파악했다.

"누군가가 침입하여 물을 뿌린 모양이에요. 불행히도 잡지 못했지만요."

그럼에도 침울해하기는커녕, 가만히 두지 않겠다는 의지가 엿보였다.

그에 아스는 아리아가 모래시계를 사용해서 의복에 물을 뿌린 범인을 잡아내려 한다는 걸 어렴풋이 눈치챘다.

'한동안 꺼내지 않아서 더는 사용할 일이 없을 거라고 생각했는데.'

아스는 아리아가 모래시계를 사용하는 것이 마음에 들지 않았다.

황실의 사람이 되기 전에 능력을 각성한 탓인지, 정식으로 혼인을 치르고 황태자비가 된 지금도 힘의 대가를 과하게 치러야만 했기 때문이다.

그는 능력을 사용한 뒤 죽은 듯 잠을 자는 아리아를 볼 때마다 그녀의 수명이 줄어드는 듯한 불안감에 시달렸다.

아리아는 괜찮다고 했지만, 또다시 그런 꼴을 마주하긴 싫었다. 그러니 일단은 그녀의 머릿속에서 모래시계를 사용하겠다는 생각을 지워야만 했다.

"그렇다면 무리를 해서라도 경비를 강화해야겠군요. 모처럼 절 위해 애를 써 주고 계신 즉위식이 엉망이 되지 않도록 말입니다."

"그렇지 않아도 경비를 충원하라 지시한 참이었어요. 직접 확인도 할 거고요. 반드시 잡아서 그 대가를 톡톡히 치르게 할 거예요."

"좋은 판단이십니다."

어깨를 감싸 안아 아리아를 완전히 제 품에 가둔 아스가 '하지만 그 전에.'라며 운을 뗐다.

"슬슬 저녁 식사 시간이 가까워져 오니, 가볍게 산책이나 하고 함께 저녁을 먹는 건 어떻겠습니까? 내내 이 시간만을 기다렸던 가여운 남편을 구제해 주셨으면 좋겠는데."

퍽 갑작스러운 말이었다. 화제를 돌리고자 하는 속셈이 빤히 보였다.

하지만 '제발.'이라고 덧붙이며 일렁이는 눈으로 애원하는데, 마음이 동하지 않을 수 없었다.

작게 웃음을 터뜨린 아리아가 제 어깨를 감싼 아스의 손을 은근하게 매만졌다.

"식사까지만 구제해 주면 되는 건가요?"

"……제가 말라비틀어지는 꼴을 보고 싶으시면 그렇게 하셔도 됩니다."

도대체 누가 누굴 회유하려고 한 건지.

고작해야 손을 매만진 것만으로도 주도권을 빼앗긴 아스가 힘겹게 대답했다.

"그런 꼴을 볼 수야 없죠. 그럼 아스 님의 말대로 가볍게 산책을 하고, 저녁을 먹고, 그 뒤에도 마르지 않도록 다정하게 보살펴 드릴게요."

아스의 가슴에 얼굴을 기댄 아리아가 모르는 척 그의 허리 부근을 매만졌다.

계략에 넘어가 주기는 하겠으나, 그 대가를 톡톡히 치르라는 듯.

그에 아스의 마음이 다급해졌다. 짙게 가라앉은 한숨을 토로한 그가 여전히 자신을 도발하는 아리아의 손을 낚아챘다.

"미안하지만 산책은 내일 해도 되겠습니까? 보살핌을 먼저 받지 않으면 당장 죽어 버릴 것만 같은데."

항복의 선언이었다. 새파랗게 타오르는 눈동자가 몹시 마음에 든다는 듯 아리아가 곱게 눈을 접어 웃었다.

"저녁을 거르지만 않는다면요. 황제가 되실 분의 목숨을 위협할 수는 없죠."

"자신은 없지만, 노력해 보겠습니다."

* . * *

다음 날 새벽. 푸르스름한 달빛을 받아 기묘하게 빛이 나는 아리아의 머리카락을 쓸어넘긴 아스가 침대에서 빠져나왔다.

아리아에게는 일찍 일을 마쳤다고 했지만, 실은 일을 미루고 빠져나온 것에 가까웠기 때문이다.

급한 일은 아니었으나, 미루고 쌓이다 보면 급해지기 마련이었다.

평소보다 일찍 일어나긴 했어도, 퍽 좋은 밤을 보낸 덕인지 다행히 피곤하다는 생각은 들지 않았다.

다만 '아침까지 아리아의 옆에 있다가 인사를 나눴으면 좋았을 텐데.' 하는 아쉬움은 남았다.

때문에 자꾸 자신을 멈춰 세우는 미련을 떨치려, 자는 아리아의 이마에 가볍게 입을 맞춘 그가 뒤도 돌아보지 않고 침실을 벗어났다.

"황태자 전하, 간밤에는 평안하셨는지요? 세숫물을 준비해 놓았습니다."

아스가 아리아 몰래 새벽에 빠져나왔던 것이 한두 번이 아니었기에, 미리 대기하고 있던 하인이 그를 옆방으로 안내했다.

그곳에서 익숙하게 준비를 마친 아스가 아침은 아리아가 일어나면 그때 함께 먹겠다며 곧장 집무실로 향하려던 때였다.

"전하, 보고드릴 것이 있습니다."

보좌관 중 한 명이 그를 찾았다. 이렇게나 이른 시각에 직접 자신을 찾아온 것을 보면 필시 급한 일일 터.

알겠다며 가볍게 눈을 깜빡이자, 그가 고개를 조아리며 입을 열었다.

"실은, 간밤에 주방에 누군가가 침입했습니다."

"침입? 주방엘?"

뜬금없는 장소였다. 그러나 전날, 아리아의 드레스와 제 의복을 망쳤던 침입자를 떠올린 아스가 미간을 찌푸렸다.

"……단발성이 아니었군. 피해는?"

"숙성시킬 요령으로 준비해 두었던 빵 반죽들이 엉망이 되었고,

외국에서 들어온 초콜릿과 사탕 몇 개가 사라졌습니다. 방금 전에
확인된 차라 더 조사를 해 봐야 할 것 같습니다."

엉망이 된 빵 반죽과 분실된 초콜릿과 사탕이라니, 이른 새벽부
터 보고하기에는 하찮은 피해였다.

그러나 황성 내부의 경계가 뚫린 데다가, 범인까지 잡지 못했다
는 관점에서 보면 크고 중대한 사안이기도 했다.

"목격자는 당연히 없겠고."

"예……. 마침 모두 자고 있던 때라 목격자도 없습니다. 빵을 굽
기 위해 새벽에 출근한 하인이 발견했다고 합니다."

"주방을 통해 다른 곳으로 이동했을 가능성은?"

"극히 희박할 것으로 판단됩니다. 주방의 하인이 퇴근 시에 문을
이중으로 잠갔다고 했습니다."

그럼에도 잡지 못했다면, 외부에서 들어와 외부로 나갔다는 뜻인데.

유일하게 외부와 연결된 통로는 연기를 배출하는 환기구뿐이었다.

침입에 취약할 것이 분명했기에, 사람이 지나다닐 수 없는 좁은
통로를 몇 개나 만들어 사용하고 있던 참이다.

그러니 그 누구도 침입하지 못했을 것이 분명한데. 도대체 어디
에서 들어와 어디로 나갔다는 말인가.

'의복에 물을 뿌렸다고 하여 단순하게 생각하고 있었는데, 실수
했군.'

두 번이나 감시를 피해 침입을 한 상황이었기에, 쉽게 넘길 문제
가 아니었다.

언제 그 위협이 아리아에게 향할지 몰랐기에.

"당장 침실 앞에 기사들을 배치해. 유능한 자들로만 엄선해서.

그리고 주방에는 내가 직접 가 보도록 하지."

"예."

그 길로 주방으로 내려간 아스는 침입자가 엉망으로 만든 그곳을 면밀하게 살펴보았다.

보고대로 엉망이 된 빵 반죽들이 바닥을 뒹굴고 있었다. 조리 도구 몇 개도 바닥에 떨어져 있었다.

그러나 역시 어디서 침입했는지는 알 수가 없었다. 어디로 빠져나갔는지 또한.

'나처럼 공간을 이동하지 않는 이상, 불가능한 일인데.'

생각하고도 어처구니가 없는 가정이었으나, 불가능한 가정도 아니었다. 아리아처럼 뜻밖의 각성자가 나타나기도 했으니까.

'……무슨 생각으로 침입한 건지는 모르겠지만, 위험하군.'

정말 능력을 사용할 줄 아는 자라면 더더욱. 아스의 눈빛이 짙게 가라앉았다.

아무래도 범인을 잡을 때까지 아리아의 옆에 붙어 있어야 할 것 같았다.

그런 생각을 하는 사이, 침입자에 대한 보고가 몇 개 더 들어왔다. 이번에도 큰 피해는 없었다.

아리아의 의복을 보관하는 드레스 룸이 엉망이 되었다든가, 온실의 꽃을 밟아 놓았다든가 하는 사소한 일이었다.

마치 장난을 치듯 이곳저곳을 들쑤셔 놓았음에도, 아무에게도 들키지 않았기에 아스는 간담이 서늘해졌다.

지금 당장 아리아에게 돌아가야 했다.

"지금부터 모든 업무는 침실에서 보도록 하지. 모든 인력을 풀어서 황성 전체를 샅샅이 뒤지도록."

그리 지시한 아스가 서둘러 주방을 빠져나가 자신의 집무실로 향했다. 그곳에서 시급한 서류들만 챙겨 곧장 침실로 공간 이동할 생각이었다.

아무도 없어야 할 집무실에서 낯선 인기척을 느끼기 전까지는, 그럴 작정이었다.

'테이블 밑인가.'

집무실에 들어서자마자 느낄 수 있었다. 테이블 밑에 누군가가 숨어 있다는 것을.

하필이면 골라도 자신을 고르다니. 멍청한 선택이었으나, 한편으로는 아리아에게 해코지를 하기 전에 잡게 되어 참으로 다행이었다.

갖은 고문을 해서라도 목적을 밝히리. 그렇게 생각하며 순식간에 테이블 근처로 이동한 아스가 손을 뻗어 침입자의 팔을 끌어당겼다.

"—?!"

그런데 어째서인지 끌려 나온 것은 어린아이였다. 그것도 아리아를 쏙 빼닮은 작은 아이.

갑자기 끌려 나와 놀란 아이가 질겁했다. 그 모습이 마치 겁을 먹은 아리아 같아 아스가 서둘러 손을 거뒀다.

"기다려! 해칠 생각 없어. 그러니까 도망가지 마."

진심이었다. 끌어내자마자 팔다리를 부러뜨려 도망가지 못하게 할 생각이었지만, 아리아의 얼굴을 한 아이에게 그런 짓을 할 수 있을 리가 없었다.

펙 다급한 아스의 말에, 공간을 이동하려 했던 아이가 그대로 멈추었다.

그러고는 잠시 아스를 응시하더니, 울음이라도 터뜨릴 것처럼 입술을 씰룩댔다.

"······혹시 길이라도 잃은 건가?"

그럴 리는 없겠지만, 일단은 허락도 받지 않고 남의 집무실에 들어온 참이었기에 그렇게 묻자 아이가 아스에게 덥석 안겼다.

자객이었다면 벌써 죽었을 터였다. 그러나 작은 자객은 아스에게 해코지를 하는 대신, 크게 울음을 터뜨려 그를 곤란하게 만들었다.

"으허허엉—!"

우는 아이는 낯설었지만, 아스는 아이를 밀어내는 대신 어정쩡하게 멈춰 있던 손으로 등을 토닥였다.

누구인지, 무슨 일인지도 모르겠지만, 아리아를 닮은 아이가 우니 자신의 마음 또한 아팠다.

그렇게 아스의 품에서 한참을 울던 아이가 눈물을 그친 것은, 누군가가 그의 집무실 문을 두드렸을 때였다.

"—!"

인기척이 들리자마자 아이가 순식간에 공간을 이동했다.

신기루처럼 사라진 인영에 당황할 새도 없이, 문을 두드린 이가 자신의 방문을 알렸다.

"아스테로페 님. 레인입니다. 이상한 소리가 들리는데, 괜찮으십니까?"

"······레인."

정말이지, 도움이 될 때보다 안 될 때가 더 많은 놈이었다.

자신을 걱정해 주는 좋은 충신이 있는 것은 고마운 일이었으나,
그는 늘 타이밍이 좋지 않았다. 밀려드는 허탈감에 아스가 제 이마
를 짚었다.

"괜찮지 않으니 좀 꺼져."

"……예. 그럼 평안한 하루 되십시오."

당장이라도 제 목을 조를 것만 같은 아스의 목소리에, 자신이 무
언가 실수를 했다는 것을 깨달은 레인이 서둘러 자리를 떠났다.

어떻게 다시 잡아야 할까. 고민하는 아스의 눈에, 테이블 밑에서
반짝이는 무언가가 들어왔다.

손을 뻗어 꺼내 보자, 빈 물컵과 드레스 한 벌, 그리고 드레스에
눌어붙은 초콜릿 덩어리였다.

'……설마 침입자가 들렀던 곳에서 사라진 물건들인가.'

주방에선 초콜릿이, 아리아의 드레스 룸에서는 드레스가, 빈 물
컵은 즉위식에서 입었던 옷이 젖었던 것과 관련이 있어 보였다.

'참으로 깜찍한 침입자였군.'

확실하진 않지만, 위해를 가할 생각은 없어 보였다. 물론 공간을
이동하는 능력을 눈앞에서 보았기에 완벽하게 위험하지 않다고 단
언할 순 없었지만.

'그런데 그 능력, 어제와 오늘에 걸쳐서 몇 번이고 계속 사용한
것 같은데, 왜 멀쩡했던 거지?'

아리아처럼 외부에서 각성한 아이라면 한 번의 이동만으로도 하
루를 꼬박 기절해 있어야 마땅할 텐데.

게다가 얼굴 또한 과하게 아리아와 닮아 있었다.

비록 눈은 자신과 같은 파란색이었지만, 머리카락의 색과 얼굴은

아리아를 그대로 옮겨 놓은 듯했다.

그녀의 아이가 아니라면 설명이 되지 않을 정도로.

"······!"

생각이 거기까지 다다른 아스는 이상한 결론 하나를 도출하고야 말았다.

'설마 진짜 그녀의 아이인 건······.'

아리아가 외도를 했다고 의심을 하는 건 결코 아니었다. 아스는 바람처럼 사라진 아이가 자신과 아리아의 아이인 건 아닐까 의심했다.

그렇게 가정하면 어느 정도 퍼즐이 맞아떨어졌다.

계속해서 능력을 사용해도 멀쩡한 것과 아리아와 자신의 특징을 나누어 닮은 점.

의복에 물을 뿌린 것이나 드레스를 훔친 것까진 이해할 수 없었으나, 그런 것들은 굳이 집착하며 밝히지 않아도 될 사소한 문제였다.

다만, 한 가지 문제가 있다면 아이의 나이였다. 하지만 그것도.

'두 가지 능력을 가지고 있다고 가정하면 설명이 되지.'

공간을 넘나드는 능력과 과거와 미래를 오갈 수 있는 능력. 자신과 아리아의 능력이었다.

능력은 매우 드물게 나타났기에, 확실한 기록이 없었다. 그러니 충분히 가능한 일이었다.

몹시 타당한 결론에 다다르자 더는 다른 가정을 할 수가 없었다.

게다가 이제는 아이의 정체보다 다른 것이 마음에 걸리기 시작했다.

'도대체 왜 능력을 사용할 수 있는 거지? 여기에는 왜 온 거고.'

행복하게 살았다면 능력을 각성할 일도 없었을 테고, 과거로도 오지 않았을 터. 자신을 보고 다짜고짜 울지도 않았을 터였다.

'……설마, 원래 살던 시간대에서 나쁜 일이 있었던 건.'

아리아의 드레스만 훔친 걸 보면 미래의 그녀에게 무슨 일이 생긴 건 아닌지.

아스의 심장이 불안으로 빠르게 뛰기 시작했다. 전신의 피가 다 마르는 기분이었다.

온 황성을 다 뒤져서라도 아이를 찾아야 했다. 그래서, 그래서 미래의 아리아가 어떻게 되었는지 확답을 들어야만 했다.

* * *

아스가 황성을 돌아다니며 아이를 찾는 사이, 아리아가 잠에서 깨어났다.

익숙하게 종을 흔들어 하녀를 부른 그녀는, 세안을 하고 의복을 갈아입으며 밤사이에 있었던 일을 상세히 보고받았다.

"주방과 내 드레스 룸까지 엉망으로 만들었다고? 전하께서 뒤를 쫓고 있고?"

"예. 그래서 기사들이 침실 앞을 지키고 있습니다. 소란을 일으키는 것이 목적인 모양인지, 돈이 되는 것은 훔치지 않았다고 합니다."

드레스를 한 벌 훔치기는 했지만, 보석이 많이 달렸다거나 비싼 것은 아니었다.

그러니 그녀의 말대로 소란을 일으키는 것 자체가 목적일 터.

'……황실에 오명을 씌울 작정인가 보군.'

어제에 이어 오늘까지. 만 하루가 되어 가는데도 범인이 누군지

3. 작은 아리아 | 119

추측조차 하지 못하고 있으니, 소문이 외부로 흘러 나간다면 무능하다 욕을 먹을 것이 분명했다.

"그런데 참으로 이상합니다. 잠금쇠는 그대로라는데, 도대체 어떻게 침입하고 탈출한 걸까요?"

하녀가 고개를 갸웃댔다. 아리아 역시 의문이 드는 건 마찬가지였다.

어제도 그랬지만, 단 한 명의 목격자도 남기지 않고 황성을 자유자재로 돌아다닐 수 있다는 것이 이해가 되지 않았다.

'아니, 방법이 아예 없는 것은 아니지.'

머릿속을 스치고 지나간 것은 다름 아닌 아스였다. 그와 같은 능력을 가지고 있다면 황성을 휘젓는 것 따위, 일도 아니었다.

물론 미치지 않는 이상 그가 그랬을 리는 없을 테니, 범인은 필시 다른 사람일 터였다.

'……그리고 나는 어제 비슷한 경험도 했었고.'

자신과 비슷하게 생긴 블리스라는 아이를 통해서.

꿈, 혹은 착각인가 싶었는데, 어쩌면 아스처럼 능력을 사용해 사라진 것일 수도 있겠다는 생각이 들었다.

'피아스트 후작 가문의 피를 이었다면 충분히 가능한 일이지.'

자신 역시 그러했다. 퍽 순진해 보였기에 무해한 아이인 줄 알았는데.

얼굴뿐만 아니라 성품까지 자신을 닮았는지, 어린 나이에 꽤 하지 않는가.

도대체 왜 이런 일을 벌이는진 모르겠지만, 아무래도 모래시계를 사용해야 할 것 같았다.

'도망치기 전으로 시간을 되돌려서 재빨리 때려 기절시키면 잡을 수 있을 테지.'

어린아이에게 그런 짓을 하고 싶진 않았으나, 상황이 상황이었다.

지금은 사소한 분란만을 일으키고 있었지만, 언제 그것이 칼날이 되어 자신에게 돌아올지 모르는 일이었다.

그리 생각한 아리아가 제 머리카락을 빗기려는 하녀를 저지했다.

"혼자 생각하고 싶은 게 있으니, 자리를 비워 주겠니?"

"예? 비 전하 혼자서요?"

"그래. 문 앞을 기사들이 지키고 있다며. 그러니 혼자 방에 있는 것쯤은 괜찮겠지."

잡히지 않은 침입자 때문인지, 하녀는 아리아를 혼자 두는 걸 내키지 않아 했다.

그렇다고 지시를 무시할 수 있는 입장은 아니었기에, 예를 갖춰 인사를 올리고는 조용히 방에서 물러났다.

침실에 홀로 남겨진 아리아는 아무것도 없는 벽을 밀었다. 그러자 달칵, 소리와 함께 손잡이가 나타났다.

이를 잡고 돌리니, 균열이 생긴 벽이 천천히 열렸다. 황족들에게만 전해지는 비밀 통로였다.

안쪽에 모래시계를 숨겨 놓았기 때문에, 아리아는 그것을 꺼내 갈 생각이었다.

뜻밖에도 그 속에서 블리스를 발견하기 전까지는.

"너는……?!"

애가 왜 도대체 여기에 있는 거지?

만나면 목을 후려쳐서 기절을 시킬 생각이었는데.

"흐어어엉!"

왜 만나자마자 대성통곡을 하는가.

호기심 가득했던 얼굴은 온데간데없이, 갑자기 눈물을 펑펑 쏟으며 울기 시작하는 블리스에 아리아가 당황했다.

황성을 수렁으로 빠뜨린 대담함은 어디로 사라졌단 말인가.

못된 아이를 만난 적은 있었으나, 다짜고짜 우는 아이를 만난 것은 처음이었다.

어찌해야 할지 몰라서 멍하니 보고만 있자, 히끅 애써 눈물을 삼킨 블리스가 바닥에 엎드렸다.

"미, 미안, 흡, 흐흑, 미안해요오, 흐어어엉!"

누가 보면 살인이라도 한 줄 알 기세였다. 사과하다 못해 땅굴을 파고 들어갈 것 같은 블리스에, 아리아는 전의를 상실했다.

"무엇이?"

"시, 실수로 물을, 흑, 어, 엎지르고. 주, 주방을, 흐어어엉!"

제대로 된 대화가 불가능했다. 그럼에도 한 가지 확실한 것은, 블리스가 일부러 상황을 엉망으로 만든 게 아니라는 것이었다.

엉엉. 목이 터져라 우는 아이를 잠시 내려다본 아리아가 한숨을 내쉬었다. 참으로 기가 막혔다.

"당장 울음을 그치지 않으면 죗값을 톡톡히 치르게 할 거야. 전처럼 다시 도망치면 어떻게든 잡아서 기절을 시킬 거고."

"히끅!"

화가 단단히 났다는 양 싸늘한 눈으로 협박하자, 블리스가 양손으로 제 입을 턱 막고는 커다란 눈을 데굴데굴 굴렸다.

바로 순순해지는 모양새가 썩 마음에 들었다. 이 이상 겁을 줄 필요는 없어 보였기에, 아리아는 블리스와 함께 비밀 통로에서 나왔다.

어두운 통로 안에서 보았을 땐 몰랐는데, 블리스의 상태가 제법 엉망이었다.

눈은 통통 부어 있었고, 얼굴과 옷 곳곳에 검댕이 묻어 있었다.

닦으라며 손수건에 물을 묻혀 블리스에게 건넨 아리아는, 그것을 쥐고 쭈뼛거리며 서 있는 아이에게 소파에 앉으라는 말과 함께 진실을 캐물었다.

"아까 거기는 도대체 어떻게 알고 들어간 거지? 즉위식에서 입을 옷에 물을 뿌리고, 주방을 엉망으로 만들고, 내 드레스를 훔친 것도 다 네가 한 짓이니?"

잠깐의 여유도 주지 않고 곧장 그리 물을 줄은 몰랐던 탓에, 놀란 블리스가 손수건을 떨어뜨렸다.

그러고는 다시 그 큰 눈망울에 눈물을 가득 채우더니, 입술에 꾹 힘을 주고는 고개를 내저었다.

"그럼 다른 사람이 했다는 말이야?"

"내, 내가 했지만……. 그치만, 그치마안……. 그거언……. 히끅."

울음이 쏟아질 것 같았는지, 블리스가 다시 손으로 제 입을 막았다.

아무래도 진정을 시킨 뒤에 추궁해야 할 것 같았다.

아리아가 종을 흔들어, 내내 그녀를 걱정하며 밖에서 대기하던 하녀를 불렀다.

"비 전하, 부르셨-"

그녀는 자신이 나가기 전까지는 없었던 블리스를 보고 눈을 휘둥그레 떴다.

아이가 눈물을 뚝뚝 떨구고 있었기에 더욱 그러했다.

혹여나 자신이 귀신이라도 보았나 싶어 하녀가 눈을 비비는데, 개의치 않은 아리아가 블리스를 가리키며 입을 열었다.

"아이가 먹을 과자 좀 내오렴. 차도."

"예……?"

"어서."

"아, 네, 네!"

도대체 뭐지? 갑자기 웬 아이가? 아니, 그것보다 비 전하와 너무 닮았는데? 근데 왜 울고 있는 거야?

머릿속이 물음표로 가득 찬 하녀가 얼빠진 얼굴로 방에서 물러났다.

그사이, 새로운 손수건을 가져온 아리아가 눈물과 검댕으로 얼룩진 블리스의 얼굴을 닦아 주었다.

그에 블리스가 언제 통곡을 했냐는 듯, 뺨을 붉히며 코를 훌쩍였다.

'참 여러모로 맥이 빠지게 하네.'

이런 성격으로 잘도 황성을 뒤집어 놓았다 싶었다.

"힘은 언제 각성한 거니?"

아리아가 자리로 돌아가며 묻자, 블리스의 얼굴이 다시 침울해졌다.

다행히 울진 않았지만, 좋지 않은 기억이었던 모양이다. 죽음에 가까운 상황에서만 얻는 힘이었기에 그럴 만도 했다.

"……엄마 배 속에 있었을 때."

태어나기 전이라는 뜻이었다. 친모에게 무슨 일이 있었던 듯싶었다.

혹시 아이를 낳다가 죽은 걸까. 그래서 아이만 살아남은 걸까.

깊게 파고들어서는 안 될 이야기였으나, 파고들지 않을 수가 없었다.

그렇다고 함부로 물을 수도 없어, 뭐라고 이야기를 꺼내야 좋을지 고민하는데, 묻기 전에 알아서 대답이 나왔다.

"그래서, 그래서어…… 나 때문에, 몸이 약해서 맨날 아프고……."

운이 좋게 죽진 않았지만, 몸이 온전치는 않다는 뜻일까.

작디작은 아이의 눈이 복잡한 감정에 휩싸여 있었다. 괜히 들었나 싶을 정도로 분위기가 어색하고 칙칙해졌다.

죄를 지은 것은 아이인데, 왜 자신이 눈치를 봐야 하는지 모를 일이었다.

다행히 얼마 지나지 않아 하녀가 다과를 가져왔기에, 한동안 두 사람은 아무런 말도 없이 차와 과자를 먹었다.

그러다가 문득, 아리아는 '얘가 여기에 있어도 되나.' 하는 생각이 들었다. 엄마가 아프다는데, 가출까지 한 상태였으니까.

"집에 가지 않아도 되는 거야?"

때문에 그렇게 묻자, 과자를 가져가려던 블리스가 다시 눈에 눈물을 채웠다.

"응. 나는…… 없어져야 하는 나쁜 아이니까……."

함축적인 대답에 순식간에 이런저런 상상을 하게 된 아리아가 미간을 찌푸렸다.

대여섯 살밖에 되어 보이지 않는 아이가 저런 말을 한다는 것은, 학대나 방치를 당했다는 증거이기도 했기에.

'그래서 집을 나왔고, 찾아올 사람이 나밖에 없었나? 친모에게 학대를 당하고, 친부는 내 어머니와 재혼해서?'

용케도 이복 언니를 알아냈다 싶었으나, 그렇게밖에 해석할 수 없었다.

아리아는 저도 모르게 자신의 어린 시절을 떠올렸다.

'학대는 아니었지만, 방치를 당했었지.'

어머니에게는 그럴 만한 사정이 있었다고는 하지만, 좋지 못한 기억이었다.

아버지를 만나지 못했던 것을 포함해서, 아리아는 자신의 어린 시절이 썩 유쾌하지 않았다.

'……낳은 딸마다 상처를 주다니.'

친부인 피아스트 후작이 이토록 원망스러울 수가 없었다. 후에 만나게 된다면 반드시 한마디 해 주리라 아리아가 결심했다.

"그만 울렴. 누가 보면 내가 울린 줄 오해하겠어."

아무도 보지 않는데 괜히 질책하는 아리아에, 블리스가 다시금 제 입을 막고는 눈물을 삼켰다.

사정을 알게 된 뒤라서 그런지, 그것이 마치 겉으로는 내색하지 못했던 제 과거의 속마음처럼 보였다.

떠올리기 싫은 감정을 떠올리게 되어 마음이 불편했다.

자신과 닮은, 그리고 자신처럼 불행해 보이는 아이에, 아주 오랜만에 아리아는 동정심이라는 감정을 느꼈다.

그래서였다. 블리스를 한껏 혼내려던 마음을 잠시 접은 것은.

그렇지 않아도 불행한 아이의 인생에, 자신마저 불행을 더 얹을 필요는 없다고 생각했기에.

"울어야 할 사람은 네가 아니라 황성의 사람들이야. 너 때문에 다들 얼마나 놀란 줄 알아? 사정은 후에 제대로 듣겠지만, 죗값을 톡톡히 치를 줄 알렴."

물론 그렇다고 갑자기 다정하게 굴겠다는 것은 아니었다. 죗값이라는 말에 블리스의 눈이 폭풍을 만난 조각배같이 사정없이 흔들렸다.

그런 블리스의 눈을 모른 척 피한 아리아가, 느릿하게 차를 한 모금 마셔 애를 태우고는 못다 한 말을 이었다.

"지은 죄가 많아 오래 걸릴 테니 당분간 황성에서 지내도록 해. 남는 방은 많으니까."

죄를 갚아야 한다는 말은 잊은 것이지, 언제 눈물을 쏟았냐는 듯 블리스가 눈을 동그랗게 떴다.

"저, 정마알……? 여기 있어도 돼?"

기뻐하는 기색이 역력했다. 감정이 너무 급변하는 게 아닌가 싶기는 했지만, 눈물을 쏟고 상처를 받았던 눈보다 훨씬 나았다.

다행이라는 마음을 감쪽같이 숨긴 아리아가 블리스에게 물었다.

"싫으니? 그럼 말고."

도리도리. 그럴 리가 있겠느냐며 기뻐한 블리스가 세차게 고개를 저었다.

"아니! 좋아!"

그래 봤자 불행한 삶이 나아지는 것도 아닐 텐데. 뭐가 그리 좋은 건지 모르겠다며 아리아가 소리 없는 의문을 품었다.

＊　＊　＊

블리스에 대한 처우를 혼자 결정하고 나서야 아리아는 아스를 떠올릴 수 있었다.

불행히도 사정을 모르는 그는 아직도 침입자를 찾아서 온 황성을 뒤지고 있을 것이다.

"아스 님께 침입자를 찾았으니 그만 찾아도 된다고 전해 줘. 하인들과 기사들에게도 마찬가지야. 자세한 설명은 차후에 한다고도."

아리아는 하녀를 불러 전언을 남겼다.

"예? 정말이요? 다행이네요!"

그런데 내내 방 안에만 있었는데, 침입자를 어떻게 찾았다는 걸까?

설마 여기까지 침입했던 건 아니겠지? 하녀는 기뻐하면서도, 눈은 침입자를 찾기 바빴다.

그와 더불어 아직도 정체를 알 수 없는 블리스도 힐끗댔다.

다행히 어린아이인 블리스와 침입자의 연관성은 찾지 못했는지, 그녀가 고개를 갸웃대며 사라졌다.

"좋아. 이제 다 정리됐으니 왜 그런 나쁜 짓을 했는지 들어 봐야겠지."

또다시 둘만 남았기에, 표정을 달리한 아리아가 블리스에게 시선을 주었다.

얼굴도 닦아 주었고, 눈물을 그치는 것도 기다려 준 데다가 다과까지 대접했으니 마땅한 순서였다. 무단 침입과 기물 파손에 대한 설명을 들어야 했다.

머물 곳을 찾아 안심했던 것도 잠시, 고해성사를 앞에 두고 잠시 손가락을 꼼지락대던 블리스는 이내 고개를 푹 숙이며 사실을 털어놓았다.

"그게에……. 그러니까 나는 그냥 즉위식에서 어떤 옷을 입는지 궁금해서 보러 갔을 뿐인데, 실수로 들고 있던 물을 엎질러 가지고오……."

'설마 내가 건넸던 물컵 때문인가.'

물컵을 들고 이동했다가 쏟아서, 물이 묻은 위치가 낮았던 모양이다.

평범한 신장의 성인이 물을 뿌렸다면, 필시 가슴부터 젖었을 테니까.

"그래서 놀라서 아무 곳으로 도망을 쳤는데……. 하필 정원이라서, 꽃이 거기 있는 줄 모르고 실수로 밟아 가지고오."

회상만으로도 끔찍한 모양인지, 블리스의 눈가가 다시 발갛게 달아올랐다.

"어떻게 하지 하다가, 배가 고파서 주방에 갔는데 바닥이 미끄러워서 넘어져서, 근데 치울 수가 없어서……. 정원으로 다시 도망쳤다가 거기서 또 넘어지고오……."

얼굴과 옷이 왜 엉망진창인가 했는데, 두 번이나 넘어졌었다니.

미간을 찌푸린 아리아가 저도 모르게 블리스를 훑었다.

드러난 곳에는 상처가 없었지만, 무릎이나 엉덩이, 팔꿈치 등을 다쳤을 것이 분명했다.

그럼에도 불구하고, 작은 몸뚱이를 가지고 애써 꿋꿋하게 말을 이으려는 꼴이 참으로 가여웠다.

'의도한 건지 아닌지는 모르겠지만, 사람의 마음을 가지고 노는 것도 나를 닮았어.'

누군가를 쥐락펴락할 때는 몰랐는데, 막상 그 당사자가 되니 참으로 기분이 묘했다. 그랬기에 심문은 여기서 끝이었다.

어차피 처분은 이미 결정이 난 데다가, 더 들어 보았자 당황한 작은 아이가 어디까지 실수할 수 있나를 깨닫게 될 뿐일 테니까.

"다친 곳은?"

아직 고해성사가 끝나지 않았거늘. 퍽 누그러진 아리아의 물음
에, 새파란 눈을 끔뻑이던 블리스가 눈치를 보며 손가락으로 제 무
릎을 가리켰다.

"요, 요기이."

작고 하찮은 손가락이었다. 맞은편으로 건너간 아리아가 아이의
치맛자락을 들어 상처를 확인했다. 동그란 무릎에 검붉은 피멍이
커다랗게 자리하고 있었다.

'……화려하게도 넘어졌나 보네.'

용케 능력을 사용해서 도망을 쳤다 싶었다. 정말이지, 여러모로
신경 쓰이게 만드는 아이였다.

한숨을 내쉰 아리아가, 심부름을 간 하녀를 대신하여 대기 중이
던 또 다른 하녀를 불렀다.

"주치의를 불러 줘. 넘어져서 멍이 든 아이가 있다고도 전해 주
고. 아, 그 전에 씻어야 할지도."

블리스의 상태가 말이 아니었기에, 아리아가 이것저것 지시를 덧
붙였다.

"멀리서 온 내 친척이니, 소홀함이 없도록 하고."

"아! 친척분이셨군요. 어쩐지 얼굴이 몹시 닮았다고 생각했어요.
최선을 다해 정중히 모시겠습니다."

아리아의 지시를 곱씹어 우선순위를 결정한 하녀가 먼저 목욕물
을 준비하겠다고 방을 나섰다.

'친척이라고 하여 마음이 상한 건 아니겠지.'

괜히 신경이 쓰인 아리아가 아닌 척 차를 마시며 입을 열었다.

"이복동생이라고 해 봤자 소문만 무성해질 뿐이니. 먼 친척이라

고 둘러댈 테니까 그렇게 알도록 하렴."

"이복…… 동생?"

그게 뭐냐는 얼굴이었다. 그제야 어린 블리스에게는 아직 어려운 단어라는 것을 깨달은 아리아가 뜻을 풀어 설명했다.

"배다른 동생이라는 뜻이야. 우리처럼 아버지는 같고, 어머니가 다를 때 쓰는 말이지. 관계가 복잡한 상황에선 밝혀서 좋을 게 없다."

그래서 대충 둘러댔다는 설명을 끝냈음에도 블리스의 표정은 나아지지 않았다.

오히려 자신이 지금 무슨 말을 들었냐는 듯, 큰 눈을 빠르게 깜빡이고 있었다.

하지만 그것은 아주 잠깐이었다. 블리스가 눈치 빠르게 장단을 맞췄다.

"으, 응! 알았어, 언니!"

물론 거짓말은 익숙하지 않았기에, 혹여나 통하지 않으면 어쩌나 조금 불안해하는 표정이었다.

"날 싫어할 줄 알았는데, 같이 있게 해 줘서 고마워."

아이의 표정에 잠시 아이러니했으나, 뒤이어진 말이 아리아의 마음을 움직였다. 그녀가 작게 한숨을 내쉬었다.

"사고만 치지 않으면 싫어할 리가. ……그렇게 태어난 건 네 잘못이 아니니까."

말이 끝남과 동시에 목욕물을 준비한 하녀가 타이밍 좋게 돌아왔다. 블리스가 자리에서 벌떡 일어났다.

"다녀올게!"

다친 무릎이 아프지도 않은지, 씩씩하게 앞장선 블리스가 어서

씻으러 가자며 하녀를 재촉했다.

"앗, 네, 네! 넘어지니 천천히 걸으셔요, 작은 아가씨!"

덕분에 허둥지둥 블리스의 뒤를 쫓는 하녀를 보며 아리아가 혀를 찼다.

아무리 이복동생이라지만, 철이 없던 때의 자신을 너무나도 닮았다고 생각하며.

* * *

'휴우, 다행이다. 하마터면 큰일 날 뻔했어.'

욕실에 도착하여 하녀에게 몸을 맡긴 블리스가 가슴을 쓸어내렸다.

'잘 넘긴 게 맞겠지?'

마지막으로 보았던 아리아의 눈매가 퍽 부드러웠기에, 필시 그런 것이라며 블리스가 작게 고개를 끄덕였다.

'실수를 너무 많이 해서 하마터면 이대로 끝이 나나 싶었는데.'

무슨 이유에서인진 모르겠지만 착각해 주어서 정말 다행이었다. 설마 배다른 동생이라고 착각할 줄은 꿈에도 몰랐지만.

'내가 동생이라니.'

키득키득. 우습고 기뻐서 블리스가 욕조에 풀어 놓은 꽃잎을 매만지며 웃음을 흘리자, 하녀의 입가에도 미소가 걸렸다.

"뭐가 그렇게 재미있으실까요? 불편한 곳은 없으세요?"

"응! 너무 좋아, 다 좋아!"

진심이라는 블리스의 목소리에 하녀의 눈매가 부드럽게 접혔다.

정말 너무 좋았다. 이 좋은 생활이, 감정이, 기분이 얼마 지나지 않아 사라진다는 것만을 제외하면.

'괜찮아. 그러려고 온 거니까. 지금 이대로도 충분히 만족해.'

아니, 차고 넘칠 지경이었다. 생각지도 못한 상황이었기에 과분해서 잠도 못 잘 것 같았다.

덕분에 블리스는 콧노래까지 부르며 하녀의 도움을 받아 목욕을 마쳤다.

그 뒤, 보드라운 수건으로 뽀송뽀송하게 머리를 말리고 단정한 원피스까지 입자, 그야말로 작은 아리아나 다름없었다.

"어쩜, 친척인데 이렇게 닮으셨을까요. 귀엽기도 하셔라."

사정을 모르는 하녀가 블리스의 머리를 쓰다듬으며 뺨을 붉혔다.

하늘보다 높다고 생각한 아리아가 작고 귀여워진 느낌이라, 무례하다는 것을 알면서도 손을 거둘 수가 없었다.

"자, 그럼 이만 돌아가실까요? 어서 치료를 받으셔야지요."

무릎뿐만 아니라 엉덩이에도 새파란 멍이 들어 있다며 하녀가 한숨을 폭 내쉬었다.

"혹시 걷기 힘드시면 업어 드릴까요?"

"아니, 괜찮아! 걸을 수 있어."

업혀도 될 정도로 심한 멍이었으나, 기분이 좋아서 그런지 블리스는 별다른 아픔을 느끼지 못했다.

대신 다시 넘어지는 일이 없도록 하녀와 손을 잡고 함께 아리아에게로 되돌아가는데—

"잠깐!"

뜻밖의 인물이 두 사람을 불러세웠다. 퍽 다급한 목소리였다.

"황태자 전하를 뵙습니다."

서둘러 허리를 숙인 하녀가 아스에게 예를 갖췄다.

블리스 역시 꾸벅 고개를 숙였다. 지난번엔 엉엉 울다가 도망쳤는데, 이상하게 생각하진 않을지 조금 걱정하면서.

"혹시 비에게 가는 길인가?"

"예. 그렇습니다."

무언가 생각이라도 하듯 잠시 말이 없는 아스에, 또르르 눈동자를 굴린 블리스가 그의 안색을 살폈다.

"……?!"

아니, 살피려고만 했는데 눈이 딱 마주쳤다. 내내 보고 있었던 듯, 짙게 가라앉은 아스의 눈이 블리스에게 향해 있었다.

정체를 가늠하려는 것 같은 눈빛에, 또르르 눈을 피한 블리스가 꼴깍 마른침을 삼켰다.

'들킨 건 아니겠지……?'

아니야, 아닐 거야. 필시 잘 넘어갈 수 있을 거라며 두 주먹을 불끈 쥔 블리스가 마음속으로 스스로를 응원했다.

"가던 길이니 그 아이는 내가 데려가지."

안 그래도 주치의를 불러야 했기에 반색한 하녀가 송구스럽다며 고개를 숙였다.

"감사합니다, 전하. 그럼 저는 작은 아가씨의 상처를 치료해 줄 주치의를 부르러 다녀오겠습니다."

그러고는 그녀가 미련 없이 자리를 비우자마자, 아스가 블리스에게 손을 내밀었다. 의미심장한 말을 꺼내며.

"잠깐 조용한 곳에서 대화를 나눌 필요가 있을 것 같군. 남들이 들으면 곤란해질 테니까. 우리 둘 다."

그게 무슨 말이지?

깜빡깜빡. 아스의 말을 이해하지 못한 블리스가 멍하니 눈을 깜빡였다.

'호, 혹시 능력 때문에 그런 건가?'

엉엉 울다가 갑자기 공간을 이동했으니, 의아할 법도 했다. 남들 앞에서는 하지 못할 이야기이기도 했고.

필시 그것 때문일 거라고 생각한 블리스가 안심하면서 아스의 손을, 정확하게는 손가락 몇 개를 잡았다.

"……!"

집무실에서 잠깐 만난 것이 전부이거늘, 아이는 한 치의 경계나 의심이 없었다.

조막만 한 손으로 익숙하게 자신의 손가락 몇 개만을 잡은 블리스를 물끄러미 내려다본 아스는 복잡해지는 마음을 애써 감추며 아이와 함께 빈 응접실로 향했다.

그사이에 작은 머리로 이런저런 변명을 궁리하던 블리스는 아스와 마주 보고 앉자마자 떠올렸던 말들을 조잘조잘 늘어놓았다.

"그러니까아, 나는 황후— 아니, 아리아 황태자비 전하의 이복동생이고오, 그래서 능력을 사용할 수 있었던 거야!"

스스로의 변명이 몹시 논리적이라고 생각하는 블리스의 얼굴을 아스의 눈이 훑었다.

마주 앉아 천천히 얼굴을 살펴보니, 이전에 잠깐 보았을 때보다 더욱더 아리아를 닮아 있었다. 그 사이에서 돋보이는 새파란 눈은 자신을 닮았고.

의심은 어느새 확신으로 변모했다. 아스의 눈이 짙게 가라앉았다.

참으로 이상한 기분이 들었다. 기쁘면서도 슬픈, 안타까우면서도 벅찬, 하지만 불안한.

"아리아 황태자비 전하가 당분간 여기서 살아도 된다고 했어! 헤헤."

정체를 들킨 줄도 모르고, 한참이나 입을 놀리던 블리스가 뿌듯한 얼굴로 말을 끝냈다.

아이의 모든 곳에서 느껴지는 아리아의 흔적에, 복잡한 마음을 애써 숨긴 아스가 대답 대신 물었다.

"……이름이 뭐지?"

그것을 아스가 제 변명에 속아 넘어갔다고 판단한 블리스가 해맑게 웃으며 대답했다.

"나? 블리스!"

블리스. 축복이라는 뜻인지, 기쁨이라는 뜻인지는 모르겠으나, 공교롭게도 아리아와 아스의 이름이 한 글자씩 들어가 있었다.

"나이는?"

"올해로 일곱 살이 돼!"

대여섯 살일 줄 알았는데. 일곱 살치고는 몸집이 꽤 작았다. 마치 어릴 때는 작았다가, 중간부터 갑자기 성장했던 아리아처럼.

일곱 살이라 나름 잔머리를 굴릴 수 있었던 모양이다.

하지만 일곱 살인 탓에 허술함이 바로 드러났다.

화제가 바뀌어 퍽 기분이 좋은 모양인지, 블리스가 허공에 뜬 발을 왔다 갔다 움직이며 여기저기를 구경했다.

그런 아이를 잠시 응시하던 아스가 더없이 진지한 얼굴로 입을 열었다.

"혹시, 미래에서 온 건가?"

뜬금없이 훅 들어온 질문에 블리스가 눈을 댕그랗게 떴다.

"으, 응……?!"

"능력을 사용해서 미래에서 온 것이냐고 물었어, 블리스."

다시 묻는 아스의 눈이 몹시 익숙했다.

블리스가 잘못한 일이 있을 때, 혹은 찔리는 것이 있어 어색한 행동을 취할 때, 그것을 꿰뚫어 본 그가 자주 보이던 눈이었다.

잘 속였다고 생각했는데. 갑자기 그런 눈을 마주하니 덜컹 심장이 내려앉았다.

"그, 그러니까아……."

자신만만했던 얼굴은 어디로 간 것인지, 블리스가 새파란 눈동자를 이리저리 굴렸다. 새로운 거짓말을 궁리하기 위함이었다.

하지만 이미 때는 늦은 뒤였다. 긍정도 부정도 하지 못하는 블리스에 아스의 확신은 사실이 되었다.

"황족의 피를 잇지 않고 성수만으로 능력을 얻게 된 자는 대가 없이 몇 번이나 능력을 사용할 수 없어."

아리아가 그 대표적인 예였다. 그러니 이복동생이라는 변명은 통하지 않는다며 아스가 블리스의 거짓말을 단칼에 잘라 냈다.

아무리 어리다고 하더라도, 영특한 블리스는 아스의 말뜻을 바로 이해할 수 있었다.

블리스의 안색이 파리하게 질렸다.

"도대체 왜 여기에 온 거지? 블리스, 사실대로 말해."

제발 장난이었기를, 아무것도 아니기를.

아리아가 관련됐음을 직감했지만, 아스가 부디 그러지 않기를 바라며 블리스를 재촉했다.

더는 도망칠 길이 없다는 것을 깨달은 듯, 블리스가 큰 눈에 한가득 투명한 눈물을 채웠다.

"그, 그게에, 사실으은 엄마가, 흑, 엄마가아, 나 때문에 아파……!"

터져 나오는 울음 사이에 섞인 블리스의 대답에 쿵, 아스의 심장이 나락으로 떨어졌다.

아무래도 그가 떠올렸던 최악의 상황이 모두 맞아떨어진 모양이었다.

*　*　*

블리스는 울면서도 자신의 상황을 천천히 털어놓았다.

선천적으로 몸이 약해 태어나기도 전에 죽을 뻔하여 능력을 얻게된 자신과, 그 때문에 조산하게 된 아리아.

어렵게 블리스를 낳았지만, 후유증 때문인지 아리아의 몸이 약해졌다는 사실까지.

"그래서어, 엄마가 자주 아픈 게 나 때문이라고……."

황성의 하인들이 몰래 말하는 것을 들었다며, 블리스가 소매로 눈을 꾹꾹 눌러 눈물을 닦았다.

잠시 숨을 고르며 뒷말을 잇지 않았으나, 아스는 블리스가 과거로 온 까닭을 대충 짐작할 수 있었다.

"……나 낳지 말라는 말을 하려고 왔어. 나 때문에 엄마가 자꾸 아프니까."

생각했던 그대로의 말에 아스의 눈이 태풍에 휘말린 작은 잎사귀처럼 흔들렸다.

욕심을 부리고 투정을 부려야 할 작은 아이가 내뱉을 만한 말은
절대 아니었다.

블리스가 손가락을 꼼지락대며 말을 이었다.

"즉위식만 보고 말하려고 했는데, 힘 조절을 잘못해서, 너무 일
찍 와서……. 좋은 기회라고 생각해서 엄마도 보고 아빠도 보려고
했는데에……."

불행히도 그 뒤는 어제와 오늘 새벽에 걸쳐 황성을 떠들썩하게
만든 그 사건들이었다.

물을 쏟은 것을 시작으로 놀란 블리스가 황성 이곳저곳을 누비고
다녔던 가여운 흔적.

아스는 갑자기 머리가 아득해져 이마를 짚었다.

미래에서 온 자신의 아이가 스스로 희생하여 미래를 바꾸겠다고
하는데, 마음이 편할 리가 없었다.

그가 깊은 한숨을 토로했다.

"그래서 나아, 부탁이 하나 있어."

아스의 표정이 좋지 못했기에, 블리스가 그의 눈치를 보며 조심
스레 말을 이었다.

"즉위식만 보고 말할 테니까아, 그러니까 그때까지 엄마한테 비
밀로 해 주면…… 안 돼?"

말투와 표정이 퍽 간절했다. 얼마나 간절한지 양손을 꼭 모으고
있었다.

가슴에 바위가 쌓인 것만 같은 느낌에 아스가 한참이나 닫고 있
던 입을 열었다.

"……우선, 알겠다."

블리스의 존재 자체가 달린 문제였기에 일단은 함구할 필요가 있었다.

물론 혼자 결정할 순 없는 문제였기에, 상황을 정리하고 지켜보다가 적당한 때에 아리아에게 털어놓는 것이 좋을 듯싶었다.

"정말?! 비밀 지켜 줄 거야?!"

언제 눈물 콧물을 짜냈느냐는 듯, 블리스의 표정이 순식간에 밝아졌다.

때문에 아스는 고개를 끄덕이지 않을 수가 없었다.

"그래, 그렇게 하지."

"고마워, 아빠!"

허락이 떨어지기가 무섭게 자리에서 일어난 블리스가 아스에게 덥석 안겼다.

아빠라니. 참으로 당혹스러웠으나, 아스는 블리스가 넘어지지 않도록 조심스레 마주 안아 주었다.

아스가 어색해하는 것을 알면서도 한참이나 그의 품에서 얼굴을 비비던 블리스가 배시시 웃으며 빠져나왔다.

"헤헤."

아스는 조금 부어 있는 아이의 눈을 잠시 안쓰럽게 응시하다가, 이내 아이가 간과하고 있던 것을 언급했다.

"지금은 어떻게 넘어갔지만, 이대로 멀쩡히 돌아가면 아리아도 조만간 이상함을 느끼겠지. 몇 번이나 능력을 썼는데, 쓰러지지 않았으니까."

아스가 블리스의 정체를 추측할 수 있었던 부분이기도 했다. 어쩌면 지금도 의심을 하고 있을지도.

"그럼 나, 업어 줄 거야?"

눈을 반짝이며 묻는 블리스에, 아스가 가볍게 고개를 끄덕였다.

"기절한 척할 수 있어?"

"응! 나 아픈 척 어엄청! 잘해! 나 쓰러진 척도 잘해! 자는 척도!"

지금 당장 보여 주겠다며 블리스가 소파 위로 풀썩 쓰러졌다.

많이 해 본 솜씨였다. 무표정한 얼굴로 가만히 누워 있는 것이, 정말 기절한 것같이 보였다.

"어때? 잘하지?"

블리스가 다시 헤실헤실 웃으며 아스에게 물었다.

문득 미래의 자신과 아리아가 블리스에게 꽤 애를 먹었을 것 같다는 생각이 들어 아스가 쓴웃음을 삼켰다.

*   *   *

"아스 님? 어째서 아스 님께서 블리스와……."

아리아는 블리스를 업고 나타난 아스에 아연실색했다.

하녀와 함께 목욕을 하러 간다던 아이가 왜 아스에게 업혀서 돌아온 것인지.

설마 다친 것은 아니겠지?

아리아의 눈이 빠르게 블리스를 살폈기에, 그런 그녀의 표정을 읽은 아스가 걱정하지 말라며 아이를 침대에 눕혔다.

"복도에서 만나 함께 돌아오던 차에, 갑자기 쓰러졌습니다. 잠을 잔다고 하는 게 맞겠군요. 몇 번이나 힘을 쓰고 내내 버티고 있었던 모양이니, 그럴 만도 하지요."

그제야 아리아는 뒤늦게 블리스가 몇 번이나 공간을 이동했다는 것을 떠올렸다.

"제가 너무 무심했네요. 혹시 사정은 들으셨나요?"

"예. 당분간 같이 지내기로 하셨다고요."

"……네, 아무래도 친모에게 방치와 학대를 당한 것 같아서 내버려 둘 수가 없었어요."

안타까움이 서린 아리아의 얼굴에, 사정을 아는 아스가 다시금 쓴웃음을 삼켰다. 그리고 제 생각을 정정했다.

블리스는 미래의 자신과 아리아의 애를 먹인 것이 아니라, 제 손바닥 위에서 가지고 놀았을 것이 분명하다고.

그런 생각을 하는 사이, 문밖에서 여성의 목소리가 들렸다.

"하녀가 돌아왔나 봐요. 제가 주치의를 불러오라고 했거든요."

전체적으로 이상이 없는지 진찰해야겠다는 아리아의 말에 아스의 표정이 빠르게 굳었다.

면밀하게 진찰한다면 필시 자지 않는다는 사실을 들킬 것이다.

그렇게 되면 블리스의 거짓말이 들통나는 것은 물론이고, 진실을 들은 아리아가 혼란스러워할 것이 분명했다.

그건 안 되는 일이었다. 아스가 진찰은 블리스가 깨어난 이후에 하는 것이 좋겠다고 대답하려는데—

"들어오렴."

아리아가 방문객의 출입을 허락했다.

"비 전하, 간밤엔 평안하셨는지요?"

하지만 방문자는 하녀도 주치의도 아니었다. 침실 안으로 들어온 제시가 아스를 보고는 눈을 휘둥그레 뜨며 고개를 숙였다.

"죄, 죄송합니다! 함께 계신 줄도 모르고, 제가 감히……."

좋은 시간을 망쳤다는 듯한 말투였기에, 아리아가 고개를 내저었다.

"그런 거 아니니 미안해할 것 없어. 그리고 정말 네 생각대로였다면 안으로 들어오라고 했을 리가 없지."

괜찮다는 말에 늦게나마 예를 갖춘 제시가 자세를 바로 했다.

"저…… 아침 보고를 드리려고 했는데, 이따가 다시 올까요? 특이 사항은 없어서……."

아리아가 만든 시설들을 돌아보고 보고를 하는 것이 제시의 업무였다.

게다가 버붐 남작과 혼인한 애니가 그의 일을 돕는 것으로 바빠졌기에, 그 외의 일들도 도맡게 되었다.

덕분에 황태자비의 유일한 비서관이라는 직위와 권력을 얻게 된 제시였으나, 애니와는 달리 권력을 휘두를 줄 모르는 제시는 그저 묵묵히 제 할 일만 했다.

'그래서 혹여나 평민인 제시를 얕잡아 보고 무례하게 대하진 않을까 걱정했었는데.'

다행히 오히려 그것이 사람들을 안달토록 만들었다.

저자세로 굽신거리거나, 소소한 선물도 통하지 않았기에. 귀족들은 제시를 조금 더 어려워하게 되었다.

차라리 주제넘고 재수도 없었지만, 속이 빤히 보였던 애니가 훨씬 낫다는 말까지 하며.

'제시의 답답한 성격이 도움이 될 줄은.'

아리아가 저도 모르게 픽 웃음을 흘렸다.

갑자기 왜 저러실까. 그 변화를 의아하게 지켜보던 제시의 눈에 침대에 누운 작은 인영이 들어왔다.

"어……?!"

멀리 떨어져서 보아도 과하게 아리아와 닮은 얼굴에 제시가 눈을 끔뻑이며 당혹스러움을 감추지 못했다.

"깨어나면 소개해 주려고 했는데, 이미 보았으니 말해 두는 편이 좋겠지. 내 친척이야. 이름은 블리스."

한동안 황성에서 지낼 아이였기에 소개하는 것이 마땅했다.

아리아의 소개가 허락이라고 생각한 제시가 블리스가 누운 침대로 다가섰다.

들키는 건 아니겠지. 상황을 지켜보고 있던 아스가 조금 긴장하며 제시의 뒤에 따라붙었다.

"세상에, 너무 귀여워요. 친척이기는 하지만, 비 전하를 꼭 빼닮아서 그런가 봐요."

제시의 목소리가 한층 올라갔다. 처음 백작가에 왔던 아리아를 떠올리게 하는 깜찍한 얼굴이었다.

물론 그때의 아리아는 깜찍함과는 거리가 한참이나 멀었지만, 얼굴이 닮아서인지 시선을 뗄 수가 없었다.

제시가 저도 모르게 손을 뻗어 통통하게 살이 오른 블리스의 뺨을 쓸었다. 아스가 채 저지할 새도 없었다.

"……!"

그 순간, 블리스가 눈가를 움찔 떠는 것과 동시에 아스의 표정이 차게 얼었다.

"어……? 나 때문에 깨셨나?"

제시가 고개를 갸웃댔다. 사정을 모르는 아리아가 그럴 리가 있겠냐며 자리에서 일어났다.

"잘못 본 거 아니니? 피곤한지 아주 푹 잠이 들었는데."

"이상하네. 눈을 움찔거리셨던 것 같은데."

제시의 의심이 가시지 않았기에, 아스가 그 사이에 끼어들었다.

"곤히 자는데 만져서 무의식적으로 인상을 찌푸린 것이겠지."

평이한 말투였으나, 제시가 블리스를 눈치도 없이 만졌다는 속뜻이 숨어 있었다.

그에 놀란 제시가 헐레벌떡 손을 거두려던 때였다.

"어……?!"

잠결인 척 블리스가 제시의 손을 잡았다. 물론 블리스의 손이 너무 작아서 제시의 손가락 몇 개를 쥔 것에 불과했지만.

남(?)은 나름 도우려고 하는데, 스스로 들키려고 애를 쓰다니. 울면서 부탁을 할 때는 언제고 자꾸 일을 그르치려 드는지.

"……이것도 잠결인가 보군."

아스가 속으로 혀를 차며 애써 변명했다.

"그, 그럼 저 어쩌죠……? 손 빼지 않아도 되는 걸까요?"

다행히 의심은 없었다. 아니, 의심보다 기쁨이 컸던 모양인지, 제시가 뺨을 붉히며 물었다.

"너만 좋다면야, 그래도 되지 않을까 싶은데."

아리아의 허락이 떨어지자, 세차게 고개를 끄덕인 제시가 침대 밑에 자리를 잡고 앉아 행복한 듯 웃었다.

"좋니?"

"그럼요."

어쩐지 과거로 돌아가 다시 작아진 아리아를 돌보는 듯한 기분이라서.

라는 말은 덧붙이지 않았다. 괜한 말을 하여 이 작고 귀여운 손을 놓고 싶지는 않았기 때문이다.

게다가 아이는 너무나도 아리아와 닮아, 그녀가 낳은 아이처럼 느껴지기도 했다.

백작저에 갓 들어왔던 아리아를 지금까지 돌보았던 것처럼, 그녀의 아이 또한 손수 돌보고 싶었던 제시는 블리스에게서 이루 말할 수 없는 호감을 느꼈다.

"저, 비 전하. 혹시 계속 이러고 있어도 된다면 여기서 보고드릴까요?"

"그러렴."

허락이 떨어졌기에, 제시는 상기된 얼굴로 보고를 시작했다.

이제는 일이 꽤 익숙해져 단순히 시설들의 상태만 보고하는 것이 아니라, 각 시설에 필요한 여러 가지 것들을 제안하기도 했다.

"그래서 병원에서 주기적으로 응급 처치 교육을 하자는 말이니?"

"네. 가벼운 상처는 깨끗이 씻어 소독하는 것만으로도 충분히 나을 수 있는데, 내버려 두다가 상처가 커지는 경우가 많다고 들어서요."

상처에 바를 약이나 붕대 등은 교육을 이수한 자들에 한해 무료로 제공하자는 의견도 함께였다.

재판매는 할 수 없게 따로 명부를 만들어 관리하며.

나쁘지 않았다. 평민들의 노동력은 제국의 큰 재산인데, 제시의 말대로 작은 상처라고 간과하다가 큰 병을 얻어 죽는 자들도 있었던 것이다.

"좋아, 그럼 어떻게 할지 구체적인 계획서를 작성해서 가져오렴."

"네!"

눈을 반짝인 제시가 의욕 넘치는 얼굴로 대답했다. 그것이 꽤 귀여워 아리아가 픽 웃었다.

그 사이에서 조마조마해하던 아스가 가슴을 쓸어내렸다.

들키지 않아 참으로 다행인데, 아무래도 이런 일이 앞으로 한두 번이 아닐 것만 같아 벌써 걱정이 앞섰다.

* * *

"타고난 몸이 약하기는 하지만, 딱히 건강상의 문제는 없습니다."

블리스를 면밀하게 진찰한 주치의가 퍽 밝은 표정으로 입을 열었다.

그저 자는 척을 하고 있을 뿐이었기에, 당연한 결과였다.

어째서 제시의 손을 잡고 눈가를 떨었는지 모를 정도로, 블리스는 정말 곤히 자는 것같이 보였다.

"정말 문제가 없다고? 흉터 같은 건 없니? 다친 흔적이라든지, 영양이 부실하다든지."

혹여나 친모에게 육체적 학대를 받은 것은 아닌지 걱정이 된 아리아가 주치의에게 물었다.

주치의가 흑색 눈을 접어 부드럽게 웃었다.

"예. 걱정하지 않으셔도 됩니다. 영양 상태도 양호하고, 눈에 띄는 흉터도 없습니다."

대답을 들은 아리아가 미간을 찌푸렸다. 필시 학대나 방치일 줄 알았는데, 둘 다 아니라는 뜻이 아닌가.

하지만 이내 눈물을 뚝뚝 흘리며 스스로를 없어져야 하는 나쁜 아이라고 표현했던 블리스를 떠올리고는, 어쩌면 폭언일지도 모른다고 납득했다.

"아, 그리고—"

아직 할 말이 더 남아 있었기에 주치의가 입을 떼려다가, 내내 자신을 응시하고 있던 아스와 눈이 마주쳤다.

'……응? 왜 저렇게 쳐다보시는 걸까.'

그렇게 생각하기가 무섭게, 아스의 시선이 자는 척을 하는 블리스와 주치의를 느릿하게 오갔다.

눈치 빠른 그녀가 아스의 의도를 단박에 알아챘다. 지금 하려는 그 말을 입 밖으로 꺼내지 말라는 뜻인 듯싶었다.

아무래도 사정이 있는 모양이었다. 자는 척을 하고 있다는 건 대수롭지 않은 일이었으니, 굳이 언급하지 않고 넘어가도 되겠지.

미소와 함께 가볍게 고개를 끄덕인 주치의가 늘어놓은 도구를 챙기며 자리에서 일어났다.

"후에 기력 회복에 도움이 되는 약을 가져오겠습니다. 꽤 쓰고 떫겠지만, 지금처럼 기절하진 않을 테지요."

물론 순순히 가겠다는 뜻은 아니었다.

이유는 모르겠지만, 자신이 몸과 마음을 다 바쳐 모시는 아리아를 걱정토록 만들었으니 작은 벌이 필요했다.

아니나 다를까, 쓰고 떫은 약이라는 말에 블리스의 눈매가 아주 미세하게 떨렸다.

"몸에 이상이 없다고 하니, 푹 쉬도록 내버려 두고 이만 나가 보는 것이 좋지 않겠습니까?"

그사이 아스는 아리아가 눈치채지 못하도록 서둘러 그녀의 어깨를 감싸 자연스럽게 시야를 차단하며 말했다.

"집무실을 비워 둔 채로 계속 침실에서 업무를 볼 수도 없는 일이니 말입니다."

덕분에 제시까지 침실로 찾아온 참이었다. 오후에는 젊은 사업가들과의 접견도 예정되어 있었다.

"그렇네요. 클로시 부인에게는 해코지가 아니니 예복을 다시 만들 필요가 없다고도 전해야 하고요."

전언만을 보내기에는 부인이 받은 충격과 상처가 너무 컸다.

제 이복동생이 저지른 일이니, 마땅히 만나서 사정을 설명하고 적절한 보상도 해야 했다.

고작해야 이틀— 아니, 만난 지 만 하루밖에 되지 않았는데 참으로 고생을 시키는 아이였다.

정말이지 누굴 닮았는지 모르겠다며 한숨을 쉰 아리아가 몸을 돌리며 하녀에게 말했다.

"중간중간 블리스를 확인해 주겠니? 깨어나면 식사와 약도 챙겨주고. 방은 굳이 옮기지 않아도 돼. 여기서 돌보렴."

"앗! 제가 해도 될까요?"

그런데 어째서인지 대답이 제시에게서 나왔다. 블리스의 근처에서 서성이던 그녀가 간식을 기다리는 강아지 같은 얼굴로 아리아를 간절히 응시했다.

"일에는 지장이 없도록 할게요! 계획서도 차질 없이 작성하겠습니다!"

혹여나 거절당할까 봐 전전긍긍하는 얼굴이었다. 별것도 아닌 일에 굳이 나서서 고생하겠다는데, 허락하지 않을 수가 없었다.

"그러렴."

"감사합니다, 비 전하!"

제시가 황송하다며 꾸벅 고개를 숙였고, 감사할 일도 참 많다며 아리아가 입꼬리를 올렸다.

*   *   *

달칵. 모두가 함께 방을 나가고 문이 닫힘과 동시에 블리스가 번쩍 눈을 떴다.

새파란 눈에 졸음이라고는 전혀 없었다. 반짝반짝 빛나는 눈으로 조심조심 주변을 살핀 블리스가 천천히 침대에서 일어났다.

그러고는 내내 무표정을 고수하던 얼굴에 함박웃음을 띠며, 저도 모르게 제시를 잡았던 손을 내려다보았다.

'제시 손이 보드라웠어.'

8년 뒤에도 딱히 거칠지는 않았으나, 세월을 거슬러서 그런지 괜히 더 보드라운 기분이었다.

"진짜 너무너무 좋아! 좋아, 좋아! 좋아—!"

주체할 수 없는 행복감으로 혼잣말을 터뜨린 블리스가 이불 위를 데굴데굴 굴렀다.

아리아의 향긋한 내음이 묻어나는 베개를 끌어안고 헤실헤실 웃음을 흘리기도 했다.

평소에 아픈 척을 많이 해 둬서 정말 다행이었다. 미래에서 그랬듯, 지금도 아리아의 의심을 지우고 걱정을 살 수 있었으니까.

'앞으로 조금만 더 어리광 부려야지.'

그러고는 즉위식이 끝나자마자 사실을 고백하고 사라지면 될 것이다.

이렇게나 행복한 추억만을 남긴다면 후회는 없을 것이 분명했다.

그런 생각을 한 블리스가 자리에서 벌떡 일어나 침대 위를 방방 뛰고 있을 때였다. 방문을 알리는 목소리와 함께 달칵 문이 열렸다.

갑작스레 들이닥친 이를 보고 놀란 블리스가 쿵, 침대 밑으로 고꾸라졌다.

모처럼 행복을 만끽하고 있었는데, 하필이면 나타난 것이 별로 만나고 싶지 않은 사람이었다.

안으로 들어온 이는 다름 아닌 아리아의 시녀인 루비였다.

블리스는 어리광 부릴 요령으로 침대에 누워 눈을 감고 아픈 척을 하는 자신을 유심히 보던 그녀가 무심코 흘린 말을 떠올렸다.

"황후 폐하께선 참으로 운도 없으시지. 차라리 낳지 않았다면 좋으셨을 것을."

아주 작은 목소리였지만, 똑똑히 들을 수 있었다. 그리고 그 목소리가 아직도 블리스의 뇌리에 남아 있었다.

'여기까지 와서 또 보고 싶진 않았는데…….'

바닥에 얼굴이 짓눌려 일그러진 상태였으나, 아리아와 닮아도 너무 닮은 얼굴에 잠시 눈을 끔뻑이던 루비가 천천히 입을 열었다.

"……깨어나셨군요. 설명은 모두 들었습니다. 비 전하의 먼 친척이시라고요."

그러고는 고꾸라진 채로 미동도 하지 않는 블리스에 다가가, 몸을 잡아 일으켜 세웠다.

"실례지만, 어느 가문의 영애분이신지 여쭈어보아도 되겠습니까?"

자신 때문에 놀라 다치지는 않았느냐고 묻는 것이 먼저이거늘.

블리스의 위치를 먼저 확인하고 싶었던 모양인지, 루비가 가문을 물었다.

"가문……?! 어, 어어……!"

차마 대답할 수 없었던 블리스의 눈이 잠시 방황했다. 그에 루비가 블리스에 대한 파악을 빠르게 끝냈다.

'가문의 이름을 말하지 못하는 데다가, 어린아이를 먼 친척에게 맡기고 코빼기도 내비치지 않는다라…….'

아니, 맡긴 것도 아니었다. 갑자기 혼자 나타났다고 들었다.

귀족답지 않게 눈치를 보고 몰래 도망 다니며 이상한 사고를 치고 다녔다고도.

그러니 답은 하나였다. 갈 곳 없는 딱한 아이를 아리아가 어쩔 수 없이 떠맡았다는 것.

'명망 높은 후작 가문에서 그랬을 리는 없을 테니, 외가 쪽인가.'

아리아가 누굴 닮았는지 알았다면 불가능한 추측이었으나, 안타깝게도 루비는 피아스트 후작 부부의 얼굴을 알지 못했다.

물론, 정말 블리스가 카린 쪽의 사람이라고 해도 황태자비와 인연이 닿은 사이이니 함부로 대할 수 있는 위치는 아니었지만, 잘 보일 필요는 없었다.

'대외적인 소문과는 다르게, 비 전하께선 도움이 되지 않는 사람을 챙기는 분이 아니시니.'

신경 쓰지 않아도 되겠지. 자세한 설명을 듣지는 못했으나, 루비가 순식간에 블리스에 대한 제 입장을 결정했다.

"얼마나 계실 거지요?"

퍽 냉랭한 표정의 그녀가 바닥에 찧은 어깨를 매만지는 블리스에게 물었다.

"어어? 으음⋯⋯. 즉위식까지니까 아마도 한 달⋯⋯?"

'그때까지 사실을 들키지 않아 아리아가 내쫓지 않는다면'의 전제가 있었기에, 블리스가 우물쭈물 대답했다.

혹시나 하는 마음에 루비가 표정을 가다듬고는 다시 물었다.

"양친께서 즉위식 날 데리러 오기로 한 건가요?"

"그건⋯⋯ 아니야."

데리러 오기는커녕 오히려 그날, 사실을 털어놓고 사라질 예정이었다.

이로써 정말 아리아가 어쩔 수 없이 떠맡게 된 모양이라며 멋대로 판단한 루비가 다시 냉랭한 표정을 되찾았다.

"그렇군요. 알겠습니다. 그럼 그때까지 부디 얌전히 지내시기를 당부드리겠습니다. 어제나 오늘처럼 소란을 일으켰다간, 크게 혼이 나실 테니까요."

얼핏 충고하는 말투였으나, 실상은 혼을 내는 것과 다름없었다.

미래에서도 그랬지만, 루비는 참으로 매서운 사람이었다. 블리스가 시무룩해졌다.

"⋯⋯으응."

잘못한 것은 사실이었기에, 블리스가 가만히 고개를 끄덕였다. 태도가 퍽 고분고분했으므로 만족한 루비가 말을 이었다.

"그리고 앞으론 꼭 필요할 때가 아니라면 황태자비 전하를 만나

지 않으시는 게 좋을 겁니다. 몹시 바쁘신 분이니, 아가씨께선 즉
위식 날까지 되도록 방에서 쉬시는 편이 좋겠지요."

그렇지 않아도 즉위식을 비롯한 여러 가지 일에 시달리는 아리아
였다.

필시 아리아 역시 그렇게 하기를 바라고 있을 것이다. 그녀는 귀
찮고 번거로운 것을 싫어했으니까.

이로써 어제, 집무실 앞에 기사를 배치하라고 권했을 때처럼 칭
찬을 받을지도. 루비의 마음에 사심이 깃들었다.

"아, 번거로우실 테니 식사도 방에서 하는 것이 어떠실까요. 제
가 그리하도록 지시해 놓겠습니다. 모처럼 황성에 오셨으니, 지내
실 방은 경치가 좋은 후원과 가까운 곳이 좋겠지요."

후원과 가까운 방은 아리아의 침실과는 정반대에 자리했다.

루비의 설명과는 다르게 경치도 별로였고, 아리아를 만나러 가기
에는 한참이나 걸렸기에 블리스가 입술을 삐죽이던 때였다.

'달칵.'

문이 열리고 제시가 애니와 함께 돌아왔다. 잠든 블리스의 옆에
서 일을 처리할 생각이었던 모양인지, 제시의 손에 서류가 한가득
들려 있었다.

"어? 아직 주무시고 계실 줄 알았는데, 일어나셨네요?!"

깨어나 침대에 앉아 있는 블리스를 본 제시의 안색이 밝아졌다.
한편 뒤를 따라 들어온 애니는 눈을 휘둥그레 떴다.

"세상에, 정말 제시 네 말대로 비 전하와 똑같이 생겼잖아?"

애니가 꺄악 비명을 지르며 한걸음에 블리스에게 달려갔다.

그러고는 냉큼 안아 들어 허공에 빙글빙글 돌며 즐거워했다.

"친척이라고? 비 전하께서 우리 몰래 낳으신 아이가 아니고?"

누가 들었다간 큰일 날 소리를 하는 애니에 블리스가 속으로 웃음을 삼켰다.

미래에도 지금도 참으로 하고 싶은 말을 다 하고 사는 솔직한 사람이었다. 그런 성격인 덕분에 늘 자신에게도 애정 어린 말을 서슴지 않았다.

갑자기 나타나 대화를 막아 버린 두 사람 때문에 루비의 심기가 불편해졌다. 그녀가 신나 하는 애니의 팔을 잡았다.

"애니, 제시. 잠시만 자리를 비워 주겠어? 대화 중이었거든."

덕분에 블리스의 기분이 다시 나빠졌다. 아이의 입꼬리가 쭉 내려가는 것을 목격한 애니가 빠르게 눈꺼풀을 두 번 깜빡이고는 루비에게 물었다.

"무슨 대화를 나누던 중이었는데?"

"별것 아니야. 조금 조언을 해 드리고, 앞으로의 거취를 정해 드렸을 뿐."

그런 것치고는 블리스의 표정이 좋지 않았다. 눈치 빠른 애니가 블리스와 루비의 얼굴을 번갈아 보다가 이내 이해했다는 표정을 지었다.

"그래? 그렇구나. 근데 말이야, 그거 월권 아니니?"

"월권?"

루비가 눈썹을 치켜뜨며 되물었기에, 애니가 입꼬리를 올리며 대답했다.

"네가 뭔데 감히 조언을 해? 멀다고는 하지만, 황태자비 전하의 친척이신데."

"그거야 내가 비 전하의 직속 시녀니까 조언 정도는—"

"그래, 맞아."

애니가 루비의 말을 끊고 다시 입을 열었다.

"네 말대로 넌 시녀지. 조언은 윗사람이 할 일이니 비 전하의 몫인데, 왜 시녀인 네가 하는 거야?"

"애니, 무슨 오해를 한 건지는 모르겠는데, 난 그저 황성에서 잘 지내기 위한 조언을 해 드렸을 뿐이야. 게다가 난 비 전하와 가장 가까운 시녀라서, 평소에도 비 전하를 대신해서 이런저런 일을 많이—"

"무슨 소리를 하는 거야? 비 전하와 가장 가까운 시녀는 나인데."

이번에도 애니가 루비의 말을 끊었다.

남작 부인이 된 뒤 보좌관 업무의 대부분을 제시가 도맡아 하고 있었기에, 애니는 시녀라고 보는 편이 타당했다.

"그리고 루비 너, 이런 식으로 일하다간 비 전하께 버림받을걸? 대신해서 이런저런 일을 많이 한다니, 설마 계속 이렇게 나댄 건 아니지?"

애니가 눈을 가늘게 뜨며 물었다. 마치 멍청한 짓을 한 건 아니냐는 듯한 말투에 루비의 기분이 순식간에 바닥을 쳤다.

"나대다니? 난 비 전하께 필요한 것을 스스로 찾아 먼저 행동했을 뿐인데, 말이 너무 심한 것 아니니?"

"세상에. 정말 나댄 거야? 태생이 귀족인 사람들은 다 똑똑할 줄 알았는데!"

믿기지 않는다는 듯 애니가 손바닥으로 입을 가렸다.

일부러 열 받으라는 양 과장된 몸짓에 더는 참을 수 없어진 루비가 애니에게 소리쳤다.

"너! 네가 그랬잖아! 비 전하께선 일을 잘하는 시녀를 좋아하신 다고!"

"맞아, 그랬어. 근데 '시킨' 일을 잘하는 시녀이지, 지금처럼 나대 는 시녀를 좋아하시는 건 아니거든?"

분위기가 심상치 않았다. 두 사람 다 언제 서로의 머리채를 잡아 도 이상하지 않은 어투였다.

"애니이⋯⋯!"

그에 불안한 얼굴로 상황을 지켜보던 블리스가 애니의 드레스 자 락을 꼭 쥐었다.

불행히도 흥분한 애니는 작은 손을 눈치채지 못한 채 루비와 설 전을 이어 갔기에, 대신하여 제시가 중재에 나섰다.

"둘 다! 이쯤 해 둬. 작은 아가씨께서 불안해하시잖아. 그리고 루 비. 블리스 아가씨는 비 전하께서 내게 맡기셨으니 괜히 조언하고 거취를 정하며 고생할 필요 없어."

물론 제시 역시 블리스의 편이었기에 루비를 탓했다.

아리아가 손수 제시를 붙여 줬다는 말에 더는 루비가 설 자리는 없었다. 여기서 더 입을 놀려 보았자, 애니의 말대로 나대는 것 외 에는 아무것도 아니었다.

"⋯⋯알겠어. 다른 사람도 아니고 제시 너를 붙여 주셨다니, 이제 야 마음이 놓이네. 혹여나 내 도움이 필요하다면 언제든지 말해."

그렇다고 자존심을 굽힐 생각은 없었다. 마지막까지 견제를 잊지 않은 루비가 애니를 한 번 흘기고는 침실을 빠져나갔다.

탁, 문이 닫히자마자 애니가 허공에 주먹을 내질렀다.

"어휴! 진짜! 뭐 저런 애가 다 있지? 조언? 거취를 정해? 자기가 뭔데?"

제시 역시 썩 부드럽지 않은 성격의 루비가 블리스에게 조언을 했다는 말에 기분이 좋지 않았다.

물론 아리아의 친척이니 대놓고 뭐라고 하진 않았겠지만, 귀족으로 나고 자란 루비는 상대방을 비꼬는 재주가 있었기에 괜히 걱정이 되었다.

아니나 다를까, 시무룩한 얼굴의 블리스가 이번에는 제시의 치맛단을 잡고는 조심스레 입을 열었다.

"제시, 내가 지낼 방은 후원 쪽 말고 황후— 아니, 황태자비 전하의 방 근처로 하면 안 돼? 말썽 안 부리고 조용히 있을게. 응? 응? 귀찮게 안 할게, 응?"

덕분에 제시는 묻지 않았음에도 루비가 블리스에게 어떤 말을 했는지 알 수 있었다.

도대체 왜 아리아도 가만히 있는데 자기가 나서서 쓸데없는 말을 한 건지.

속으로 한숨을 내쉰 제시가 블리스의 손을 부드럽게 감싸며 대답했다.

"걱정하지 마세요. 그렇지 않아도 그렇게 하려고 했어요. 그리고 아직 아기니까, 조금은 말썽 부리고 시끄러워도 돼요."

다정한 말에 안심한 모양인지, 블리스가 눈가를 발갛게 물들이고는 힘차게 고개를 끄덕였다.

"정말이지, 얼굴은 비 전하와 똑같은데 성격은 어쩜 저렇게 반대지? 이 얼굴에, 착하기까지 하면 험난한 세상을 어떻게 살아가겠어!"

몹시 안타까워하는 얼굴로 그 모습을 지켜보던 애니가 답답한 마

음에 가슴을 두드리더니, 이내 안 되겠다는 듯 심각한 표정을 짓고
는 입을 열었다.

"나가자."

"어딜?"

생뚱맞은 제안에 제시가 물었고, 블리스가 눈을 동그랗게 떴다.
그에 애니는 문을 가리켰다.

"블리스 아가씨 옷 사러 가자. 기분 전환에는 예쁜 옷만 한 게 없
거든. 플라워 마운틴에 가서 맛있는 디저트도 좀 먹고."

그렇지 않아도 블리스가 가진 옷이 없었기에 나쁘지 않은 제안이
었다.

디자이너를 불러서 옷을 맞추고 기다리기엔, 지금 당장 입을 옷
도 없었다.

"나가도 괜찮으시겠어요?"

"응! 좋아! 제시랑 애니랑 같이 옷 사러 가고 싶어!"

제시의 물음에 언제 시무룩했냐는 듯, 반짝반짝 눈을 빛낸 블리
스가 크게 대답했다.

사랑스러운 모습에 제시와 애니의 마음에서 분노가 사르르 녹아
내렸다.

"나아, 제시랑 애니 손잡고 가도 돼?"

블리스가 두 사람에게 각각 한 손씩 뻗으며 물었다. 그 작고 하
얀 손을 거절할 수 있는 사람은 이 세상에 존재하지 않을 것이 분
명했다.

만면에 미소를 띤 제시와 애니가 블리스의 손을 마주 잡고 1층으
로 내려갔다.

'그런데 내가 이름을 말했던가?'

따로 소개한 적이 없었기에 문득 제시는 기시감이 들었으나, 이내 루비가 자신과 애니의 이름을 불렀던 것을 떠올리고는 괜한 생각을 했다며 곧 머릿속에서 의심을 지웠다.

* * *

"미쳤나 봐! 어쩜 이렇게 귀여울 수가 있지?!"

조용한 부티크에 애니의 비명이 울렸다. 벌써 다섯 번째 원피스를 입고 나타난 블리스 때문이었다.

평소 같았다면 애니를 말렸을 제시였으나, 이번에는 그녀 역시 별반 다르지 않았다.

잔뜩 상기된 얼굴의 제시가 블리스의 주변을 빙글빙글 돌며 귀여움을 만끽했다.

"이것도 사는 게 좋겠지?"

"당연하지! 이 옷 서둘러서 수선해 줘. 그리고 다음 옷도 가져와 주겠어? 어울리는 신발이랑 양말도 잊지 말고."

"예! 곧 가져오겠습니다!"

트집 하나 잡지 않고 입는 족족 사겠다는 거물에, 잔뜩 흥분한 점원들이 VIP실과 홀을 분주히 오갔다.

다음 옷을 입어 보기 위해 점원과 함께 탈의실로 사라지는 블리스를 확인한 애니가 괜히 몸을 배배 꼬며 말했다.

"정말이지, 꼭 비 전하를 데리고 인형 놀이를 하는 것 같은 기분이야."

그것은 제시 역시 동감이었다. 감히 꿈도 꿔 보지 못한 못된 짓을 하는 느낌이었다.

"사실 나, 비 전하께서 어리실 때, 이런저런 옷을 입혀 보는 상상 했었다? 귀엽고 깜찍한 그런 옷 말이야."

"아, 옷장과 함께 불타 버렸던 그 옷들 같은?"

"미쳤니? 날 뭐로 보고!"

눈이 아플 정도로 휘황찬란했던 드레스들을 떠올린 애니가 질색하며 빠르게 말을 이었다.

"그건 옷이 아니었어. 범죄였다고! 지금이라도 그 옷들을 만든 디자이너를 감옥에 처넣어야 해!"

아리아의 취향이 바뀌어서 정말 다행이라며, 애니가 놀란 가슴을 쓸어내렸다.

"만약 그 취향을 그대로 고수하신 채 내게 손을 내미셨다면, 어떻게 됐을지 몰라."

어리석게도 미엘르의 옆에 남아 있었을지도 모르겠다는 말을 한 애니가 고개를 절레절레 저었다.

그에 그때까지 미소를 잃지 않던 제시가 딱딱하게 표정을 굳혔다.

"진심이야? 실망인데, 애니. 비 전하에 대한 마음이 그것뿐이었다니."

"아, 아, 아니이! 농담이지! 왜 그렇게 진지하게 받아들이는데!"

애니가 놀라서 빠르게 두 손을 내저었다. 혹여나 제시가 아리아에게 언질이라도 할까 구구절절 해명까지 하며.

"진짜 농담이야, 농담이라고! 웃자고 한 얘기니까 좀 웃어 줘!"

애니가 빌며 애원했으나, 제시는 무표정한 얼굴로 고개를 팩 돌릴 뿐이었다.

농담이라는 것을 알았지만, 농담으로라도 아리아를 두고 그런 말은 하지 않았으면 하는 바람 때문이었다.

그런 와중 옷을 갈아입은 블리스가 다시 모습을 드러냈다.

"이것도 황태자비 전하가 마음에 들어 하실까아……?"

작은 병아리처럼 샛노란 원피스를 입고, 귀여운 왕 리본까지 단 블리스가 손가락을 꼼지락대며 제시와 애니에게 물었다.

"세상에, 그걸 말이라고 하세요?! 당연하죠!"

"정말?"

옷을 갈아입을 때마다 반복되는 질문과 대답이었으나, 마치 처음 들었다는 듯 블리스의 눈동자는 반짝반짝 빛났다.

과정이 귀찮긴 했지만, 아리아에게 잘 보일 수 있을 것이라는 생각에 블리스의 가슴이 두근거렸다.

"물론이죠! 귀여워서 쓰러지실지도 몰라요!"

언제 울고불고 빌었냐는 듯, 애니가 지금 당장 화가를 불러 블리스를 그림에 담아야 한다고 방정을 떨었다.

제시 역시 다를 바 없었다. 봄에 피는 작고 귀여운 꽃 같은 모습에, 그녀는 차가운 표정은 온데간데없이 눈을 깜빡이는 것도 잊은 채 블리스를 눈에 담았다.

"좋아, 이것도 줘. 다음 것도 가져오고!"

"예!"

그 뒤로 블리스는 다섯 벌의 옷을 더 입고서야 해방될 수 있었다. 그럼에도 누구 하나 귀찮아하는 이는 없었다.

오히려 애니가 더 사지 못해서 아쉽다는 기색을 내보였기에, 다음에 또 기회가 있지 않겠느냐며 제시가 그녀의 아쉬움을 달랬다.

"벌써 세 시간이나 옷을 골랐잖아. 이제 좀 쉴 때가 됐어."

"알겠어. 하긴, 새로운 디자인의 옷은 계속 나올 테니까 한 번에 잔뜩 사는 것도 좀 별로지."

다음……. 다음은 아마도 없을 텐데.

그 사이에서 어색한 얼굴로 헤헤 웃은 블리스가 속마음을 살짝 감추었다.

"이대로 돌아가긴 조금 아쉬우니, 달콤한 거라도 마시면서 쉴까? 플라워 마운틴 어때? 블리스 아가씨, 가 본 적 없으시죠? 얼마나 예쁜 카페인지 몰라요!"

아리아가 처음 데려갔던 때를 떠올렸는지, 애니가 몽롱한 눈을 했다.

그에 당장 황성으로 돌아가 아리아에게 옷을 자랑하려던 블리스의 눈이 마구 흔들렸다.

'프, 플라워, 마운틴……!'

그곳이 어디인가. 어른들만 갈 수 있는 환상의 카페가 아니던가.

전혀 그런 곳은 아니었으나, 아직 어린 블리스는 한 번도 가 본 적이 없던 미지의 세계였다.

"응, 응! 안 가 봤어! 갈래! 갈 거야! 가고 싶어!"

반짝반짝 눈을 빛낸 블리스가 애니의 드레스 자락을 붙들며 소리쳤다. 어지간히 가고 싶은 얼굴이었다.

덕분에 이만 돌아가지 않으면 늦을 거라는 말을 하려던 제시의 말문이 턱 막혔다. 여기서 반대했다간, 블리스가 울 것만 같았다.

"……그럼, 잠깐만 들렀다 가요. 늦으면 분명 비 전하께서 걱정하실 테니까요. 아시겠죠?"

　그렇다고 오래 있을 생각은 없었다. 아리아에게 따로 보고를 하고 나온 것이 아니라서 서둘러 돌아가야 마땅했다.

　그런 생각으로 찬성을 한 것인데 도대체가 말뜻을 알아듣기나 한 것인지, 블리스와 애니는 신나서 떠들어 대기 시작했다.

　"블리스 아가씨, 먹고 싶은 건 있으세요?"

　"응?　나 뭐가 있는지 잘 몰라. 아무거나 맛있는 거!"

　"그래요? 그럼 전부 다 시킬 테니, 먹고 뭐가 제일 맛있는지 한 번 찾아볼까요?"

　"그래도 돼?"

　"그럼요!"

　"응, 응! 좋아! 애니 너무 좋아!"

　신이 난 블리스가 자리에서 방방 뛰었다. 거기 메뉴가 얼마나 많은데, 지금 무슨 소리를 하는 거람. 제시가 이마를 짚었다.

　아무래도 제대로 된 이유를 대며 논리적으로 설득하는 것은 불가능한 모양이었다. 적당한 때에 그럴듯한 핑계를 대고 돌아가야 할 것 같았다.

　그래, 플라워 마운틴에서 뜻밖의 인물을 만나기 전까지는 그럴 수 있을 거라고 생각했다.

　　　　　　　　　*　*　*

　"……아, 리아?"

　카페 테라스에 앉아 잔뜩 흥분한 상태로 메뉴를 고르는 블리스를 익숙한 목소리가 불렀다.

그녀를 발견한 블리스의 눈이 더할 나위 없이 반짝반짝 빛나기 시작했다.

"빈센트 후작 부인!"

덩달아 반가운 기색을 내비치는 애니에, 제시는 직감했다.

어째서 하필 지금 이 타이밍에 사라가 지나가는 것인지. 아니, 사라는 늘 아카데미를 들렀다가 이 길을 지나니, 때를 맞춰 플라워 마운틴에 온 것이 잘못일지도.

이런저런 생각이 들었으나, 결론은 하나였다. 아무래도 일찍 돌아가기는 그른 모양이었다.

＊　＊　＊

"혹시 블리스 때문에 불편하신가요? 제가 너무 마음대로 결정해서?"

블리스의 상태를 확인하고 침실을 나서 집무실로 향하던 아리아가 아스에게 물었다. 이에 그가 서둘러 고개를 내저었다.

"그럴 리가 있겠습니까. 전혀 그렇지 않습니다. 결단코 그럴 일은 없습니다. 맹세코요."

하지만 부정이 너무 과했다. 가볍게 아니라고만 대답해도 될 것을.

답지 않게 몇 번이나 아니라고 한 덕에 의심의 눈초리는 더욱 짙어졌다.

그녀가 아스를 빤히 응시하다가 천천히 입을 열었다.

"불편하셨군요."

그에 아스는 자신의 대답이 과했음을 인지했다.

"……정말, 불편한 것은 아닙니다."

아스가 말을 끊어서 대답했다. 뭐라고 운을 떼야 할지 난감했다.

"그럼 뭐죠? 꼭 무언가 숨기는 듯한 그 얼굴은."

그가 쉬이 사실을 털어놓지 못하자, 아리아는 섭섭한 속마음을 그대로 드러냈다. 어떻게 자신에게 비밀을 만들 수가 있냐고.

"그래요. 비밀, 있을 수도 있죠. 제가 너무 과민 반응을 하는 걸수도요. 말하고 싶지 않으면 말하지 않아도 돼요. 이런 사소한 점들은 괜히 신경 쓰지 말고 이해해야죠."

이해한다는 사람치고는 상처받은 얼굴이었다. 구구절절 말도 길었다. 그에 제 발 저린 아스가 서둘러 사과했다.

"아닙니다. 제 불찰입니다. 처음부터 다 말씀드렸어야 했는데."

혹시나는 역시나였다. 떠보려고 한 말에 아스가 순순히 걸려들었다.

어디 한번 말해 보라는 듯 어느새 상처받은 얼굴을 지운 아리아가 턱을 치켜들었다.

"실은, 블리스에 대한 일입니다. 비밀로 해 달라는 약속을 하긴했지만, ……말씀드리는 게 마땅하겠지요. 애초에 상황이 정리되면 말하려고 생각했었으니 말입니다. 하지만 뭐라고 말을 시작해야 할지 모르겠습니다."

천천히 말을 잇는 아스의 표정이 몹시 심각했다.

중간중간 뜸을 들이는 것이 어지간히 말하기 힘든 내용인 모양이었다.

도대체 무엇이기에. 의문이 들었으나, 한편으로는 얼마나 중요한 비밀을 숨겨 주기로 했으면 저토록 말하기 힘들어할까, 하는 생각도 들었다.

"그러니까 블리스는―"

"됐어요."

그래서였다. 아리아는 무겁게 입을 연 아스를 이만 놓아주기로 했다.

한 문장만 말하면 되는데, 갑자기 듣지 않겠다는 말에 아스가 눈을 끔뻑였다.

"무슨…… 뜻입니까?"

"약속까지 하셨다는데, 그걸 깰 수야 없죠. 뭔지는 모르겠지만, 제가 듣게 된다면 필시 아스 님은 블리스에게서 신뢰를 잃을 테니까요."

뜻밖의 배려에 눈을 크게 뜬 아스의 뺨을 쓸며 아리아가 말을 이었다.

"게다가, 아스 님께서 알아채신 블리스의 비밀을 제가 계속 모르고 있을 리도 없을 테죠."

사실 이게 본심에 가까웠다.

고작해야 일곱 살밖에 되지 않은 작은 아이의 비밀을, 아스에겐 하루 만에 들켜 버린 비밀을 자신이 계속 모를 리가 없었다.

"얼마나 대단한 비밀인지는 모르겠지만, 알아내서 그 작고 앙큼한 이마에 꿀밤을 먹여야겠어요."

아스를 보듬는 부드러운 손길과는 다르게, 아리아가 호전적인 미소를 지었다. 블리스의 귀여운 도전(?)을 받아 주겠다는 허락과도 같았다.

다행히 그 누구에게도 신뢰를 잃지 않게 된 아스가 허탈한 한숨을 토로했다. 내내 고민했던 것이 참으로 무색했다.

혼자 정리하고 숨기려 하지 말고 아리아에게 상의라도 했으면 좋았을 텐데, 라는 생각도 들었다.

"물론 그렇다고 아스 님께서 제게 비밀을 만드신 것까지 넘어갈 생각은 없어요. 저는 그렇게 착한 사람이 아니니까요."

안심하는 것도 잠시, 아리아가 다시 정색했다.

하지만 바라던 바였다. 아스가 제 뺨에서 손을 거두는 아리아의 손을 다시 잡아채며 기대하는 눈빛을 보냈다.

"얼마든지 감내하겠습니다. 감히 부인에게 비밀을 만든 못난 남편을 매몰차게 꾸짖어 주시지요."

그러면서 잡은 아리아의 손가락에 제 손가락을 은근하게 겹쳤다. 혼이 나고 싶다는 건지, 유혹을 하겠다는 건지 모를 일이었다.

아리아는 반드시 그렇게 하겠다며 짙은 미소를 보냈다. 그러고는 일말의 미련도 없다는 듯 아스의 손에 갇힌 제 손을 뺐다.

"그렇게 할게요. 지금 당장은 말고, 후에 대가를 치를 줄 아세요."

"예."

아스의 가슴이 괜히 기대감에 부풀었다. 어떤 대가일지는 모르겠지만, 무엇이 되더라도 반드시 아리아를 만족시키고야 말리라 그가 혼자 결심했다.

"그 전에, 함께 늦은 아침을 들고 가는 게 어떨까요? 이른 점심이기도 하겠네요."

아리아의 물음에 아스는 곧장 고개를 끄덕였다.

자는 척을 끝냈을 블리스가 신경이 쓰였지만, 아리아가 함께 아침을 먹자는데 거절할 수가 없었다.

'식사를 끝낸 뒤에 찾아가도 늦지 않겠지.'

아무리 천방지축이라고 하더라도, 그사이에 누군가에게 깨어 있는 것을 들키진 않을 것이다.

그리 생각한 아스가 아리아와 함께 식당으로 향했다.

식사가 준비되는 동안, 아리아는 루비를 불러 간단하게 상황을 설명하고 이런저런 지시를 내렸다.

"마지막으로, 클로시 부인에게 내가 후에 찾아간다고도 전해 줘. 악의적인 해코지가 아니었으니, 의복은 새로 제작할 필요가 없다고도."

"……알겠습니다, 비 전하. 더는 신경 쓰실 일이 없으시도록, 제가 깔끔하게 정리해 놓겠습니다."

황성에 처음 방문한 블리스의 실수였다는 설명이 대부분이었거늘, 심각한 얼굴의 루비가 빠르게 자리를 벗어났다.

＊　＊　＊

아스는 아리아와 함께 여유로운 식사를 마치고 그녀를 집무실까지 바래다준 뒤에야 블리스가 있는 침실로 향했다.

꽤 시간이 흐른 참이었다. 블리스가 일찌감치 자는 척은 그만두고 침실을 돌아다니고 있진 않을까 하는 생각이 들었다.

'부디 그러지 않으면 좋겠는데.'

제시가 옆에 붙어 있겠다고 하였으니 절대 그래서는 안 될 텐데. 어째서 침실에서 뛰어다니는 블리스가 자꾸 떠오르는 걸까.

제시는 자신이 보고 들은 모든 것을 아리아에게 보고하는 경향이 있었기에, 블리스가 깨어 있는 것을 보게 되면 곤란했다.

그런 생각에 다다르자 괜히 마음이 조급해졌다. 빠르게 주변을 살핀 아스가 곧장 공간을 이동했다.

그러고는 부디 자신의 예상이 틀렸기를 바라며 기척도 없이 벌컥 문을 열어젖히는데—

"······!"

불행히도 그곳에 블리스는 없었다. 작게 탄식한 아스가 손바닥으로 눈을 가렸다.

아무래도 하루를 채 버티지 못하고 아리아에게 들킬 것 같은 새로운 예감이 들었다.

—

4. 작은 아리아의
정체

4. 작은 아리아의 정체

"아리아! 잘 있었어요?"

만면에 미소를 띤 사라의 방문에 아리아의 말문이 턱 막혔다.

물론 사라 때문은 아니었다. 그녀가 얌전히 자고 있어야 할 블리스와 함께 나타났기 때문이다.

제시와 애니는 덤이었다.

"사라……? 이게 어떻게 된 거죠? 왜 사라가 블리스와—"

묻는 도중에, 블리스가 기다렸다는 듯 한 걸음 앞에 나서며 배시시 웃었다.

"이거 어때? 새로 샀어!"

어디서 배운 건지, 아이는 치맛단을 살포시 잡고 있었다.

그에 아리아가 질문을 멈추고는 블리스의 행색을 천천히 훑었다.

'……고양이?'

퍽 고급스러운 붉은 드레스였으나, 허리 뒤쪽으로 길게 이어진 리본이라든가, 머리 양옆으로 삐죽 튀어나온 커다란 리본 때문인지 고양이를 연상시켰다.

귀엽기는 한데, 어딘가 기묘했다. 가장무도회에서나 입을 법한 드레스와 평상복의 중간처럼 느껴졌다.

그래서 물끄러미 응시할 뿐 별다른 반응을 보이지 않자, 살포시 웃은 사라가 블리스의 머리 리본을 매만지며 물었다.

"별로일까요? 잘 어울릴 것 같아서 제가 고른 건데. 귀엽지 않나요?"

참으로 치사했다. 사라가 골랐다고 하는데 이상하다고 할 수 있을 리가 없으니까.

실제로 조금 과하기는 했지만 이상하진 않았기에, 작게 한숨을 삼킨 아리아가 고개를 내저었다.

"……예쁘네요. 귀엽고, 깜찍하고, 사랑스럽기까지."

"그렇죠? 그렇게 생각하실 줄 알았어요!"

과장하여 칭찬하니, 사라가 방긋 미소 지었다. 블리스 역시 '정말?'이라고 되물으며 함박웃음을 터뜨렸다.

뒤에서 대화를 지켜보던 제시와 애니도 마찬가지였다.

뭐가 그리도 좋은지, 행복한 네 사람을 앞에 두고 아리아만이 티가 나지 않도록 미세하게 미간을 찌푸렸다.

"나아, 이거 말고도 여러 가지 샀어! 엄청 예뻐! 보여 줄래!"

블리스가 갑자기 아리아의 손을 잡아끌었다.

딱히 대단한 힘은 아니었으나, 방심하고 있던 아리아가 저도 모르게 블리스의 뒤를 따랐다.

순순히 따라오는 아리아에 신이 난 모양인지, 블리스는 걸음을 서둘러 곧장 그녀의 침실로 향했다.

덕분에 아리아가 의문을 키운 것도 모르고.

'……어째서 황성의 지리를 이렇게나 잘 아는 거지?'

한 치의 망설임도 없이 가장 빠른 길을 선택하는 블리스에 아리아의 눈매가 가늘어졌다.

하루, 이틀 황성에서 지낸 정도로는 불가능한 일이었다. 게다가—

'왜 이렇게 쌩쌩한 거지?'

자신처럼 황족의 피를 잇지 않았다면 능력을 쓰고 아직도 기절해 있어야 마땅하거늘.

아리아는 딱 한 번 모래시계를 돌리는 것만으로도 꼬박 하루는 정신을 차리지 못했던 자신을 떠올렸다.

그런데 어제와 오늘에 걸쳐 몇 번이나 공간을 이동한 블리스는 고작해야 몇 시간만을 자 놓고 피곤한 기색이라고는 전혀 보이지 않았다.

'애초에 몇 번이나 공간을 이동했다는 것도 말이 안 돼.'

뒤늦게 아리아는 아스가 숨겼던 것을 깨달았다. 몇 번이나 능력을 사용하고도 멀쩡한 블리스는 결코 자신의 이복동생일 수 없다는 것을.

'그럼 도대체 얘는 뭐지……?'

이복동생이 아니라면, 황족의 피를 이었다면, 어째서 자신과 이토록 닮아 있는가.

의심하고 추론을 시작하려는데, 침실에 다다랐다.

앞서 걷던 블리스가 휙 뒤를 돌더니 배시시 웃으며 아리아에게 물었다.

"나 옷 많이 샀으니까 다 봐 줘야 해! 알겠지? 응?"

대답을 들을 생각은 없었던 모양인지, 블리스는 아리아가 무어라 하기도 전에 짐을 든 하인과 함께 훌쩍 드레스 룸으로 사라졌다.

"옷을 입어 볼 때마다 비 전하께서 마음에 들어 하실지 물어보시더라고요."

그 장면을 다시 보게 생겼다며 뒤를 따라 침실로 들어온 애니가 키득키득 웃었다.

"엄청 귀여웠죠. 덕분에 세 시간이나 옷을 골랐으니까요."

아리아에게 보고도 하지 않고 블리스와 외출했기 때문인지, 눈치를 보던 제시가 조심스레 추임새를 넣었다.

"어머나, 저는 몇 번 보지 못했는데, 그럼 그 깜찍한 모습을 다시 볼 수 있는 건가요?"

"그렇겠죠?"

사라까지 즐거워하며 거들었다.

이런 상황에서 다들 돌아가라고 한 뒤, 신이 나 옷을 갈아입는 블리스를 데려다 놓고 정체가 무엇이냐고 물을 수는 없었다.

"차를 좀 가져다줘. 너무 뜨겁지 않게."

"예, 비 전하."

블리스가 얼마나 귀여운지 떠들기 시작한 세 사람을 두고 한숨을 삼킨 아리아가 소파에 앉았다.

기다리는 동안 멈췄던 생각이라도 해야 할 것 같았다.

스스로 낳지 않는 이상 가질 수 없는 외모를 가진 블리스에 대해서 말이다.

'……잠깐만.'

스스로 낳는다고? 헛웃음도 나오지 않을 정도로 말도 안 되는 걸론이었지만, 불가능한 것도 아니었다.

블리스가 미래에서 왔다면, 능력이 두 개라면 가능한 일이었다.

공교롭게도 그 능력들은 자신과 아스의 능력을 합친 것이었다.

가정이 확실하다면, 블리스가 황성의 지리를 잘 아는 것도 설명이 되었다.

아리아의 생각이 틀리지 않았다는 것을 뒷받침하기라도 하듯, 그녀의 옆에 자리한 사라가 보드랍게 웃으며 블리스의 이야기를 꺼냈다.

"처음 블리스 영애를 보았을 때, 아리아가 다시 어려진 줄 알았지 뭐예요. 그런데 눈을 보니 황태자 전하와 똑같은 파란색이 아니겠어요?"

가볍게 꺼낸 말에 아리아의 심장이 쿵 떨어졌다. 그런 줄도 모르고 사라가 말을 이었다.

"그래서 아니라는 걸 깨달았죠. 두 분께서 아이를 가지신다면 필시 블리스 영애같이 사랑스럽겠죠?"

아무것도 모를 것이 분명한데, 진실을 알고 하는 말처럼 들렸다.

점점 굳어 가는 얼굴로 사라의 말을 듣던 아리아가 하녀가 갓 따른 차를 단숨에 들이켰다.

"아리아?"

평소처럼 다정한 얼굴로 대답하기는커녕, 아리아의 표정이 썩 좋지 않았기에 사라가 의아한 듯 그녀를 불렀을 때였다.

"비 전하—!"

드레스 룸으로 사라졌던 하인이 당황하며 뛰쳐나왔다.

"작은 아가씨께서……!"

설마 능력을 너무 많이 써서 몸에 이상이라도 생긴 것일까.

놀란 아리아가 자리에서 벌떡 일어나며 퍽 다급한 목소리로 물었다.

"무슨 일이야?"

"옷을 갈아입으시다가 잠…… 이 드셨어요…….'"

"잠……?"

애니가 얼빠진 목소리로 되물었다. 잠시 눈을 깜빡이던 사라는 까르르 웃음을 터뜨렸다.

"종일 옷을 입었다가 벗었다 하셨으니, 피곤할 만도 하죠. 돌아오는 마차 안에서도 아리아가 어떤 옷을 제일 좋아할까 흥분했었고요. 지금까지 용케 버텼어요."

그깟 옷이 뭐라고, 그냥 대충 고르지. 일곱 살이나 되었다면서, 왜 사람의 마음을 이렇게나 들었다가 놓는 걸까.

'일곱 살의 나는 이토록 천방지축이진—'

않았는데. 라며 블리스를 탓하려던 아리아가 괜히 헛기침했다. 생각해 보니, 블리스나 자신이나 별반 다를 것이 없었다.

아니, 곰곰이 따져 보면 자신은 첫 번째 삶에서는 성인이 된 이후에도 천방지축이었다. 한 번 죽은 뒤에나 정신을 차렸지.

"저…… 흔들면 일어나실 것 같기는 한데, 깨울까요?"

하인이 조심스레 물었다. 저녁을 먹이지 못한 것이 신경 쓰였으나, 굳이 자는 애를 깨울 필요는 없었다.

아리아가 고개를 내저었다.

"아니, 옷이야 나중에 봐도 되니까. 그대로 옮겨서 재우는 편이 좋겠지."

"앗, 네! 그렇게 하겠습니다."

아리아는 당장 옮기겠다며 다시 드레스 룸으로 들어가려는 하인을 붙잡았다.

"내가 할게."

응? 어째서? 하인의 눈이 그렇게 물었다.

애니 역시 '굳이 직접?'이라는 얼굴로 고개를 갸웃댔다.

개중에서 가장 의아한 것은 아리아였다. 별것도 아닌 일을 왜 자처했는지, 스스로도 몹시 의문이었다. 하지만.

'……블리스를 방치하고 험한 말을 한 사람이 바로 나일지도 모른다니.'

고작해야 일곱 살 아이가 과거로 돌아가게 만든 장본인이 자신일지도 모른다고 생각하니, 가만히 있을 수가 없었다.

정확한 것도 아닌데 어쩐지 죄책감이 들었다. 아이를 안아서 옮긴다고 그 감정이 사라지지는 않겠지만, 그렇게 하고 싶었다.

"제가 하고 싶었는데 차례를 빼앗겼네요. 하긴, 황성에서 함께 지낼 정도의 분이시니, 어지간히 마음에 드신 거겠죠?"

사라의 한마디에 모두가 아리아의 행동을 납득했다. 그렇다며 대충 고개를 끄덕인 아리아가 곧장 드레스 룸 안으로 들어갔다.

'……잘도 이런 곳에서 자네.'

옷을 입던 도중에 잠이 든 것인지, 블리스가 한쪽 소매만을 팔에 끼워 넣은 채 바닥에 누워 있었다.

'능력을 사용한 건 한참 전이라, 이제 와서 그거 때문에 잠이 들었을 리는 없을 테고.'

피곤한데 내내 졸음을 억지로 참다가 이렇게 된 모양이었다.

그러게 아까 자라고 할 때 자지. 왜 밖에 나간 거람.

혀를 찬 아리아가 블리스의 옷을 벗겨 주려 했을 때였다.

"……!"

몸에 무언가가 닿자, 블리스가 반사적으로 아리아의 손을 덥석 잡았다.

바로 빼려고 했으나, 블리스가 아리아의 손을 꼭 품에 안았다.

"엄, 마……."

그러고는 엄마를 찾으며 눈물까지 토르륵 흘린 탓에, 아리아는 잠시 아무런 행동도 취할 수가 없었다.

'……도대체 미래에 무슨 일이 생긴 거지?'

힘든 일은 이제 끝인 줄 알았는데, 아무래도 더 큰 고난이 기다리고 있는 모양이었다.

한숨을 내쉰 아리아가 블리스의 옷을 갈아입혔다. 그러고는 블리스가 깨지 않게 조심스레 안아 들어 드레스 룸을 나섰다.

"아, 작은 아가씨의 방은—"

"바로 옆방으로 할게."

침실 바로 옆은 손님용이 아닌, 아리아와 아스가 여분으로 사용하는 공간이었다.

아리아가 블리스를 어지간히 신경 쓰는 모양이라고 판단한 하인이 서둘러 옆방으로 아리아를 안내했다.

푹신한 침대에 블리스를 눕힌 아리아가 잠이 든 아이를 잠시 내려다보았다.

애정이라도 갈구하듯 손을 뻗어 여분의 베개를 품에 안는 모습이 흡사 과거의 자신 같아 퍽 가여웠다.

'……어떤 상황인지 정확한 확인이 필요해.'

아스라면 필시 알고 있을 터. 블리스에게서 자세한 설명을 들었을 것이 분명했다.

정체를 추측하는 것까진 끝냈으니, 남은 것은 확인이었다.

사라가 방문한 참이니 저녁 식사를 끝낸 뒤에 물어봐야겠다고 결심하며 조용히 방을 나서는데, 내내 문 앞에서 기다리고 있던 애니가 아리아를 불러세웠다.

"저, 비 전하. 잠깐 시간 괜찮으세요?"

퍽 진중한 얼굴이었다. 무언가 큰 고백이라도 할 것처럼.

"무슨 일이야?"

"드릴 말씀이 있어서요. 아주아주 중요한 얘기예요."

* * *

애니가 굳이 자리를 옮기자고 했기에, 두 사람은 아무도 없는 빈 응접실에 마주 앉았다.

비밀 이야기를 하려는 듯싶어 하인도 부르지 않은 채였다.

혹여나 누군가가 있는 건 아닌지 주변을 두리번대던 애니가 조심스레 입을 열었다.

"저, 실은……."

거침없는 화법을 가진 그녀답지 않았다. 대체 무슨 말을 하려는 건가 싶어 아리아가 천천히 달싹이는 애니의 입술에 집중했다.

"아이를 가졌어요!"

"……."

"어휴, 드디어 말씀드렸네!"

속이 다 시원하다는 듯 애니가 방실방실 웃었다.

그러니까, 임신을 했다는 이야기를 하려고 사람을 이렇게나 긴장하게 만들었다는 뜻이었다.

어처구니가 없었기에 아리아가 실소했다. 생각지도 못한 반응에 애니가 울상을 지었다.

"왜, 왜 그런 반응이세요! 비 전하께 제일 처음 말씀드리려고 얼마나 꾹 참고 있었는데에!"

아리아의 성격상 크게 기뻐하지는 않더라도 축하의 한마디 정도는 해 줄 줄 알았는데, 실소라니.

그제야 아리아가 자신이 너무했다는 것을 깨닫고는 변명 아닌 변명을 했다.

"너무 분위기를 잡으니까 그렇지. 나는 또, 무슨 안 좋은 일인가 싶어서 걱정했는데."

"그거야 다른 사람들이 눈치채면 안 되니까요. 저는 정말 비 전하께 제일 먼저 알려 드리고 싶었거든요. 이건 제 남편도 모르는 일이에요."

버붐 남작도 아직 모른다니. 먼저 말해도 전혀 상관이 없거늘.

뭐, 어쨌든 충성심 하나는 갸륵했다. 한숨으로 걱정과 불안을 떨친 아리아가 애니의 임신을 축하했다.

"그래, 잘됐구나. 축하한단다. 너를 닮아 똑 부러진 아이가 되기를 바라."

"감사합니다, 비 전하! 제일 먼저 축하받고 싶었어요. 너무 기뻐요."

애니의 뺨이 발그레 달아올랐다. 눈은 곱게 접혔고, 입술은 호선을 그렸다.

의례적으로 축하한다고 하긴 했지만, 아이를 가진 것이 저렇게나 좋을까?

문득 그런 생각이 든 아리아가 애니에게 물었다.

"그리도 좋니?"

애니가 잠시 고민하다가 대답했다.

"으음, 글쎄요. 사실 너무 바빠서 생각지도 못하고 있었거든요. 아이라니, 꿈도 꾸지 못했죠."

혼인으로 귀족이 된 애니는 귀족의 삶에 적응해야 하는 것도 모자라, 남작의 사업을 돕고, 가문까지 돌봐야 했다.

조금이라도 여유가 생겼을 때는 황성에 방문하여 아리아에게 눈도장을 찍었다.

이따금 남작과 친분이 있는 가문의 귀부인들과 차를 마시는 것도 빼놓을 수 없었다.

"게다가 저는 몇 년 전까지만 해도 일개 하녀였으니까요. 귀족 가문의 하녀는 보통 결혼을 하지 않으니, 제 인생 계획에는 없던 일이기도 하고요."

돌고 돌아 결국 아리아의 덕이라는 말이 함께였다. 애니는 다시금 아리아에게 무한히 감사한다며 까르르 웃었다.

물음에는 제대로 대답하지 않고, 자기 할 말만 쏟아 내는 애니에 아리아가 못마땅하다는 얼굴로 다시 물었다.

"그래서 좋다는 거니, 싫다는 거니? 어느 쪽인 거야."

"음, 글쎄요. 굳이 따지자면, 좋은 쪽인 걸까요? 주치의에게 아이를 가졌다는 말을 듣자마자 기뻤거든요. 남편과 제 아이라니. 누굴 닮았을지, 어떻게 생겼을지도 궁금했고요. 게다가 말이에요—"

후에 아리아가 아이를 낳는다면, 제 아이와 함께 키우고 싶은 생각도 있었다며 애니가 주절주절 말을 이었다.

성별이 다르다면 뜻밖의 인연이 될 수도 있지 않겠느냐며 헛된 꿈도 늘어놓았다.

애니의 말을 끝까지 들었다면 웃었을 테지만, 아리아는 다른 생각에 빠져 있었다.

'남편과 자신을 닮은 아이라…….'

사실 아리아 역시 그런 생각을 한 적이 있었다. 정확히는 아스를 닮은 아이였지만, 어떻게 생겼을까 궁금하긴 했었다.

'한데 날 닮은 것 같긴 했지.'

닮은 정도가 아니었다. 빼어다 박은 것처럼 블리스는 아리아와 판박이였다.

물론 가정일 뿐, 블리스가 정말 자신의 아이인지는 아직 확인하지 않았지만.

'나쁘진 않았어.'

아니, 나쁘지 않은 게 아니라 무척이나 귀여웠다.

어느 곳 하나 손색이 없는 자신의 얼굴에 아름다운 아스의 눈동자마저 가져서 그런 모양이었다.

아스와 자신의 좋은 점만 가지고 태어난 블리스는 어릴 때의 자신보다 더 예쁜 것 같기도 했다.

"어쨌든, 항상 감사히 생각해요. 제가 생각지도 못한 인생을 선물해 주셔서요. 물론 비 전하를 뵐 기회가 더 줄어들 것 같아서 슬프지만요. 죄송하기도 하고요."

"죄송할 일도 참 많구나."

만감이 교차한다는 감상에도 불구하고 아리아의 반응이 퍽 건조하자, 애니가 울상을 지었다.

"비 전하는 제가 없으셔도 괜찮으신 거예요?"

"어디 멀리 떨어지는 것도 아닌데, 괜찮지 않을 건 없지."

"히잉, 정말 너무하셔요!"

애니가 손바닥에 얼굴을 묻었다. 물론 진짜 울거나, 속이 상한 것은 아니었다.

언제 울상을 지었냐는 듯, 다시 멀쩡해진 애니가 아리아의 팔짱을 끼며 살갑게 웃었다.

"그래도 짬이 나는 대로 올 거예요! 제가 없으면 비 전하께서 곤란하실 테니까요. 그렇죠?"

참으로 넉살도 좋았다. 그 덕에 아리아의 옆에서 몇 년이나 버틴 것이기는 하지만.

아리아는 묘한 웃음으로 대답을 대신했다. 그것만으로도 충분했던 모양인지, 애니는 붙든 아리아의 팔에 제 뺨을 비비며 헤실헤실 웃었다.

"아, 참! 깜빡한 게 있어요. 말씀을 드려도 될지 고민했던 건데."

갑작스레 떠올랐다는 듯 애니가 살짝 미간을 찌푸린 채 말을 이었다.

"루비 말이에요. 좀 주제가 넘는 것 같아서요. 시키지도 않은 일을 사서 하고요. 비 전하의 허락도 받지 않고 말이에요."

블리스를 훈계했던 루비를 떠올린 애니가 입술을 삐죽였다.

아리아 역시 루비가 자신의 안위를 걱정하고 기사를 배치하라고 했던 것을 떠올렸다.

확실히 주제넘는 짓이기는 했으나, 도움이 되었다. 자신에게 잘 보이려고 애를 쓰는 것에 가까웠고.

그러니 정말 주제가 넘는 것은 쓸데없이 자신의 측근을 음해하는 애니였다. 벌을 받아야 하는 것 또한. 하지만.

"……그래? 무슨 일이라도 있었니? 자세히 들어 봐야 할 것 같구나."

애니는 함부로 남을 음해하진 않았다.

이따금 너무 솔직하고 다소 무례한 언행을 할 때가 있기는 했지만, 아무런 짓도 저지르지 않은 사람에게까지 그러진 않았다.

아니, 애초에 그런 자들에게는 관심이 없는 것에 가까웠지만.

아리아가 단박에 제 편을 들어 주었기에 애니의 의욕이 불탔다.

그녀는 낮에 보았던 블리스와 루비의 일화를 최선을 다해 털어놓았다.

"그러니까 루비가 블리스의 거취를 정해 주고, 황성에서 잘 지내기 위한 조언까지 했다는 거니? 어떤 내용이었는지는 자세히 듣지 못했고?"

그럴듯한 정리였으나, 미묘하게 뉘앙스가 달랐다. 어쩐지 루비가 잘한 것처럼 들렸다.

"으으음, 맞긴 한데……. 그 거취라는 게 후원 근처였다니까요? 게다가 블리스 아가씨의 표정도 영 좋지 않았어요! 비 전하의 방 근처에서 지내고 싶다고 제게 애원까지 했는걸요?"

다시 떠올려도 가여운지 애니가 가슴을 두드렸다.

"루비, 걔가 자기는 그저 비 전하를 위해서 그랬다며 얼마나 입을 터는지! 타이밍 좋게 제가 방문하지 않았다면 아무도 모른 채 지나가 버렸을걸요?"

루비가 정말로 블리스를 배려했다면, 블리스의 표정이 그리 어둡지 않았을 거라고 그녀는 한탄했다.

틀린 말은 아니었다. 블리스는 꽤 살가운 성격 같았기에 어지간한 상황이 아니라면 그럴 리가 없을 것이라는 생각이 들었다.

그렇다고 지금 당장 불러 무슨 일이 있었는지 다짜고짜 추궁할 순 없었다.

나름 배려한 것인데 말을 실수한 것 같다며 가볍게 넘어갈 수 있는 문제이기도 했고.

일단은 두고 보자고 생각한 아리아가 느릿하게 눈을 깜빡이며 물었다.

"아이를 가졌다면서, 그렇게 화를 내도 되는 거니?"

자신의 주장을 귓등으로도 받아 주지 않았다고 생각한 애니가 한숨을 내쉬며 입술을 삐죽였다.

"그게 마음대로 되는 건가요? 불편한 장면을 목격했는 걸요."

"그래? 축하 선물 얘기가 없는 걸 보면 별로 받고 싶지 않은가 보구나?"

"추, 축하 선물이요?"

하지만 이어진 말이 애니의 불만을 몽땅 앗아 갔다.

눈치가 빠르니 무슨 이야기인지 벌써 짐작했을 터이거늘, 굳이 되묻는 통에 아리아의 입꼬리가 올라갔다.

"그래. 나와 가까운 주변인 중에 아이를 가진 것은 네가 처음이니까. 특별한 걸 주어야겠지."

"꺄아아악……!"

비명을 지르려던 애니가 서둘러 제 입을 가렸다. 그럼에도 작게 터져 나오는 목소리를 막을 수는 없었다.

"어쩜! 실은 비 전하께 꼭 받고 싶었던 선물이 있었어요!"

뻔뻔함이 도를 지나치면 화는커녕 웃음이 나는 법이었다. 늘 그랬듯, 대놓고 선물을 요구하는 애니에 아리아가 픽 웃으며 물었다.

"뭔데 그러니?"

"이름이요! 비 전하께서 제 아이의 이름을 지어 주셨으면 좋겠어요! 대모까지는 바라지도 않아요! 그럼요! 이미 입은 은혜가 산더미 같은데 대모는 너무했죠."

말은 그렇게 하면서도 아리아가 아이의 대모가 되어 주기를 간절히 바라는 눈빛이었다.

꽤 오랜 시간 함께 지낸 가까운 사이였기에 그리 어려운 부탁도 아니었다.

하지만 순순히 다 들어주겠다고 하기엔, 애니는 놀리는 맛이 있었다.

넓은 아량이라도 베풀 듯 곱게 눈을 접은 아리아가 한차례 속눈썹을 팔랑이며 대답했다.

"그래? 그럼 이름만 지어 주면 되겠구나. 알겠어."

그러고는 미련 없이 응접실을 나서자, 사색이 된 애니가 헐레벌떡 그 뒤를 따랐다.

"아, 아니이, 아니이요오! 대모도 되어 주세요오! 네? 네에?!"

응접실로 통하는 복도에 아리아의 웃음소리가 작게 퍼졌다.

　　　　　＊　＊　＊

"전하, 블리스 아가씨께서 막 돌아오셨다고 합니다. 빈센트 후작 부인, 버붐 남작 부인도 함께 방문하셨습니다."

천방지축이 귀가했다는 시종의 보고에 아스가 이마를 짚었다.

제시, 애니와 함께 외출했다는 보고는 들었는데, 어째서 사라도 함께 나타난 것인지.

즉위식이 끝나기 전까지 자신이 아는 모든 사람을 만나 작별 인사라도 할 생각인가.

그렇다면 몹시 안타깝고 가슴 아픈 일이었으나, 이래서야 좋을 것이 없었다.

'개중에 누군가가 의심이라도 하면 어쩌려고.'

물론 들킬 가능성은 제로에 수렴했으나, 혹시 또 모르는 일이었다.

'골치가 아프군.'

어째서 미래의 자신은 블리스를 이토록 자유분방하게 키운 것이 란 말인가.

아리아도, 자신도 엄하게 키웠으면 키웠지, 방목할 성격이 아닌데.

하지만 생각해 봤자 달라지는 것은 없었다. 지금도 블리스는 시시각각 만나는 사람을 늘리며 수도를 헤집고 다니고 있었다.

"……어디에서 뭘 하고 있지?"

"황태자비 전하, 그리고 부인들과 함께 침실로 향하셨습니다. 구입하신 의복들을 보여 주실 거라고 하셨습니다."

사람들을 만나는 것도 모자라, 패션쇼까지 하고 있다는 말에 아스가 눈을 질끈 감았다.

한숨이 저절로 나왔다. 비밀을 지켜 달라고 할 때는 언제고, 정말이지 위기감이라고는 전혀 없었다.

아무래도 블리스를 찾아가 지금 이 상황이, 행동이 얼마나 위험한지 따끔하게 설교를 해야 할 것 같았다.

시종에게 이만 나가 보라고 한 그가 깃펜을 내려놓고는 자리에서 일어났다.

* * *

패션쇼를 하고 있다고 하여 침실로 찾아갔건만, 블리스는 그곳에 없었다.

"피곤하셨는지 갑자기 잠이 드셔서, 비 전하께서 옆방으로 옮기셨습니다."

"비께서 옮기셨다고?"

아리아가 그런 행동을 하는 사람이었던가. 의외였으나 나름 마음에 든 모양이었다.

그러고 보니 일전에 혼을 내 주겠다며 웃던 얼굴에는 블리스에 대한 호감이 자리해 있었다.

'본능적으로 뭘 느끼기라도 한 것인가.'

아직 어리다고는 하지만, 자신을 속이는 존재를 가볍게 넘길 만한 성격은 아닌데.

까닭은 모르겠으나 아리아가 챙기고 있다니 다행인 일이었다. 물론, 언제 거짓말이 탄로 날지 모르는 상황이었지만.

어쩌면 이미 그사이에 무언가 눈치챘을지도 모르는 일이었다. 아스가 몸을 돌려 시종이 알려 준 방으로 향했다.

"블리스."

시종의 말대로 블리스는 눈을 꼭 감고 잠에 빠져 있었다. 아리아는 이미 떠난 뒤였다.

이름을 불러도 미동하지 않는 것이, 자는 척이 아니라 그간 쌓인 피로가 폭발한 모양이었다.

'……한데 왜 눈가가 젖어 있는 거지?'

울기라도 한 듯 눈가가 젖어 있었다. 혹시 아리아에게 혼이라도 난 것일까. 가늠하려 아스가 블리스를 물끄러미 응시하는데—

"엄마아……."

까닭을 설명이라도 해 주듯, 이불을 꼭 쥔 블리스가 아리아를 찾으며 눈가를 적셨다.

'잔뜩 혼을 내 주려고 다짐하고 온 것이거늘.'

이래서야 혼은커녕 가엾다는 마음밖엔 들지 않았다.

아리아의 얼굴로 저러니 가슴이 먹먹하기까지 했다. 아무것도 하지 않았는데 괜한 죄책감도 들었다.

아니, 이렇게나 작고 가여운 아이에게 혼을 낼 생각을 했다는 것 자체가 불순한 짓인 양 느껴졌다.

'……미래의 내가 왜 블리스를 이렇게 키웠는지 조금이나마 이해가 되는군.'

지금이야 무의식중이었을지 몰라도, 블리스가 작정하고 불쌍한 척, 가여운 척을 하며 용서를 구한다면 제대로 화를 내지 못할 것이 분명했다.

아스가 한숨을 내쉬며 제 결심을 철회했다.

그래, 자신을 낳지 말라 말하려 과거로 날아온 아이를 굳이 혼낼 필요는 없었다.

'그래도 조심하라는 충고는 해 둬야겠지.'

괜히 눈에 띄어서 좋을 것이 없었다. 물론 충고를 한다고 그대로 따를지는 모르겠지만. 아니, 안 따를 것 같지만…….

시무룩한 얼굴로 알겠다고 대답한 블리스가 곧 신이 나서 황성을 돌아다니는 것을 저도 모르게 상상한 아스가 눈가를 매만졌다.

오늘따라 몹시 피곤했다. 서둘러 아리아를 만나 기력을 채워야 할 것 같았다.

* * *

시간이 꽤 늦은 차였기에, 사라를 비롯한 방문객들은 각자의 보금자리로 돌아가야만 했다.

더불어 타이밍 좋게 아스가 아리아를 찾아왔다. 모임은 여기서 끝이었다.

"모처럼의 즐거운 시간을 제가 방해한 모양이군요."

아스가 마음에도 없는 소리를 내뱉으며 인사하자 사라가 절대 그렇지 않다는 듯 손을 내저었다.

"그럴 리가요! 시간도 시간이니, 저희가 방해를 한 참이겠지요."

그녀는 이만 물러가자는 듯 제시와 애니에게 시선을 주었다.

알겠다며 긍정한 애니가 심각한 얼굴로 마지막 인사를 남겼다.

"비 전하! 오늘 말씀드린 내용은 내일까지 비밀이에요! 내일 다시 방문해서 공표할게요. 그러니 꼭 다들 모이셔야 해요. 꼭이요! 아시겠죠?"

굳이 예고까지 하며 내일 다시 보자는 애니에 사라가 웃으며 고개를 끄덕였다.

애니가 무슨 말을 할지 기대되어서가 아닌, 블리스를 만나러 오고 싶었기 때문이다.

아리아의 부탁으로 맡게 된 아카데미뿐만 아니라, 스스로 설립한 고아원까지 관리하고 있던 탓에 몹시 바쁜 사라였으나, 블리스를 보기 위해서 조금 무리하는 것쯤은 아무것도 아니었다.

"알겠어요. 어차피 오려고 했었으니까요. 저는 오늘 중간부터 합류해서 블리스 영애와 오래 놀지 못했잖아요. 아! 내일은 달콤한 케이크를 사 와야겠어요. 아까 보니 단것을 잘 드시더라고요."

"빈센트 후작 부인, 저를 위한 선물도 챙겨 오셔야 할걸요?"

의미심장한 표정은 덤이었다. 대체 무슨 말을 하려고 저러는 걸까.

아주 잠깐 고개를 갸웃댄 사라가 정말 가 봐야겠다며 제시, 애니와 함께 응접실을 떠났다.

"제가 친구분들과의 시간을 방해한 건 아닌지 모르겠습니다."

"그래요? 그럼 다시 모두를 불러올까요?"

빈말에 장난스럽게 응수하는 아리아에 아스의 입매가 호선을 그렸다.

"그렇게 하고 싶으시다면 그래도 됩니다만, 제가 우는 꼴을 보셔야 할 겁니다."

"세상에. 생각지도 못했는데, 꽤 볼만하겠어요. 보고 싶어졌어요."

상상이라도 한 듯 눈동자를 굴리며 한 대답에 아스가 기어코 웃음을 터뜨렸다.

방금 전까지 급격히 소진되었던 기력이 단박에 돌아온 기분이었다.

그가 한 마리의 나비처럼 우아하게 자리에서 일어나는 아리아의 허리에 손을 감았다.

"그렇게나 보고 싶으시다면 보여 드려야 마땅하죠. 식사를 마치고 방으로 돌아가 보여 드리겠습니다. 타인에게 보일 만한 얼굴은 아니라서 말입니다."

"기대되네요."

진심인지 아닌지 모를 농담을 주고받은 두 사람이 이내 식당으로 향했다.

평소와 다를 바 없이 온화한 분위기였다.

아리아를 만나 마냥 기뻤기 때문인지, 아니면 그녀가 별다른 내색을 하지 않았기 때문인지, 아스는 아리아와 마주 앉아 식사를 시작할 때까지 그녀가 블리스의 정체를 파악했다는 것을 눈치채지 못했다.

"블리스, 혹시 미래에서 온 제 아이인가요?"

"……?!"

샐러드를 입에 넣으며 아무렇지 않게 묻는 말에, 아스는 손에 쥐고 있던 포크를 떨어뜨릴 뻔한 것을 간신히 잡아챘다.

"맞는 모양이네요. 하긴, 증거가 이렇게나 명백한데 지금에서야 눈치챈 제가 바보겠죠."

과하게 반응한 아스 덕분에 아리아는 굳이 대답을 듣지 않았음에도 제 추측이 맞았다는 것을 깨달았다.

참으로 현실감이 없는 일이었으나, 그보다 더 현실감이 없는 일을 수두룩하게 겪은 뒤라 납득하는 것이 어렵지는 않았다.

그보다는—

'아버지께 사과해야겠는데.'

괜한 의심을 한 피아스트 후작에게 사과해야겠다는 생각이 먼저였다.

어머니와의 만남이 썩 로맨틱하진 않았기에 다른 여자를 품었을 수도 있겠다고 저도 모르게 의심했는데, 아닌 모양이었다.

물론 장본인은 모르는 사안이었기에, 구구절절 설명하며 사과할 필요는 없었다.

그저 오랜만에 선물을 가지고 찾아가 잘 지내냐고 안부를 묻는 것으로 족할 것이다.

"……맞습니다."

아스가 뒤늦은 대답을 했다. 아리아를 만나 되찾았던 미소도 잃은 채였다.

"블리스가 과거로 찾아온 이유도 아시나요?"

"그건……."

아스는 차마 말을 잇지 못했다. 울먹이는 블리스를 보지만 않았더라도 대답할 수 있었을지 모르겠지만, 이미 본 뒤였다.

그것도 바로 조금 전이었다. 제 손으로 블리스의 행복한 추억 만들기 놀이를 이틀 만에 끝내게 하고 싶진 않았다.

그가 제대로 대답하지 못하자, 식기 도구를 내려놓은 아리아가 퍽 진지한 얼굴로 물었다.

"혹시 제가 학대라도 한 건가요?"

"절대 아닙니다!"

"그럼 방치?"

"그것도 아닙니다."

"폭언?"

"결단코요."

말이 끝나기가 무섭게 부정하는 아스에 아리아가 남몰래 한시름 놓았다.

만에 하나 자신이 블리스를 고통스럽게 했다면 어쩌나 걱정했었는데, 그건 아닌 모양이었다.

'그럼 도대체 블리스는 왜 과거까지 온 걸까.'

잠깐의 유희로 온 것이라면, 사고를 친 직후 돌아가고도 남았을 텐데.

굳이 계속 남아 있는 걸 보면 그래야만 하는 꽤 중요한 이유가 있을 것이라는 생각이 들었다.

"그럼요? 왜죠? 아스 님은 알고 계시죠?"

"알고…… 있습니다."

하지만 말하고 싶지 않다는 듯한 표정이었다.

"지금 알게 되면 후회하실 겁니다."

언제 알게 되어도 마음이 아프겠지만, 그게 블리스가 과거로 되돌아온 지금이라면 더더욱 그럴 것이 분명했다.

'아니, 차라리 지금 말하는 게 나을지도.'

즉위식까지 함께 지내다가 정이 들어 버리면 더더욱 곤란해질지도 모른다.

제 몸이 망가지는 것을 알면서도, 아리아가 블리스를 낳겠다고 할지도 모르니 말이다.

잠깐, 그 결정을 과연 자신은 받아들일 수 있을까.

'아리아가 자신의 몸을 희생해서 아이를 낳겠다고 하는데?'

뜻밖의 사안이 목전에서 기다리고 있었다는 것을 깨달은 아스가 눈도 채 깜빡이지 못한 채 굳었다.

아리아의 선택이 가장 중요하기는 했으나, 자신도 결국엔 아리아와 블리스, 둘 중 한 명의 편을 들어야만 했다.

'……당연히 아리아를 선택해야 마땅한데, 필시 그렇게 할 건데…….'

자신의 목숨을 내놓을 만큼 아리아를 좋아하는 블리스를 정말 포기할 수 있을까.

그 사실을 알고 블리스를 낳겠다는 아리아를 자신은 과연 끝까지 말릴 수 있을까.

물끄러미 그를 살피던 아리아가 다시 포크를 손에 들며 식사를 재개했다.

"알겠어요. 대답하지 않아도 돼요. 괴롭히려고 물은 것이 아닌데, 그렇게나 괴로워하면 마음이 아프잖아요."

빈말이나 농담이 아니었다. 어지간한 일이라면 식사를 중단하고 아스의 목에 팔이라도 둘러 대답을 들으려고 했는데.

불행히도 외려 대답을 말리고 싶을 정도로 그의 분위기가 심상치 않았다.

"스스로 알아낼게요. 이번에도 그랬듯, 일도 아니겠죠. 고작해야 일곱 살밖에 되지 않은 아이의 비밀인걸요."

아리아가 부드럽게 웃었다. 웃음이 나와서가 아니라, 그만큼 아스의 표정이 심각해서 풀어 주기 위함이었다.

"……예, 그렇겠죠. 금방 알아내실 겁니다. 늦어도 즉위식까지는

요. 내 비보다 영민한 사람은 이 세상에 없으니까요."

애써 아리아의 농담에 장단을 맞추려고 하는 기색이 역력했으나, 아스가 크게 나아지지 않은 얼굴로 대답했다.

덕분에 아리아의 마음에 그늘이 졌다. 정체 모를 불안감이 엄습했다.

아무래도 아스의 우는 얼굴은 다음에 보아야 할 것만 같았다.

* * *

다음 날, 울며 아리아를 찾은 것이 무색하게도 블리스는 아주 씩씩하게 아침을 맞이했다.

"어머나, 세안도 참 잘하셔라."

급한 일이라도 있는지 어푸어푸 열정적인 세안까지 마친 블리스는, 어제 산 원피스 중에 가장 예쁜 것을 골라 입고는 헐레벌떡 제방을 나섰다.

"작은 아가씨! 어디 가셔요! 아침 식사 하셔야죠!"

"비 전하와 같이 먹을 거야!"

"네에?!"

저녁도 그러했지만, 아리아는 늘 아스와 단둘이 아침을 먹었다.

중요한 행사가 있을 때를 제외하고는 식사 시간은 두 사람의 사적인 시간이었다.

그 사이에 끼어들겠다는 말에 시녀의 눈이 휘둥그레졌다.

그녀가 황태자비 부부의 침실로 달려가는 블리스의 뒤를 서둘러 뒤쫓았다.

"비 전하! 아침 같이 먹어!"

하지만 이미 늦은 뒤였다. 블리스의 방이 아리아의 침실과 너무 나도 가까웠다.

설상가상으로 마침 식당으로 향하려던 모양인지, 곧장 문이 열리고 아리아가 모습을 드러냈다.

"화, 황태자비 전하를 뵙습니다."

혹여나 블리스의 무례한 행동을 막지 못했다고 혼이 나면 어쩌나, 시녀가 긴장하며 고개를 숙였다.

"그래, 같이 먹자꾸나."

그러나 다행인지 불행인지 아리아는 시녀를 질책하지 않았다. 도리어 잘되었다는 얼굴이었다.

"응! 응! 빨리 가자!"

아리아가 배시시 웃으며 식당으로 앞장서는 블리스를 향해 묘한 눈빛을 보냈다.

도대체 저 조그만 머릿속에 무슨 대단한 꿍꿍이가 들었는지 파악해 줄 시간이었다.

＊　＊　＊

평소와는 다르게 꽤 조용한 아침 식사 시간이었다.

어젯밤부터 생각에 빠진 아스는 해답을 찾지 못해 말수가 적었고, 아리아는 블리스를 관찰하기 바빴다.

그 사이에서 블리스는 퍽 밝은 얼굴로 식사에 열중했다. 저녁을 먹지 않고 잠이 들어서 배가 고픈 모양이었다.

이것저것 입에 마구 가져다가 넣는 블리스를 빤히 응시하던 아리아가 짧은 감상을 내놓았다.

'……예법이라고는 눈을 씻고 찾아봐도 보이질 않는군.'

모처럼 황족으로 태어났으니 행동까지 어린 시절의 자신을 닮을 필요는 없건만.

블리스는 정말 황녀가 맞는 건가 싶을 정도로 예법이 엉망진창이었다.

'분명 미엘르는 아주 어렸을 때부터 우아하고 기품이 넘쳤다고 했었는데…….'

일곱 살의 미엘르는 모르지만, 그보다 조금 더 나이가 많은 열두세 살 정도라면 아리아도 똑똑히 기억하고 있었다.

섬세한 수가 놓인 고운 새 옷과 반짝반짝 빛이 나는 머리카락.

고생 한번 안 한 뽀얀 피부에, 치맛단을 잡고 가볍게 무릎을 굽혀 인사하는 우아한 몸짓까지.

카린의 손을 잡고 처음 발을 내디딘 백작가에서 미엘르를 보았을 때, 아리아는 큰 충격에 빠졌었다.

왜 성녀라는 별명이 생겼는지 알 수 있을 정도로 성스러움 그 자체였다.

물론 지저분하거나, 천박한 아이들만 보다가 처음 만나게 된 귀족이었기에 조금 과장된 면이 없지 않아 있지만.

'어쨌든 귀족으로 태어난 자들은 대부분, 어느 정도의 예법은 구사하는데.'

그런데 눈앞의 결과물은 어떠한가. 자세한 사정은 모르겠지만, 교육은커녕 방목을 한 수준이었다.

아무리 세상 모든 것이 다 마음대로 되지 않는다고 하여도 정도가 너무 심했다.

'도대체 미래의 나는 왜 자식을 이렇게 키웠을까?'

고민하던 아리아는 스푼을 내려놓고 입매를 닦으며 넌지시 입을 열었다.

"블리스."

"응?"

그러자 기다렸다는 듯 따라붙는 반짝반짝 빛나는 파란 눈.

마치 왜 지금에서야 말을 걸었냐는 듯 꼬리를 흔드는 강아지 같았다.

역시 자신의 아이라고는 생각할 수 없는 붙임성이었다.

또 다른 파란 눈이 제 얼굴에 따라붙는 것을 느낀 아리아가 이해할 수 없다는 듯 물었다.

"너희 어머니께선 네게 식사 예절 같은 건 가르치지 않은 거니?"

블리스가 세차게 고개를 흔들며 부정했다.

"아니! 매일 알려 주셨어."

"그런데 대체 왜 그 모양이니?"

심지어 블리스는 식기 도구를 아무렇게나, 대충 잡고 있었다.

그런데 매일 알려 주었다니, 설마 머리가 나쁜 걸까.

아스와 자신의 아이이니 가능성은 희박했지만, 혹시 또 모르는 일이었다. 아리아가 미간을 찌푸리며 재차 물었다.

"제대로 알려 준 건 맞니? 넌 알아들었고?"

"당연하지! 엄마는 제대로 알려 줬어. 나도 알아들었고오⋯⋯."

아리아가 미래의 아리아의 자질을 의심하자 블리스가 발끈하며 대답했다.

그러나 점점 목소리가 작아지고 말꼬리를 늘이는 걸 보니, 사정이 있는 모양이었다.

눈을 피하고 손가락을 꼼지락대는 모양새에, 팔짱을 낀 아리아가 비웃음을 머금었다.

"글쎄. 내가 보기엔 아닌 것 같은데. 네 어머니께서 식사 예절을 제대로 알려 주셨다면 네가 이 모양일 리가 없겠지."

전혀 진심이 아니었으나, 블리스의 반응을 끌어내기에는 미래의 아리아를 욕하는 것이 제격인 것 같았다.

"아니야! 엄마는 정말 매일매일 잘 알려 주셨어! 그치만, 그치마안!"

아니나 다를까, 제 엄마의 험담을 하자 자리에서 벌떡 일어난 블리스가 목소리를 높였다.

하나 위압감이라고는 전혀 없었다. 게다가 앉아 있는 것보다 선 것이 더 작아 식탁 위로 머리만 동동 떠 있었다.

웃음이 나오는 것을 간신히 참은 아리아가 믿지 못하겠다는 듯 코웃음을 쳤다.

그 작은 술수에 넘어간 블리스가 작은 주먹을 꼭 쥐며 사실을 토로했다.

"내가 계속…… 계속 실수해야 엄마가 매일매일 다정하게 알려 주니까, 그게 좋으니까 그런 거야……!"

엄마는 잘못 없어. 블리스가 나빠, 으허엉.

찔끔 눈물을 흘린 블리스가 손목으로 눈가를 마구 닦았다.

"자, 작은 아가씨……!"

지척에서 대기 중이던 시녀가 서둘러 손수건을 가져와 훌쩍이는 블리스의 눈매를 닦았다.

본인이 잘못해 놓고 왜 물어본 사람 민망해지게 우는지 모를 일이었다.

뚝 그치라며 역으로 화를 내도 모자란 상황이었다.

하지만 불행히도 그 까닭과 원인이 미래의 자신에게 조금 더 관심을 받고 싶어서라는 말을 들은 뒤였다.

맹목적인 사랑과 관심을 갈구하는 아이를 앞에 두고, 부정적인 감정이 생길 리가 없었다.

말없이 블리스를 응시하던 아리아가 아무렇지 않게 식사를 재개하며 입을 열었다.

"그랬다면 분명 티가 났을 텐데. 매일매일 다시 알려 줬다면 네 어머니는 널 많이 좋아했던 모양이구나."

달래려는 마음이 반, 진심이 반이었다. 자신의 성격상 같은 것을 계속 되묻는 아이에게 계속 다정하게 굴 리가 없으니까.

눈에 눈물을 그렁그렁 매단 블리스가 눈을 동그랗게 뜨고 되물었다.

"저, 정말……?"

"그럼. 아무리 어미라도, 가르치는 보람이 없는 아이에겐 언젠가 화를 내기 마련이니까."

"……비 전하도 그럴 것 같아? 막, 계속 물어보면 화가 나?"

"계속이라니? 그런 기회가 몇 번이나 있을 것 같니? 아마 두 번째에서 짜증을 내지 않을까 싶은데."

일말의 고민도 없는 대답에 블리스의 표정이 더없이 환해졌다. 서럽게 울 땐 언제고, 참으로 감정이 변화무쌍했다.

아무리 생각해도 자신이 낳은 아이라고는 볼 수 없는 천진난만함이었다.

헤실대는 블리스와 눈매를 마저 닦아 주는 시녀와 이를 지켜보는 아스의 복잡한 시선 사이에서, 블리스를 회유하는 방법을 눈치챈 아리아가 다시금 입을 열었다.

"물론 난 식사 예절을 잘 지키는 아이가 더 좋아. 가르쳐 준 것을 잘 해내면 기특하고 자랑스럽지 않겠니? 알려 줘도 알아듣지 못한다면 결국엔 실망할 거야."

"……!"

"물론 '내가' 그렇다는 뜻이란다. 너희 어머니는 그렇지 않을지도 모르지."

전혀 도움이 되지 않는 첨언이었다. 블리스가 눈을 휘둥그레 뜨고 되물었다.

"시, 실망해……?"

"그럼. 뭐, 너처럼 작은 아이에게는 내색하지 않을지도 모르겠지만. 아무리 어려도 매일매일 같은 것을 알려 주는 것은 퍽 힘든 일일 테니까. 나는 그렇단다. 실망하고, 기대도 안 할 거야."

블리스가 다시 울상을 지었다. 보석같이 반짝반짝 빛나는 큰 눈에 눈물이 한가득 들어찼다.

"그럼, 그러엄…… 어떻게 해……? 이미 실망했으면 어떻게 해야 돼에?"

혹여나 미움을 받으면 어떻게 하느냐며 블리스가 터질 것 같은 울음을 꾹 참고 물었다.

술수에 넘어오고 말고도 할 것이 없었다. 이렇게 쉬운 길이 있는데, 미래의 자신은 왜 써먹지 않은 것인지 모를 일이었다.

그리 생각한 아리아가 태연하게 대답했다.

"늦게라도 알려 준 것을 잘 해내면 된단다. '아, 늦게나마 깨우쳤구나.' 하면서 감동할지도 모르지."

말이 끝나기가 무섭게 손등으로 눈을 비벼 눈물을 닦은 블리스가 자세를 바로 했다. 포크 역시 제대로 잡았다.

그러고는 아까와는 다르게 음식을 하나씩, 천천히 입에 넣었다.

설명만 듣고 처음 해 보는 것인지, 조금 어색했으나 황족은 황족. 크게 나쁘지는 않았다.

"흐음, 정말 잘하네? 일부러 그랬던 게 맞구나?"

"그, 그렇지?!"

"그럼. 내가 다 기특한데, 너희 어머니는 오죽하실까. 어쩜 이렇게 우아한지, 감탄이 나올 지경이구나."

전혀 그렇지 않았지만 과장하며 칭찬하자, 블리스의 표정이 다시 밝아졌다.

그러고는 방금 전보다 더 우아한 척을 하며 음식을 입에 넣었다.

정말이지 너무나도 알기 쉬운 아이였다. 귀엽다고 느낀 아리아가 픽 웃으며 덧붙였다.

"돌아가게 되면 꼭 보여 드리렴. 분명 좋아하실 거야."

"……으, 응!"

묘하게 기운이 있는 듯, 없는 듯한 대답이었다.

의아하게 생각하기도 전에 블리스가 다시 여봐란듯이 기품 넘치게 식사를 했기에, 아리아는 대수롭지 않게 넘기며 식사를 재개했다.

어제보다 조금 더 가까워진 두 사람을 한참이나 지켜보던 아스가 한숨을 삼켰다.

필시 훈훈하고 좋은 모습이기는 한데, 둘 중 누군가에게는 괴로운 미래가 기다리고 있다는 것을 아는 아스였다.

복잡한 마음을 애써 숨긴 채 어색하게 웃는 것 외에는 그가 할 수 있는 것이 없었다.

* * *

어제 예고한 대로, 아침 식사를 끝내기가 무섭게 애니가 찾아왔다.

아침 일찍 시설들을 돌아본 제시 역시 평소보다 이르게 입성했다.

사라 또한 일정을 뒤로 미루기라도 한 듯, 두 사람이 도착하고 얼마 지나지 않아 아리아와 블리스를 찾았다.

"사라!"

모습을 드러내자마자 제 허리를 폭 껴안는 블리스에 사라가 함박웃음을 지었다.

"블리스, 간밤엔 잘 주무셨나요? 갑자기 잠이 들어서 얼마나 놀랐는지 몰라요."

"사라, 미안해…… . 피곤해서 그랬어. 그치만 푹 자서 오늘은 괜찮아! 사라랑 오래오래 놀 거야!"

"어머나, 정말요? 기뻐라. 일정을 뒤로 미룬 보람이 있네요. 우리 케이크도 함께 먹어요. 아주 부드럽고 달콤한 것으로 사 왔어요."

정말 일정을 미루고 온 사라가 블리스를 품에 꼭 안으며 대답했다.

'일곱 살짜리 아이와 도대체 무얼 하며 종일 놀겠다는 건지.'

아리아가 속으로 비웃음을 삼키며 시종이 준비한 차를 마셨다.

"자, 이제 다 모이셨으니 때가 되었네요. 황태자 전하도 함께 계셨다면 좋았겠지만, 그건 너무 큰 바람이겠죠."

그러는 사이, 모두에게 잘 보이는 위치에 선 애니가 의기양양하게 입을 열었다.

한낱 남작 부인의 임신 사실 따위, 황태자가 알 필요가 전혀 없었지만, 날아갈 듯 기분이 좋은 애니는 굳이 헛소리를 끼워 넣었다.

"도대체 무슨 일이기에 그러시죠?"

블리스를 무릎에 앉힌 사라가 몹시 궁금해하며 물었다.

평소에도 조금 과장하며 말하는 버릇이 있는 애니였지만, 오늘은 유독 심했다.

까닭을 모르겠다는 듯 블리스가 눈을 끔뻑였고, 제시 역시 관심을 표했기에 드디어 때가 되었다고 생각한 애니가 터져 나오는 웃음을 감추지 못하며 사실을 고백했다.

"저, 이제 혼자가 아니에요!"

"……응?"

"네……?"

너무 돌려 말한 탓에 응접실에 정적이 일었다. 그 사이에서 태연하게 차를 마시던 아리아가 넌지시 한마디 흘렸다.

"아이를 가졌다고 하더군요."

"어머나!"

"저, 정말?!"

놀라 눈을 휘둥그레 뜬 사라와 제시의 사이에서, 블리스가 '그러고 보니—'라며 손뼉을 짝 맞부딪혔다.

"네! 이제 삼 개월쯤 되었을 거래요! 배가 전혀 안 나오고 바빠서 너무 늦게 안 거 있죠?"

"축하해요! 세상에, 얼마나 귀여운 아이가 태어날까!"

"축하해, 애니! 네가 엄마가 된다니 상상은 잘 안 되지만."

"헤헤. 애니를 닮아서 귀엽고, 씩씩하고, 똑똑한 여자아이가 태어날 거야!"

"어머, 블리스 아가씨. 그걸 어떻게 아세요? 물론 저도 절 닮았으면 좋겠지만요."

"애니를 닮은 여자아이라니, 정말 귀엽겠어요."

블리스가 의미심장한 말을 꺼냈음에도, 모두가 대충 흘려 넘기며 까르르 웃음을 터뜨렸다.

그 사이에서 아리아만이 '여자아이가 태어나는군.' 생각하며 달콤한 과자를 한입 베어 물었다.

"결혼은 제가 제일 먼저 했는데, 아이는 애니가 먼저 생겼네요. 부러워요. 저도 빨리 아이를 갖고 싶은데, 일이 바빠서 그런지 소식이 없네요."

원래대로라면 사라는 지금쯤 아이가 있어야 했지만, 그녀에게 소식이 없는 까닭은 아리아 때문이었다.

'아카데미 일이 적성에 맞았는지, 고아원까지 설립해 직접 아이들을 가르치고 돌보고 있으니. 거기에 후작 가문도 관리해야 하고.'

하루하루를 바삐 보낸 탓에 미래가 바뀐 모양이었다.

가문에만 얽매이지 않고 자신의 길을 찾은 사라에 기쁜 한편, 있어야 할 아이가 없다는 말에 묘한 죄책감을 느끼는데, 고개를 갸웃거린 블리스가 다시금 의미심장한 말을 꺼냈다.

"응? 사라도 혼자가 아니잖아?"

"네에……? 제가요?"

사라가 눈을 동그랗게 떴다.

제시 역시 눈을 끔뻑이는데, 애니가 무슨 말을 하는 거냐며 박장대소했다.

"무슨 소리를 하는 거예요, 블리스 아가씨."

블리스가 당당하게 받아쳤다.

"진짜야. 사라도 혼자가 아닌걸?"

그러면서 납작한 사라의 배를 소중하게 껴안았다. 애니가 다시금 물었다.

"그걸 어떻게 아세요?"

"음……. 아기들끼리는 다 통해! 알 수 있어!"

잠시 고민하다 내뱉은 블리스의 대답이 너무 장난 같았기에, 모두의 얼굴에 웃음이 퍼졌다.

"정말 그런 걸까요? 사실 요 며칠 자꾸 잠이 쏟아지고, 음식도 잘 안 넘어가긴 했어요."

사라가 장난스럽게 대꾸하며 웃었다. 그 사이에서 혼자 굳어 있던 아리아가 심각한 얼굴로 시종들을 불렀다.

"주치의를 불러오렴. 그리고 너는 저 커피를 차로 바꿔 주겠니?"

일을 시작한 뒤로 사라는 차 대신 커피를 즐겨 마시고는 했다.

아리아의 지시에 시종들이 재빨리 몸을 움직였다. 애니가 눈을 휘둥그레 뜨고 되물었다

"비 전하, 지금 블리스 아가씨의 말을 믿으시는 거예요?"

"아기들끼리는 통한다잖니. 사실이라면 좋은 일이니까. 검사를 받는 데 시간이 오래 걸리는 것도 아니고."

겸사겸사 건강 상태를 진단해 보는 것도 좋지 않겠느냐는 말이 함께였다.

자신의 말을 제일 믿어 주지 않을 것 같은 아리아가 유일하게 믿어 주자, 블리스가 감동으로 눈을 반짝였다.

"음, 뭐 비 전하의 말씀이 맞기는 하죠. 맞으면 좋고, 아니더라도 건강 상태를 확인할 수 있고."

"정말 그렇네요. 아리아의 주치의라면 실력도 무척 뛰어날 테니. 신경 써 줘서 고마워요."

자신을 생각하는 아리아의 마음을 느낀 사라가 부드럽게 웃었다. 뒤늦게 제시도 아리아의 말이 옳다며 긍정했다.

정말 아이를 가진 걸까, 아닌 걸까 잠시 대화를 나누는 사이, 주치의가 응접실을 찾았다.

아리아의 지시대로 곧장 사라를 진찰한 주치의는 눈을 곱게 접으며 결과를 내놓았다.

"축하드려요. 임신이시네요. 정확한 개월 수는 더 면밀하게 진찰해 봐야겠지만, 1개월 반에서 2개월쯤 되었겠어요. 최근에 피곤하진 않으셨나요?"

"어머나, 임신요? 워낙 바쁘게 살아서 피곤한가 보다 넘겨짚었는데⋯⋯."

정말이라고? 애니가 눈을 휘둥그레 떴다. 제시는 입을 틀어막았다.

얼추 예상했던 아리아만이 기뻐하는 표정을 숨기지 못하며 사라의 손을 꼭 맞잡았다.

"축하해요, 사라. 드디어 바라던 것을 이루셨네요."

줄곧 아이를 갖고 싶어 하던 사라였다. 그녀가 더없이 활짝 웃으며 아리아에게 감사를 표했다.

"아리아가 검사하자고 하지 않았더라면 배가 불러올 때까지 계속 몰랐겠죠. 저야말로 고마워요. 그리고 블리스 영애도요."

"거봐. 내 말 맞지? 사라 축하해! 헤헤."

"스에상! 정말 아기들끼리는 대화가 통하는 건가?!"

"그, 그런가 봐……!"

새로운 사실을 깨달은 애니와 제시가 놀라움을 감추지 못했다.

아기들끼리 통할 리가 없었기에, 블리스를 대신하여 아리아가 변명에 나섰다.

"몇 번이나 허리를 껴안고 배에 얼굴을 맞대었으니 그때 무언가 느꼈겠지. 그걸 통한 거라 착각한 거고."

"앗, 그렇네요!"

"그러고 보니! 그렇네요! 일리가 있어요!"

다행히 아리아의 말을 철석같이 믿는 두 사람이었기에 더는 의심이 없었다.

그런 것도 모르고 블리스는 사라의 허리를 껴안고 마냥 즐거워하고 있었다.

애니의 임신을 축하하기 위한 파티는 어느새 사라의 파티로 흘러갔다.

아주 잠깐 사라를 질투하던 애니는 이내 마음을 고쳐먹고 그녀의 옆에 찰싹 붙었다.

"비슷한 시기에 아이를 낳겠죠? 모처럼이니, 함께 육아하는 건 어떠세요? 또래 친구가 생기면 좋잖아요."

"어머나, 그렇네요. 생일도 비슷할 테니 좋은 친구가 되겠어요."

후작 가문의 첫 아이가 제 아이와 절친이 될 수도 있다는 사실에 애니가 꺄아! 작게 비명을 질렀다.

든든한 가문과 깊은 인연이 될지도 모른다니, 축하 따위 받지 못해도 그만이었다.

"아, 그런데 저…… 이만 돌아가 봐도 될까요? 빨리 그이에게 사실을 알리고 싶어서……. 블리스, 미안해서 어쩌죠?"

종일 블리스와 놀아 줄 생각으로 온 것이었기에 사라가 퍽 조심스레 말했다.

사라와 함께 놀 것을 무척이나 기대하고 있던 블리스였으나, 사안이 사안이었기에 흔쾌히 그러라며 고개를 끄덕였다.

"응! 괜찮아! 나는 비 전하한테 어제 산 옷들 보여 줄래! 사라는 어서 집에 가 봐."

블리스의 허락이 떨어지자 사라가 기다렸다는 듯 자리에서 일어났다. 뺨에는 언제부턴가 홍조가 가득했다.

"몸조심해요, 사라."

"조심히 돌아가, 사라! 또 놀러 와!"

모녀의 마중을 받은 사라가 활짝 웃으며 서둘러 돌아갔다.

애니 역시 버붐 남작에게 이 좋은 소식을 알리겠다며 돌아갔고, 제시만이 아리아의 손을 꼭 잡고 제 방으로 앞장선 블리스의 뒤를 따랐다.

"제시."

"네?"

"어제 종일 나가 있던 걸로 아는데, 일은 다 끝낸 거니?"

막 방에 도착하여 들어가려는데, 우뚝 멈춰선 아리아가 제시에게 물었다.

단 한 번도 일을 제대로 끝냈냐며 추궁한 적이 없던 아리아였기에 제시가 말을 더듬었다.

"네, 네……? 아니요……."

"그럼 그것부터 끝마쳐야 하지 않겠니? 널 믿지 않는 것은 아니지만, 일이 밀리면 후에 고달파지니까."

맞는 말이었기에 반박의 여지가 없었다.

"네에……."

제시가 시무룩한 표정을 감추지 못하며 떠났다.

제시마저 떠나 실망할 줄 알았던 블리스는 뜻밖에도 즐거움을 잃지 않고 패션쇼를 시작했다.

애초에 아리아를 찾아 과거로 온 것이었기에, 블리스는 그녀와의 시간이 가장 중요했다.

"짜잔! 비 전하, 어때?"

"흐음……."

설마 이것도 사라가 고른 건가. 지난번에 보았던 고양이와는 다르게 토끼를 연상시키는 연분홍색 원피스와 장신구에 아리아가 침음했다.

"나쁘지 않네."

사실 꽤 귀여웠다. 블리스의 표정이 워낙 밝아서 고양이보다 토끼 쪽이 더 잘 어울리는 것 같았다.

"정말? 정마알?!"

옷을 칭찬했을 뿐인데, 제가 칭찬받은 것인 양 기뻐한 블리스가 다음 옷을 보여 주겠다며 쏜살같이 드레스 룸으로 사라졌다.

우당탕탕. 꺄아악. 작은 아가씨이! 괜찮으세요오?!

옷을 갈아입는 건지, 드레스 룸을 부수는 건지 분간이 되지 않을 소리가 들렸다.

'대체 안에서 무슨 일이 일어난 거지.'

놀란 아리아가 차를 마시려던 자세 그대로 멈춰 있는데, 드레스 룸에서 후다닥 블리스가 튀어나왔다.

"이건?!"

블리스는 제 눈과 닮은 파란색 옷을 입고 있었는데, 안에서 전력 질주라도 하고 온 것인지 얼굴을 발갛게 물들이고는 가쁜 숨을 내쉬었다.

"별로야?"

"……아니, 귀엽네."

"헤헷!"

지척에서 핑그르르 돌며 대답을 재촉하였기에 있는 그대로의 감상을 내뱉자, 만족한 블리스가 다시금 드레스 룸으로 사라졌다.

잠시 뒤, 쿠당탕. 이번에도 방금 전과 별반 다르지 않은 소리가 울렸다.

"참 나."

도대체 그깟 옷이 뭐라고. 칭찬 하나 받았다고 좋아서 이 난리라니. 차를 한 모금 마신 아리아가 저도 모르게 픽 웃었다.

자신에게 칭찬받아서 무척이나 기쁘다는 블리스의 기분이 그대로 전달되어 웃지 않을 수가 없었다.

'상상했던 것과는 조금 다르지만.'

아스와 자신의 아이이니 꽤 차갑고 어른스러울 줄 알았는데, 블리스는 또래의 아이들과 별반 다름없이 철이 없고 시끄러웠다.

'나쁘지는 않을지도.'

조그만 게 요리조리 왔다 갔다 정신을 빼놓는 것이 퍽 재미있었다.

애초에 블리스는 어릴 때의 자신처럼 살지 않아도 지켜 줄 강인한 존재가 수도 없이 많을 테니 상관없겠지.

그 뒤로 아리아는 열 번이나 더 블리스의 패션쇼를 보아야만 했다.

다행히 재미가 없는 것은 아니었다. 디자인과 색을 골고루 구입한 덕분에 보는 재미가 있었다.

"힘들어……."

아직 남은 옷이 있었지만, 조금 쉬어야겠다며 아리아의 옆에 바짝 붙은 블리스가 차가운 코코아를 마셨다.

작은 머리가 제게 살포시 기대 오는 것을 물끄러미 응시하던 아리아가, 블리스의 얼굴 위로 조금 흘러내린 머리카락을 넘겨 주며 넌지시 물었다.

"그래서, 사라의 아이는 여자 같니, 남자 같니?"

"응? 아……! 남자야! 사라랑 후작을 반반 닮아서 멋지고 똑똑하고 착하고 검술도 뛰어난 남자 오빠야!"

기다렸다는 듯, 신이 난 블리스가 주절주절 특징을 설명했다.

다정하고, 힘도 세고, 아는 것도 많고, 씩씩하고, 정의롭고, 잘생겼고…….

입이 마르고 닳도록 긍정적인 평가가 주르륵 이어졌다.

'……설마 좋아하나?'

라는 생각이 들 만큼.

'사라의 아이라면 나쁘지 않지. 아니, 두 사람의 인품이라면 차고

넘칠지도.'

물론 자신과 아스 사이에서 나온 블리스가 그 누구의 성격도 닮지 않은 것을 보면 직접 봐야 알겠지만, 블리스의 설명만 들어서는 괜찮은 아이 같았다.

그런데 아까부터 블리스의 설명과 아는 척이 너무 과했다. 아리아가 손을 내저어 시녀를 물리며 블리스에게 물었다.

"어떻게 그렇게 잘 아니? 마치 미래에서 온 것 같구나."

사실 이것을 물으려고 제시를 돌려보낸 것이었다. 자신과 블리스, 단둘이 은밀하게 나눠야 할 대화였기에.

이대로라면 능력이 있다는 것을 모르는 사람들마저 블리스의 정체를 의심할 것이 분명했다.

어서 변명을 해 보라는 듯 아리아가 느릿하게 눈을 깜빡였다.

익히 아는 그 얼굴에 뜨끔한 블리스가 아리아에게 기댔던 자세를 바로 하며 긴장을 감추지 못했다.

"그, 그건……."

"그건?"

"아, 아기니까 알 수 있어! 아기들끼리는 통하니까!"

다행히 변명은 쉽게 찾을 수 있었다. 불행히도 통하진 않았지만.

아까 써먹었던 변명을 다시 써먹자 아리아의 눈매가 가늘어졌다.

"그래? 난 또. 네가 미래에서 온 건 아닌지 의심했지 뭐니."

"그, 그럴 리가 없잖아! 미래라니……!"

"정말? 거짓말 아니지?"

슬쩍 묻는데 대답이 없었다. 입을 꾹 닫은 블리스가 눈을 데굴데굴 굴렸다.

"왜 대답이 없니? 블리스. 난 거짓말하는 사람이 정말 싫단다."

"……!"

"물론 네 말대로 아기들끼리는 통해서 아는 것이겠지만 말이야."

"……."

"그렇지?"

"그, 그게에……."

취조 아닌 취조에 블리스가 진땀을 흘리며 입술을 달싹였다.

한 번만 더 추궁하면 원하는 대답을 들을 수 있을 것 같기도 했다.

어쩔까. 팔짱을 낀 아리아가 잠시 고민하며 블리스를 내려다보는데, 블리스의 눈매가 발갛게 달아올랐다.

"그, 그러니까아……."

곧 울음이라도 터뜨릴 것 같은 모양새였다. 말도 더듬는 것이 퍽 가여웠다.

하나 그보다는 궁금증이 우선이었다. 제대로 된 대답을 들어야겠다고 생각한 아리아가 싸늘한 눈을 연기하며 말없이 블리스를 재촉했다.

지금까지 따뜻한 기운으로 충만했던 방에 차가운 침묵이 내려앉았다. 이 정도면 애니나 제시도 진땀을 빼며 사실을 고할 정도였다.

아니나 다를까, 힐끗 눈을 돌려 아리아의 표정을 훔쳐본 블리스가 더는 참지 못하고 와앙—! 울음 터뜨렸다.

"흐어엉……! 그치만, 그치마안……! 그거언……!"

울먹이며 웅얼웅얼 뭐라고 말을 하긴 하는데, 제대로 알아들을 수가 없었다.

역시 너무 과했나, 싶어진 아리아가 대답은 조금 나중에 들어야

겠다며 팔짱을 푸는 사이, 기다렸다는 듯 블리스가 그녀의 품에 안
겨 들었다.

"미안해, 미안해애……!"

자신을 압박하고 추궁한 것이 누구인지 까먹은 모양이었다.

블리스는 의지할 곳이 아리아밖에 없다는 듯 양팔에 꼬옥 힘을
주었다.

"으허엉……! 조만간, 조만간, 허엉, 말해 줄게에……!"

엉엉 울며 그리 말하는데, 사실대로 고하라고 할 순 없었다.

어색하게 블리스의 등에 손을 두른 아리아가 알겠다며 조용히 고
개를 끄덕였다.

* * *

한참이나 그녀의 품에서 눈물을 짜내던 블리스는 기어코 까무룩
정신을 잃었다.

그 때문에 놀란 아리아가 답지 않게 큰 목소리로 주치의를 부른
것은 아주 소소한 사건 중 하나였다.

"기력을 많이 써 잠이 드신 모양이에요. 원체 몸이 약하기도 하
시고요. 조금 열이 올라서 해열제를 놓았습니다. 걱정하실 정도는
아닙니다."

진찰을 마친 주치의의 말에 아리아가 가만히 고개를 끄덕였다.

지난번에 울었을 땐 멀쩡했던 것 같았는데, 이번엔 겁을 먹고 긴
장해서 그런 모양이었다.

어쨌든 큰일이 아니라니 다행이었다. 그럼에도 아리아는 블리스

에게 다른 이상이 없는지 한 번 더 봐 달라는 말을 잊지 않았다.

"다른 이상은 없고? 정확히 왜 몸이 약한 건지는 모르는 거니?"

"예. 몸은 선천적으로 약하게 태어났기 때문이라고밖에는 드릴 말씀이 없습니다."

"흐음, 그래. 그렇구나."

하긴, 몸을 낫게 할 방법이 있었다면 미래의 자신이 어떻게든 했겠지. 별다른 방법이 없으니 저리도 연약하게 키웠을 것이 분명했다.

그리고 아마 지금의 자신처럼 놀라고 걱정하며 오냐오냐 키웠겠지.

이제야 블리스가 왜 버릇이 없는지 이해가 되었다. 필시 미래의 자신은 블리스를 약한 몸으로 태어나게 하여 미안해하고, 죄책감을 느꼈을 것이다.

'그런데 도대체 왜 블리스는 과거에 온 것일까.'

더욱 의문이 들었다. 미래의 자신이 블리스에게 소홀했을 리가 없는데.

'아니, 단정할 순 없어. 블리스는 스스로를 없어져야 할 나쁜 아이라고 했으니까.'

더불어 블리스는 친모인 자신이 아프다고까지 하였다. 그러니 유추할 수 있는 결론은 단 한 가지였다.

'설마 내가 학대를…… 한 건가……? 상처는 없으니 폭언이라든가.'

뜻밖의 결론이었지만, 그럴듯하고 논리적인 결론이었다.

블리스가 했던 말이나, 과거로 온 이유까지 모두 설명할 수 있는 결론이기도 했다.

부모에게 사랑받지 못한 아이들은 이상할 정도로 애정을 갈구했다. 지금의 블리스처럼.

스스로가 그런 성격일 줄은 꿈에도 몰랐는데. 나름 어머니인 카린을 닮아서 자식을 낳으면 잘해 주지 않을까 싶었다.

그런데 학대라니.

'아무리 아이를 낳다 몸이 망가졌다고 하더라도, 이 작은 아이를 괴롭혔다고?'

반쯤 틀린 답을 완벽한 정답이라고 착각한 아리아가 충격에 빠졌다.

아리아의 표정을 걱정으로 오해한 주치의가 기력을 회복할 약을 지어 오겠다며 자리를 비웠다.

그사이, 겨우 충격에서 벗어난 아리아가 애써 표정을 수습했다.

어떻게 해야 파국으로 치달은 이 상황을 해결할 수 있을지 심각하게 고민하며.

* * *

다음 날, 블리스가 눈을 뜬 것은 정오가 다 되었을 무렵이었다.

전날 오전에 잠이 든 것을 생각하면 이상할 정도로 오래 잔 편이었다.

때문에 걱정이 된 아리아가 몇 번이나 블리스의 방을 오갔다.

그러다가 이불 속에서 눈만 빼꼼 내민 블리스와 시선이 딱 마주쳤다.

"일어났니? 몸은 괜찮고?"

"……으, 응……!"

겁박한 것도 아닌데, 화들짝 놀란 블리스가 다시 이불 속으로 숨으며 대답했다.

"어디 아프니? 왜 그러고 있어?"

"그게에……."

나름 다정하게 물었건만, 블리스의 목소리가 다시 젖어 들기 시작했다.

든든한 방패라도 되는 것처럼 폭신한 솜이불을 꼭 쥐고.

아무래도 어제 일 때문에 아직도 저러는 모양이었다. 진실을 알게 되었기에 가엾다는 생각밖엔 들지 않았다.

가뜩이나 상처받은 아이를 이 이상 괴롭히고 싶지 않았기에, 아리아는 전혀 신경 쓰지 않는 척 말을 걸었다.

"정말 어디 아픈 모양이네. 주치의를 불러야겠어. 함께 점심을 먹으면 어떨까 싶었는데, 아프다니 블리스 너는 여기서 혼자 먹어야겠구나."

"……응?"

어제 일은 더 이상 안 물어봐?

그런 목소리였다. 당연히 나올 대답이 두려워서라도 아리아는 묻고 싶지 않았다.

저가 낳은 아이를 학대했다는 게 믿기지 않아 아스에게도 티를 내지 않았고.

"점심. 마침 볕이 좋아 정원에서 먹으면 어떨까 싶었거든. 아프다니 어쩔 수 없지."

그래서 재차 태연하게 굴자, 이불 위로 블리스의 얼굴이 쏙 튀어나왔다.

상기된 뺨, 빛나는 눈동자를 보아하니 함께 점심을 들고 싶은 기색이 역력했다.

아리아가 안타까운 표정을 만들어 내며 말했다.

"정말 아픈 게 맞나 보네. 뺨이 붉은걸? 주치의를 부를 테니 블리스는 여기서—"

"아니야앗!"

대답하기 무섭게 블리스가 이불 속에서 튀어나왔다.

"나 괜찮아! 아무렇지도 않아! 튼튼해!"

"정말?"

"응! 응! 진짜야! 이것 봐!"

블리스가 침대 위에서 붕붕 뛰었다. 저러다가 넘어져서 큰일 나겠지 싶을 정도였으나, 기운을 되찾은 모양이니 목표는 이룬 셈이었다.

다행이었다. 이제 다시는 아이가 먼저 말을 꺼낼 때까지 묻지 않을 생각이었다.

학대한 어미를 피해 도망친 곳이 과거의 어미라니, 안타깝고 가혹한 삶이 아닌가.

라는 착각을 한 아리아가 블리스의 몰골을 위아래로 훑으며 입을 열었다.

"다행이구나. 뺨이 붉고 머리카락도 산발에 눈까지 퉁퉁 부어 아픈 줄 알았지 뭐니."

그것이 지적이라는 것을 눈치챈 블리스가 손가락을 빗 삼아 헐레벌떡 제 머리카락을 빗었다.

그러고는 주변을 두리번대다가, 차가운 물이 담긴 물병에 시선을 주었다.

"설마…… 저 물로 세수하려는 건 아니겠지?"

마음이 급하여 그럴 작정이었던 모양인 듯, 블리스의 몸이 한차례 흠칫 떨렸다.

알기 쉬운 것에도 정도가 있었다. 아리아가 저도 모르게 터져 나오려는 웃음을 애써 삼키며 입을 열었다.

"아무리 바쁜 나라도 세수를 하고 옷을 갈아입는 것 정도는 기다려 줄 수 있는데 말이야."

"다, 당연히 아니야! 응! 진짜! 정말로—!"

그럴 생각이었던 블리스가 절대 그렇지 않다며 강하게 부정했다. 그게 더 이상하다는 걸 모르는 모양이었다.

퍽 귀여운 모습에 놀리고 싶은 기분이 들었으나, 초조해진 블리스가 허둥지둥 시녀를 찾았기에 이쯤에서 놓아주기로 한 아리아가 픽 웃으며 방을 나섰다.

* * *

그날부터, 블리스에게 꽤 쌀쌀한 태도를 고수했던 아리아는 미안한 마음에 아이에게 조금 더 다정하게 다가가게 되었다.

매 식사를 같이하는 것은 물론이고, 집무실에서 이리저리 왔다 갔다 노는 블리스를 가만히 내버려 두기도 했다.

솔직히 처음에는 블리스가 가여워서 잘해 준 것에 가까웠는데, 며칠을 그렇게 지내다 보니 나름 괜찮았다.

자신의 아이라고 받아들여서 그런지는 모르겠지만, 앞에 있어도 전혀 거슬리지 않았다.

오히려 일에 집중하다가 피곤해져 시선을 돌리면, 인형과 놀거나 책을 베고 잠이 든 블리스가 보여 여유를 되찾을 수 있었다.

아스에겐 굳이 내색하지 않았다. 물론 그럼에도 불구하고 아리아의 태도가 변했기에, 그 역시 그녀가 사실을 알아챘다고 생각했다.

사안이 사안이었기에 두 사람 모두 먼저 그 화제를 입에 올리지는 않았다.

아스는 아리아가 머릿속을 정리하기를 기다렸고, 아리아는 블리스가 먼저 말을 꺼내기를 기다렸다.

"언니! 산책 안 가? 나 꽃구경하고 싶어! 언니를 닮아서 좋은 냄새가 나는 튤립!"

아무도 없을 때만을 골라 잘도 언니라고 부르는 블리스에게 부드러운 시선을 보낸 아리아가 손에 든 서류를 내려놓곤 자리에서 일어났다.

"그렇지 않아도 바깥 공기를 쐬는 게 좋을 것 같았는데, 잘되었구나."

전혀 그럴 생각이 없었음에도, 아리아는 긍정의 말을 듣자마자 냅다 자신의 손을 잡고 바깥으로 끌고 가는 블리스를 뒤따랐다.

"우리 산책한 뒤에 아이스크림도 먹으면 안 돼?"

"좋아. 체리를 갈아 넣은 것이라면."

"정말? 와아—! 그럼 산책 빨리 끝내자!"

산책하자고 꼬실 때는 언제고, 블리스가 좋아하는 체리를 언급하자 어느새 주객이 전도되었다.

대충 꽃을 보고 빨리 아이스크림을 먹자며 블리스의 걸음이 세 배나 빨라졌다.

"블리스, 넌 꼭 말 같구나. 황성에서 그리 바삐 뛰어다니는 건 말

외엔 없으니까."

나름 순화했으나, 질책이 담긴 말이었다. 이를 알아들었음에도 아이스크림을 먹고 싶은 마음이 더 큰 모양인지, 개의치 않은 블리스가 헤헤 웃으며 튤립 사이를 뛰어다녔다.

그사이 하인들이 체리를 갈아 넣은 아이스크림을 준비했고, 산책을 빠르게 끝낸 블리스는 튤립들 사이에서 아리아와 함께 아이스크림을 먹었다.

"지금이 봄이었다면 좋았을 텐데."

냠. 아이스크림을 한입 먹으며 무심코 내뱉은 블리스의 말에 아리아가 나긋하게 시선을 돌리며 물었다.

"어째서?"

"그럼 축제가 있었을 테니까! 추운 봄엔 항상 축제가 있었잖아! 실은 나아, 축제에 한 번도 가 본 적이 없거든."

이유를 굳이 설명하진 않았지만, 아리아는 그것이 블리스의 몸이 좋지 않아서임을 깨달았다.

며칠 동안 관찰한 결과 블리스는 행동거지가 소란스러워 눈에 띄어서 그렇지, 쉬거나 자는 시간이 상당했다.

"내 방 창문 너머로 축제가 아주 잘 보였거든. 항상 가 보고 싶었는데, 가 본 적이 없었어. 엄마가 싫어서."

축제 재미있겠지? 튤립 정원을 산책하는 것보다 훨씬.

손가락을 꼼지락대며 주절주절 덧붙이는 말에 아리아가 디저트 스푼을 내려놓았다.

그래도 모처럼 과거에 왔는데 축제 정도는 참가해도 되지 않을까. 짧게나마 다녀오면 괜찮지 않을까 싶었다.

"꼭 초봄에만 축제하라는 법은 없지."

"응?"

"즉위식 전야제를 일찍 열면 그만이니까. 오랫동안 열어도 괜찮고."

"응?"

그게 무슨 말이야? 블리스가 큰 눈을 끔뻑였다. 말뜻을 이해하지 못한 모양이었다.

그에 아리아가 입매를 닦고 자리에서 일어나며 대답했다.

"잠깐 혼자 놀고 있을래? 시일을 앞당겨 이번 주 내로 축제를 열려면 지금 바로 서류를 처리해야 하거든."

"응……? 설, 설마아……?!"

그제야 아리아의 말을 이해한 블리스가 쥐고 있던 스푼을 놓쳤다.

설마 자신이 축제에 가 보고 싶다는 말을 했다고, 지금 당장 열겠다고 하는 건 아니겠지? 의심하고 또 의심하며.

"가 본 적이 없다며? 별것도 아닌데 열지 못할 이유는 없지. 그러니 잠시 혼자 놀고 있으렴."

설마는 진짜였다. 미련 없이 제 집무실로 향하는 아리아에 블리스의 볼이 폭발할 듯 달아올랐다.

"비 전하! 나 꼬치라는 거 먹어 보고 싶어!"

등 뒤에서 외치는 큰 목소리에 작게 웃음 지은 아리아가 황성 근처에 질 좋은 고기로 꼬치를 만드는 가게를 만들어야겠다며 발걸음을 서둘렀다.

*　*　*

"네에? 축제요?"

"그래. 블리스가 축제에 가 보고 싶다고 했거든. 아이들을 위한 노점상과 무대 위주로 꾸미는 게 좋겠지."

블리스의 몸이 그리 좋은 것은 아니니, 황성에서 지원하여 음식 재료에 신경을 쓰라는 말은 덤이었다.

갑작스러운 지시에 루비가 눈을 휘둥그레 뜨며 반문했다.

"그렇지만, 그렇게 되면 비용이 너무……."

"내 사비가 있잖니. 충분하고도 남을 텐데."

어렸을 때부터 이런저런 사업에 투자한 아리아였기에, 써도 써도 바닥이 보이지 않는 거대한 개인 금고가 존재했다.

황태자비가 된 이후로는 제국의 번영과 서민들의 지지를 받고자 제게 돌아오는 몫을 최대한 줄였지만, 아리아의 입김이 닿은 사업마다 제국민들의 열화와 같은 성원이 쏟아져 잔고는 계속 늘어만 갈 뿐이었다.

"이럴 때 써야지. 두었다가 뭘 하겠니? 모처럼이니 얼마든지 써도 된단다. 지원을 아끼지 말고, 안전에도 신경 쓰렴. 아, 곳곳에 쉼터도 만들어 주겠니?"

필요한 사항들은 모두 서류에 기재되어 있다며, 아리아가 루비에게 꽤 묵직한 서류를 건넸다.

이미 충분히 바쁜 아리아이거늘, 애니의 폭언 때문에 혹여나 불똥이 튈까 가만히 지켜만 보았더니, 기어코 일을 더 늘려 버렸다.

일순이지만 루비의 표정에 금이 갔다. 하지만 매우 찰나였다. 아리아가 눈치채기 전에 미소를 만들어 낸 그녀가 그리하겠다며 서류를 받아 들었다.

"예! 비 전하. 그럼 서둘러 전하겠습니다. 피곤하실 텐데 차라도 내올까요?"

"아니, 괜찮아. 잠깐만 눈을 붙일 생각이거든."

역시 블리스 때문에 아리아가 피곤한 모양이었다.

손에 든 서류에 힘을 준 루비가 그럼 푹 쉬라며 예를 차리고는 바쁜 걸음으로 집무실을 떠났다.

그 뒤, 오랜만에 텅 비어 버린 집무실에 앉아 눈을 감고 피로를 몰아내던 아리아는 문득 애니가 했던 말이 떠올랐다.

'그러고 보니 애니가 루비에 관한 말을 했었지.'

루비가 블리스를 못마땅하게 여긴다는 말이었다.

오늘도 변함없이 싹싹한 태도였으나, 다시금 돌이켜 보니 블리스를 위해 축제를 연다는 것에 잠깐이나마 침묵이 일었다.

기우일지는 모르겠지만, 혹시 모르는 일이었다. 아무래도 다시금 확인을 해 봐야 할 것 같았다.

* * *

"예? 축제요? 최대한 빨리 준비해서, 즉위식 전후에 걸쳐서요?"

"그렇다고 하시네요. 필시 친척분 때문이겠지요. 비 전하께선 이렇게 즉흥적인 분이 아니시니까요."

서류를 받고 눈을 휘둥그레 뜬 행정관에, 루비가 은근하게 블리스의 험담을 시작했다.

아리아의 일을 늘리는 것도 모자라 가뜩이나 바쁠 황성 사람들의 일까지 늘려 놓았으니, 이 정도의 욕은 먹어도 무방하리라 생각했다.

"이런저런 일로 바쁘실 텐데, 제가 다 죄송하네요. 비 전하께는 피곤해 보이는 기색이 역력하셨다고 전해 드릴—"

"세상에, 마침 너무 잘되었었네요!"

하지만 행정관의 반응은 루비의 예상과는 사뭇 달랐다. 서류를 빠르게 검토한 그녀가 당황하여 눈을 끔뻑이는 루비의 손을 맞잡았다.

"일 년 동안 잡일만 도맡아 했을 뿐, 성과를 낼 기회가 전혀 없어서 그만둬야 하나 고민하고 있었는데, 이걸 고용 창출로 연결하면 되겠어요!"

모처럼 시험에 통과하여 먼 시골에서 올라왔건만.

여자가 할 일은 없다며 잡다한 심부름만 시켜 매일 눈물로 밤을 지새웠던 그녀다.

그녀는 모처럼의 기회가 제 손에 떨어졌으니 완벽하게 해내겠다며 자신감을 표했다.

"네……? 그렇지만 번거롭지 않으시겠어요? 이렇게 갑자기 일이 떨어졌는데요?"

"그럴 리가요! 다른 사람들이라면 모르겠지만, 저는 행정실을 지키라는 지시만 받아서 몹시 한가해요! 게다가 부족한 인력은 얼마든지 충원하라고 하셨으니, 이보다 더 기쁠 수는 없지요."

더불어 영원히 마르지 않을 샘인 아리아의 사비까지 허락된 참이었다.

돈과 사람을 펑펑 쓰며 실적 올릴 기회를 주겠다는데, 싫어할 사람은 없을 것이 분명했다.

"일자리를 얻게 될 제국민들도 기뻐하겠지요. 이만 포기하고 고향에 내려가야 하나 고민하던 찰나였는데, 정말 감사해요! 황태자비 전하께서 지시하신 이상으로 멋지게 해내 볼게요!"

그녀는 다른 누구도 아닌 자신에게 이 서류를 가져다주어 정말 고맙다며 꾸벅 인사까지 했다.

그러면서 아리아에 대한 찬양을 쏟아 냈기에, 이 이상 험담을 지속할 순 없었다.

'……멍청하긴. 눈치가 없어서 기회가 없는 줄도 모르고.'

모름지기 황성에서 살아남으려면 제 편을 만들어야 했다. 저런 식의 화법과 생각은 편을 만들기는커녕, 고립되기 딱 좋았다.

그렇다고 비아냥댈 생각은 없었다. 이런 자들의 앞일수록 말을 조심해야 했다.

솔직하고 직설적인 만큼, 언제 어디서 폭탄을 터뜨릴지 모르니까.

"뭘요. 이렇게나 열의를 표하시니, 저 역시 기쁠 따름이랍니다. 부디 대단한 축제를 열어 주시기를."

부드럽게 웃으며 행정실을 나서는 루비의 등 뒤로, 행정관의 기운찬 목소리가 울렸다.

"네! 꼭 그리할게요! 걱정일랑 붙들어 매세요! 자아! 힘내자앗!"

어리석기는. 방금 자신이 얼마나 큰 뒷배를 놓친 줄도 모르고.

비웃음을 삼킨 루비가 무사히 서류를 건넸다는 보고를 하려 다시 아리아의 집무실로 향했다.

축제 때문에 괜한 일을 하였을 터이니, 어깨라도 주물러 주며 환심을 사는 것이 좋겠지.

집무실로 돌아가는 길목에서 블리스를 발견하기 전까지는 그럴 작정이었다.

'……참으로 팔자도 좋군. 저 때문에 다른 사람들이 얼마나 귀찮아졌는지도 모르고.'

창문 너머로 보이는 광경에 루비가 헛웃음을 삼켰다.

블리스는 복도 너머 정원의 흔들의자에서 따사로운 볕을 쐬며 잠을 자고 있었다.

저 자리가 명당이라는 것은 어떻게 알았는지 모를 일이었다. 얼굴을 굳힌 루비가 정원으로 향했다.

"블리스 아가씨."

허리에 손을 짚은 루비가 눈을 꼭 감고 자는 블리스를 불렀다.

깊이 잠이 든 모양인지, 미동도 하지 않았다.

"블리스 아가씨, 일어나 보셔요. 이런 곳에서 주무시면 큰일 나요."

때문에 작은 어깨를 흔들며 일어나라 재촉하자, 그제야 무겁게 내려앉은 눈을 천천히 뜬 블리스가 잠이 덜 깬 얼굴로 끔뻑끔뻑 시선을 주었다.

"……으, 응. 루비?"

자신을 알아보는 블리스에, 루비가 썩 부드럽지만은 않은 손길로 블리스를 일으켜 앉혔다.

그러고는 빙긋 웃으며 물었다.

"정원이 그리도 좋으시면, 처음에 제가 말씀드렸던 대로 후원 쪽 방에서 지내셨으면 좋았을 것을. 지금이라도 방을 바꿔 드릴까요?"

"응? 아니, 나느은—"

"아무래도 거기서 지내 보지 않아 잘 모르시겠지요. 일단 며칠 묵으시면서 생각하시는 건 어떨까요? 분명 마음에 드실 겁니다."

거절 의사가 분명했음에도, 루비는 블리스의 말을 귓등으로도 듣지 않았다.

아니, 애초에 대답을 바란 물음이 아니었다. 지금 당장 방을 구경하러 가자며 루비가 블리스의 손을 잡았다.

"분명 좋아하실 거예요. 제가 귀여운 인형과 맛있는 디저트도 잔뜩 준비해 드릴게요. 얼마나 즐거우실까."

"아니—! 나는 진짜 지금 방이 좋아!"

사실 방은 어찌 되었든 좋았다. 그저 아리아의 지척에 있고 싶었을 뿐.

안간힘을 쓰며 끌려가지 않으려는 블리스에, 미간을 찌푸린 루비가 커다란 한숨을 토했다.

"블리스 아가씨. 제가 왜 자꾸 방을 옮기라고 하는지 아직도 모르시겠어요?"

말이 통하지 않는 골칫덩이를 내려다보는 눈빛이었다.

이렇게 대놓고 타박을 준 적은 없었기에, 블리스가 작은 몸을 더욱더 작게 움츠렸다.

"모, 몰라……."

"그럴 줄 알았습니다. 다른 사람들이 힘들어하는 건 보이지도 않으니 이런 거겠지요. 특히 비 전하께서요."

"……비 전하가?"

힘들어한다고? 나 때문에? 정말 몰랐다는 듯 블리스의 눈이 휘둥그레졌다.

그에 루비가 마침 잘되었다는 듯 블리스의 죄를 낱낱이 읊기 시작했다.

"그럼요. 원체 바쁘신 분께 일을 더 얹으셨으니까요. 게다가 즉위식 의상에 물을 엎지르고, 주방을 엉망으로 만들기도 하셨죠. 그 때문에 비 전하께서 얼마나 난감해하셨는지 정말 모르셨나요? 심지어 이번에는 축제까지 앞당기셨다면서요."

덕분에 엄한 제국민들까지 동원될 지경에, 아리아가 힘들어하고 있다며 루비가 어디에도 풀지 못한 화를 블리스에게 쏟아 냈다.

뒤에서, 혹은 잘 때라면 모를까. 앞에서 대놓고 혼이 난 적은 없었기에 블리스의 안색이 백지장처럼 파리해졌다.

그렇다고 억울해할 수도 없는 노릇이었다. 루비의 말이 전부 맞았으니까.

'나는…… 진짜 바보야…….'

지금 당장 아리아와 함께 지낼 수 있다는 것에 들떠 온통 민폐를 끼치고 있었다.

아리아를 아프게 하고 싶지 않아 과거로 온 것인데. 도리어 일을 늘려 힘들게만 하고 있었다.

죄책감에 블리스가 눈물을 한가득 머금었다. 미래의 루비도, 지금의 루비도 싫지만 그건 그녀가 늘 자신이 생각지도 못한 사실만을 말해서였다.

"미안네에……. 으허엉."

눈물을 뚝뚝 흘리며 사과하는 블리스에, 그제야 루비가 쏟아 내던 모진 말을 멈추었다.

"그럼 방을 옮기실 거죠?"

"응……."

끄덕끄덕. 진즉 이렇게 대답하면 좋았을 것을. 고분고분한 태도가 퍽 마음에 들었다.

물론, 아직 마음에 차지 않는 것들이 몇 가지 있었다.

예를 들면, 아직 작위도 뭣도 없는 꼬맹이 주제에 사람을 가리지 않고 모두에게 하대한다는 점이라든가, 허락도 받지 않고 황성 여기저기를 쏘다니는 점.

그 외에도 지적할 점은 수도 없이 많았다.

아무래도 당분간 짬이 나는 대로 앞에 앉혀 놓고 이런저런 교육을 해야겠다며 만족스러운 웃음을 지은 루비가 블리스의 손을 잡으려 했을 때였다.

"어딜 가려는 거니?"

갑작스레 나타난 하얀 손이 루비의 손을 가볍게 쳐 냈다. 다짜고짜 손을 때리다니. 이게 무슨 무례한 짓이란 말인가.

기분이 상한 루비가 퍽 거칠게 고개를 돌렸다. 그러자 그곳에는 차가운 얼굴의 아리아가 서 있었다.

"앗, 비 전하를 뵙습니다."

언제 짜증을 냈냐는 듯, 루비가 급히 고개를 조아렸다.

옆에 선 블리스가 눈물만 그렁그렁 매단 채, 예를 취하려는 기색이 전혀 없었기에 루비가 어서 고개를 숙이라며 머리 쪽으로 손을 뻗으려는데—

탁!

이번에도 아리아가 그녀의 손을 쳐 냈다.

"비, 비 전하……?"

루비가 얼이 빠진 얼굴로 아리아를 응시했다. 대체 자신에게 왜 이러느냐는 듯한 얼굴이었다. 그에 아리아가 한심하다는 눈빛으로 대답했다.

"왜 물은 것에 대답하지 않는 거니? 블리스는 왜 이러고 있고."

"아……!"

그제야 루비는 아리아가 처음 제 손을 쳐 냈을 때, 어딜 가냐고 물은 것을 떠올렸다.

단순히 인사인 줄 알았는데, 정말 궁금해서 물은 모양이었다.

블리스가 울상을 짓고 있으니 신경이 쓰일 만도 했다.

제 실수를 깨달은 루비가 처음보다 더 깊게 고개를 조아리며 대답했다.

"블리스 아가씨께서 방을 멀찍이 옮기는 게 좋겠다고 하셔서, 옮기려던 참이었습니다."

"블리스가?"

네 말이 정말인지 확인해 보자는 듯, 아리아가 블리스에게 시선을 돌렸다.

끄덕끄덕. 미세하게 고개를 끄덕이긴 했으나, 어딜 어떻게 보아도 좋지 않은 상태였다.

"그래? 어째서?"

팔짱을 낀 아리아가 블리스에게 다시 물었다. 그러나 어째서인지 대답은 루비에게서 나왔다.

"후원 쪽이 더 경치가 좋기도 하고, 늘 바쁘신 비 전하이시니 괜히 근처에서 귀찮게 굴고 싶지 않다고 하십니다. 그간 너무 죄송했다며 우시지 뭐예요. 그렇지요?"

루비가 블리스에게 동의를 구했다. 잠시 정적이 흐른 뒤, 끄덕끄덕. 마지못한 대답이 흘러나왔다.

뜻 모를 표정으로 그 모습을 빤히 응시하던 아리아가 느릿하게 눈을 깜빡이며 입을 열었다.

"딱히 귀찮지 않았는데. 번거로운 일들은 모두 끝나 한가하기도 하고. 하지만 블리스 네가 꼭 방을 바꾸고 싶다고 하니 그렇게 해야지. 후원은 꽤 떨어져 있으니, 앞으론 볼 일이 거의 없겠구나."

"……!"

순간 블리스의 눈이 더는 커질 수 없을 만큼 커졌다.

그렁그렁 맺힌 눈물이나, 꼭 다문 입은 사연이 있어 보였다. 누가 봐도 이상하게 여길 모습이었다.

혹여나 아리아가 오해할까, 블리스의 손을 헐레벌떡 잡은 루비가 아무래도 배가 아픈 모양이라며, 말도 안 되는 변명을 늘어놓으려던 때였다.

"그러니 '마지막'으로 하고 싶은 말은 없니?"

부러 마지막이라는 단어에 힘을 주었다. 후원 쪽은 꽤 떨어져 있긴 하지만, 어차피 같은 황성 내에 존재했다.

부지런히 발을 놀려 걸으면 얼마든지 만날 수 있는 거리였다.

조금만 생각하면 과장된 말이라는 걸 깨달을 수 있을 테지만, 불행히도 지금의 블리스에게는 그럴 여유가 전혀 없었다.

"나, 나아……. 실으은……!"

입술을 씰룩이며 겨우겨우 말을 잇던 블리스가 차오르는 서러움과 슬픔을 주체하지 못하고 와앙—! 아리아의 품에 달려들었다.

"방 바꾸고 싶지 않아! 이대로 비 전하 옆방에 있고 싶어! 지금처럼 매일같이 아침도 먹고, 산책도 하고 또, 또오……! 으허엉—!"

아리아가 기다렸다는 듯 블리스를 감싸 안았다.

"그러게 처음부터 솔직하게 말했어야지. 왜 거짓말을 하니?"

"미아네……. 내가 다 미아네—!"

블리스가 세상 모든 것에 미안해하며 눈물을 터트렸다. 웃기는 광경이었다.

하지만 재밌다는 기분은 한순간이었다. 왜 저러냐며 당황한 루비가 블리스를 말리려 했기 때문이다.

"브, 블리스 아가씨……!"

"루비."

탁, 세 번째로 루비의 손을 쳐 낸 아리아가 싸늘한 표정으로 루비를 불렀다.

그제야 루비는 지금 이 상황이, 자신의 처지가 매우 좋지 못하다는 것을 깨달았다.

'설마 비 전하께서 내 생각 이상으로 블리스를 아끼는 건……!'

친모 쪽의 친척이라 치워 주는 것이 마땅하다고 생각했는데. 내심 귀찮아하고 있을 거라 생각했는데.

약 2년 동안 아리아를 보필한 결과, 그것이 가장 합당한 결론이었다. 그리고 그 생각은 아직까지 변함이 없었고.

아직도 착각 속에 빠진 루비가 어떻게든 이 상황을 모면할 방책을 강구했다.

따져 보면 자신은 그저 아리아를 돕기 위해 그런 것이었다. 제가 잘못한 것은 없었다. 블리스가 실수한 것도 사실이고.

"왜 대답이 없니?"

아리아가 루비에게 물었다.

"네, 네?"

"대답."

"무슨……."

어떤 대답을 하라는 것인지. 생각에 빠진 사이에 무슨 질문이라도 한 것일까.

기억이 나지 않았기에, 당황한 루비가 빠르게 눈을 깜빡였다.

"솔직하게 말하라고 했잖니."

"네……?"

그게 자신에게 하는 질문이었던가. 무엇을 솔직하게 말하라는 건지 몰라 버벅대고 있자, 아리아가 블리스의 눈물을 닦아 주며 말했다.

"블리스가 방을 바꾸고 싶어 한다고 했었지. 주제넘게 내게 허락도 구하지 않은 네가 멋대로 강요한 것은 아니고?"

"가, 강요라니요……."

설마 처음부터 보고 있었던 건가. 루비의 목소리가 점점 작아졌다.

아리아를 위해서이긴 했으나, 설득을 하는 과정이 조금 강압적이기는 했기 때문이었다.

"저는, 저는 그저……."

뭐라고 대답하지. 아리아에게서 추궁을 당하는 것은 처음이었기에, 손이 땀으로 흥건하게 젖었다.

"그저 비 전하를 돕기 위해서, 비 전하께서 필요하신 게 무엇일지 생각하고 도움이 되고 싶어서 나름—"

"됐어."

변명을 이어 보려는데, 아리아가 루비의 말을 끊었다.

"이만 나가 보렴."

"네……?"

설마 용서해 주겠다는 뜻인가. 그 아리아가?

몹시도 의문스러웠지만, 최측근으로 2년이나 보필했으니 마땅한 처우라는 생각이 들었다.

'당분간 몸을 사려야지. 아니, 이런 일로 문책을 당하는 것이 자존심 상하지만, 앞으로 계속 몸을 사려야겠어.'

여전히 딱히 잘못했다고 생각하진 않았으나, 모처럼 아리아가 기회를 준 참이었다. 다음번엔 정말로 용서하지 않을 것이다.

"네! 정말 감사—"

"오늘 중으로 나가 줬으면 좋겠구나."

"네?"

아리아의 말뜻을 제대로 이해하지 못한 루비가 눈만을 끔뻑인 채 얼어붙었다.

"나가 보라니까. 몇 번을 말하게 하니?"

"그러니까 지금, 황성을…… 요?!"

"잘 알아들었네. 그런데도 굳이 묻는 걸 보니, 널 내보내기로 정한 게 잘한 일인 것 같구나."

"비, 비 전하……?! 어, 어떻게 제게……!"

이렇게 한순간에 나가라고 할 수가. 자신이 대체 무얼 그리 잘못했다고.

마지막까지 억울하다고 주장하는 말투에 아리아의 기분이 심연으로 치달았다.

급변한 상황에 어느새 울음을 뚝 그친 블리스가 눈을 휘둥그레 떴다.

그런 블리스를 안아 든 아리아가 언제부턴가 근처에서 대기하고 있던 제시에게 짧은 한마디를 남기고는 미련 없이 정원을 떠났다.

"감히 황족을 기만한 죄로 앞으로 세그 자작가의 알현은 금지하도록. 루비는 오늘부터 황실과 관계된 모든 곳에 출입하지 못하게 하고."

"네……?!"

귀족파를 처단하고 황권이 우위를 차지한 이상, 황실과 인연을 끊고서는 제대로 된 귀족 생활을 누릴 수 없었다.

덕분에 황태자비의 시중을 들며 귀족으로서의 입지를 다져 보려 했던 것이 무색해졌다. 아니, 오히려 귀족 사회에서 퇴출된 것이나 마찬가지였다.

'대체 내가 뭘 어쨌다고……!'

생각보다 더 가혹한 처우에 루비가 바닥으로 미끄러졌다. 하지만 그녀를 위로해 줄 이는 그 어디에도 존재하지 않았다.

그저 그리하겠다는 대답만을 남긴 제시가 정원에서 사라진 아리아의 뒤를 쫓을 뿐이었다.

* * *

아리아는 블리스를 제 집무실로 데려가 푹신한 소파에 앉혔다.

그리고 울 때마다 눈이 붓는 아이의 눈에 차갑게 젖은 손수건을 가져다 대었다.

"혹시 별명이 없다면 네게 울보라는 별명을 지어 주고 싶을 정도구나."

그냥 울보도 아니었다. 왕 울보였다.

무슨 슬픈 일이 그렇게나 많은지, 블리스는 시도 때도 없이 눈물을 짜냈다.

"미안해……. 내가 잘못했어어……."

가볍게 놀렸을 뿐인데, 블리스가 또 눈물을 글썽이며 사과했다.

이쯤 되니 제국의 미래가 걱정될 지경이었다. 외동딸인 블리스가 후계자일 테니까.

아스와 자신의 성격을 생각하면 굳이 어딘가에서 다른 아이를 데려와 후계자로 삼을 리가 없었다.

그러니 자연스럽게 블리스가 아스의 다음 대 황제가 될 것이 분명했다.

'그런데 이렇게 울보라면 귀족들이 퍽이나 잘도 따르겠어.'

문득 떠오른 걱정은 어느새 진지한 사안이 되었다. 이대로라면 정말 아스가 황권을 되찾기 이전으로 돌아갈지도 모른다는 생각이 들었다.

"옷에 물을 엎지른 것도 미안하고오, 식당이랑 정원을 엉망으로 만든 것도 미안하고오, 축제를 보고 싶다고 한 것도 미안하고오……."

새삼스레 블리스가 자신과 관련된 모든 것을 사과하기 시작했다.

테이블 위에 손수건을 올려놓은 아리아가 느릿하게 고개를 끄덕였다.

"그러고 보니 아직 제대로 된 사과를 하지 않았구나. 다른 사람이라면 모를까, 놀라 기절까지 한 클로시 부인에겐 직접 사과를 하는 게 좋겠지."

그렇게 말하긴 하였지만, 아직까지 그 일로 펑펑 우는 상황이라면 직접 사과를 하고 끝을 맺는 것이 나았다.

"식당이나 정원은 뭐, 굳이 사과까지 할 필요가 있을까 싶은데. 너를 찾느라 고생한 자들에겐 그에 합당한 보상도 주었고."

휴일을 원하는 자에게는 휴일을, 추가 수당을 원하는 자에게는 수당을 지급한 뒤였다.

"마지막으로 축제는 내가 먼저 그리하자고 한 것인데, 왜 네가 사과를 하는 거니? 굳이 사과를 해야 한다면 그건 네가 아니라 나겠지."

"아, 아니야! 비 전하는 잘못 없어! 이건 다 내 잘못이야! 여기 온 것도 그렇고오……!"

이러다가 존재 자체를 부정할 기세였다.

이미 한번 들은 전적이 있었기에, 그만하라는 듯 아리아가 손수건으로 블리스의 입을 턱 막았다.

"우우웁?!"

"그만. 나쁜 것만 늘어놓아서야 널 좋게 볼 사람이 있겠니? 좋은 것만 강조하여 너 자신의 가치를 높일 시간도 부족한데."

매번 사과만 하니 사고뭉치로밖에는 보이지 않는다며 아리아가 한숨을 내쉬고는 살포시 고개를 저었다.

그 모습이 실망했다는 것처럼 보여 눈물을 뚝 그친 블리스가 서둘러 변명했다.

"나, 나도 잘하는 거 많아! 엄마가 나는 머리가 좋다고 했어! 기억력이 좋다고! 봐 봐—!"

아이가 역대 황족들의 이름과 업적을 순서대로 읊기 시작했다.

그래서 사라나 애니가 임신했던 시기 같은 사소한 정보들도 기억하고 있었던 모양이다.

조금 틀어지기는 했지만, 즉위식에 맞춰서 과거로 돌아온 것도 그렇고.

"흐음, 정말이구나?"

다시 보았다는 듯 아리아가 추켜세우자, 신이 난 블리스가 이번에는 아리아와 아스, 그리고 사라와 애니, 제시의 생일 따위를 읊었다.

'이런 걸 알고 있으면 다른 사람의 의심을 살 수 있다는 건 모르는 모양이군.'

기억력만 좋지, 역시 아이는 아이였다.

하지만 지금 집무실에는 자신 외엔 아무도 없고, 블리스가 워낙 신나서 말을 이었기에 어디까지 하나 한참을 두고 보던 때였다.

"황태자비 전하. 행정부의 티아란이라고 합니다. 축제 건으로 여쭙고자 하는 사안이 있어서 찾아뵙게 되었습니다."

축제를 담당하게 된 행정관이 집무실을 찾았다.

모처럼 블리스가 제 자랑을 늘어놓는 타이밍이었는데.

그렇다고 업무를 보러 왔다는 사람을 내쫓을 수는 없었기에 아리아가 들어오라며 방문을 허락했다.

"바쁘실 텐데 이렇게 직접 찾아뵈어 죄송합니다. 비 전하의 담당 시녀가 일을 그만두게 되었다고 들어서……."

루비에게서 지시를 전달받은 참이었기에 그녀를 통하는 것이 순리였다.

하지만 루비가 갑작스레 일을 그만두게 된 탓에 겨우 말단 관리인 그녀가 아리아를 직접 찾아오는 것 외엔 달리 방도가 없었다.

이를 잘 알고 있는 아리아는 괜찮다며 가볍게 고개를 끄덕였다.

"괜찮단다. 앞으론 직접 찾아오렴. 언제든지."

"아……! 네, 네! 여, 영광입니다!"

일거리를 찾아 헤매던 말단 직원에서, 황태자비에게 직접 보고를 할 수 있는 위치로 단박에 신분 상승(?)한 티아란이 감격에 찬 목소리로 허리를 숙였다.

오랜만에 보는 솔직하고 귀여운 반응이었다. 마치 갓 홀려 놓았던 제시와 애니를 보는 것 같았다.

여우같이 굴던 루비가 사라지자마자 나타난 그녀였기에 더욱 마음에 들었다.

슬쩍 입꼬리를 올린 아리아가 용건을 물었다.

"그래서 무슨 일이지?"

"아! 실은 비 전하께서 지시하신 내용을 토대로 필요한 인건비를 추려 보았습니다. 몇십 년 만에 있는 즉위식 축제이니, 임금을 통상의 두 배로 치는 것은 어떨까 싶습니다."

아리아의 사비가 거의 무한에 가까우니, 이쯤에서 경기 활성화를 위해 푸는 것이 어떻겠느냐는 의견도 함께였다.

뻣뻣하게 긴장한 채 조심스레 늘어놓는 말치고는 나쁘지 않았다.

임금을 두 배로 치든, 세 배로 치든 아리아에게는 기별도 가지 않는 금액이었고.

티아란이 건넨 서류를 빠르게 검토한 아리아가 허락하겠다는 서명을 마치고는 다시 그녀에게 돌려주었다.

"그렇게 하렴. 처음에 지시했던 것처럼 돈은 얼마든지 들어도 괜찮으니, 되도록 많은 이들을 고용하여 업무량이 부담되지 않게 주의하고."

"네! 감사합니다, 황태자비 전하! 반드시 모두가 즐거워할 멋진 축제로 만들어 보겠습니다!"

들어올 때와는 달리 자신감을 되찾은 티아란이 씩씩하게 인사한 뒤 퇴장했다.

아리아는 그때까지 상황을 빤히 지켜보던 블리스에게 시선을 돌리며 천천히 입을 열었다.

"잘되었구나. 네 덕분에 일자리가 없는 자들이 일과 돈을 얻게 되었으니. 축제가 길어져 수도가 번화하고 장사도 잘되겠지."

"내 덕······?"

칭찬을 들은 블리스가 눈을 휘둥그레 떴다.

그에 아리아가 블리스의 뺨에 눌어붙은 머리카락을 떼어 주며 대답했다.

"그럼. 네가 축제를 보고 싶다고 하지 않았다면, 나 역시 축제를 앞당길 생각을 하지 않았을 테니, 네 덕인 셈이지."

아리아의 말이 끝나고도 한참이나 얼빠진 표정을 짓던 블리스는 이내 눈을 초롱초롱 빛냈다.

"정말······? 나 정말 잘한 거야? 실수 아니야?"

"실수라면 행정관이 저토록 의욕을 불태울 리가 없겠지. 나 역시 허락하지 않았을 테고."

"진짜······?!"

"그럼."

알기 쉬운 반응에 피식 웃으며 고개를 끄덕이자, 블리스가 눈시울을 붉혔다.

그러더니 갑자기 와락 아리아의 품으로 뛰어들었다.

가슴 근처가 축축해지는 걸 보니, 또 울고 있는 모양이었다.

'……이 이상 울면 이틀은 더 눈이 부어 있을 텐데.'

그리 생각한 아리아였으나, 아까처럼 그만 울라며 입을 막는 대신 블리스의 등에 손을 포개었다.

늘 사고만 쳐 천덕꾸러기 취급을 받다가 드물게 받는 칭찬이 눈물이 날 만큼 기쁘다는 것을 잘 아는 그녀였기에.

* * *

종일 울어서인지, 아니면 감정 소모가 심해서인지.

블리스가 일찍 잠이 들었기에 아리아는 오랜만에 아스와 오붓하게 저녁을 먹게 되었다.

"축제를 앞당기기로 하셨다고 들었습니다."

"아, 그렇지 않아도 말씀드리려고 했어요. 즉위식이 자주 있는 것도 아니니, 축제를 조금 오래하는 것도 나쁘지 않을 것 같아서요. 다른 누구도 아닌 아스 님의 즉위식이니 더더욱."

자신을 위해서라고 설명했으나, 실제로는 블리스 때문이라는 것을 미리 보고받은 아스가 애매한 미소를 머금었다.

"마음에 들지 않으신가요? 때를 맞춰 일자리와 돈을 풀고 유흥거리까지 마련해 준다면 아스 님과 제게 도움이 되지 않을까 싶었는데."

"그럴 리가 있겠습니까. 다른 누구도 아닌 저를 위해 한 행동이신데."

시작이 어찌 되었든, 축제가 그들에게 보탬이 되는 것은 사실이었다.

그러니 마냥 기뻐해야 마땅하지만, 점점 더 블리스와 가까워지는 아리아를 보고 있자니 그럴 수가 없었다.

이대로라면 아리아는 블리스를 포기하지 않을 테니까.

'차라리 내가 아팠다면.'

자신이 아이를 낳을 수만 있다면, 자신의 몸이 아픈 거라면 한 치의 고민도 없이 그리하겠다고 선택했을 것이다.

하지만 아픈 것은 아리아였다. 아무리 생각하고 고민해도 이대로 모든 것을 그녀에게 맡긴 채 손 놓고 있을 수만은 없었다.

'최소한 아리아가 왜, 어떻게, 얼마나 아픈지라도 알아내야 해.'

블리스가 울어 얼렁뚱땅 넘어갔지만, 자세히 물을 필요가 있었다.

만에 하나의 작은 가능성이지만, 대처할 방법을 찾을 수 있을지도 모르니까.

"아리아, 저는 결코 당신께 해가 되는 일을 가만히 보고 있지만은 않을 겁니다. 제게는 아리아 님이 최우선이니까요."

"……?"

갑작스러운 말에 와인을 마시려던 아리아가 움직임을 멈추고 아스에게 시선을 보냈다.

무슨 뜻인지 영 이해가 되지 않았지만, 마주하는 아스의 눈빛과 표정이 너무나도 심각했다.

"알아요. 늘 그리하고 계시니까요. 저 역시 같은 마음이고요."

그래서 살포시 웃으며 대답했음에도, 아스의 표정은 나아지지 않았다.

5. 혼자가 아니야

5. 혼자가 아니야

저녁 식사를 마친 뒤 모처럼 둘이 산책을 하려는데, 정원까지 티아란이 찾아왔다.

평소 같았다면 늦은 시간에 찾아온 그녀를 질책했겠지만, 사안이 사안이었다.

새벽에 바로 사람을 구해 아침 일찍 작업에 착수해야 한다는데, 내일 오라는 말을 할 수는 없었다.

"금방 다녀올게요. 당장 해야 하는 일이라서요."

"천천히 다녀오십시오. 저 역시 잠시 집무실에 다녀오겠습니다."

부드럽게 미소 지으며 아리아를 배웅한 아스는 그녀가 복도를 돌아 사라지자마자 곧장 반대편으로 발걸음을 옮겼다.

집무실과는 전혀 다른 방향이었다. 그가 향한 곳은 다름 아닌 아리아와 그의 침실, 그리고 블리스의 방이 있는 쪽이었다.

'모처럼의 기회이니 바로 확인하는 것이 좋겠지.'

블리스는 늘 아리아의 옆에 붙어 있었기에 은밀히 대화를 나눌 기회가 적었다.

큰 보폭으로 성큼성큼 황성 복도를 가로지른 아스는 얼마 지나지 않아 블리스의 방 앞에 다다를 수 있었다.

"……째서 ……마가 절대…… 왜 말을……!"

다행히 깨어 있는 모양인지, 안에서 아주 작은 목소리가 들려왔다.

혼잣말할 리는 없을 테니, 하녀라도 불러 늦은 식사를 하려는 모양이었다.

그렇게 단정 지은 아스가 똑똑, 블리스의 방문을 두드렸다.

"블리스."

"히익—!"

그러면서 이름을 부르는데, 순간 질겁한 목소리가 안에서 새어 나왔다.

"조용히 해! 이 바보야!"

그 뒤에 잔뜩 화가 난 목소리가 이어졌다. 본능적으로 블리스에게 무슨 일이 생겼다고 판단한 아스가 서둘러 방문을 열고 안으로 뛰어들었다.

"블리스?!"

그러자 안에는 아스가 예상하지 못한 뜻밖의 광경이 펼쳐져 있었다.

블리스와 똑같이 생긴— 아니, 아리아와 똑같이 생긴 커트 머리의 아이가 블리스의 입을 막고 있었으니까.

* * *

"뭐? 블리스가 여기에 있느냐고? 대체 넌 누군데 내게 그런 걸 묻는 거지?"

자신을 찾아온 낯선 인물에 리페가 경계하며 날카로운 어투로 물었다.

블리스의 쌍둥이 동생인 리페는 어딘가 허술하고 어리숙한 제 언니와는 전혀 달랐다.

매사에 신중하고, 스스로에게 엄격했으며, 모두에게 인정받는 사람이 되려고 늘 노력했다.

한쪽은 어리광만 부리는데, 다른 한쪽은 이렇게나 어른스럽다니. 늘 보아 온 모습이건만, 새삼 감탄한 티아란이 가볍게 고개를 숙였다 들며 대답했다.

"리페 전하, 저 티아란입니다. 어젯밤에 제가 과음을 한 탓에 얼굴이 부어 알아보지 못하시는 모양이네요. 정말 죄송합니다."

그녀의 대답과 동시에 리페의 머릿속에 티아란에 대한 정보들이 갑작스레 생겨나기 시작했다.

블리스를 훈계하다가 잘린 루비를 대신하여, 시기적절하게 축제를 완벽하게 준비해 아리아의 측근이 된 그녀였다.

'뭐야, 이건……?'

리페의 머릿속에는 바로 어제까지 함께 지냈던 루비의 기억과 티아란의 기억이 공존했다.

이런 일이 일어나는 까닭은 단 한 가지 경우뿐이었다. 과거가 바뀌어 미래도 바뀌었을 때.

정확히는 블리스, 혹은 자신이 과거로 돌아가 무언가를 바꾸었을 때였다.

쌍둥이라서인지, 능력이 같아서인지는 모르겠으나, 둘 중 한 사람이 능력을 사용하여 미래를 바꾸면 두 사람 모두 바뀌기 전의 일과 바뀐 후의 일 전부 알 수 있었다.

'설마 블리스가……?'

그 바보 멍청이 해삼 말미잘이 또 사고를 쳤다고?

사실 블리스가 과거와 현재를 넘나들며 사고를 치는 것은 일상이었기에, 딱히 새삼스럽지는 않았다.

하지만 그것이 누군가의 인생을 송두리째 바꿔 버린다면 사정은 달라진다.

심지어 그것이 8년이나 된 먼 과거라면 더더욱.

'그렇게나 먼 과거로 갈 수 있었다니.'

조금만 과거를 바꾸어도 미래에 큰 변화가 일어났기에, 따로 시도해 본 적이 없어 몰랐던 사실이다.

물론 알고 있다고 하더라도 자신이라면 절대 먼 과거로 가지 않았을 것이다.

현재를 살기에도 바쁜데, 과거까지 오가며 바뀔 미래를 걱정하고 전전긍긍할 생각은 없었기에.

하지만 블리스는 워낙 바보인 탓에 먼 과거로 돌아가 엄청난 사고를 친 모양이었다.

"……일이 힘들겠지만, 앞으론 적당히 마셔. 네가 없으면 어머니도 곤란하실 테니까."

"예. 신경 써 주셔서 감사합니다. 주의하겠습니다."

작고 어린 외형과는 어울리지 않는 대답에 티아란이 저도 모르게 배시시 웃었다.

황족이니 이러면 안 되는 것을 알지만, 귀엽다는 생각이 드는 것까지 막을 수는 없었다.

"블리스가 여기 있느냐고 물었지?"

"예. 몸도 좋지 않으시면서 도대체 어딜 가신 건지, 황후 폐하께서 아무리 찾아도 보이질 않는다고 하십니다."

블리스는 분명 과거에 있을 것이다. 새로운 기억이 생긴 뒤였기에 더 확인할 필요도 없었다.

'이 일을 어쩌지.'

입술을 깨물던 리페가 아무래도 아리아에게 알려야 할 것 같다는 생각에, 티아란에겐 모른다는 간단한 대답만 남기고는 황실 도서관을 벗어났다.

'평소처럼 오늘도 온실에 계시겠지.'

최대한 능력은 사용하지 않으려고 했는데.

마음이 급했기에 리페는 주변에 아무도 없는 것을 확인하고는 공간을 이동하여 유리온실 구석으로 이동했다.

다행히 아리아는 아스와 함께 그곳에 있었다.

블리스 때문에 걱정하고 있을 테니 곧장 뛰쳐나가 두 사람에게 사실을 전하려고 했는데.

화들짝 놀란 아리아가 갑자기 아스의 팔을 붙들며 말했다.

"저, 블리스를 과거에서 본 기억이 떠올랐어요……!"

"저 역시 그렇습니다. 제게 아리아 님의 건강을 염려하며 자신을 낳지 말라는 말을 하러 왔다는 기억이…… 있습니다.”

뭐라고? 충격에 빠진 리페가 움직임을 멈추었다. 아리아 역시 잠시 눈을 깜빡이는 것을 잊었다.

“어떻게 이런 일이. 이렇게나 먼 과거로도 갈 수 있을 줄은……. 저는 기억이 바뀌고 있는 줄도 몰랐어요……!”

종종 가까운 과거에 나타나 아리아를 곤란케 한 적은 있었지만, 이렇게나 먼 과거로 간 것은 처음이었다.

“아무래도 과거의 저를 설득하려는 모양인데, 제가 그렇게 하겠다고 하는 건 아닐지……!”

충격에 휩싸인 아리아가 차마 뒷말을 잇지 못하고 제 입술을 깨물었다.

과거의 자신이라면 충분히 그러겠노라고 할 것 같았다.

괜찮을 것이라고 위로해 주고 싶은 아스였으나, 그 역시 과거에는 갑자기 나타난 블리스보다 아리아가 더욱 소중했기에 그럴 수가 없었다.

심지어 아리아가 블리스와 리페를 낳다가 목숨을 잃을 뻔했고, 그 뒤로 심각하게 몸이 약해졌기에 한동안 아이들을 원망하고 후회하기도 했었다.

아마 과거의 자신이 미래의 일을 듣게 된다면 절대 그녀가 아이들을 낳게 두지 않을 것이 분명했다.

아리아를 품에 안은 아스가 애써 대답을 고르는데, 온실 구석에서 사색이 되어 그 모습을 지켜보던 리페가 다리에 힘이 풀려 풀썩 바닥에 주저앉았다.

‘말도 안 돼! 멍청하다고는 생각했었는데, 이렇게 큰 사고를 칠

줄은!'

이대로 가만히 두고만 볼 수는 없었다. 같은 능력을 가졌으니 필시 자신 역시 과거로 돌아갈 수 있을 터.

'루비가 잘리고, 축제가 앞당겨진 날이라면 아직 늦지 않았을지도……!'

블리스가 바꿔 놓은 새로운 기억을 더듬자 정확한 날짜를 알아낼 수 있었다. 지체할 시간이 없었다.

결의에 찬 표정의 리페가 유리 벽을 짚고 자리에서 일어났다.

그러고는 곧장 능력을 사용하여 블리스가 망쳐 놓은 과거로 향했다.

* * *

"그런 이유로 블리스를 막고자 과거에 오게 되었습니다, 아버지."

회상을 겸한 설명을 끝낸 리페에 아스가 이마를 짚었다.

어디서부터 지적을 하고 물어야 할지 막막했다.

수많은 정보 속에서 단 한 가지, 확실하게 이해한 것은 블리스와 리페가 같은 능력을 가진 쌍둥이라는 점이었다.

혼란스러워하는 아스를 앞에 둔 리페가 또박또박 말을 이었다.

"미래의 어머니도, 아버지도 그런 것은 바라지 않고 계셨습니다."

지금은 어떻게 생각하는지 잘 모르겠지만. 뒷말을 삼킨 리페가 아스의 눈을 빤히 응시했다.

몹시도 대답을 기다리는 눈빛이었다. 늘 눈물만 짜내던 블리스와는 전혀 다른 모습이었다.

이것이 진정 일곱 살의 모습이라는 말인가. 순간 아스는 제 눈과 귀를 의심했다.

블리스도 그렇고, 리페도 그렇고, 아리아와 자신의 아이들은 참으로 극단적이었다. 중간이 없었다.

"아니야! 다들 나랑 리페가 태어나서, 엄마가 아파져서 미워하는걸!"

"난 아니야. 블리스 너만 미워하는 거야. 맨날 사고만 치고, 관심을 끌려고 괜히 더 아픈 척을 하니까."

"아, 아니거든! 너도 미워하거든! 그리고 내가 언니거든! 너라고 하면 안 되거든?!"

"언니다워야 언니라고 하지. 고작해야 몇 분 차이를 가지고. 참 나."

일곱 살의 싸움치고는 퍽 살벌했다. 팔짱을 낀 리페가 도무지 피할 수 없는 공격을 퍼붓자, 블리스의 눈에 눈물이 한가득 차올랐다.

"흐, 흐으, 흐아아앙!"

그러더니 크게 울음을 터뜨리며 아스의 품에 뛰어들었다.

몇 번 있었던 일이었기에, 아스가 몹시 자연스럽게 블리스를 끌어안았다.

뜻 모를 표정으로 블리스를 다독이는 아스를 물끄러미 응시하던 리페가 언제 그랬냐는 듯 다시 표정을 가다듬고 입을 열었다.

"어쨌든, 확실히 어머니는 저희를 낳으시고 몸이 약해지셨지만, 그렇다고 후회하고 계시진 않습니다. 오히려 이로 인해 미래가 바뀐다면 무척 슬퍼하시겠죠. 그러니 블리스가 괜한 말을 해서 이 이상 사고를 치기 전에, 데리고 돌아가고 싶습니다."

절대 물러서지 않겠다는 듯, 리페의 표정이 결연했다.

그에 아직도 훌쩍이는 블리스를 고쳐 안은 아스가 퍽 심각한 얼굴로 물었다.

"아리아 님은 도대체 어디가 어떻게 왜 아픈 거지? 무슨 일이 있었던 거야."

사실 블리스에게 물으려던 것인데, 리페에게 호되게 공격당한 블리스는 대답할 수 있는 상태가 아니었다.

게다가 리페는 일곱 살치고는 영민하고 언어 구사력도 탁월했다.

필시 블리스에게 묻는 것보다 더 확실한 대답을 들을 수 있을 터.

그러나 리페의 얼굴에 고민의 기색이 역력했기에, 아스가 한마디 덧붙였다.

"혹시 또 모르지. 알게 되면 해결할 수 있을지도."

그것이 설령 아리아를 구하기 위해 블리스와 리페를 낳지 않는 길이라 하더라도.

뒷말을 삼킨 덕분일까, 아니면 아무리 과거라고는 하더라도 아스가 제 아버지이기 때문일까.

리페는 아스를 믿고 자신이 아는 모든 것을 털어놓기 시작했다.

"어머니께서 저희를 낳을 시기가 아직 한참이나 남았었는데, 갑자기 블리스의 심장이 거의 뛰지 않게 되었습니다."

그로 인해 블리스는 곧장 힘을 각성했다. 그게 문제였다.

제 목숨이 꺼져 가고 있다고 판단한 블리스의 본능이 힘을 사용하며 아리아를 벗어나려고 발버둥 쳤다.

"덕분에 저까지 말려들어서 목숨이 위험한 상태였어요. 힘까지 각성할 정도였으니까요. 어머니 역시 무사하진 못하셨고요."

다행히 세 사람 모두 목숨에 지장은 없었지만, 후유증까지 막을 수는 없었다.

힘을 각성한 두 아이를 낳은 아리아는 혼수상태에 빠져 한동안 깨어나지 못했고, 깨어난 뒤에도 전과 같이 평범한 생활은 누릴 수가 없었다.

심장이 멎을 뻔한 블리스도 약한 몸으로 태어났다.

몹시도 이른 조산이었기에 태어난 뒤에도 몇 번이나 죽을 고비를 넘겼고.

"충격적이고 무서웠는지 저는 그때의 일이 어렴풋이 기억나요. 바보 멍청이 블리스는 하나도 기억하지 못하지만."

듣고 싶지 않은 이야기였던 모양인지, 조용해진 블리스가 아스의 가슴에 얼굴을 묻었다.

리페 역시 감정이 북받쳤기에 괜히 고개를 돌리며 입술을 삐죽였다.

그 정도였다니. 리페가 말을 끝냈음에도 아스는 아무런 대답도 할 수가 없었다.

들은 것이 후회될 만큼 심각한 사안이었다. 상상만으로도 자신의 가슴이 찢겨 나가는 기분이 들었다.

그리고 문밖.

'그런…… 이유였다고……? 내가 아파서, 자신을 낳지 말라는 말을 하러 온 거였어……?'

서둘러 서류 검토를 마치고 집무실에 갔음에도 아스가 없어, 시종에게 물어 블리스의 방문 앞에 다다랐거늘.

채 문을 두드리고 들어가기도 전에 안쪽에서 작은 목소리가 새어나와 저도 모르게 숨을 죽이고 대화를 듣게 된 아리아가 숨을 삼켰다.

몸에 상처는 없었기에, 폭언이나 방치한 부모에게 상처를 받고 서운한 마음을 가져 과거로 온 것이겠거니 생각했거늘.

자신이 아파서, 그래서 낳지 말라는 말을 하러 온 거였다니.

어떻게 저리도 작은 아이가 그런 슬픈 생각을 할 수가 있을까. 일곱 살. 투정을 부리고 사랑을 듬뿍 받기에도 모자란 나이였다.

그 나이였을 때의 아리아는 맛있는 것을 먹고, 놀고 싶다는 생각밖엔 없었다.

자신 때문에 인생이 더 꼬인 어머니를 위해 스스로가 사라져야 한다고 생각한 적은 일절 없었다.

충격에 휩싸인 아리아가 저도 모르게 한걸음 뒤로 물러서는데, 안쪽에서 멈췄던 대화를 재개했다.

"……어쨌든, 미래의 부모님께선 저희를 낳은 걸 후회하실 분들이 아니니 신경 안 쓰셔도 됩니다. 저희는 이만 돌아가겠습니다."

감정을 수습한 리페가 아무렇지 않은 얼굴로 블리스의 팔을 잡았다.

"시, 싫어—! 난 여기에 있을 거야! 엄마한테 다 말할 거야!"

"시끄러워, 이 바보 멍청아!"

블리스에게 버럭 화를 낸 리페는, 아스가 허락하면 지금 당장이라도 되돌아갈 기세였다.

하지만 이는 아스 혼자선 결정할 수 없는 문제였다.

그래서 말리려고 하는데, 퍽! 리페를 손으로 밀친 블리스가 능력을 사용해 구석으로 이동했다.

"안 가! 너 혼자 가!"

"나 혼자 어떻게 가! 네가 사고 치면 나도 사라지는 건데!"

리페 역시 블리스를 잡으려고 능력을 사용했다.

하지만 리페가 블리스를 채 잡기 전에 다시 능력을 사용한 블리스가 반대편으로 이동했다.

“너 이리 안 와?!”

“너 아니야! 언니라고 해!”

“이 멍청이가……! 지금 그게 중요해?!”

“중요해!”

“잡히면 가만히 안 둬!”

화가 단단히 난 리페가 재빨리 이동하여 블리스의 옷자락을 잡아챘다.

아니, 잡아채려 했지만 간발의 차로 블리스가 또다시 반대편으로 이동했다.

“메롱!”

“야!”

그 뒤로 계속해서 술래잡기가 이어졌다.

다행인지 불행인지 블리스는 몸이 약할 뿐, 능력은 강한 모양인지 절대 리페에게 잡히지 않았다.

아니, 오히려 잡힐 듯 잡히지 않게 애를 태우며 도망가는 것이 한두 번 리페를 놀린 솜씨가 아니었다.

“가만히 안 있어?!”

“응! 안 있어!”

“너 진짜!”

우당탕탕. 리페를 피해 요리조리 도망 다니던 블리스가 테이블 위에 놓인 꽃병을 엎질렀다.

의자는 진작에 넘어진 지 오래였다. 이러다간 곧 크리스털로 만든 테이블마저 부서지는 것 아닌지 싶었다.

심지어는 제 처지를 잊은 건지, 반짝반짝 눈을 빛내며 즐거워하는 블리스를 확인한 아스가 더는 참지 못하고 휙, 공간을 이동했다.

"그만!"

그는 블리스와 리페의 허리를 각각 안아 들고는 짐짓 심각한 표정으로 아이들을 혼냈다.

"능력은 그렇게 함부로 쓰면 안 돼. 꼭 필요할 때만, 타인의 눈을 피해 써야 하는 거라고 누구도 알려 주지 않았나?"

사실 미래에서도 매번 이런 식이었기에, 귀에 못이 박히도록 들어온 얘기였다.

타인에게는 절대 알려져선 안 되는 황족의 비밀이었다. 좋은 일로 생긴 능력도 아니었고.

때문에 이를 사용하여 장난을 칠 때마다 미래의 아스는 퍽 매서운 얼굴로 블리스와 리페를 질책했다. 지금보다 훨씬 더 무섭게.

"……죄송합니다."

리페가 시무룩한 얼굴을 감추지 못하며 용서를 구했다.

"미안해애……. 화내지 마아. 리페가 막 잡으러 와서 그랬어……."

블리스 역시 조금 상기된 얼굴로 아스의 품을 파고들었다.

애교라도 부려서 아스의 마음을 풀어줄 요령이었던 모양이다.

상황이 이해되지 않는 바는 아니었기에, 이 이상 화를 낼 생각은 없었던 아스가 알면 되었다며 블리스를 떼어 내려던 때였다.

"……!"

스치듯 손에 닿은 블리스의 이마가 상당히 뜨거웠다. 제대로 짚어 보자 열이 나고 있었다. 쌕쌕 내뱉는 숨에도 열기가 느껴졌다.

조금씩 늘어지기 시작하는 블리스를 서둘러 침대에 눕히는 아스에 리페가 헉 숨을 삼켰다.

"이, 이 바보야……! 그렇게 왜 능력을 마구 쓰고 뛰어다니기까지 한 거야!"

화를 내며 블리스를 쫓아다니던 모습은 온데간데없었다.

리페가 안절부절못하며 주변을 둘러보다가, 안주머니에서 손수건을 꺼내 물병의 물을 적셨다.

"바보, 멍청이, 해삼, 말미잘! 그러니까 빨리 돌아갔으면 됐잖아!"

그러고는 땀에 젖어 가는 블리스의 얼굴을 익숙하게 닦아 주었다.

입으로는 험한 말을 내뱉어도, 자매는 자매인 모양인지 작은 손에 걱정이 잔뜩 묻어났다.

블리스가 배시시 웃으며 대답했다.

"나아, 하나도 안 괜찮아……. 이대로 돌아가면 엄마가 걱정하니까 우리 조금만 더 있다가 가자, 으응……?"

블리스가 끙끙대며 조금만 더 있자고 부탁하자, 리페가 얼굴을 와그작 구겼다.

앓는 블리스에게 약한 것은 비단 아리아와 아스뿐만이 아닌 모양이었다.

불만이 그득한 얼굴로 입매를 씰룩이던 리페가 눈을 흘기며 대답했다.

"……낫자마자 바로 갈 거야. 알았어?"

"응……!"

전혀 그럴 생각은 없었지만, 블리스가 알겠다며 활짝 웃었다.

'지금은 진짜 아픈 거지만, 다 나은 뒤에도 계속 아픈 척해야지. 히히.'

라는 속마음은 숨긴 채였다. 딱히 좋은 과정은 아니었지만, 상황이 진정되었음에 아스가 걱정을 아주 조금 덜었다.

얼추 시간을 벌었으니, 그사이 생각을 정리하고 아리아에게 어떻게 말을 꺼낼지 고민하는 것이 좋을 것 같다고 생각하며.

물론 그 전에 해야 할 일이 있었다. 블리스의 상태를 다시금 확인한 아스가 곧장 방문으로 향했다.

"의사를 불러올 테니 잠시만 기다리도록."

서둘러 의사를 부르려 문을 닫고 걸음을 옮기는데—

"……아리아?"

어째서인지 문밖에 아리아가 있었다. 희게 질린 안색으로.

"아스 님……."

차마 말을 잇지 못하고 제 이름만을 부르는 아리아에, 아스는 그녀가 모든 대화를 다 들었음을 깨달았다.

* * *

다행히 블리스는 열이 오른 것뿐이었다. 푹 쉬면 괜찮을 거라는 주치의의 말에 안심한 아스는 아리아가 기다리는 침실로 향했다.

아스에게 정리할 시간이 필요하듯, 아리아에게도 충격에서 벗어날 시간이 필요해 그녀는 먼저 침실에 가 있던 참이었다.

"블리스는요? 괜찮다고 하던가요?"

초조한 기색으로 아스를 기다리던 아리아가 자리에서 벌떡 일어나며 다급히 물었다.

"무리해서 열이 올랐을 뿐이라고 합니다. 해열제를 먹고 잠이 들었으니, 걱정하실 필요는 없습니다.”

짧은 기간 동안 블리스와 지낸 자신도 이리 걱정되는데, 미래의 자신은 어떨지 상상도 되지 않았다.

풀썩. 다시 소파에 앉은 아리아가 이마를 짚었다. 이제야 모든 게 다 이해가 됐다.

블리스가 과거로 온 이유, 아픈 이유, 능력을 사용할 수 있는 이유, 하고 싶은 말을 차마 바로 꺼내지 못하는 이유.

“도대체 제가 얼마나 몸이 안 좋기에 스스로를 없애 달라고 하러 과거까지 왔을까요.”

어떤 마음으로 그런 결심을 했을까. 평소에 어떤 기분으로 자신을 대했을까. 미래에서도, 지금도.

손바닥에 얼굴을 묻으며 내뱉는 말에, 아스가 한숨으로 답을 대신했다.

아리아가 세상에서 가장 소중한 그는 애써 생각하고 싶지 않은 부분이었다.

그리해 봤자 고민과 갈등만 늘어날 뿐이니까.

잠시 침묵을 고수하던 아스가 아리아의 손을 잡으며 참았던 진심을 쏟아 냈다.

“제겐 아리아 당신이 가장 중요합니다. 그 어느 곳 하나도 아프지 않았으면 좋겠어.”

얼굴을 붉힐 만큼 로맨틱한 대답이었으나, 바라던 말은 아니었다.

돌려서 말했지만, 아리아가 아이들을 낳지 않기를 바란다는 뜻이었기에.

이미 태어난 블리스와 리페를 사라지게 만들고 싶진 않았다.

그렇다면 지금 당장 할 수 있는 건 한 가지뿐이었다.

"저도, 블리스와 리페도 괜찮을 수 있는 방도를 찾을 수 있을지도 모르잖아요? 어쩌면요."

그러다가 찾지 못하면 어쩌려고. 예정된 불행한 미래를 벗어나지 못하면 어쩌려고.

아스는 그런 아리아를 볼 자신이 없었다. 아리아를 아프게 만들 아이들을 순수하게 사랑할 자신도 없었고.

"아리아……."

그런 마음을 담아 아스가 걱정스러운 목소리로 아리아를 불렀다. 하지만 아리아의 결심은 변함없었다.

"당장 이곳에 시간과 공간을 이동하는 사람들이 넷이나 있는데, 그런 방법 하나 없을 리가 없잖아요?"

물론 확신은 없었다. 그렇다고 어쩌지 고민만 하는 것은 아리아의 성격과는 거리가 멀었다.

그럴 시간에 있든 없든 방법을 찾는 것이 현명했다.

전 대륙을 샅샅이 뒤져도 없다면, 그건 그때 가서 생각할 문제였다.

아스가 계속 대답을 망설였기에, 언제 괴로워했냐는 듯 입꼬리를 올린 아리아가 그의 뺨을 어루만지며 명령했다.

"그러니 더는 그런 표정 짓지 말고, 제게 협조하세요."

이렇게 당돌하고 도발적인 아리아에게 반한 것이기는 한데. 지금도 가슴이 뛰는데.

마음이 복잡한 것은 막을 수가 없었다. 그럼에도 아리아의 명령에 반할 수는 없었다.

뺨에 닿은 아리아의 손을 제 입술로 가져간 아스가 정중히 입을 맞추며 대답했다.

"그리 결정하셨다면 최선을 다해 따르겠습니다. 제게 당신의 명령을 거부할 권한 따윈 없으니."

*　*　*

다음 날 아침.

"사정은 들었단다. 즉위식 때까지 여기서 지내겠다고?"

만나자마자 자연스럽게 말을 거는 아리아에, 리페는 차마 대답을 하지 못하고 눈만 끔뻑였다.

"길게 지내겠다는 것도 아니고, 즉위식까지라니. 뭐, 괜찮겠지."

응? 도대체 무슨 말이 오간 거야?

리페가 아리아의 어깨너머로 보이는 아스를 흘깃댔다.

그렇다고 그에게서 대답이 나올 리가 없었다.

아리아의 결정에 따르기로 한 아스는 그녀가 설명하라고 하기 전까지는 아무런 말도 할 생각이 없었으니까.

아스가 어깨를 으쓱였기에 계속 어리둥절하는데, 아리아가 짐짓 심각한 얼굴로 덧붙였다.

"대신, 사고 치면 안 돼. 블리스처럼 몸이 아픈 것도 모르고 뛰어다니는 것도. 알겠니?"

"……?!"

블리스와 비교를 당하다니, 모욕도 이런 모욕이 없었다.

'블리스처럼'이라는 말에 발끈한 리페가 씩씩하게 대답했다.

"그럴 일은 절대 없습니다!"

"좋아, 믿음직스럽구나."

신뢰하겠다는 아리아의 대답에 언제 발끈했냐는 듯 눈을 빛낸 리페가 '네!' 크게 대답했다.

의심하는 눈빛도 전혀 없었다. 늘 그랬듯 자신을 믿겠다는 아리아에 리페는 괜히 마음이 뿌듯해졌다.

그때, 옆에서 대화가 끝나기만을 기다렸던 블리스가 끼어들었다.

"나 아침 먹고 산책하고 싶어!"

아리아는 제 드레스 자락을 붙드는 블리스의 머리카락을 넘겨 주며 물었다.

"어젯밤에 몸이 좋지 않았다고 들었는데, 괜찮은 거니?"

"응! 다 나았어! 나 원래 자주 그래. 잠자면 괜찮아져. 아무렇지도 않아."

그러니까 빨리 산책 가자며 블리스가 아리아의 드레스 자락을 잡고 휘휘 흔들었다. 그 모습을 보며 리페는 짧게 침음했다.

'쟤는…… 여기서도 저러네.'

시공을 초월한 한결같음이 참으로 신기했다. 그리고 그걸 받아 주는 '지금의' 아리아도 신기했다.

블리스에게 알겠다는 대답을 마친 아리아가 리페를 돌아보았다.

투정 부리는 블리스가 한심하다며 눈초리였으나, 아리아는 그 표정이 정말 한심할 때 나오는 게 아니라는 것을 알았다.

"너도 같이 가겠니?"

"……네?"

그래서 함께 산책하자고 권했는데, 리페는 못 들을 것이라도 들은 양 세차게 고개를 내저었다.

"아니요. 저는 괜찮습니다."

"어째서?"

어째서, 라니.

그거야 그럴 시간에 책을 읽고 공부해야 훌륭한 황족이 되지 않겠는가.

이미 블리스는 물론, 또래 귀족에 비해서도 몹시 뛰어난 리페였지만, 이 이상 바쁜 아리아를 귀찮게 하기 싫었다. 책이나 읽으며 얌전히 있는 것이 나았다.

"내가 싫은 거니?"

"네?!"

그럴 리가. 오히려 너무 좋아서 탈이었다.

비록 자신들을 낳고 몸이 약해지긴 했지만, 아리아는 늘 현명하고, 멋지고, 다정하고, 대단했으니까.

"아니요, 전혀요."

"그럼 블리스가 싫어?"

"그것도 아닙니다."

덜렁대고 사고 치는 주제에 부모님의 관심을 받으려 칭얼대기까지 하는 것이 조금 얄밉긴 했지만, 싫진 않았다.

한날한시에 태어난 하나뿐인 자매이니, 그냥 좀 빨리 철이 들어 황족다워졌으면 좋겠다는 생각뿐이었다.

리페의 표정이 진중한 것이, 아무래도 쉬이 넘어올 것 같지 않았다.

그렇다면 혹시 이건 통하지 않을까. 어쩔 수 없다는 듯 어깨를 으쓱인 아리아가 조금 섭섭한 티를 내며 입을 열었다.

"그래? 달리 이유가 없는 것 같은데, 도대체 왜 거절하는지 모르겠구나. 곧 내가 가장 아끼는 아이인 제시도 올 테니, 겸사겸사 네게 소개해 주면 어떨까 싶었는데."

제시라니. 제시라니! 제시를 만날 수 있다니!

이번에도 부정하기에는 '제시'라는 말이 발목을 잡았다.

미래에 가도 충분히 만날 수 있었지만, 지금의 제시와 차를 마실 수 있을 거라는 유혹은 떨치기 힘들었다.

블리스가 제시에게 애착을 갖고 있듯, 리페 역시 제시를 몹시 좋아했다.

늘 포근한 미소를 짓는 제시는 리페가 그나마 어리광을 부릴 수 있는 사람이었기에.

"그, 그럼 민폐가 되지 않는 선에서라면……."

이러한 제안을 잘 승낙해 보지 않았던 리페가 괜히 부끄러워져 뺨을 붉히며 대답했다.

"민폐라니? 산책과 티타임은 사람이 많을수록 즐거운 법인데."

실제로 그렇진 않았으나, 티타임에 잘 참석하지 않는 리페는 아리아가 그렇다고 하니 그런 모양이라고 납득했다.

"리페! 우리 같이 케이크 먹자! 오늘 내가 좋아하는 치즈 타르트 만들어 준다고 했어!"

언제 또 저런 것을 부탁한 건지.

실은 매일 부탁하고 있었고, 셰프 역시 함박웃음을 지으며 맛있게 먹어 주는 블리스를 무척이나 좋아했으나, 그것을 모르는 리페가 한숨을 내쉬었다.

                    *   *   *

“세에상에! 쌍둥이였다고요오?! 정말로오?!”

블리스 옆에 나란히 앉은 리페를 본 애니가 기겁했다.

애니는 참으로 운이 좋은 아이였다. 매일 황성에 방문하는 것도
아닌데, 이렇게 중요한 사건이 벌어질 때마다 빠지지 않고 목격했
으니까.

“애니, 조용히 하고 앉으렴. 네가 소리를 질러서 귀가 다 아프구
나. 배 속의 네 아이도 놀라겠어.”

분위기를 내 보려고 악사까지 불렀는데.

이래서야 악기가 다 소용없었다. 애니의 비명만이 정원을 가득
채웠으니까.

“너어무 귀엽잖아요! 짧은 머리카락도 이렇게나 잘 어울리다니
이! 블리스 영애와 세트로 이런저런 옷을 입혀 보고 싶어졌어요!
얼마나 귀엽고 예쁠까!”

주의했음에도 별반 나아지지 않은 애니를 본 리페가 키득키득 웃
음을 삼켰다.

호감으로 점철된, 여전하다는 얼굴이었다.

블리스도 그렇고, 리페도 그렇고. 애니는 자신뿐만 아니라 아이
들에게까지 잘해 줬던 모양이었다.

그것이 썩 마음에 든 아리아가 더는 애니를 타박하지 않았다.

“제가 좋아하는 얼굴이 셋이나 있다니, 감격스럽네요. 어쩜, 사
랑스럽기도 하지.”

애니와 함께 나타난 제시는 정말 감동이라도 받은 표정이었다.

참으로 감동할 것도 많다. 라고 생각한 아리아의 눈에, 신기한 듯 제시의 얼굴에서 시선을 떼지 못하는 리페가 들어왔다.

'……역시 제시는 옆에 두길 잘한 아이인가 보네.'

역시 자신은 사람을 보는 눈이 있었던 모양이다.

아주 중요한 문제를 해결하지 못했음에도 기분이 좋아진 아리아가 차를 한 모금 마시려던 때였다.

"아, 비 전하. 잠시 수도를 떠나 있던 클로시 부인께서 정오 전에 입궁할 예정입니다. 함께 식사를 나누시는 것이 어떨까 싶어 알현 시간을 정오에 맞출까 하는데, 어떻게 생각하시는지요?"

제시가 클로시의 이야기를 꺼냈다.

어지간한 일이라면 모르겠지만 그녀는 크나큰 충격으로 쓰러진 전적이 있었기에 블리스가 직접 사과하는 것이 도리였다.

덕분에 한껏 기분 좋은 표정으로 타르트를 입에 넣으려던 블리스가 그대로 움직임을 멈추었다.

얼굴에는 그늘이 내려앉아 있었기에, 눈치 빠른 리페는 블리스가 사고를 쳤다는 것을 깨달았다.

"좋아. 자리가 자리인 만큼 식사를 겸하면 분위기도 꽤 누그러지 겠어."

애초에 블리스는 아리아가 보살피는 아이였기에 괜찮다고 웃으며 넘어갈 것이 분명했지만, 블리스가 과거로 넘어와 사고를 친 것엔 제 탓도 있었다.

아리아는 자신이 아프지 않았다면 블리스 역시 과거로 오지 않았을 테니, 부인에게 좋은 음식을 대접하는 것이 좋겠다는 생각이 들었다.

"시간이 별로 없지만, 식사에 공을 들이라고 전해 줘."

"예. ……실은 미리 전달하고 온 참입니다."

뺨을 붉힌 제시가 부끄러워하며 대답했다.

이럴 땐 대놓고 잘했다는 것을 어필해도 모자라거늘, 참으로 그녀다워 아리아가 픽 웃었다.

리페는 아리아가 처음 산책을 제안했을 때 내키지 않아 했던 모습과는 달리, 제시와 애니를 양옆에 끼고는 먹지 않을 것 같았던 치즈 타르트도 한 조각이나 비웠다.

심지어는 축제가 기대된다는 제시의 말에 '그럼 같이 보지 않을래?'라고 묻기까지 했다.

차마 그런 제안을 받을 줄은 몰랐던 모양인지, 눈을 동그랗게 뜬 제시가 반색했다.

"괜찮으시다면요! 그렇게 말씀해 주시니 정말 기뻐요."

"……치잇. 싫다고 돌아가자 할 때는 언제고."

이를 지켜보던 블리스가 작게 웅얼댔다.

하지만 목소리가 작아 들은 것은 아리아 혼자였고, 다시 방실방실 웃은 블리스가 제시의 팔을 붙들었다.

"나도 같이 가! 나도 끼워 줘!"

"그럼요! 블리스 아가씨께서 허락하신다면 당연히 그렇게 해야죠."

작은 아리아 둘에게서 대단한 호감을 받게 된 제시가 기쁨에 몸 둘 바를 몰라 했다.

그 모습을 옆에서 지켜보던 애니가 기분이 상한 듯 한쪽 볼을 부풀리더니, 자리에서 벌떡 일어나 블리스와 리페를 번갈아 껴안으며 투정했다.

"저는요! 저는 안 가도 돼요? 저도 같이 가면 안 되나요? 네? 저 맛있는 거 사 줄 수 있는데!"

덕분에 까르르 귀여운 웃음소리가 터졌다. 당연히 같이 가야 하지 않겠냐며 블리스가 깍깍 즐거워했고, 리페 역시 꼭 함께 가자며 활짝 웃었다.

*　*　*

"미, 미안해애……. 내가 그랬어어……. 옷이 궁금해서 보러 갔는데에, 실수로 물을 엎질렀어어……."

언제 까르르 웃었냐는 듯, 울상을 지으며 사과하는 블리스에 클로시 부인이 눈을 크게 떴다.

사과하는 사람을 앞에 두고 왜 저런 표정을 지을까.

궁금해할 새도 없이, 리페의 얼굴까지 확인한 부인이 손뼉을 짝 맞부딪히며 목소리를 높였다.

"어쩌엄! 이렇게 귀여울 수가!"

미처 몰랐는데, 부인 역시 애니와 비슷한 부류였던 모양이다.

아리아가 알코올이 빠진 포도주로 입가심을 하며 생각했다.

"용서해 주는 거야……?"

턱 밑에 양손을 꼭 모은 채 전전긍긍하며 묻는 블리스에, 클로시 부인이 헉 숨을 삼켰다.

"다, 당연하지요! 비 전하께서 말려서 사용하라고 허락하신 덕분에 별것도 아닌 일이 되었는걸요!"

충격으로 본인이 쓰러졌던 것은 기억하지 못하는 모양이었다.

말까지 더듬으며 흔쾌히 용서하겠다는 말에, 오도도 부인에게 달려간 블리스가 그녀의 허리 근처를 꼬옥 껴안았다.

"고마워! 힘들게 만든 옷을 괴롭혀서 미안해! 다시는 안 그럴게!"

"……!"

클로시 부인이 터져 나올 것 같은 비명을 삼켰다.

귀여움에도 정도가 있거늘, 이건 가히 치사량이라고 봐도 무방했다.

"흐음."

그 모습을 지켜보던 아리아가 턱을 손에 괴었다.

의도한 행동인지 아닌지는 모르겠지만, 꽤나 효과적이지 않은가.

저 정도의 애교를 부린다면 어지간한 실수는 손쉽게 넘어갈 수 있으리라.

"저, 저어! 비 전하! 한 가지 부탁을 드릴 수 있을까요?!"

흥분을 감추지 못한 클로시 부인이 콧김을 내뿜으며 물었다.

나름 고운 인상인데, 전투적이기 그지없었다.

영감이라도 떠오른 모양인지 저리도 스스로를 망가뜨리며 간청하는데, 들어주지 못할 이유는 없었다.

말해 보라는 듯 아리아가 가볍게 고개를 끄덕였다.

"모처럼이니, 이 귀여운 영애분들을 화동으로 삼으시는 건 어떨지요?!"

하지만 이어진 말에 아리아가 곧장 미간을 찌푸렸다.

화동이라니. 즉위식이 끝날 무렵에, 새 황제와 황후가 탄생했음을 선포하고, 옆에서 이를 축하하며 바구니에 담긴 튤립 꽃잎을 뿌리는 그 역할을 말하는 것은 아니겠지.

이미 블리스와 리페를 보아 버린 사람들은 어쩔 수 없겠지만, 즉위식에까지 얼굴을 비추는 것은 안 될 일이었다.

즉위식엔 화가들도 참가하여 그 모습을 그림으로 남길 예정이었기 때문이다.

기억은 시간이 오래 지나면 흐려지거나 변질되니 어떻게든 넘어갈 수 있겠지만, 그림은 아니었다.

제국에서 가장 유명한 화가들이 참가할 예정인 만큼, 그들이 남긴 그림을 보고 블리스와 리페의 얼굴을 생생하게 기억할 사람들이 나타나겠지.

그래서 단칼에 거절하려고 하는데, 초롱초롱 눈을 빛낸 블리스가 손을 번쩍 들고 소리쳤다.

"할래! 할래! 할 거야! 시켜 줘! 할 거야!"

"블리스?! 너 미쳤어?!"

아리아와 같은 생각이었던 리페가 화들짝 놀라며 자리에서 일어났다. 사고를 치는 것에도 정도가 있었다.

이 이상 과거의 사람들과 엮였다간 미래가 어떻게 바뀔지 몰랐기에 눈에 띄는 행동을 하는 것은 옳지 않았다.

"부인께는 죄송하지만, 그건 안 될 일이에요. 조용히 보살피고 있는 아이들이라, 여기저기 얼굴이 알려지는 것은 바라지 않거든요."

뒤를 이어 단칼에 거절하는 아리아에 클로시 부인이 실망감을 감추지 못했다.

하지만 가장 큰 결정권자의 반대에도 블리스는 굴하지 않았다.

"그럼 그거 쓰면 되잖아! 이렇게 눈까지 가리는 천! 즉위식에서 쓰는 거! 막, 막 이렇게에!"

블리스의 작은 손이 머리와 눈을 번갈아 오갔다.

몹시 대충인 설명이었지만 나름 핵심만 말한 덕에 클로시 부인이 찰떡같이 알아들었다.

"앗! 시종들이 쓰는 베일을 말씀하시는 거군요!"

즉위식에서는 황제와 황태자비를 제외한 그 누구도 머리 장식을 달 수 없었지만, 시종들만큼은 예외였다.

모두가 허리를 숙여 예를 갖추고 있을 때도, 즉위식을 원활히 진행할 수 있도록 주변을 살피고 움직여야 했기 때문이다.

그로 인해 시종들은 눈과 코를 가리고, 입만 조금 내놓는 면사포를 착용했다.

시야를 조금 가리는 얇고 하얀 베일이었다.

이를 착용한다면 확실히 얼굴을 가릴 수 있을 터.

그럴듯한 의견이었기에, 아리아가 흐음, 미약하게 긍정하며 입을 다물었다.

"얼굴을 가리는 것은 조금 아쉽지만, 그렇게 한다면 눈에 띌 일이 없겠지요! 탁월한 생각 같은데 어떻게 보시는지요?"

클로시 부인이 물음이 끝나기도 전에, 블리스가 오도도 아리아에게 달려왔다.

"나아, 즉위식에서 비 전하 축하하고 싶어! 황제 폐하도 축하하고 싶어! 소원이야."

품에 폭 안기는 것은 덤이었다. 많이 해 본 듯 자연스럽게 안겨 드는 작은 몸을 아리아가 얼떨결에 품에 안았다.

"사고 안 칠게. 응? 즉위식이 끝나자마자 바로 돌아갈게. 응, 응? 더는 귀찮게 안 할 테니까, 응? 으으응?"

블리스가 아리아의 허리에 제 뺨을 비볐다. 아리아와는 다른 의미로 제 얼굴을 아주 잘 써먹는 아이였다.

그런 블리스의 옷자락을 잡아당긴 리페가 으르렁대며 화를 냈다.

"야, 블리스! 너 정도껏 해! 이제 더는 사고 안 친다고 했잖아!"

"사고 치는 거 아니야! 그냥 꽃잎만 뿌릴 거야! 축하하고 싶어서 그래!"

"맨날 실수만 하는 네가 참 잘도 하겠다."

"자, 자, 잘할 거거든?! 실수 안 할 때가 더 많거든?!"

"네가? 웃기고 있네. 실수할 때가 더 많으면서."

아니라고 곧장 반박하고 싶었지만, 그러기엔 양심에 찔릴 정도로 사실이었다.

작은 주먹을 꽉 쥐고 바르르 떨던 블리스가 빽! 소리를 질렀다.

"이, 이익! 너라고 하지 마! 내가 언니야아!"

"바보 아니야? 언니다워야 언니라고 하지."

"그래도 내가 먼저 태어났어!"

"그건 네가 당장 죽을 위기였으니까 그런 거고."

"어쨌드은!"

피가 이어진 자매도 저렇게 죽어라 싸우는구나.

외동딸인 아리아가 블리스와 리페의 싸움을 흥미진진하게 관람했다.

퍽 재미있다는 얼굴이었다.

그렇다고 화동을 허락하겠다는 말을 입에 담진 않았기에, 머리를 굴리던 클로시 부인이 묘책을 강구했다.

"그럼 이렇게 하는 건 어떠신가요? 정 걱정되신다면, 식을 진행하는 도중에는 뒤에서 가만히 대기하다가, 화동이 필요한 무렵에만 나타나 꽃을 뿌리고 다시 사라지는 거지요!"

나름 괜찮은 생각이었다. 번거롭겠지만 실수하지 않도록 옆에 시종까지 붙인다면 천하의 블리스도 실수할 일은 없을 것이고.

게다가 모처럼의 기회이니 아리아 역시 내심 두 아이가 화동을 해 줬으면 하는 마음이 있었다.

신경 쓰이는 것을 없애 주겠다는데 더는 거절할 이유가 없었다.

"좋아요. 그렇게 해요."

"……?!"

아리아가 허락함과 동시에 리페가 움직임을 멈추었고, 그런 리페를 밀면서 블리스가 반색했다.

"정말? 정마알?! 나 화동 해도 돼?!"

"그래. 그 대신 차례가 돌아올 때까지 뒤에서 기다려야 해서 제대로 된 즉위식을 볼 순 없겠지만."

"그, 그건……!"

아쉬운 모양인지 블리스의 눈이 방황했다. 블리스의 머릿속에서 두 개의 자아가 마구 싸웠다.

즉위식을 제대로 감상하냐, 즉위식은 잘 못 보겠지만 즉위식을 돕느냐.

어느 쪽을 택해야 할지 몰라 잠시 방황하는데, 클로시 부인이 블리스의 손을 턱 잡았다.

"그야 당연히 화동으로서 즉위식에 참가하셔야죠! 역사에 길이 남을 대단한 일인걸요! 뒤에서 지켜보는 사람은 흔치 않을걸요?! 게다가 말이죠—!"

부인의 말에 혹한 블리스가 눈을 반짝이며 다음 말을 기다렸다.

"두 영애분의 의상을 비 전하와 비슷하게 하면 어떨까 생각했어요!"

"……?! 하, 할 거야! 할 거야! 나 할 거야! 꼭! 꼭 할 거야아!"

못 하게 한다면 가만히 두지 않겠다는 기세로 블리스가 소리쳤다.

불을 뿜을 수 있었다면 황성이 다 타고도 남을 정도의 위력이었다.

그때까지 어떻게 해야 블리스를 말릴 수 있을까 고민하던 리페 역시 잠시 움직임을 멈추었다.

아리아와 비슷한 의복이라니. 그것도 즉위식에서. 절대, 결코 없을 기회였다.

"실은 옷이 젖은 그날, 바로 새 옷감을 준비했었거든요. 다시 만들지 않아도 된다고 하셔서 어떻게 처리할까 고민하던 차였는데, 두 영애분의 의복으로 만들면 되지 않을까요?"

말을 이어 나가면서 빠르게 주변을 둘러본 클로시 부인이 종이 한 장과 깃펜을 가져와 제 머릿속에 떠오른 디자인을 그렸다.

"이렇게 말이죠!"

기본적인 디자인은 아리아의 드레스와 유사하나, 장식이 거의 생략되고 오른쪽 가슴에 제국의 인장이 수놓아진 순백의 드레스였다.

거기에 베일 쓴 머리 위에는 튤립 화관까지 있었다.

과연, 클로시 부인은 괜히 유능한 디자이너가 아니었다. 퍽 마음에 드는 디자인이었기에 아리아가 리페에게 눈짓했다.

'네가 싫다면 다시 한번 고민해 보도록 하지.'

선택권을 넘기겠다는 눈빛이었으나, 이미 나올 대답을 알고 물은 것에 가까웠다. 그리고 예상대로의 대답이 이어졌다.

"그, 그런 거라면……. 눈에 띄지 않게 아주 잠깐만 하는 거라면……."

"와아아아아! 리페에!"

허락을 받아 낸 블리스가 리페에게 달려들어 목을 꼭 껴안고는 뱅글뱅글 돌아 리페의 숨통을 마구 조였다.

"켁. 저리, 저리, 켁. 안 비켜?!"

때문에 결국 다시 리페의 분노를 샀으나, 아무래도 좋다는 듯 블리스가 까르르 웃음을 터뜨렸다.

＊　＊　＊

다음 일정이 귀족들과의 알현이라 아리아가 자리를 비우자, 리페는 블리스와 둘만 남게 되었다.

황실 주방장의 영혼이 담긴 레몬 셔벗도 함께였다. 시원한 셔벗을 냠, 입에 넣는 블리스를 물끄러미 보던 리페가 퍽 진지한 얼굴로 물었다.

"블리스, 너 진짜 무슨 생각이야?"

어쩌다 보니 이런저런 일에 동참하게 되었지만, 그렇다고 해서 전부 내키는 것은 아니었다.

이미 넘지 말아야 할 선을 너무 많이 넘어 버린 탓에, 리페는 뒤늦게 걱정에 휩싸였다. 취소할 수만 있다면 취소하고 싶은 심정이었다.

"뭐가?"

돌변한 리페에 블리스가 눈을 끔뻑였다. 아무 생각도 없다는 듯 멍청하게 돌아보는 눈빛에 리페가 울컥 화를 냈다.

"어머니, 아버지께서 하신 말씀 잊었어? 능력을 들킬 만한 행동은 하지 말라고 하셨잖아! 자꾸 눈에 띄어서 어떻게 하려는 건데!"

이제 와서 지적하는 것이 우스웠지만, 한 번은 짚고 넘어가야 할 문제였다.

조용히 지내겠다고 한 것이 무색하게도 즉위식에 참가하게 되었으니까.

핵심을 꼬집어 주었음에도 블리스는 잠시 눈을 끔뻑일 뿐, 잘못했다는 기색이 전혀 없었다.

"이 바보가 진짜!"

그랬기에 자리에서 벌떡 일어난 리페가 크게 화를 내려는데ㅡ

"바보는 너야, 리페."

블리스가 리페의 복장을 뒤집는 대답을 꺼냈다.

"뭐? 내가 왜? 바보는 너지, 블리스!"

"너야, 바보! 우리가 태어나지 않는다면, 사라지게 된다면 다들 기억을 못 하잖아. 그럼 들킬 일도 없는걸?"

담담하게 내뱉는 말투와는 다르게 소름 끼치는 내용이었다.

농담이 아니라 정말 블리스와 리페가 이 세상에 태어나지 않는다면, 애초부터 없어진다면 모두의 기억 속에서 두 사람은 사라지게 될 테니까.

마치 처음부터 그런 아이들은 없었다는 것처럼.

"……진심이야?"

블리스가 어떤 생각으로 이곳에 온 것인지 알긴 했지만, 또 멍청하게 굴다가 훌쩍이며 돌아가게 될 거라고 생각했다.

하지만 마주 보는 블리스의 눈빛엔 평소의 장난기라고는 일절 담겨 있지 않았다.

어떻게 해서든 아리아를 설득하겠다는 의지만이 담겨 있었다.

"응, 진심이야. 엄마한테 다 사실대로 말하고, 건강하고 행복하게 오래오래 살라고 할 거야. 싫다고 하면 몇 번이든, 더 먼 과거로 가서라도 꼭."

그것이 설령 수천 번이 될지라도 해내고야 말겠다며 블리스가 눈을 빛냈다.

그제야 리페는 블리스가 진심이라는 것을 깨달았다. 곧장 리페의 얼굴이 사색이 되었다.

"그, 그럼 나는! 네가 태어나지 못한다면, 나도 태어나지 못하잖아!"

"그렇기는 한데에……. 그치만 너도 우리 때문에 엄마가 아파서 마음이 아프다고 했었잖아. 더 많은 일을 하실 수 있는데, 우리 때문에 못 하신다고."

"그렇긴 하지만……!"

그렇다고 세상에서 사라지고 싶다는 뜻은 아니었다. 더는 사랑하는 사람들을 보지 못하고, 영원히 떠나고 싶진 않았다.

이기적이라고 생각할지도 모르겠지만, 그냥 말 그대로 미안하고 마음이 아플 뿐이었다.

그러니 저 바보가 멍청한 짓을 하는 걸 가만히 보고만 있을 수는 없었다.

벌떡 자리에서 일어난 리페가 더는 말이 통하지 않을 바보를 한 차례 쏘아본 뒤, 답지 않게 쿵쿵대며 자리를 벗어났다.

* * *

"황태자비 전하!"

알현이 끝나지도 않았는데, 급히 대화를 요청해 온 리페에 아리아가 무슨 일이냐며 고개를 기울였다.

퍽 다급해 보이는 얼굴임에도 쉬이 대답하지 못했기에 아리아가 시종들을 모두 물렸다.

"차라도 필요하니?"

"괜찮습니다……. 저는, 그게, 그러니까……!"

뭐라고 운을 떼지. 블리스의 어리석은 계획을 고발하려면 자신들이 미래에서 온 사실을 털어놓아야 했기에 말을 꺼내기 난감했다.

심지어는 그 과정에서 아리아가 아픈 것까지 모두 고백해야 했다.

그래서야 블리스가 하고자 하는 것과 별반 다를 바가 없었다.

하지만 이대로라면, 가만히 있다간 결국 블리스의 의도대로 되어 버리고 말 것이다.

그렇게 둘 수야 없었다. 뭐라도 해야 했다.

마음을 다잡고는 주먹을 꽉 쥔 리페가 눈을 꼭 감고 소리쳤다.

"저, 저희를 포기하지 말아 주세요!"

"……?!"

뜬금없는 외침에 아리아가 눈을 동그랗게 떴다.

무슨 뜻인진 알겠으나, 제대로 대화를 할 필요성이 있어 보였다.

그렇다고 쭈뼛대는 아이를 세워 두고 말할 순 없었기에, 아리아가 퍽 다정한 목소리로 리페를 불렀다.

"이리 와, 여기 앉으렴."

"네……?"

그제야 리페가 감은 두 눈을 조심스레 떴다. 그러자 눈앞에서 은은한 미소를 띤 아리아가 제 앞에 앉으라며 손짓하고 있었다.

'어, 어머니……?'

미래의 아리아를 떠올리게 만드는 다정한 얼굴에 리페가 홀린 듯 저도 모르게 아리아의 맞은편에 앉았다.

그런 아이의 앞에 제 몫의 차를 밀어 준 아리아가 자신의 얼굴을 빤히 쳐다보는 리페에게 천천히 입을 열었다.

"걱정하지 않아도 돼. 포기하지 않을 생각이니까."

"네, 네……?!"

본인이 한 말을 잊기라도 한 것인지, 리페가 화들짝 놀랐다.

"너희들을 쉽게 놓아 버릴 수야 없지."

그래서 아리아가 한마디 덧붙이자, 그제야 그것이 제 말에 대한 아리아의 대답이라는 것을 깨달은 리페가 벌어지는 입을 다물지 못했다.

"서, 설마 다 알고……!"

있었던 건가! 놀라움을 감추지 못하던 리페는 곧 아리아가 블리스와 짧지만은 않은 기간 동안 함께 지냈다는 것을 깨달았다.

'그 바보와 함께였다면, 모를 수가 없었을지도…….'

얼굴에 다 티가 나는 성격이었으니까. 게다가 자신의 어머니는 눈치가 빠른 편이었다.

상황을 빠르게 납득한 리페는 뒤늦게 아리아의 대답을 곱씹고는 눈을 크게 떴다.

"물론, 내 몸을 희생하고 싶지도 않아. 그러니 어떻게든 방법을 찾아볼 생각이지. 세상을 다 뒤지면 어딘가엔 방법이 있지 않겠니?"

평범한 사람이 했다면 무책임하다고 느껴질 대답이었으나, 아리아는 아니었다.

그녀가 그렇게 말한다면, 필시 모두가 행복할 방법을 찾을 것이다.

그리 생각한 리페가 여전히 벌어진 입을 닫지 못한 채 그저 열심히 고개만 끄덕였다.

우스웠지만, 퍽 아이 같은 얼굴이었다. 어른스럽게 보이려 애를 쓰는 것보다 훨씬 나았다. 때문에 아리아는 군이 한마디를 덧붙였다.

"그러니 너는 아이답게 놀고 있으렴. 블리스가 주문해 놓은 디저트도 마음껏 먹고, 축제도 즐기고."

그 순간, 리페는 미래의 아리아가 자신에게 자주 해 줬던 말을 떠올렸다.

"리페, 넌 이미 충분히 훌륭하니, 조금 더 아이답게 굴어도 돼. 어차피 언젠간 어른이 될 테니까 서두를 필요 없어."

그때마다 자신은 한 치의 흐트러짐이 없는 얼굴로 고개를 저었었다. 한데 여기에서까지 그 말을 듣게 되자 어째서인지 눈물이 날 것 같았다.

"혹시……."

그래서였다. 리페가 조심스레 아리아를 부른 것은. 무언가 부탁을 하려는 듯한 모양새에 아리아가 괜찮다는 듯 고개를 끄덕였다.

그에 눈동자를 굴리며 잠시 망설이던 리페가 다시금 주먹을 꼭 쥐고는 말을 이었다.

"한 번만 안아 봐도……."

하지만 역시 끝까지 말하기에는 부끄럽고 창피했다. 역시 아니라며 부탁을 취소하려는데—

"이리 오렴."

아리아가 리페의 부탁을 곧장 허락했다.

"저, 정말요?"

잘못 들은 것은 아닌지 말을 더듬으며 되묻는 리페에 아리아가
픽 웃음을 흘렸다.

"그럼."

얼마든지, 라는 말까지 하려고 했는데. 자리에서 벌떡 일어난 리
페가 아리아를 껴안았다.

"죄송해요. 이기적이라서, 제 생각만 해서 너무 죄송해요……."

엄마가 아프지 않았으면 좋겠다는 말보다, 자신을 포기하지 말아
달라는 말을 먼저 해서 미안하다며 리페가 아리아의 어깨에 얼굴
을 묻었다.

"조금 더 이기적이어도 돼. 내가 나를 지키지 않으면 누가 지켜
주겠니."

나름 위로랍시고 한 말인데, 갑자기 힝 눈물을 짜내는 리페에 쓴
웃음을 지은 아리아가 아이의 짧은 머리카락을 쓰다듬었다.

곧장 사람을 풀어 아주 작은 정보라도 찾아야 할 것 같았다.

*　*　*

"리페……. 너 어디 아파?"

조심스레 묻는 블리스에 리페가 입 안 가득 넣은 케이크를 꿀꺽
삼키며 되물었다.

"안 아픈데, 왜?"

"정마알? 그런데 왜 그렇게 케이크를 많이 먹어? 너 원래 이런 거 안 먹었잖아."

말이 끝나기가 무섭게 리페가 레몬 셔벗을 냠냠 입에 넣었다.

아니, 레몬 셔벗도 별로 안 좋아했었잖아. 도대체 쟤가 왜 저래?

눈을 댕그랗게 뜬 블리스가 디저트를 오가는 바쁜 손을 따라다녔다.

그럼에도 한참을 더 디저트를 흡입하던 리페가 이내 스푼을 테이블에 내려놓더니 그제야 제대로 된 대답을 꺼냈다.

"귀여운 케이크를 먹는 모습은 만만해 보이니까. 품위도 떨어지고."

"디저트가? 아닌데에……. 잘 먹으면 되는데에……. 그런데 왜 지금은 먹어?"

"여긴 날 아는 사람들이 없으니까. 며칠만 허락했어. 내가, 나를."

그리고 지금의 아리아가 아이답게 놀라고 했으니까.

다시 돌아가면 절대 이러지 않을 것이다. 저 바보의 바보스러움을 상쇄할 만큼 더 멋지고 기품 있는 황족으로 살아갈 것이다.

그렇게 다짐한 리페가 냅킨으로 입매를 닦는데, 문득 블리스를 괴롭힐 좋은 생각이 떠올랐다.

남의 눈물을 쏙 빼놓았으면, 본인 역시 그러해야 하지 않겠는가.

모든 걸 다 포기했다는 듯, 리페가 다시금 입을 열었다.

"그리고 어차피 며칠 뒤에 죽을 거잖아. 그러니 자제할 필요가 있겠어? 이제 아무렇게나 살 거야. 고마워, 블리스. 네 덕분에 디저트를 다 먹네."

뼈가 있는 말에 블리스가 시무룩해졌다. 맞는 말이라서 반박할 수 없었다.

게다가 화를 내며 적극적으로 말릴 때와는 달리, 자포자기하며 네 마음대로 하라는 리페를 보니 줄곧 갖고 있던 미안한 마음이 더욱 커졌다.

"나만 사라지는 방법은…… 없겠지? 사실 리페 너는 이렇게 똑똑하고 몸도 튼튼하니까 나만 사라지면 되는데……. 엄마도, 아빠도, 하인들도 그러는 편이 좋을 테고."

"쌍둥이니까 당연히 그럴 방법은 없지."

어깨를 으쓱인 리페가 한숨을 푹 쉬었다.

"그럼, 그러엄, 내가 힘을 각성하지 못하고 죽게 옆에 있는 네가 도와주는 건?"

"되겠니?"

목이라도 졸라 달라는 소리인가. 말이 되는 소리를 해야지. 게다가 성공한다고 한들, 어머니께서 참으로 기뻐하시겠다.

눈을 흘기며 적극적으로 부정하는 리페에 블리스가 한층 더 시무룩해졌다.

몇 번 더 찌르면 미안하다며 다시 돌아가자고 할 것도 같았다.

'그렇게 만들어 볼까.'

이곳이 아무리 좋아도, 원래 있던 곳보다 좋을 리가 없었다. 하루빨리 미래로 돌아가고 싶었다.

리페가 잠시 고민하는데, 눈에 눈물을 한가득 채운 블리스가 훌쩍이며 입을 열었다.

"미안해, 리페에……. 그치만 난 리페보다 엄마가 더 좋아. 엄마가 아프지 않았으면 좋겠어……. 그게 나 때문이라서 맨날 너무 슬퍼."

"너…… 잘도 그런 소리를 하는구나. 이 나쁜 것."

"아, 아니이! 리페가 싫다는 건 아니야! 리페도 좋아. 리페는 얼굴도 성격도 머리도 다 엄마를 닮았잖아. 나랑은 다르게……. 나는…… 아프게만 하고 도움도 안 되니까 없는 게 나은걸."

스스로를 없는 게 낫다고 말하는 것이 서러웠던 모양인지, 블리스가 또르륵 눈물을 짜냈다.

블리스가 저러는 것이 하루 이틀도 아니었기에, 리페가 시큰둥한 얼굴로 딸기 주스를 쪼옥 마셨다.

그러는 사이, 작은 머리를 굴린 블리스가 곧 좋은 방법을 찾았다는 듯 밝은 얼굴로 손뼉을 쳤다.

"걱정하지 마, 리페! 내가 모든 걸 다 털어놓고, 나만 사라지게 해 달라고 할게!"

"어떻게?"

"수술로!"

"참도 좋은 방법이네. 수술이 뭐 그렇게 쉬운 줄 알아?"

의학 쪽은 리페도 잘은 몰랐지만, 누군가의 살을 가르고 그것을 다시 원상 복구시킨다는 것이 쉽지 않다는 것은 알았다.

다시금 시무룩해진 블리스에게 '네 머리에서 나오는 그 어떤 방법도 불가능해.'라고 강력한 공격을 퍼부은 리페가 다시금 주스를 쪼옥 흡입했다.

'흐음, 역시 블리스를 설득하는 것은 그만두고, 즉위식까지 다 보고 가야겠어.'

애써 피해 왔던 주스가 이렇게나 맛있다니. 케이크도 맛있고, 셔벗도 괜찮았다.

돌아가면 다신 먹지 않게 될 테니, 여기서 많이 먹어 둬야 했다.

* * *

"내일 아침부터 축제를 볼 수 있을 거라고 하는구나."

"정마알?!"

와아! 펄쩍 뛰어오른 블리스가 희소식을 가져온 아리아의 허리에 매달렸다.

좋은 방법을 찾겠다며 진지한 척할 때는 언제고.

다 잊은 듯, 마냥 신이 난 얼굴을 타박하고 싶었으나, 기대가 되는 것은 리페 역시 마찬가지였기에, 애써 올라가는 입꼬리를 수습하기 바빴다.

"축제 준비를 살펴봐야 해서 오늘은 너희들끼리 놀고 있으렴. 저녁은 늘 먹는 식당에서 먹어도 좋아."

고작해야 하루, 식사를 따로 하자는 말에 블리스가 세상이라도 무너진 듯한 얼굴로 물었다.

"나, 나도 같이 가면 안 돼⋯⋯?!"

"글쎄. 정식 시작은 내일부터라, 공연도 노점상도 제대로 된 것이 없을 텐데. 굳이 그럴 필요가 있을까 싶을까 싶구나."

시간이 촉박했던 탓에 내일 아침부터 시작하는 것도 겨우겨우 맞춘 것이었다.

아리아의 부정적인 반응에 블리스가 다시 시무룩해졌다.

그 사이에서 눈치를 보던 티아란이 몹시 실례한다는 얼굴로 대화에 끼어들었다.

"실은 비 전하께 제일 먼저 보여 드리고자 몇몇 악사들을 불러 놓은 상태이기는 합니다."

전원은 아니었지만, 충분히 즐길 수 있을 만큼의 인원이라는 설명이 이어졌다.

"그럼 같이 가도 돼?!"

곧장 눈을 빛내는 블리스에 팔짱을 낀 아리아가 흐음 고민에 빠졌다.

그러면서 슬쩍 리페의 반응을 보는데, 마찬가지로 함께 가고 싶은 모양인지 작은 입술이 움찔대고 있었다.

"제가 잘 안내하겠습니다!"

거기다가 티아란마저 잘 안내하겠다고 나서는데, 이 이상 반대할 수 있을 리가 없었다.

"좋아."

허락이 떨어지자마자 블리스가 '와아!' 즐거운 비명을 내질렀다.

담담한 척하려는 리페마저 입꼬리가 올라가는 것을 감추지 못하는 것을 확인한 아리아가, 몹시 잘 결정한 것 같다고 생각하며 한마디를 덧붙였다.

"그 대신, 조금이라도 힘들거나 지칠 땐 바로 말하렴. 짧지 않은 축제라 언제든 다시 볼 수 있을 테니."

"응!"

* * *

'히, 힘들어어…….'

분명 조금이라도 버거우면 바로 말하기로 약속한 것이 도대체 누구인지.

블리스는 기운이 쏙 빠졌음에도 제 상태를 내색하지 않으려 애썼다.

아직 시작도 하지 않은 축제가 너무나도 재미있어서 그런 것은 아니었다.

열의에 차 설계한 축제를 안내하는 티아란에게 미안하기 때문도 아니었다.

"저 악사, 나쁘지 않네. 실력도 꽤 좋아 보이고, 센스도 있어."

블리스가 힘들어도 참는 이유는 아리아와 함께 이곳저곳을 돌아다닐 수 있었기 때문이다.

심지어 조금만 더 버티면 아스마저 합류한다고 하니, 힘들다는 내색을 하여 혼자만 돌아갈 순 없었다.

"블리스, 너 괜찮아?"

그런 블리스의 상태를 용케 알아챈 리페가 옆구리를 가볍게 찌르며 물었다.

"응……."

평소 같았다면 펄쩍 뛰어오르며 화를 냈을 텐데. 그러기는커녕, 순순히 고개를 끄덕이는 반응에 리페는 블리스의 상태가 좋지 않음을 직감했다.

"돌아가자."

"왜, 왜에?"

"너 아프잖아. 또 쓰러지면 어쩌려고?"

"아냐, 괜찮아아. 나 엄청나게 튼튼한 상태야아……."

그런 것치고는 말꼬리가 늘어져 있었다. 뺨이 발갛게 달아오른 것 같기도 했다.

오래 버텨 봐야 십 분? 아니, 오 분? 아냐, 어쩌면 일 분?

예상이 가는 상황에 한껏 미간을 찌푸린 리페가 아리아를 부르려는데―

"티, 티, 티아란! 저거 꼬치 아니야?!"

막 영업을 시작하려는 노점상을 발견한 블리스가 자리에서 벌떡 일어나며 우렁찬 목소리로 외쳤다.

"아! 그렇네요. 정식 시작은 내일부터지만 준비가 완료되면 언제든 문을 열어도 된다고 했거든요. 그래서 일찍 열었나 보네요."

"나, 나, 나, 나 저, 저거! 먹고 싶어, 먹고 싶어어……!"

꼬치구이가 뭐라고 말까지 더듬는지.

좋은 재료를 사용하라며 지원금을 내준 참이었기에 먹지 못하게 할 이유는 없었다.

"그러렴."

허락하자, 블리스가 꼬치 가게로 총알처럼 달려갔다. 그러고는 상인과 한참을 대화하더니 울먹이는 얼굴로 되돌아왔다.

"무슨 일이세요?!"

상인이 무언가 실수라도?! 티아란이 질겁하여 물었고, 블리스가 훌쩍이며 대답했다.

"나아, 돈이 없어어……."

"……아!"

세상에.

미처 생각지 못했다는 듯 티아란이 제 안주머니를 뒤지는 사이, 그 옆에서 '풋' 작게 웃은 아리아가 지척에 서 있던 하인에게 손짓했다.

"따라가 대금을 치러 주렴."

"예, 비 전하."

마르지 않는 지갑을 획득한 블리스가 하인의 손을 잡고 룰루랄라 다시 노점상으로 향했다.

혀를 차며 그런 블리스를 응시하던 리페에게 아리아가 말을 걸었다.

"리페, 너도 함께 가지 않고 뭐 하니?"

"……네?"

먹고 싶을 것이 뻔한데, '제가요? 어째서요?'라는 표정이었다.

대충 리페의 성격을 파악한 아리아였기에 가볍게 미소 지으며 설명했다.

"달리 예약해 놓은 레스토랑이 없어, 안타깝게도 노점상의 음식으로 저녁을 대신해야 할 것 같거든."

아리아는 대륙의 그 어떤 레스토랑이라도 예약을 할 필요가 없는 사람이었다.

리페 역시 그 사실을 익히 알았으나, 그녀가 말하고자 하는 것이, 본질이 그게 아님을 알았기에 잠시 뜸을 들이다가 이내 고개를 끄덕였다.

"그, 그렇다면 어쩔 수 없겠네요."

"그렇지? 그러니 다녀오렴."

"……네!"

방금까지 싫다는 반응을 보였던 게 무색하게, 리페는 블리스 못지않게 노점상으로 달려갔다.

도대체 꼬치구이가 뭐라고. 황성에서 나고 자란 아이들이건만,

자신이 낳아서 그런지 제 어릴 때의 모습과 겹쳐 보였다.

퍽 귀여워 아리아가 입꼬리를 올리며 다시 무대 위의 악사에게 시선을 돌리는데, 등 뒤에서 신이 나서 달려갔던 리페의 비명이 울려 퍼졌다.

"브, 블리스?!"

"블리스 아가씨?!"

놀란 아리아가 곧장 고개를 돌리자, 갓 구운 꼬치를 바닥에 떨어뜨린 채 쓰러진 블리스가 눈에 들어왔다.

* * *

"무리를…… 하셔서 그렇습니다."

주치의의 진단에 아리아가 이마를 짚었다.

이쯤 되면 그녀는 자신의 주치의가 아닌, 블리스의 주치의일 정도였다.

벌써 몇 번째인지 모를 설명을 다시 시작하려는 그녀에게 아리아가 되었다는 손짓을 했다.

"그럼 같은 약을 처방하도록 하겠습니다."

주치의가 자리를 비우자마자 티아란이 겨우겨우 울음을 참아 내며 허리를 푹 숙였다.

"제가, 제가 조금 더 신경을 썼어야 했는데……! 처음 맡게 된 중요한 업무라 의욕이 앞서서……! 정말 면목이 없습니다……!"

"너 때문에 이렇게 된 거 아니야. 이 바보가 원래 몸이 안 좋아서 그런 거야."

또 무리를 하여 쓰러진 블리스를 보며 차가운 말을 남긴 리페가 화를 삭이려 방을 나갔다.

이를 오해한 티아란이 더더욱 허리를 숙여 사죄했다.

"모, 몸 상태가 좋지 못하신 걸 눈치챘어야 했는데……! 진심으로 죄송합니다……!"

이러다간 모든 책임을 지고 물러나겠다는 말을 할 것 같았다.

그녀의 잘못일랑 전혀 없었기에 아리아가 바로 오해를 정정했다.

"아니, 블리스는 태어나기 전부터 몸이 좋지 않았어. 죽을 위기를 겨우 넘기고 약한 몸으로 태어났거든. 사과는 그쯤 하렴. 오히려 미안해할 사람은 미리 언질 않은 나지."

"네에?! 아, 아, 아, 아닙니다……!"

설마 아리아가 미안하다는 말을 입에 담을 줄은 몰랐던 티아란이 이마가 땅에 닿을 정도로 고개를 조아렸다.

"이 이상 미안해지기 전에 고개 들렴. 약을 먹으면 괜찮아질 테니, 이만 가도 좋아."

내일부터 계속 바쁠 텐데, 이런 곳에서 시간을 낭비하면 안 되지. 네가 없으면 축제가 엉망이 되지 않겠니?

덧붙이는 다정한 말에 티아란이 찔끔 눈물을 머금었다.

"네, 네……! 정말 감사합니다. 황태자비 전하."

그래서였다. 티아란이 쓸데없는 말을 꺼낸 것은.

"블리스 아가씨께서 저희 마을과 인연이 있었다면 바로 건강해지실 수 있었을 텐데, 정말 아쉽네요……."

"……그게 무슨 말이지?"

그리고 아리아는 그것을 놓치지 않았다.

아리아의 물음에 티아란이 곧장 입을 턱 손으로 막더니 실수했다는 표정을 지었다. 그러곤 제대로 답하지 못하고 계속 말을 돌렸다.

"그, 그것이……. 그, 그러니까 저희 마을에 좋은 기, 기운이 흘러서……. 예, 옛날부터 마을의 터가 좋다는 말을 많이 들었던 기억도 나고……!"

수상하기 짝이 없는 대답이었다. 무언가 숨기고 있는 것이 틀림없었다.

스스로도 말도 안 되는 변명이라고 생각했는지, 티아란이 곧 울 것 같은 얼굴로 입술을 깨물었다.

뭔가 있다고 확신한 아리아의 표정이 싸늘하게 내려앉았다.

"제대로 대답하지 않으면."

않으면? 아리아가 뜸을 들이자, 꼴깍. 티아란의 침이 넘어가는 소리가 조용한 방을 가득 채웠다.

"모처럼 쌓은 신뢰가 다 사라지겠구나."

크게 벌이라도 줄지 알고 식은땀까지 흘렸는데, 고작해야 신뢰를 잃는다는 대답이라니.

물론 다른 누구도 아닌 황태자비의 신뢰였기에 결코 가벼운 대가가 아니었다.

게다가 과연 신뢰만 잃고 끝날 수 있을까.

아리아 정도의 권력이면, 자신이 흘린 아주 작은 정보만으로도 충분히 속사정을 알아낼 수 있었다.

어차피 알게 될 사실이라면, 그냥 여기서 말해 버리는 것이 나았다.

짧은 시간 동안 상황을 파악한 티아란이 눈을 질끈 감고는 다시금 고개를 푹 숙였다.

"전부 사실대로 말씀드리겠습니다……! 그저 작은 마을을 지키기 위해 숨겼을 뿐, 부디 가엾게 여기시고 용서해 주십시오!"

무언가 대단한 비밀을 숨기고 있는 듯한 대답이었다.

그게 과연 자신이 바라는 대답일지 몹시 궁금해진 아리아가 조급해지려는 마음을 애써 숨기며 태연한 척 턱을 까딱였다.

"사실대로 말한다면 그리하지."

"가, 감사합니다. 정말 감사합니다……! 빠짐없이 모두 말씀드리겠습니다! 전부 말씀드리겠습니다!"

크나큰 은총이라도 받은 듯 몇 번이나 고개를 조아린 티아란은 자신이 태어난 마을에 얽힌 이야기를 아리아에게 모두 털어놓았다.

도무지 믿기지 않는 설화를 모두 듣게 된 아리아는 빠르게 눈을 깜빡이며 자신이 이해한 내용을 확인했다.

"그러니까…… 어느 날 너희 마을에 치유의 능력을 지닌 신이 나타났는데, 그 신이 죽은 뒤에 그의 무덤을 둘러싼 호수가 생겼고, 그 호숫물을 마시면 모든 병이 다 치료가 된다고……?"

"믿기 힘드시겠지만…… 거짓이 아니라 사실입니다. 신께서 능력이 외부에 알려지는 것을 극도로 싫어하셨고, 또 알려지면 위험하다고 판단하여 지금까지 비밀로 지켜지고 있었습니다. 정말입니다……."

믿어 달라는 듯 호소하였지만, 아리아가 믿지 못할 것이라고 생각한 듯 말투에 자신이 없었다.

동화책에나 나올 법한 내용이었기에, 거짓말하지 말라며 화를 낼 거라고도 생각했다.

하지만 아리아는 결코 그렇게 생각하지 않았다.

치유의 능력을 지닌 신.

어째서인지 짐작이 가는 부분이 있었다.

'설마 황성을 떠난 황족인 건……!'

이능력을 가지고 있는 것도 모자라, 능력이 외부에 알려지는 것을 극도로 싫어한다는 점도 그러했다.

어딘가에서 공격을 당했거나, 또 다른 이유로 죽을 고비를 넘겨 능력을 각성했겠지.

그러고는 현 황제처럼 목숨만을 부지하려고 작은 시골 마을에 정착한 것이 틀림없었다. 아니, 그래야만 했다.

'죽은 뒤에 만들어진 호숫물에 능력이 남았다는 것은 믿기 힘들지만, 정말이라면……!'

사실이라면 어쩌면 블리스와 리페를 살릴 수 있지 않을까?

블리스의 심장이 멎기 전에 그 호숫물이라는 것을 마시면, 애초에 그런 일이 생기지 않을 수도 있지 않을까?

그리 생각한 아리아의 심장이 요동쳤다. 그녀가 열이 오르는 뺨을 채 숨기지도 못하고 티아란에게 고개를 돌렸다.

"티아란, 내게 그 호숫물을 바쳐. 그렇게 한다면 너와 네 마을 사람들 모두에게 평생 다 쓸 수 없을 만큼의 부를 줄 테니."

뭐든 말만 한다면 들어주겠다는 아리아의 자신만만한 얼굴에 티아란이 헉 숨을 삼켰다.

갑자기 얻게 된 엄청난 기회에 놀라서가 아니었다. 들어줄 수 없는 요청을 들어 곤혹스러웠기 때문이다.

"비, 비 전하. 소, 송구스럽습니다만, 저희 마을의 사람들은 모두 신의 의지를 받들어 비밀이 외부로 새어 나가는 것을 원치 않고 있습니다……!"

힘을 독차지하기 위함은 아니었다. 그 힘을 사용하여 부를 쌓으려는 사람도 없었고.

다만, 마을 사람들은 신이 남긴 힘이 외부에 밝혀진다면, 자신들이 어떻게 될지 두려워하고 있었다.

"부, 분명 신께서 노여워하실 거라고 다들 믿어 의심치 않고 있고……! 내내 비밀을 숨겨 왔던 탓에 처벌 또한 두려워하고 있기도 하고, 또—"

그래서 고개를 조아리기는커녕 감히 구구절절 변명을 이어 나가는데, 이상하게도 아리아에게서는 별다른 반응이 없었다.

설마 너무나도 분노하여 호통을 치기 일보 직전인 것은 아니겠지.

그제야 입을 다문 티아란은 아리아를 제대로 쳐다보았다.

노기가 서려 있을 것이 분명하리라 생각했는데, 말도 안 되는 변명이 통하기라도 한 듯, 아리아의 표정은 담담하기만 했다.

하지만 곧 눈치 빠른 티아란은 아리아의 본심을 깨달았다.

'아니, 아니야. 내 변명이 통한 게 아니라, 내가 무슨 말을 하든 비 전하께는 가치가 없는 거야……!'

이미 비밀을 알게 된 아리아에게 티아란이나 마을 사람들의 기분, 의중 따위는 아무런 의미도 없었다.

제국에서 가장 큰 권력을 가진 그녀가 갖지 못할 것은 아무것도 없으니까.

그럼에도 불구하고 아리아가 티아란을 가만히 내버려 두는 까닭은 한 가지였다.

'내게 기회를 주고 계신 거야……!'

굳이 자비를 베풀겠다는 뜻.

티아란의 판단은 정확했다. 황성에서 근무하는 이상, 그녀에 대한 신변 기록은 모두 서면으로 남아 있을 터였다.

그러니 이를 토대로 마을 주민들을 몰아내고 호수를 점령한다는 선택지도 있었다.

그런 간단한 방법이 있음에도 금은보화를 안겨 주겠다는 제안을 한 까닭은, 뜻하지 않게 중요한 정보를 가져다준 그녀에 대한 관용, 혹은 예의였다.

이를 자각한 티아란이 오른손을 들어 제 뺨을 가볍게 때렸다.

허튼 생각 말고 정신을 차리라며 스스로를 다독인 행동이었다.

갑자기 자해하는 티아란에 놀란 아리아가 눈을 휘둥그레 떴다.

"비 전하, 방금 전까지의 발언은 부디 잊어 주십시오. 호숫물은 제가 어떻게 해서든지 가져오겠습니다."

횡설수설하던 모습은 온데간데없이 진지한 눈빛으로 맹세하는 티아란에 아리아가 그제야 만족한 듯 웃음을 머금었다.

"좋아. 그리해 주기만 한다면 널 제국 제일의 대부호로 만들어 주도록 하겠어."

"아니요, 그런 것은 괜찮습니다. 그저 비 전하께서 무례한 제 언행을 용서하시어 지금처럼 지적에서 일만 할 수 있으면 됩니다."

한 치의 거짓도 없다는 눈빛에 느릿하게 눈을 깜빡인 아리아가 티아란을 빤히 응시했다.

운 좋게 잠깐 굴러 들어온 달콤한 과실인 줄 알았는데, 안에 다이아몬드 원석이 들어 있지 않은가.

그리 생각하는데, 마른침을 꼴깍 삼키며 무언가를 다짐한 티아란이 다시 입을 열었다.

"다만, 한 가지 부탁이 있습니다."

"부탁?"

"예. 저는 아무것도 바라지 않습니다만, 오래도록 작은 마을에 갇혀 산 저희 고향 사람들은 아닐지도 모릅니다. 그러니 그들을 설득하기 위해—"

"좋아."

아직 말이 다 끝나지도 않았는데. 아리아가 흔쾌히 긍정을 표했다.

"내 재산을 탕진하는 것만 아니라면 얼마든지."

"저, 절대 그럴 일은 없습니다! 아주, 아주 조금만 사용하겠습니다!"

아리아의 재산이 얼마나 대단한지 아는 티아란이 기겁하며 고개를 저었다.

그녀는 아리아의 재산을 아주 조금만, 최대한 적게 쓸 생각이었다.

"아니, 후에 말을 바꿔도 좋아. 모두 네게 맡길 테니, 이번 축제처럼 잘 해결해 오렴. 내게는 무척이나 중요한 일이거든. 내 미래가 네게 달린 상황이지."

아리아는 돈이 얼마가 들든 티아란이 이 일을 깨끗하게 해결하기를 바랐다.

큰 책무를 맡기겠다는 아리아의 대답에 티아란의 눈매가 다시금 진중해졌다.

그녀는 다시없을 기회가 제게 두 번이나 주어진 것은, 필시 호수를 남기고 떠난 신의 의지리라 생각했다.

"서둘러 다녀오겠습니다!"

반드시 황태자비 전하가 만족할 만한 결과를 가지고 오리. 다짐한 티아란이 서둘러 고향으로 향했다.

                    * * *

"어……? 뭐, 뭐야아……?"

기운 없는 블리스의 목소리에 리페가 손에 든 책을 놓지 않은 채 무덤덤하게 말을 걸었다.

"뭐긴 뭐야. 네가 무리한 덕분에 축제는커녕 방에 갇힌 상황이지."

쿵. 마치 머리 위에 돌이라도 떨어진 듯한 표정에 리페가 한숨을 내쉬었다.

저렇게나 충격을 받을 거였으면, 제 상태를 잘 파악해서 쉬엄쉬엄 다녔어야 하지 않겠는가.

"그깟 꼬치가 뭐라고. 비위생적인 데다가 딱히 맛도 없어 보이던데. 굳이 무리하면서 먹을 필요는 없잖아? 나중에 만들어 달라고 해도 되고."

물론 리페 역시 꼬치라는 것이 궁금하여 먹어 보고 싶다는 생각을 하긴 했으나, 몸을 망치면서까지 그럴 생각은 전혀 없었다.

그래서 투덜대는데, 억울함 때문인지 입술을 씰룩대던 블리스가 천천히 입을 열었다.

"아빠가아……."

"……아버지?"

"응……. 아빠가 예엣날에 엄마랑 먹었다고 했어. 어엄청 맛있었다고 했어. 엄마랑 막 엄청 많이 먹었다고……."

처음 듣는 이야기였기에, 리페가 그제야 손에 들고 있던 책을 내려놓았다.

"……언제?"

"엄마, 아빠가 아기 때."

아기라니. 아기인 부모님이 어떻게 축제에 가서 꼬치를 먹었다는 말인가.

"그걸 어떻게 알아? 언제 들었어?"

마음 같아서는 왜 너만 들었냐고 묻고 싶었지만, 꾹 참은 리페가 애써 태연한 척 물었다.

"나도 축제에 가고 싶은데 못 가니까. 그래서 축제에 대해 말해 달라고 했더니, 아빠가 알려 줬어. 막, 아빠 아픈데 엄마가 막 이마에 걸레 얹어 놓고 그랬었대. 엄마는 기억 못 하지만."

키득키득. 웃은 것은 아주 잠깐이었다. 다시금 우울해진 블리스가 말을 이었다.

"그래서 나도 먹고 싶다고 하니까, 나중에 몸이 튼튼해지면 같이 가자고 했었어. 그치만 그럴 일은 없으니까……."

그래서 조금 무리했어. 이번이 마지막일 테니까.

이어지는 말에 리페가 한숨을 내쉬며 시선을 돌렸다. 저렇게 말하면 화를 내려다가도 내지 못하게 된다.

'그냥 확 어머니가 방법을 찾고 있다고 말해 버릴까.'

잠시 고민한 리페였으나, 저 요망한 것 때문에 마음고생한 자신을 떠올리고는 휙휙 고개를 내저었다.

아무래도 한마디 해 줘야 할 것 같았다. 눈을 매섭게 치켜뜬 리페가 다시금 블리스에게 시선을 돌리며 투덜댔다.

"그렇게 꼬치 가게가 도망가는 것도 아닌데, 왜 그랬어? 쉬었다가 내일 가도 됐잖아. 너 때문에 다들 얼마나 놀랐는지 알아?"

하지만 불행히도 제 할 말만 마친 블리스는 곯아떨어져 있었다.

"미안……해애…….'"

잠꼬대하는 눈에는 눈물이 그렁그렁했다.

'참 나. 진짜, 어휴. 저래 놓고 무슨 언니래. 차라리 내가 언니지.'

웃겨, 정말. 이럴 거면 차라리 날 먼저 꺼내 주지. 왜 블리스를 먼저 꺼내서 이런 웃기지도 않은 상황을 만든단 말인가.

불가능한 과거를 가정한 리페가 한숨만을 푹푹 내쉬며 다시 책을 들었다.

그 바람에 블리스의 소식을 듣고 공간을 넘어온 아스는 먹먹해지는 가슴에 차마 아이들 앞에 나서지 못하고 다시 공간을 넘어 모습을 감춰야만 했다.

＊　＊　＊

말을 바꿔 타고 삼 일 밤낮을 달려 고향에 도착한 티아란은 고함을 치며 마을 사람들을 모두 불러모았다.

"아니, 티아란?! 황성에 취직했다고 들었는데, 여긴 어쩐 일인게냐!"

"그 꼴은 다 뭐고! 아이고, 세상에!"

"아벨라! 어서 나와 봐! 자네 딸이 돌아왔어!"

이토록 작은 시골 마을에서 모처럼 출세한 아이이거늘.

고작해야 1년 만에 다시 돌아온 티아란은 전신이 흙먼지로 뒤덮여 거리의 부랑자와 다름없는 몰골이었다.

"티아란……?"

눈을 휘둥그레 뜨고 굳은 제 어머니를 힐끗 확인한 티아란이 마을 사람들의 중심에 서서 입을 열었다.

"저, 호수의 비밀을 말해 버렸습니다."

"……뭣!"

"뭐라고?!"

"어억!"

갑작스러운 고백에 사람들이 경악했고, 누군가는 뒷골을 잡고 쓰러졌다.

미친 거 아니냐는 외침을 들은 티아란이 자신에게 달려들려는 노인을 피하며 말을 이었다.

"그러니 이왕 이렇게 된 거, 우리 더는 마을의 비밀을 숨기지 말고 밝혀요. 평생 숨길 수 없다는 거 알잖아요."

"지금 그걸 말이라고 해!"

"악!"

적반하장인 티아란에, 혼신의 힘을 다한 노인이 잽싸게 그녀의 머리를 때렸다.

기운이 없는 노인이라 크게 아프진 않지만, 이야기도 다 듣지 않고 다짜고짜 때리는 통에 서러워진 티아란이 군중 속에서 자신의 어머니를 찾았다.

"어, 엄마아…… 악!"

하지만 불행히도 티아란의 어머니인 아벨라는 그녀를 보듬어 주지 않았다.

"지금 네가 무슨 짓을 한 건지 알아?!"

"악! 악! 자, 잠시만요! 악!"

아벨라가 몇 번이나 있는 힘껏 등짝을 후려치는 통에, 몰려들어 분노를 표출하려던 사람들이 머쓱해하며 뒤로 물러났다.

"그, 그쯤 하면 됐잖아!"

"그래, 아벨라! 애 죽겠어, 그만해. 사정이라도 들어 봐야지, 이렇게 막무가내로 때리면 어쩌나."

주변 사람들이 말릴 때까지 티아란을 두드려 팬 아벨라가 흐트러진 머리카락을 정돈하며 점잖게 입을 열었다.

"설명해. 왜 그런 짓을 했는지. 제대로 된 대답이 아니라면 묻어 버릴 테니."

"아니, 묻을 필요까지야⋯⋯."

"흠, 흠. 그래. 방법을 찾아야지, 왜 애를 다짜고짜 묻으려고 하나!"

결국 티아란에게 분노한 사람들이 외려 그녀를 감싸는 형국이 되었다.

지금의 상황을 노리기라도 한 듯 만족한 아벨라가 천천히 고개를 끄덕였다.

어미의 마음을 충분히 이해한 티아란이었으나, 이렇게 엄청나게 맞을 바엔, 차라리 힘없는 노인들에게 맞는 편이 나았을지도 모르겠다고 생각하며 본론을 꺼냈다.

"⋯⋯황태자비 전하께서 호숫물을 바라고 계셨어요. 돌보시는 아이가 몸이 좋지 않거든요. 비 전하께선 호숫물의 대가로 뭐든 주겠다고 하셨어요. 저를 제국 제일의 대부호로 만들어 주겠다고도 하셨죠."

비밀을 꼭꼭 숨겨 놓았던 마을 사람들을 벌하지 않는 것은 물론, 모두에게 원하는 만큼의 대가를 주겠다는 말에 구시렁대던 사람들이 입을 딱 닫았다.

"진…… 심으로?"

"그게 말이 돼? 말만 그렇게 하고 갑자기 우리 모두를 잡아가는 건 아니고?!"

"그럴 마음이셨다면 굳이 절 보낼 필요도 없으셨겠죠."

티아란이 마을 사람들에게 차분히 설명하자, 그들 역시 정말 아리아가 자신들을 해칠 생각이 없다는 것을 깨달았다.

"흐, 흠. 대, 대가가 충분하다면야 뭐……."

"큼, 그렇지. 비 전하께서 굳이 그렇게 하신다니 거절할 수야 없지. 큼, 큼."

당연히 대부분의 마을 사람들이 찬성했고, 떨어질 금은보화를 떠올리며 벌써 히죽대는 사람도 있었다.

물론 모두가 찬성한 것은 아니었다. 신에 대한 경외와 신념만이 전부인 촌장이 거부 의사를 밝힌 것이다.

"난 그럴 수 없네. 차라리 전하께 엄벌을 받도록 하지. 신께 가호를 받은 마을을 그깟 돈 몇 푼에 넘길 수야 있나. 우리 모두 이 호숫물 덕분에 작고 큰 병을 치료했는데. 티아란 너도, 아벨라 너 역시."

촌장은 그간 호숫물의 도움을 받은 자들의 이름을 하나하나 읊었다.

개중에는 죽음의 문턱까지 갔던 자식을 겨우겨우 살린 자들도 있었다.

태어날 때부터 마을에 뿌리내린 신과, 호숫물에 대한 전설을 듣고 겪으며 자란 사람들이었기에 곧 숙연한 분위기가 이어졌다.

물론 그깟 돈 몇 푼의 수준이 아니었으나, 지금 당장 촌장에게 반박할 수 있는 사람은 없었다.

때문에 상황이 이대로 끝나는 듯싶었다. 티아란이 촌장의 말에 동조하며 새로운 의견을 꺼내기 전까지는.

"제 생각도 그래요. 저희 마을을 지켜 주신 신께 그런 불경한 짓을 저지를 순 없죠. 그래서 말인데요. 대가로 돈을 받는 게 아니라, 저희 마을 전체를 성지로 만들어 달라는 부탁을 드리는 건 어떨까요?"

"성지……?"

낯설기 그지없는 말에 촌장이 늘어진 눈꺼풀을 들어 올리며 되물었다.

돈을 받지 말자는 말에 기겁한 사람들도 마찬가지였다.

티아란은 아리아의 재산을 허투루 쓰지 않는 것은 물론이고, 마을 사람들에게도 나쁘지 않을 제안을 설명했다.

"우리 마을만의 신을 제국의 신으로 인정받게 해 달라는 부탁이요. 신께서 이곳에 자리하여 성스러운 호수가 생겼으니, 성지가 아니고 달리 무엇이겠어요?"

함부로 호숫물에 접근할 수 없도록 신전을 짓고, 관리는 지금까지 그랬던 것처럼 마을 사람들이 한다.

그리하면 보수는 말할 것도 없고, 신을 모시는 사자라는 직위까지 얻을 수 있게 된다.

이는 귀족에 버금가는 명예로운 직책이었다. 작고 초라한 마을 사람들로서는 꿈도 꾸지 못할 높디높은 위치였고, 막대한 돈으로는 절대 가질 수 없는 지위이기도 했다.

"비 전하의 설득은 제가 해 볼게요. 그러니 명예와 돈 둘 다 가지실래요, 아니면 돈만 가지실래요? 둘 다 거절한다는 선택지는 없어요. 그랬다간 호수를 빼앗기는 것은 물론이고, 끔찍한 처벌과 불명

예까지 떠안게 될 테니까요."

답은 정해져 있다는 듯 티아란이 자신만만하게 물었다.

평생을 호수와 함께해 온 마을 사람들이라면 필시 전자를 택할 것이라고 확신하며.

* * *

"어? 아직 안 주무셨습니까?"

밤이 늦어 이만 침실로 돌아갔을 줄 알았는데. 그래서 집무실 문도 두드리지 않고 막 들어왔는데.

어쩌지, 라는 표정의 레인이 아스에게 예를 차렸다.

"마침 조사가 끝나서 서류만 놓고 갈 예정이었습니다. 당연히 주무시러 가신 줄 알았습니다."

그러니 나는 죄가 없다. 점점 더 뻔뻔해져 가는 레인이 제게 뻗은 아스의 손에 꽤 묵직한 서류를 넘겼다.

"지시하신 대로, 수도에 있는 모든 의사의 명단을 정리했습니다. 개중에 명의라고 알려진 자들은 따로 표시해 놓았습니다."

지방에 내려보낸 자들에게서도 곧 보고가 올라올 거라는 설명이 이어졌다. 고개를 끄덕인 아스가 빠르게 서류를 넘겨보았다.

안에는 의사들의 이름과 연령, 주소뿐만 아니라 언제 의사 면허를 취득했는지, 주위의 평판은 어떠한지, 특화된 분야는 어떤 것인지까지 상세하게 나와 있었다.

'······이러니저러니 해도 유능하군.'

자신과 오래 일해서 그런지 가끔 짜증 나는 소리를 할 때가 있긴 하지만, 원하는 것을 곧잘 가져오는 재주가 있었다.

"그런데 갑자기 의사들은 왜 찾으시는 겁니까? 특히 아이와 산모를 잘 아는 의사라니. 설마……."

레인의 눈이 가늘어졌다. 쓸데없는 말을 할 때마다 보이는 표정이었다.

아스가 미처 그만두라는 말을 꺼내기도 전에, 무언가 깨달았다는 레인이 빠르게 말을 이었다.

"좋은 소식이라도 있으신 겁니까? 그래서 몇 달 뒤를 대비하여 벌써 준비를 하시는 거군요!"

맞는 말일 수도, 아닐 수도 있는 말이었다. 다만 한 가지 확실한 것은 아스의 심기가 불편할 얘기라는 것이었다.

"레인—"

"그렇다고 대륙의 모든 의사를 다 조사하라니. 하하하! 아무리 비 전하를 사랑하신다지만, 너무 걱정하시는 것 아닙니까?"

한번 입이 뚫린 레인은 쉽게 말을 멈추지 않았다. 그는 팔불출도 이런 팔불출이 없다는 말을 아주 열심히 돌려가며 떠들어 댔다.

"저희 어머니도 난산이셨지만 무사히 저를 낳으셨습니다. 보십시오. 이렇게나 튼튼하고 훌륭한 제 모습을! 필요하시다면, 제가 어머니께 여쭈어 그때 어머니의 출산을 도왔던 조산사를—"

사정을 설명할 수도 없고. 들으면 들을수록 복장만 터지는 말이었기에 아스가 쾅—! 책상을 주먹으로 내리쳤다.

"그만 나불대고 꺼져."

"네."

제 목숨이 달린 일에는 눈치가 빠른 레인이 씩씩한 대답만을 남기고 서둘러 집무실을 빠져나갔다.

치고 빠지는 기술이 가히 예술적이었다. 확 저걸 어떻게 해 버릴까 싶으면 고분고분 대답하곤 사라지니 말이다.

'아니, 어쩌면 일부러 저러는 걸지도.'

평소에는 꾹꾹 참고 있다가 이따금 눈치가 없는 척하며 제 복장을 뒤집는 건지도 모른다고 생각한 아스의 눈이 날카롭게 빛났다.

역시 한가할 틈을 주면 안 되는 놈이었다. 다음에는 의사 시험을 준비했던 사람들의 명단까지 다 가져오라고 해야겠다고 다짐한 아스는 레인이 두고 간 서류를 다시 집어 들어 빠르게 내용을 정독하기 시작했다.

아스의 머릿속에 가여운 두 아이가 자꾸 맴돌았다. 어떻게든 방법을 찾아야만 했다.

* * *

"밤새 의사 명부를 검토하셨다고요……?"

파르르 눈꺼풀을 떨며 묻는 아리아에, 아스는 피곤한 기색을 애써 지우며 대답했다.

"예. 레인이 정리해서 오긴 했지만, 혹시 모르니 제가 다시 검토하고 추리는 편이 나을 것 같아서 그리했습니다."

덕분에 아리아는 '세상에'라며 손으로 입까지 막았다. 미안해 죽겠다는 표정은 덤이었다.

"곧장 말씀드렸어야 했는데, 실은 일이 잘 해결될 것 같아요!"

긴장이 풀려 먼저 잠이 들었다고 덧붙이는 아리아에, 믿기지 않는다는 듯 아스가 새파란 눈을 느릿하게 깜빡이며 되물었다.

"그게 무슨…… 말씀이십니까? 설마 유능한 의사라도 찾으신 겁니까?"

"의사는 아니에요. 그렇지만 어떻게 보면 그렇다고 할 수도 있겠어요."

아스의 손을 잡아끌어 나란히 소파에 앉은 아리아는 그간의 일과 제 생각을 모두 털어놓았다.

"그 어떤 병도 낫게 하는 호숫물이라니, 정말 아리아 님의 말대로 황성을 떠난 황족일 가능성이……!"

"그러기를 바라고 있어요."

확실한 대답도 아니건만. 아스의 눈이 마구 방황했다. 갑작스럽게 희망을 발견해 정신이 없는 모양이었다.

"티아란은 어젯밤에 바로 떠났어요. 시간을 아끼겠다며 말을 타고 갔으니, 즉위식 전에는 돌아오지 않을까 싶어요."

괜히 아스가 밤새우며 고생만 한 셈이었기에, 아리아가 몹시 미안하다며 그의 손을 매만졌다.

"미리 말씀드렸어야 했는데, 어찌 사죄를 드려야 할지 모르겠어요."

"사죄라니요! 가당치 않습니다. 뭐든 새로운 정보를 수집하는 것은 나쁘지 않으니까요. 이참에 새로이 유능한 의사를 찾아 놓는 것도 괜찮지 않겠습니까."

그렇다고 밤을 새울 필요는 없었으나, 아스의 표정은 밝기 그지없었다.

그가 조금 안심하는 아리아를 대뜸 와락 껴안으며 애써 숨겨 두었던 본심을 꺼냈다.

"정말 다행입니다. 부디, 부디 전설이 사실이었으면 좋겠군요."

얼굴을 묻은 어깨 근처에 뜨거운 한숨이 내려앉았다. 마치 몹시도 기다리고 기다렸던 해답을 찾은 사람처럼 느껴졌다. 어쩌면 자신보다 더.

'아이들의 미래를 걱정하고 있었구나. 몹시.'

그런 마음을 내내 감추고 지내느라 얼마나 힘이 들었을까. 어느 순간부터 아이들과 가깝게 지냈던 자신과는 다르게 아스는 줄곧 어느 정도 거리를 두고 있었다.

'아마도 포기해야 할 때를 생각해서였겠지.'

아스는 자신이 협조하라는 말을 꺼냈을 때도 망설이지 않았던가.

방법을 찾겠다며 뒤를 생각하지 않는 자신보다 아스가 더 마음고생을 했을 것이 분명했다.

그런 그가 어쩐지 가여워져, 아리아는 제게 기댄 아스를 다정하게 품에 안았다.

"사실일 거라고 믿어요. 죽은 뒤에도 능력이 남아 있다는 점은 조금 믿기 힘들지만, 어쩌면 제 모래시계 같은 것일 수도 있겠지요."

죽은 뒤에도 모래시계가 남아 있을지는 모르겠으나, 혹시 또 모르는 일이었다.

황족의 각성에 대해선 알려진 바가 거의 없으니, 그런 특별한 능력이 있을지도.

희망적인 아리아의 말에 아스의 마음이 한결 더 개운해졌다.

그저 말뿐이거늘, 가정일 뿐이거늘. 어째서인지 이미 확인이 끝난 것처럼 안심이 되었다.

만약 티아란의 말이 거짓이라면 그녀를 벌하는 것은 물론이고,

모든 황족의 능력을 다 각성시키는 한이 있더라도 반드시 해결 방법을 찾아내고야 말겠다며 아스가 아리아의 목에 입을 맞췄다.

"그럼 이제, 아이가 생기는 것이 두려워 내외해야 할지도 모른다는 생각은 접어 두겠습니다."

잠깐만, 뭐라고? 무슨 생각을 했다고?

아리아가 무어라 묻기도 전에 아스가 그녀의 입술을 덮쳤다. 한 손은 허리를, 다른 한 손은 머리카락을 감싸며.

애초부터 내외할 마음이 전혀 없어 보이는 행동이었다. 어쩌면 구실을 찾고 있었을지도 모른다는 생각이 들었다.

해가 중천에 뜨기 직전인데, 참으로 앙큼하지 않은가. 그렇다고 싫은 것은 아니었다.

사랑하는 사람이 매우 우스운 핑계를 대며 자신을 원하는데, 거절할 수 있을 리가 없었다.

그리 생각한 아리아가 아스의 어깨를 쥐자, 입맞춤이 짙어졌다.

불행히도 오늘의 아침 식사는 블리스와 리페, 둘이서만 먹어야 했다.

* * *

"뭐?! 추, 축제에 가지 말라고?!"

블리스가 막 입에 넣으려던 쿠키를 바닥에 떨어뜨리며 경악했다.

옆에 자리한 리페는 그럴 줄 알았다며 조용히 아이스크림을 먹었다.

"왜! 왜?! 왜에?! 어째서어?!"

"네가 아프니까."

"……!"

그걸 꼭 말로 해야 아나. 싶었지만, 끈질기게 물어 대답하자 충격을 받은 블리스가 의자 팔걸이에 쓰러졌다.

"계속, 계소옥 아파서 못 갔는데……! 이제 드디어 갈 수 있나 했는데에……!"

마지막으로 가고 싶었는데. 제대로 못 봤는데. 블리스가 흐어엉 눈물을 짜냈다.

죽기 전 꼭 이루고야 말겠다는 버킷리스트나 마찬가지였기에 퍽 마음이 아픈 광경이었으나, 그러지 않아도 될 방법을 거의 찾은 아리아는 냉정한 마음을 유지할 수 있었다.

"안 돼. 시녀를 붙일 테니 그리 알렴. 당분간 황성에서 조용히 지내."

"나 이제 괜찮은데에!"

"아니, 안 돼."

단호한 거절에 히이이잉, 아이의 입에서 말 울음소리가 났다.

다른 사람이라면 모를까, 아리아를 익히 아는 블리스였기에 더는 떼를 쓰지 않고 눈물을 글썽인 채 꾸역꾸역 쿠키를 입에 넣었다.

"리페, 축제 가면 내 선물 사 와야 돼……."

꼬치도 사 와. 다 식어도 괜찮아. 주스도 사 와. 꼭 먹을 거야. 훌쩍이며 말하는 블리스에 리페가 티스푼을 내려놓으며 대답했다.

"못 사 와. 축제 안 갈 거거든."

"왜? 왜 안 가?! 너도 어디 아파?!"

"아니, 사실 나 그런 거에 관심 없어. 책 보는 게 더 좋아서 안 가."

헤엑?! 진짜로?! 블리스가 경악하며 리페를 쳐다보았다.

그러거나 말거나, 다시 티스푼을 든 리페는 천천히 아이스크림을 음미할 뿐이었다.

거짓말임이 빤히 보이는데. 아직 시작도 안 한 축제를 둘러보며 즐거워했던 것이 눈에 훤한데 리페는 정말 아무렇지 않아 보이는 척을 했다.

'……착해. 둘 다.'

한쪽은 너무 대책 없이 착하고, 한쪽은 너무 나이에 맞지 않게 착했다.

둘 다 바람직한 듯, 바람직하지 않았다. 아리아는 자신의 아이들이 조금 더 스스로가 행복할 수 있는 선택을 하기를 바랐다.

'그러니 빨리 돌아오렴, 티아란.'

말한 대로의 효능을 가진 호숫물을 가져온다면, 제국의 반을 달라고 하여도 줄 의향이 있으니까.

* * *

축제에 가지 못하게 된 블리스와 리페에게 희소식이 하나 있었다. 그것은 바로 애니였다.

아이들과 함께 축제에 가려고 찾아온 애니는 몸이 아파 그러지 못하게 되었다는 끔찍한 소식에 어쩔 수 없다는 듯 팔을 걷어붙였다.

"꼬치요? 잠시만 기다리세요! 제가 다 사 올게요!"

"기다려, 애니! 홑몸도 아니면서!"

그런 애니를 심히 걱정한 제시가 그녀와 동행했다.

덕분에 축제 음식은 물론이고 조잡한 장난감과 장신구, 괴상한 모양의 가면까지 선물받은 블리스는 슬퍼할 겨를이 없었다.

아스가 아이들을 위한 극단이나, 악사들을 부른 덕도 있었다.

아리아와 함께 있는 것만으로도 즐거운데, 아스와 제시, 애니까지 번갈아 가며 찾아왔기에 굳이 축제에 가지 않아도 아이들은 꽤 즐거운 나날을 보내게 되었다.

그렇게 딱 일주일이 되던 날. 티아란이 돌아왔다. 씻지도 않고 달려온 것인지, 전신에 흙먼지가 가득했다.

아리아는 제 앞에 놓인 가죽 물주머니를 조심스레 매만졌다.

"이게, 바로 네가 말한 그 호숫물이라는 말이지."

"네. 그렇습니다."

티아란의 목소리가 갈라져 있었다. 어쩐지 야윈 것 같기도 했다.

지시한 대로 서둘러 호숫물을 가져오기 위해 먹지도, 마시지도 못하고 달려온 모양이었다.

기특하기 그지없었으나, 문제가 하나 있었다. 물주머니를 열어 내용물을 확인한 아리아가 입을 열었다.

"……수고했어. 진위를 확인하려면 이제 아픈 이가 필요하겠지."

다행히 아리아는 병원을 운영하고 있었다. 그곳에서 가장 아픈 이에게 호숫물을 먹여 보면 사실을 확인할 수 있을 터.

하지만 만에 하나 거짓이라면? 몸에 맞지 않아 죽는다면 어떻게 한단 말인가.

바로 효과가 나타난다면 모래시계로 어떻게든 막아 볼 수 있겠지만, 그 시간이 오 분을 넘겨 버린다면?

내내 기다렸던 호숫물이건만, 막상 마주하자 혹시나 하는 마음과 부정적인 생각이 들어 잠시 고민하는데—

"제가 직접 보여 드리겠습니다."

대답한 티아란이 말릴 새도 없이 찻잔을 깨뜨려 망설임 없이 제 팔을 그었다.

"잠깐만! 무슨 짓이야?!"

무슨 사람이 이렇게나 극단적이라는 말인가!

놀란 아리아가 자리에서 벌떡 일어나 피가 뚝뚝 떨어지는 티아란의 팔을 붙잡았고, 소식을 듣고 뒤늦게 나타난 아스가 상황을 파악하지 못하고 얼어붙었다.

"아리아⋯⋯?! 이게 대체⋯⋯!"

그 사이에서 아프지도 않은지, 티아란이 괜찮다며 자신만만한 미소를 지었다.

"비 전하께 호숫물을 언급하고, 가져온 것이 저이니 마땅히 제가 나서서 보여 드려야 하겠지요."

걱정하지 마십시오. 곧 사라질 하찮은 상처입니다. 이어진 말에 미간을 찌푸린 아리아가 티아란의 팔을 잡은 손을 천천히 놓았다.

깊게도 베인 모양인지, 팔에서 흐른 피가 발밑에 웅덩이를 만들어 내고 있었다.

안색도 창백해져 갔다. 언제 쓰러져도 이상하지 않은 상태였다.

그럼에도 당황하지 않고 가죽 물주머니를 연 티아란이 꿀꺽 내용물을 마셨다.

"⋯⋯?!"

그러자 곧장 몸에 흡수된 호숫물이 선홍색 피를 흘리던 팔을 깨끗하게 치유했다.

단순히 상처만을 치료하는 것이 아닌지, 피를 흘려 창백해졌던 안색도 원래대로 돌아와 있었다.

아리아는 믿기지 않는다는 듯 티아란의 팔을 매만졌다. 어딜 어떻게 보아도 그녀의 팔은 멀쩡했다.

진짜였구나. 사실이었구나. 이제, 블리스와 리페를 포기하지 않아도 되겠구나.

같은 생각을 한 아리아와 아스의 눈이 허공에서 마주쳤다.

그런 아리아의 앞에서 무릎을 꿇은 티아란이 품에서 서류 한 장을 꺼냈다.

"마을 사람들에게서 호숫물을 비 전하께 바치겠다는 서약을 받아 왔습니다. 이제 저희 마을의 호숫물은 모두 비 전하의 것입니다."

* * *

티아란의 말은 사실이었고, 부작용도 일절 없었다. 호숫물을 마신 지 한참이나 되었음에도 그녀는 멀쩡하기 그지없었다.

마을에서 있었던 일을 전부 설명한 티아란은 신전에 대한 제 계획 또한 모두 털어놓았다.

"비용이 꽤 들겠지만, 더욱더 번영할 제국을 위해, 곧 즉위하실 아스테로페 황태자 전하와 아리아 황태자비 전하를 위해 신께서 내려 주신 신전이라고 하면 어떨까 조심스럽게 제안드립니다."

저 머릿속에 저토록 대단한 발상이 들어 있었다니. 그녀의 아이디어에 오랜만에 아리아는 순수하게 감탄했다.

'그 어떤 병도 다 낫게 해 주는 호숫물이 존재하는 신전이라.'

평민, 귀족을 가리지 않고 없던 신앙심도 만들어 줄 것이다. 역사에도 길이길이 남을 것이고.

더불어 시기도 시기였다. 마침 새 황제가 즉위하는 타이밍에 맞춰서 발견했다고 하면, 필시 신이 아스와 자신을 축복했다고 믿을 것이 틀림없었다.

그렇게 된다면 그 어떤 세력도 절대 아스와 자신에게 반기를 들 수 없으리라.

아니, 타국의 왕이라고 할지라도 제발 호숫물의 은총을 내려 달라 무릎을 꿇고 복종할 날이 오겠지.

아리아가 옆에 자리한 아스와 눈을 맞추었다. 그 역시 같은 생각을 한 모양인 듯, 일렁이는 눈빛을 숨기지 못했다.

"다이아몬드 원석이 아니라, 다이아몬드 그 자체였구나."

"비, 비 전하……!"

티아란의 충성심만을 보고 원석이라 생각했는데, 그녀는 원석이 아니라 이미 반짝반짝 빛을 내는 다이아몬드였다.

'……티아란에게는 물론이고, 블리스에게도 고마워하지 않을 수가 없겠어.'

해결책을 찾은 것도 모자라 이토록 현명한 인재를 찾게 해 주다니.

자신을 낳지 말아 달라는 무모한 행동에서 비롯된 것이었지만, 더할 나위 없이 최상의 결과였다.

전 재산을 다 털어 신전에 투자하라고 하여도 기꺼이 그렇게 할 만큼.

거기까지 생각을 정리한 아리아가 칭찬으로 몸 둘 바를 몰라 하는 티아란에게 다시 입을 열었다.

"네 생각대로 할 테니, 정리해서 서면으로 보고하도록 하렴. 돈은 얼마가 들어도 좋아. 가능하다면 그 누구도 침범할 수 없도록 신전을 완벽하게 지킬 기사들까지 계산해 줬으면 좋겠구나."

"가, 가능합니다! 최선을 다하겠습니다!"

힘들 것이 분명한데, 티아란은 일말의 망설임도 없었다.

며칠 밤을 꼬박 새우더라도, 그 뒤에 앓아눕더라도 반드시 해내고야 말겠다는 대답에 아리아의 입꼬리가 확연하게 올라갔다.

"좋아. 내일 아침 일찍 내 집무실로 출근하도록 해."

"비 전하의 집무실…… 말씀이십니까?"

갑자기? 설마 하룻밤 안에 보고서를 완성하라는 뜻은 아니겠지. 아무리 결의에 찬 티아란이라고 하더라도 이는 불가능한 일이었다.

때문에 당혹스럽다는 기색을 지우지 못하자, 그녀의 마음을 대충 읽은 아리아가 픽 웃으며 대답했다.

"반문하는 것을 보니 싫은 모양이구나. 널 내 보좌관으로 쓰면 어떨까 생각했는데."

그제야 아리아의 의도를 깨달은 티아란이 쩍 벌어지는 입을 순식간에 수습하고 머리를 깊게 조아렸다.

"그, 그, 그, 그렇지 않습니다! 뼈가 닳아 없어져 먼지가 될 때까지 비 전하를 모시겠습니다!"

"그리 악독하진 않으니 뼈가 닳을 것 같으면 미리 말하렴. 나는 내 사람에겐 꽤 다정한 편이거든."

아마도, 라는 말을 삼킨 아리아가 인자한 미소를 지었다.

고개를 들어 아리아의 표정을 확인한 티아란이 감격하여 터져 나올 것 같은 눈물을 꾹 삼키며 다시금 푹 머리를 조아렸다.

"네! 비 전하의 옆에서 평생 헌신하겠습니다!"

　　　　　　　　　＊　＊　＊

　곧장 서류를 작성하겠다며 티아란이 사라지자마자, 가죽 주머니를 챙긴 아스가 아리아에게 손을 내밀었다.

　무슨 뜻이냐고 물을 필요는 없었다. 일말의 망설임도 없이 그녀가 손을 꼭 맞잡았기에, 아스는 곧장 블리스의 방으로 공간을 이동했다.

　능력을 사용하지 않아도 그리 멀지 않은 거리지만, 마음이 조급했다. 한시라도 빨리 건강해진 블리스를 마주하고 싶었다.

　"어, 어……?!"

　갑자기 눈앞에 뿅 나타난 아리아와 아스에, 놀란 리페가 읽던 책을 툭 떨어뜨렸다.

　블리스는 아직 곤히 자고 있었다. 축제에서 쓰러진 이후, 더는 무리하지 못하게 자제시키고 있음에도 불구하고 아이의 얼굴은 퍽 피곤해 보였다.

　"설마 블리스가 몰래 황성을 빠져나갔다거나 하진 않았니?"

　그렇지 않은 이상, 그리 활달했던 아이가 해가 중천에 뜬 지금까지 자고 있을 리가.

　블리스의 상태가 이상하다는 듯 묻는 아리아에 그제야 정신을 차린 리페가 태연하게 대답했다.

　"아뇨. 블리스는 원래 하루의 대부분을 자는 편입니다. 이게 원래 모습이죠."

　미래의 아리아와 아스의 관심을 얻고자 꾀병을 부릴 때도 있었지만, 얄밉다고 타박만 하기에는 정말 블리스는 몸이 많이 좋지 않았다.

"이곳에서 와서 과하게 밝은 척을 했을 뿐입니다. 아마도 마지막…… 이라고 생각해서 그런 게 아닐까……."

과거로 온 까닭이 아리아가 더는 아프지 않았으면 하는 마음 때문이겠지만, 어쩌면 더 이상 아픈 몸으로 살기 싫었을지도 모른다는 생각을 한 리페가 말을 흐리며 입을 닫았다.

자신으로선 상상도 되지 않는 고통과 슬픔이었다. 리페가 그늘지는 얼굴을 감추려 뒤를 돌아 괜히 방을 서성였다.

그런 리페와 여전히 곤히 자는 블리스를 잠시 번갈아 보던 아리아가 내내 궁금했다는 듯 마지막으로 물었다.

"리페, 과거가 바뀌면 나는, 너희들은 어떻게 되는 거지? 바뀌기 전의 일들을 기억할 수 있는 거니?"

"아닙니다. 저와 블리스 둘만 모든 기억이 공존하죠. 어머니와 아버지께서는 그렇지 않습니다. 바뀐 미래에 맞춰서 기억의 공백이 생기거나, 바뀌어요."

"그럼 만약 블리스를 고칠 방법을 찾는다면? 애초에 아프지 않게 태어나서, 각성하지 않는다면?"

그리하여 미래가 바뀐다면. 힘을 가지고 태어나지 않아 일곱 살의 블리스와 리페가 과거로 오지 못하게 된다면.

과거 자체를 모두 바꿔 버릴 일을 만든다면 눈앞의 두 아이는 어떻게 되는가.

"글쎄요. 그래도 저희 둘은 여전히 기억이 공존하지 않을까 생각합니다."

그렇다면 아무리 건강한 몸을 되찾아 주어도 이 아이들은 7년 동안 느꼈던 고통과 슬픔을 오롯이 간직하게 된다는 것인가.

전혀 유쾌하지 않은 일이었다. 부모마저도 자신들의 고통을 알아 주지 못한다는 것을 깨닫는다면, 어쩌면 건강을 되찾은 몸과는 별개로 서글플 것이 분명했으니까.

"그리되면 후에 꼭 내게 모든 것을 말해 주겠니? 내게도 책임이 있는데, 너희들만 아는 것은 불공평하니까."

"네?"

그게 무슨 말이지? '만약에'라는 가정을 하는 건가?

의문을 해소하기도 전에, 방 안을 바삐 둘러본 아리아가 물컵에 호숫물을 따르고는 블리스를 깨웠다.

"블리스, 일어나 보렴. 어서."

하지만 곤히 잠든 블리스는 일어날 기색을 보이지 않았다. 아리아가 재차 블리스를 깨웠다.

"함께 축제에 가려고 했는데, 이렇게 계속 잘 거니?"

"······축제?"

그래서 축제를 언급하자, 마치 자는 척이라도 하고 있었던 것처럼 블리스가 용수철처럼 벌떡 일어났다.

설마 조용히, 가만히 지내라고 해서 토라져 있었던 건가.

아리아가 의문을 품는 사이, 아직 졸음을 떨치지 못한 눈을 마구 비빈 블리스가 잔뜩 기대가 어린 얼굴로 물었다.

"나 정말 축제 가도 돼?! 정말?! 진짜?! 잘못 들은 거 아니고?!"

아니라면 3박 4일은 펑펑 울 것 같은 말투였다.

그래. 앞으로는 계속, 언제든, 네 마음대로 해도 돼. 대답을 삼킨 아리아가 헝클어진 블리스의 머리카락을 다정하게 매만졌다.

"물론. 이 물을 마시고 정신을 차린다면."

말이 끝나기도 전에 블리스가 물컵을 가져갔다. 그리고 버겁지도 않은지, 꽤 큰 잔에 가득 담긴 물을 벌컥벌컥 한 번에 들이마셨다.

"정신 다 차렸어! 나 이제 하나도 안 아파!"

정말일까 의심할 필요는 없었다.

어딘가 어두웠던 아이의 안색이 점점 좋아지는 게 선명히 보였으니까.

"나 축제 가도 돼? 돼? 돼에?!"

완전히 침대에서 벗어난 블리스가 아리아의 주위를 뱅글뱅글 돌며 물었다. 대답을 재촉하며 토끼처럼 깡충깡충 뛰기도 했다.

"그렇게 하렴."

"꺄아아아!"

우다다다다. 드디어 떨어진 허락에 신이 난 블리스가 문밖으로 쏜살같이 사라졌다.

"잠옷을 입고 가자는 얘기는 아니었는데."

혼을 내 줘도 모자란 상황이었지만, 그 어느 때보다도 힘차게, 빠르게 사라진 블리스에 아리아의 눈매가 반달 모양으로 곱게 접혔다.

하지만 이내 복도에서 들려온 우당탕탕 시끄러운 소리에, 웃음기를 지운 아리아가 블리스의 뒤를 쫓았다.

그때까지 어리둥절한 얼굴로 상황을 지켜보던 리페가 이해할 수 없다는 얼굴로 아스에게 물었다.

"정말 블리스가 축제에 가도 되는 겁니까? 안 될 텐데……!"

분명 다시 쓰러질 텐데. 아니, 벌써 복도를 질주하고 있으니 축제에 가지도 못할 것 같은데. 또 금방 열이 오를 텐데.

걱정하는 리페에게 가죽 주머니에 남은 호숫물을 한 잔 따라 준 아스가 입꼬리를 올리며 대답했다.

"늘 그랬듯, 현명하신 내 비께서 해답을 찾으셨지."

정말……? 어떻게?! 어떤 방법인데?!

자세한 설명을 갈구하는 리페에게 아스가 물잔을 눈짓했다.

마시고 진정하라는 뜻일까. 천천히 설명하려고?

그리 오해한 리페가 고개를 끄덕이고는 꿀꺽꿀꺽, 잔에 든 물을 몇 모금 마셨다.

그러자 갑자기 몸에 활력이 넘치는 기분이 들었다. 아니, 기분이 든 것뿐만 아니라 정말 기운이 넘쳤다.

복도를 뛰쳐나간 블리스처럼, 리페 역시 어딘가에 넘치는 힘을 마구 쓰고 싶은 생각이 들었다.

설마. 눈치 빠른 리페가 파르르 떨리는 눈으로 아스에게 대답을 구했다.

"맞아. 그 물이 치료제야."

진짜 이렇게 빨리 방법을 찾았다고?! 놀란 리페가 떨어뜨리려던 물컵을 헐레벌떡 다시 잡았다.

"그, 그, 그럼 이건 제가 마셔선 안 되는 귀한……!"

"그게 전부가 아니야. 커다란 호수 전체가 다 그것인데, 이제 오롯이 아리아 님의 소유가 되었으니까."

언제든 호숫물을 마셔 병을 낫게 할 수 있다. 아리아도, 블리스도 더는 아플 일이 없다.

아니, 그런 일 자체가 존재하지 않을 것이라는 상황을 파악한 리폐가 주르륵, 바닥으로 미끄러졌다.

눈에는 눈물이 그렁그렁 차 있었다.

늘 강한 척, 냉철한 척해서 잘 느끼지 못했는데, 이렇게 흐트러진 얼굴을 하니, 역시 블리스와 판박이라고 생각한 아스가 아이의 몸을 일으켜 세워 주었다.

"그럼 우리도 슬슬 준비해야겠지. 아무리 건강을 되찾았다고 하더라도 블리스 혼자 축제에 보낼 순 없으니."

다정한 목소리에 감정을 주체하지 못한 리페가 와락 아스의 허리춤을 껴안았다.

물론 그러면서도 고개를 끄덕여 의사 표시를 하는 것을 잊지 않았다. 이에 픽 웃은 아스가 가만히 리페의 어깨를 토닥였다.

* * *

"진짜 진짜 너어무 맛있어!"

블리스가 세 번째 꼬치를 깨끗하게 비우며 외쳤다.

배가 부르지도 않은지 하나를 더 주문했기에, 꼬치는 입에 대지도 않았음에도 질려 버린 아리아가 미간을 찌푸리며 물었다.

"그간 제시와 애니가 매일같이 사다 주었는데, 아직도 그렇게나 맛있니?"

"응! 여기서 먹는 건 특별해! 제시랑 애니가 사다 준 거랑은 전혀 달라!"

대체 뭐가? 같은 꼬치인데 무엇이 특별하고 다르다는 건지 아리아는 이해가 되지 않았다.

게다가 블리스가 입은 노란색 외출용 원피스의 배 부분이 점점 부풀어 오르고 있었다.

이러다간 배탈이 나겠지 싶어 리페가 새 꼬치를 받으려던 블리스의 손을 가볍게 찰싹 쳐 냈다.

"그만 좀 먹어. 이러다가 배 터지겠어. 세상에 꼬치를 네 개나 먹으려는 사람은 너밖에 없을 거야."

얼굴이라도 다른 이란성 쌍둥이라면 모를까.

남들의 시선도 있으니, 제발 자신과 똑같은 얼굴로 그런 추태는 그만두라는 듯 리페의 눈매가 매서워졌다.

"아닌데?"

그러거나 말거나 블리스는 다시 손을 뻗어 꼬치를 받아 들었다. 전혀 개의치 않는 얼굴이었다.

또 무슨 억지를 부리냐는 듯 리페가 쏘아붙이려는데, 그 전에 블리스가 말을 이었다.

"엄마는 선 자리에서 스무 개도 더 먹었다고 했는데?"

"말도 안 돼."

리페가 한 대답이었으나, 아리아 역시 동감하는 바였다.

자신이 선 자리에서 스무 개나 되는 꼬치를 먹었다고? 배가 부른 것은 둘째 치고, 그런 추태를?

전혀 그런 기억이 없었다. 기억을 잃은 상황이 온다고 하더라도, 그럴 일은 절대 없을 것이다.

"진짜야. 아빠가 그랬어. 엄마가 꼬치 엄청나게 많이 먹었다고."

그러면서 블리스가 아스를 눈짓했다. 스무 개나 먹진 않았으나, 엄청나게 많이 먹은 것은 사실이었기에, 그가 뺨을 긁으며 모르는 척 시선을 돌렸다.

"……말도 안 돼."

리페가 믿기지 않는다는 듯, 앵무새처럼 같은 대답을 반복했다. 아스가 부정하지 않으니 사실인 게 분명했다.

하지만 늘 우아하고 멋진 모습만 보였던 아리아였기에 도저히 믿을 수가 없었다.

"그러니까 나도 엄마만큼 마않이 먹을 거야. 스무 개는 못 먹겠지만, 열 개라도!"

리페가 충격에 빠진 사이, 블리스가 와앙 꼬치를 한가득 입에 넣었다.

눈으로는 빨리 다음 꼬치를 구우라는 듯 상인을 재촉했다.

"그, 그럼…… 나도 하나 더 줘."

아리아가 그렇게 먹었다는데, 리페라고 질 수야 없었다.

경쟁하듯 꼬치를 마구 먹어치우는 아이들을 뒤로한 아리아가 불신 가득한 얼굴로 아스에게 물었다.

"……아스 님, 왜 아무런 부정도 하지 않는 거죠? 설마 아이의 기쁨을 위해 거짓을 고한 것은 아니겠지요."

아이들에게는 들리지 않을 작은 목소리였다. 진심으로 곤란해진 아스가 미래의 자신을 저주했다.

"거짓은…… 아닙니다. 기억하지 못하시겠지만."

"뭐라고요? 꼬치를 스무 개나 먹었는데 어떻게 기억을 못 하죠?"

불신은 더더욱 커졌다. 아리아의 목소리 역시 덩달아 커졌다.

다행히 꼬치를 하나라도 더 먹으려는 아이들은 눈치채지 못했지만, 주변에서 축제를 즐기던 이들은 싸움이 날 모양이라며 히죽대면서 거리를 좁혀 왔다.

이러다간 내일 조간에 노점상 앞에서 황태자 부부가 싸웠다는 기사가 실릴 것만 같았다.

바짝 다가서서 아리아의 후드를 깊이 눌러씌워 준 아스가 진심으로 미안하다는 얼굴로 변명했다.

"죄송합니다. 후에 꼭 말씀드리겠습니다. 스무 개까지는 아니지만, 아리아 님께서 꼬치를 몹시 많이 드신 일화를요."

자신의 목숨을 구했다는 말은 덤이었다. 당최 꼬치와 목숨이 무슨 상관관계인지 모르겠으나, 사안이 어처구니없는 데다가 반드시 설명하겠다고 하는데 이 이상 화를 낼 수는 없었다.

"……제가 납득할 수 있게 잘 설명하셔야 해요."

하지만 거짓이라거나 납득하지 못할 설명이라면 용서하지 않을 셈이었다. 어떤 벌을 줄지는 천천히 생각할 것이고.

녹록지 않을 것이라는 아리아의 엄포에 아스가 쓰게 웃었다. 진정으로 일어났던 일인데, 과연 믿어 줄지 아주 조금 의문이 들었기에.

"필시 그리하겠습니다."

*　*　*

결국 블리스는 배탈이 나서 저녁 내내 침대에 누워 있어야만 했다.

너무 많이 먹어서 소화제도 잘 듣지 않았다. 결국 소량의 호숫물을 마시고 난 뒤에야 드디어 복통이 멈췄다.

시무룩한 얼굴로 제 배를 매만지는 블리스에게 리페가 코웃음을 쳤다.

"그러게 적당히 먹으랬잖아."

리페 역시 블리스와 마찬가지로 꼬치를 잔뜩 먹은 뒤였으나, 아무렇지도 않은 척 차가운 표정을 고수하려 애를 썼다.

"……엄마처럼 스무 개는 먹지 못하더라도, 반절인 열 개까지는 먹고 싶었는걸."

"말도 안 되는 소리. 열 개 다 먹었다면 배가 터져서 죽었을걸?"

고작해야 여섯 개밖에 먹지 못하고 배가 아프다며 끙끙댔으면서.

웃기는 소리를 한다며 다시금 코웃음을 친 리페가 배를 매만지며 씩씩대는 블리스를 물끄러미 응시하다가 넌지시 물었다.

"근데 너 오늘은 괜찮아? 지난번보다 더 무리하지 않았어?"

"응! 괜찮아! 힘들어지면 말하려고 계속 생각하고 있었어! …… 배가 아픈 건 다른 문제야. 그리고 이제 배도 안 아파. 하나도."

이제 곧 즉위식인 만큼, 무리하여 쓰러졌다간 손해를 보는 것은 블리스였다.

그래서 조금이라도 몸이 힘들어지면 바로 말하려고 했는데.

이상하게도 꼬치를 잔뜩 먹어 배앓이를 하기 전까진 몸이 괜찮았다. 정말 아무렇지 않았다.

때문에 노점상 앞에서 배가 아프다며 바닥에 주저앉은 블리스는 사색이 된 아리아에게 필사적으로 외치기까지 했다.

"나, 나 배가 아픈 거야! 많이 먹어서 그런 거야! 진짜야아!"

힘이 들면 말하겠다는 약속 어기지 않았어. 정말이야. 오해하지 말아 줘.

즉위식엔 반드시 참가할 거야. 의사에게 진찰을 받는 내내 변명은 이어졌다.

또냐, 라며 질린 얼굴의 의사가 정말 배앓이를 하는 것뿐이라는 진단을 내릴 때까지 계속.

"엄마도 알겠다고 했잖아. 진짜야!"

"……그랬지."

아리아는 혹시 호숫물이 효과가 없는 건 아닌지 의심하며 몇 번이나 주치의에게 블리스의 상태를 물었다.

하지만 거듭된 괜찮다는 대답에도 그녀는 불안감을 떨치지 못하고 호숫물까지 마시게 했다. 이제 배가 아프지 않다는 블리스의 말에 그제야 안심하며 돌아간 것이 바로 방금이었다.

"어휴, 정말. 왜 하필 내 하나뿐인 자매가 너 같은 애인지 모르겠다. 뒷일은 생각하지 않고 무식하게 행동만 앞서는 것에도 정도가 있는데 말이야."

이젠 해탈했다며 길고 긴 한숨을 내쉰 리페가 블리스를 타박했다.

아니, 정말 괜찮다니까. 그리고 어디가 무식하다는 거야! 발끈한 블리스가 눈을 치켜뜨는데 리페의 말투가 돌변했다.

"……뭐, 그래도 이번에는 그 무모함의 덕을 보긴 했지."

생각 없는 무모함 덕분에 모두가 행복해질 수 있는 미래를 찾았기에 더 타박하고 싶어도 할 수가 없었다.

"응? 으응? 뭐, 뭐야, 리페? 왜 갑자기 내 침대에 누워?"

때문에 비실비실 흘러나오는 웃음을 더는 숨길 생각도 하지 않은 리페가 블리스의 옆에 누웠다.

그런 리페를 보며 블리스가 의아한 얼굴을 했다. 비아냥댈 때는 언제고, 갑자기 자신의 옆에 눕는 건지 모를 일이었다.

"리페?"

"피곤해서 그래. 내 방까지 갈 힘이 없어. 오늘만 여기서 잘래."

그러면서 답지 않게 괴상한 변명을 늘어놓으며 블리스의 허리를 껴안았다.

대체 얘가 왜 이러는 거야? 눈을 동그랗게 뜬 블리스가 눈까지 감고 자려는 리페를 이상하다는 듯 보았다.

그러다가 문득, 어디 아픈 건 아닌지 걱정이 되어 손바닥으로 이마를 짚자, 리페가 히히 귀여운 웃음을 터뜨렸다.

*　*　*

다음 날, 아침 일찍 클로시 부인이 찾아왔다. 즉위식이 얼마 남지 않은 상태였기에 블리스와 리페에게 화동용 의복을 입혀 보기 위해서였다.

"어쩜! 귀엽기도 하지. 이런 게 바로 그림이 아니고 무엇이 그림일까!"

이건 필시 역사에 길이 남을 대단한 장면이 될 것이리라. 아니, 지금 당장 역사에 남겨야 했다.

주접에도 정도가 있었으나, 말리는 이는 아무도 없었다. 오히려 옆에서 함께 오버하고 싶을 정도로 블리스와 리페가 귀여웠기 때문이다.

아리아의 드레스를 본뜬 새하얀 원피스에 부드러운 색감의 화관. 옷이 잘 어울리는지 확인하기 위함이었기에 굳이 베일은 쓰지 않은 상태였다.

복잡하지 않은, 단순한 차림새였으나 보는 이들의 심금을 울리기에 충분한 모습이기도 했다.

"어릴 때의 비 전하께서 떠오르기도 하고, 하늘에서 내려온 천사 같기도 하네요."

"정말 천사라는 말이 딱이네요. 순백이 잘 받는 경우는 드문데. 귀여워라……."

아니나 다를까, 제시가 조용히 주접을 떨었고, 티아란이 받아쳤다.

어딘가 늘 가식적으로 느껴졌던 루비와는 사뭇 다른, 진심이 느껴지는 주접이었다.

'흐음, 이렇게 자꾸 블리스의 무모한 행동이 좋은 결과를 낳는 건 좋지 않은데.'

이래서야 미래가 바뀐 뒤에도 블리스가 무모한 행동을 일삼지 않겠는가.

하지만 결과가 좋으니 뭐라고 할 수도 없고.

리페가 미간을 찌푸리는데, 거울 속 제 모습을 빤히 들여다보던 블리스가 아리아에게 몸을 돌리며 물었다.

"정말? 정말 나 잘 어울려? 응? 응?!"

사실 다른 사람들의 주접일랑 관심도 없었다. 아리아를 닮아 예쁜 것은 당연했기에 특별히 마음에 와닿는 칭찬도 아니었고.

하지만 아리아의 반응은 몹시 궁금했다. 다른 사람들처럼 예쁘게 봐줄까? 잘 어울린다고 생각해 줄까? 그렇게 보일까?

즉위식이 끝나자마자 사실을 털어놓을 생각이라 마지막으로 남길 모습이 될 텐데. 최대한 예쁘게 보이고 싶은데.

기대감과 불안감이 동시에 내비치는 눈동자를 물끄러미 보던 아리아가 가볍게 고개를 끄덕였다.

"물을 필요도 없는 말을 하는구나. 누구를 닮았는데, 어울리지 않을 리가 없지."

대답이 끝나기가 무섭게 블리스가 아리아의 허리를 껴안았다.

근처에서 리페가 뺨을 붉힌 채 손가락을 꼼지락대었기에, 픽 웃은 아리아가 이리 오라며 손을 까딱였다.

그리하여 어째서인지 갑자기 세 모녀가 부둥켜안은 형세가 되었다.

그렇다고 웃기다든가 이상하진 않았다. 셋 모두가 서로 행복하기를 바라는 마음만이 가득했기에, 괜히 보는 이들의 가슴까지 따뜻해졌다.

잊고 있었던 한 가지 문제가 들이닥치기 전까지는.

"황태자비 전하! 피아스트 후작 부부께서 수도 입구를 통과하셨다는 연락이 도착했습니다!"

* * *

"아리아! 이게 도대체 얼마 만이니!"

황성에 도착한 카린은 아리아를 보자마자 제 품에 안았다. 그간 바빠 아리아를 만나러 올 수 없었기 때문이다.

피아스트 후작 가문의 안주인이라는 자리는 허울뿐인 귀족이었던 백작 부인일 때와는 전혀 달랐다.

전처럼 눈대중으로 익혀 대충 흉내만 내었던 귀족 예절이나, 사전 지식 없는 두루뭉술한 지시만으로는 후작 가문의 가솔들과 어울릴 수 없었다.

피아스트 후작 부인이 되고 나서야 비로소 귀족의 책무가 이토록 무겁다는 것을 깨달은 것이었다.

덕분에 카린은 서른 중반이 넘은 나이에 처음으로 예절을 배웠고, 공부라는 것을 했으며, 현명하게 행동하기 위해 노력했다.

이는 하루아침에 이룰 수 없는 일이었기에, 자연스럽게 아리아를 보러 올 수 없었고, 그보다 더 바빴던 아리아 역시 후작저에 방문할 수 없었다.

"오랜만에 뵙네요. 그간 건강하셨나요?"

"그럼! 매일 아침 네 아버지와 산책을 하고 있어서 전에 없이 건강하단다. 그러는 아리아, 너는……."

카린의 손이 아리아의 뺨에 닿았다. 이제 완연한 어른이거늘. 어째서인지 만날 때마다 점점 더 어른스러워져 가는 분위기와 야윈 뺨에 마음이 아팠다.

"식사는 제대로 하는 거니? 혹사당하는 건 아니고? 힘들면 언제든 내려오렴. 모두가 너를 기다리고 있으니까."

가문의 사람들뿐만 아니라 심지어 국왕 폐하까지도. 덧붙인 카린의 단호한 말에 아리아가 가벼운 웃음을 터뜨렸다.

이제 곧 황후가 될 자신에게 크로아로 넘어가자는 말을 하다니. 심지어 로한이 기다리고 있다니.

자신이 무슨 말을 하는 건지 아는 건가 싶었다.

"걱정하지 마세요. 로스첸트가에서 지낼 때보다 훨씬 건강해졌는걸요. 식사도 거르지 않고 있고요."

그때와는 달리 황성의 모든 이들이 아리아를 신경 쓰고 걱정했다.

이보다 더 행복할 수 없다며 화사하게 웃는 아리아에, 카린이 어쩔 수 없다는 듯 입을 삐죽였다.

모녀의 재회가 끝이 났기에, 뒤를 이어 친부인 클로이와 조모 바이올렛, 조부가 살갑게 인사를 건넸다.

"오랜만입니다."

"잘 지내셨나요?"

잠시나마 부정을 저질렀다고 오해하며 욕을 했던 친부의 등장에 미안한 마음을 애써 숨긴 아리아가 다정한 미소로 화답했다.

"응?"

그렇게 넷이 안부를 묻는 사이, 낯선 무언가를 발견한 카린이 눈매를 좁혔다.

"저건…… 뭐지?"

아리아의 뒤, 기둥 너머였다. 뭔데 기둥 뒤에 숨어서 얼굴만 빼꼼 내밀고 있는 걸까.

체구가 작은 것을 보니 어린아이 같았다. 시동인가. 카린은 눈매를 더욱 좁혀 기둥 뒤에 숨은 무언가를 확인하려 애를 썼다.

"……응?!"

그리고 곧 카린이 눈을 휘둥그레 떴다. 어째서 아이의 얼굴이 아리아와 닮아 있는 것인지.

지저분한 몰골로 여기저기 힘차게 잘도 쏘다녔던 어린 시절의 아리아를 쏙 빼닮아 있었다. 놀란 카린이 저도 모르게 아리아와 아이를 번갈아 보았다.

'대체 뭐야……?'

불행히도 상황을 눈치채지 못한 아리아는 감격한 바이올렛에게 안겨 있었고, 뒤늦게 나타난 아스가 카린과 클로이에게 깍듯한 인사를 올렸다.

"먼 길 오시느라 고생 많으셨습니다."

"아닙니다. 여기저기 들러서 재미있었…… 이 아니라, 황태자 전하, 저건 대체 무엇이지요?"

저도 모르게 인사를 받아 주던 카린은 그제야 아차 하고는 다짜고짜 아스의 팔을 붙들어 블리스가 빼꼼 고개를 내밀고 있던 기둥을 가리켰다.

그와 동시에 블리스의 손을 잡은 리페가 공간을 이동했다.

나풀대며 사라지는 금빛 머리카락을 본 아스가 이마를 짚고 싶은 심경을 애써 숨기며 웃었다.

"무엇을 말씀하시는지 잘 모르겠습니다."

"방금까지 있었는데?!"

카린은 그동안 열심히 배우고 익힌 귀족 예법을 벗어던지고 헐레벌떡 기둥 뒤로 달려갔다. 하지만 능청스러운 아스의 대답처럼, 그곳에는 아무도 없었다.

"아니, 정말 있었는데……! 조그맣고 반짝반짝한, 마치 아리아를—"

익숙한 묘사에 아리아는 바이올렛에게 안겨 있는 와중에도 대충 상황을 파악했다.

결국 티가 나지 않게 혀를 차며 카린이 더는 말을 잇지 못하도록 그녀의 손을 잡았다.

"먼 길을 오시느라 피곤하신 모양이네요. 예상보다 일찍 도착하셨지만, 방은 소홀함 없이 준비해 두었으니 이만 올라가서 쉬시는 게 어떨까요?"

"으, 응?"

"어머니께서 좋아하시는 샴페인도 잔뜩 준비했답니다."

그러니까 빨리 올라가. 아리아는 카린의 등을 마구 밀며 제시에게 눈짓했다.

"후작 부인께서 좋아하시는 치즈도 종류별로 준비해 두었습니다. 황성 주방장에게 곧장 크래커를 구우라고 지시하겠습니다."

"어머나, 제시. 믿음직스러워졌구나. 아니, 원래도 넌 참으로 마음에 쏙 드는 아이였지."

다행히 영문 모를 아이보단 오랜만에 실컷 마실 수 있는 술과 치즈에 관심이 갔던 모양인지, 아리아와 제시의 감언이설에 카린이 홀랑 넘어갔다.

덕분에 어머님의 다음은 내 차례일지도 모른다며 아리아와 포옹을 나눌 생각에 두근두근 설레발 치던 클로이가 애써 시무룩한 표정을 숨기며 카린과 아리아의 뒤를 따랐다.

* * *

"너 진짜……! 자꾸 이럴래?! 들키면 어쩌려고 이래!"

머리를 세게 쥐어박는 리페에 블리스가 눈물을 찔끔 흘리며 변명했다.

"아니이, 나는 마지막으로 할머니가 너무 보고 싶어서어……. 어차피 기억도 못 할 테고."

마지막이라고 생각하니 자꾸 미련이 남았다.

엄마만 잠깐, 아니, 아빠도. 앗! 이왕이면 제시도, 애니도! 사라까지?!

뭐라고?! 할머니와 증조할머니까지 오신다고?! 할아버지이! 블리스 여기 있어!

라며 일이 왜 이 지경이 되었는지 구구절절 설명하던 블리스의 눈에 차갑게 식은 리페의 표정이 들어왔다.

"무, 물론 나만! 나만 사라지는 거니까, 리페 너는 안 돼. 내가 꼭 방법을 찾을 거야! 응! 걱정하지 마! 이 언니만 믿어!"

블리스가 허둥지둥 말을 이었다. 호숫물을 마시고 난 뒤부터 신나게 놀고만 있었기에 전혀 설득력이 없었지만, 마음만큼은 진심이었다.

"……맞아, 맞는 말이야."

그런데 어째서인지, 변명했음에도 불구하고 화를 낼 거라고 생각했던 리페가 한 대 맞은 듯한 얼굴로 긍정했다.

"어머니께서…… 찾으셨으니까 어차피 능력을 각성하는 미래는 없어……."

"으, 응……?!"

설마 자신의 엉성한 변명이 통한 것은 아니겠지. 아니, 어쩌면 말이 맞다는 게 아니라 한 대 맞을 말이라는 것일지도.

"무슨 말을 하는 거야, 리페……?"

제대로 대답해 줘. 블리스가 기대 반, 불안 반이 섞인 표정으로 물었다.

그러자 언제 블리스를 책망했냐는 듯, 자리에서 벌떡 일어난 리페가 제 언니의 편을 들었다.

"미래가 바뀔 예정이니 네 말이 옳다는 소리야."

"저, 정말?! 진짜 그렇게 생각해?!"

처음으로 제 생각을 칭찬한 리페에 블리스가 기쁨을 감추지 못했다.

리페는 똑똑해서 그런지 매번 말도 안 되는 소리 하지 말라고 화를 냈었는데, 드디어 진심이 통한 모양이었다.

"뭐, 그렇지. 하지만 지금처럼 하는 건 안 돼. 그랬다간 미래가 바뀌기 전에 어머니께 혼이 날 거야."

자연스러운 상황이 될 때까지 조용히 있으라고 아리아가 당부한 것이 바로 몇 분 전이었으니까.

"그럼 어떻게 해?"

"어머니 말씀에 따라야지."

"……?"

대체 어떻게 하자는 건데. 블리스의 눈이 의문과 불신으로 물들었다.

그에 어리석다는 듯 쯧쯧, 혀를 찬 리페가 나만 믿으라며 의미심장한 얼굴로 웃었다.

* * *

"이게 얼마나 그리웠는지 몰라!"

품에 샴페인을 안은 카린이 소파 위로 풀썩 쓰러졌다. 벌써 두 병이나 비운 뒤였건만, 아직도 마냥 좋은지 병에 입을 맞추는 것도 마다하지 않았다.

우아하고 고상한 후작 부인의 삶도 좋았지만, 역시 가끔은 이렇게 술을 진탕 마시는 재미도 있어야 했다.

"카린, 술은 이만하고 쉬는 게 좋지 않겠어? 너무 많이 마시는 건 몸에—"

"아스 님, 바쁘지 않으시다면 제 아버지께 황성을 안내해 주시겠어요? 저는 어머니와 그간의 회포를 풀고 있을 테니."

카린을 말리려는 클로이를 아리아가 차단했다. 말린다고 들을 카린이 아닌 데다가, 모처럼의 시간이니 굳이 초를 칠 필요는 없었다.

"그래요, 어서 가 봐요. 나는 걱정 말고."

아직도 샴페인을 품에 안고 있어 설득력이 전혀 없었다.

게다가 황성은 결혼식 때 방문하여 자세히 둘러본 참이었다. 하지만 아리아가 그렇게 하라는데, 감히 어찌 안 된다고 대답하겠는가.

"역시 비 전하께선 현명하십니다. 옆방에서 여독을 풀고 계실 부모님과 함께 가는 것도 나쁘지 않겠지요."

애써 눈물을 삼킨 클로이가 괜히 제 부모까지 끌어들이고는 참으로 좋은 생각이라며 맞장구쳤다.

"그럼, 다녀오겠습니다."

여기저기 잘도 주무르고 다니는 아리아가 귀엽다고 생각한 아스가 픽 웃으며 클로이와 함께 자리를 비웠다.

"역시 아리아 너밖에 없어. 후작저에서 얼마나 힘이 들었는지! 이 좋은 샴페인을 하루에 한 잔 이상 마시지 못하게 하는 게 말이 되니?!"

몹시 말이 되었고, 안심까지 되었으나, 카린이 왜 술에 빠졌는지 아는 아리아는 그저 웃음으로 대답을 대신했다.

"며칠 안 되겠지만, 그때까지 매일매일 열 병씩 마실 거야. 제국의 샴페인을 다 끝장내고 갈 테니 각오하렴."

대체 누가 각오를 해야 한다는 말인가. 각오는 카린의 위장이 해야 할 일이었다.

이미 취한 듯 샴페인 병을 향해 말을 거는 카린을 뒤로한 아리아가 조용히 문을 닫고 나타난 제시에게 눈짓했다.

"……잘 있더니?"

"예. 무료하실까 봐 좋아하시는 디저트까지 여럿 준비해 드리고 오는 길입니다."

그렇다면 신이 나서 당분간 조용히 있겠군. 깔끔한 대처가 마음에 든 아리아가 꾸벅꾸벅 졸기 시작한 카린을 힐끗 확인했다.

자신이 아는 카린은 샴페인 두 병에 취하지 않았는데, 주량이 줄어든 모양이었다.

참으로 여러모로 아버지에게 감사해야겠다고 생각한 아리아가 대기 중인 시종들에게 카린을 침대에 눕히라고 지시했다.

"나 아직 더 마실 수 있어어……."

"그럼요. 오랜 여정으로 피곤하실 텐데 누워서 드세요, 어머니."

꿈에서, 라는 말을 생략한 아리아의 배려에 카린이 품에 안은 샴페인을 놓지 않고 침대에 누웠다.

"좋아, 그렇게 할 거야아……."

말투가 꼭 누군가를 떠올리게 했다. 이미 만취한 상태이거늘, 꼭 누워서 마시겠다는 의지가 굳건했다.

그러나 눕자마자 정신을 혼미하게 만드는 푹신한 감촉에, 카린은 곧 품에 안은 샴페인을 손에서 놓쳤다.

새근새근. 조용한 숨소리까지 들리는 것을 확인한 아리아가 방에 있는 모든 시종에게 나가 보라는 손짓을 보냈다.

다시 깼다간 어떻게든 술을 마실 테니, 이만 조용히 재워야 했다.

그렇게 후작 부인을 겨우 재우고 나오자, 마침 복도를 지나가던 티아란이 반색하며 다가왔다.

"비 전하! 마침 찾아뵈려고 했는데 여기 계셨군요. 말씀하신 계획서를 작성해 왔습니다. 승인해 주신다면 곧장 마을에 사람을 보내겠습니다."

아이들에게 다시금 조용히 있으라는 당부를 하러 가려고 했는데. 하필이면 중요한 용건이었다.

"고생했구나. 바로 확인할 테니 함께 집무실로 가자꾸나."

때문에 티아란을 그냥 돌려보낼 수 없었던 아리아가 아이들의 방으로 향하려던 발걸음을 반대로 돌렸다. 어차피 승인할 계획이니 서둘러 끝내자고 생각하며.

부디 아이들이 그때까지 디저트를 먹으며 얌전히 있었으면 좋겠는데.

* * *

"리페……! 이게 뭐야……?!"

놀란 블리스의 물음에 리페가 들고 있던 옷 뭉텅이를 건넸다. 받아서 펼쳐 보자, 시동들이 입는 의복이었다.

음흉하게 웃을 때는 언제고, 갑자기 모습을 감췄다가 나타나서 무슨 일인가 싶었더니, 시동의 의복을 가져올 줄이야.

블리스는 대체 이걸 왜 가져왔냐는 듯 다시 멀뚱멀뚱 리페를 응시했다.

"할머니 보고 싶으면 조용히 하고 입어."

"……응?"

이걸로 뭘 어떻게…….

"으응……?! 어어?!"

아니, 설마 리페 너! 시동의 옷을 입고 할머니를 만나러 가자고 하는 거야?!

너무 놀라 의성어만 내뱉었음에도 블리스의 말을 찰떡같이 알아들은 리페가 무심하게 고개를 끄덕였다.

"어차피 지워질 기억이니까, 만나러 가는 것 정도는 괜찮겠지. 물론 늘 그러셨듯 지금쯤 술에 취해 곯아떨어지셨을 테니, 우리를 보았다는 말도 못 하실 테지만."

그렇지만 아직 즉위식까지 시간이 남은 참이었기에 조용하고 은밀하게 움직일 필요가 있었다.

괜히 들켰다가 혼이 나고 싶지 않았다. 시동의 옷은 이를 방지하기 위함이었다.

"리페, 넌 진짜 천재야!"

블리스는 순수하게 감탄했다. 역시 제 동생은 머리가 비상했다.

자신은 그저 기둥 뒤에서 숨어 훔쳐볼 생각이나 했는데, 이렇게나 훌륭한 계획이라니!

"흥, 알았으면 옷이나 갈아입어. 때를 맞춰 빨리 다녀와야 하니까."

자주 들었던 말이기 때문일까. 리페는 천재라는 말에도 별반 기뻐하는 내색이 없었다.

그 대신 옷을 훔치고 돌아오는 길에 아리아가 집무실에 있다는 정보를 얻었으니, 지금이 기회라는 설명을 보탰다.

"응! 응! 아, 근데 리페!"

"왜?"

시간도 없는데 왜 자꾸 말을 걸어. 리페가 신경질적으로 대답하자, 조금 미안해진 블리스가 손에 든 옷 뭉텅이를 가리키며 조심스레 물었다.

"이거 어떻게 입어? 나 옷 혼자 입어 본 적 없는데."

그나마 입고 벗는 과정이 익숙한 귀족의 옷차림과는 달리, 시동의 의복은 처음이었기에 더더욱 의문이었다.

하지만 천재 리페라면 알고 있을 터. 대답을 기다리며 기대하는 눈빛을 지우지 못하자, 머쓱한 표정의 리페가 뺨을 긁으며 대답했다.

"……나도 몰라."

"아하."

결국 두 사람은 옷을 갈아입는 것만으로 삼십 분이라는 시간을 허비해야만 했다.

그래도 결과물은 나쁘지 않았다. 얼굴과 머리카락이 너무 반짝반짝한 것이 흠이었지만.

그래도 카린은 술에 취했을 것이고, 바로 공간 이동을 할 예정이었기에 걱정할 필요는 없었다.

"혹시 모르니까 옷장으로 이동할 거야."

"응!"

만전을 기하겠다며 리페가 손을 내밀었고, 힘차게 대답한 블리스가 그 손을 꼭 잡았다.

그 뒤, 아이들은 곧장 카린이 머무는 방, 옷장으로 이동했다. 예상했던 대로 술에 취해 자는 모양인지, 옷장 밖에서 새근새근 조용한 숨소리가 들려왔다.

'끼이익.'

옷장 문을 아주 조금 연 리페가 조심스레 밖을 확인했다. 다행히 침대에 누워 자는 카린 외에는 아무도 없었다.

어쩜 이리도 적절한 기회가 있을 수 있을까. 키득키득, 흘러나오는 웃음을 감추지 못한 리페가 여전히 숨을 죽인 블리스에게 손짓했다.

"나와, 조용히."

"응. 히히힛."

태어나 처음 해 보는 동생과의 일탈이라니. 심지어 그 과정에서 할머니도 만날 수 있었다.

어지간히도 지금 이 상황이 즐겁고 신이 나는지 블리스의 입에서 연달아 웃음이 터져 나왔다.

그렇다고 크게 소리를 냈다간 누군가 들어올지도 몰랐기에, 손바닥으로 입매를 꾹 눌러 소리를 죽인 블리스가 조심스러운 걸음으로 카린에게 다가갔다.

"와……. 할머니는 달라진 게 하나도 없네. 엄청 엄청 예뻐."

술에 잔뜩 취해 늘어진 상태였지만, 카린의 외모는 빛을 잃지 않았다.

백작가에서 지냈을 때와는 다르게 후작 부인이 된 뒤로는 외면보다는 내면을 가꾸는 것에 힘을 썼음에도 현재와 미래가 거의 변함이 없었다.

"어머니도 그러시니 집안 내력인가."

사라와 제시, 애니처럼 시간이 흐름에 따라 외모가 변화하는 것이 자연의 섭리거늘.

아무래도 특별한 유전자를 지닌 모양이었다. 신기함에 리페가 저도 모르게 손을 뻗어 곯아떨어진 카린의 뺨을 조심스럽게 만졌다.

"……감촉도 그대로인 것 같기도 하고."

"정말!! 나도 만져 볼래!"

기다렸다는 듯 곧장 블리스의 손이 카린의 뺨에 닿았다.

"술, 수울……. 다 마실 거야아……."

그럼에도 카린은 술을 더 마시겠다고 잠꼬대할 뿐, 깰 기색이 전혀 보이지 않았다. 이에 안심한 블리스와 리페의 손이 조금 더 대담해졌다.

뺨뿐만 아니라 이마도 만져 보고, 입술도 만져 보고, 감은 눈꺼풀도 괜히 들춰 보고.

오늘이 아니면 다시없을 기회였다. 아이들이 잠든 카린의 얼굴을 한참이나 매만지며 반짝반짝 눈을 빛내고 있을 때였다.

덥석. 빠르게 리페의 손목을 잡아챈 카린이 감았던 눈을 천천히 뜨며 입을 열었다.

"뭐니, 너희들은."

술에 전혀 취하지 않은 듯한, 매서운 눈빛이었다. 하지만 곧 아이들의 얼굴을 확인하고는 눈이 휘둥그레 커졌다.

"아…… 리아?"

아리아라고밖에는 볼 수 없는 얼굴이 하나도 아니고 둘이나 있다니.

"뭐, 뭐지, 이건……?! 아리아가 둘이라니……!"

대체 이게 무슨 일인가 싶어진 카린이 남은 손으로 제 눈을 마구 비볐다.

그러면서 얼빠진 얼굴로 블리스와 리페의 얼굴을 번갈아 보았기에, 놀란 가슴을 빠르게 진정시킨 리페가 방긋 웃으며 대답했다.

"꿈이에요!"

"꿈……?"

"네! 심심하실까 봐 왔어요! 저희는 말동무 요정이랍니다!"

꿈에서 '지금 이건 꿈입니다.'라고 말하는 꿈 주민이 세상에 어디 있다는 말인가.

심지어 상큼하기 그지없는 얼굴로 말동무 요정이라니. 평상시 모습과는 전혀 다른 리페의 말투와 행동에, 본능적으로 거부감을 느낀 블리스가 저도 모르게 한 발자국 물러서며 미간을 찌푸렸다.

그러거나 말거나, 아직도 얼이 빠져 있는 카린이 느릿하게 눈을 깜빡이며 되물었다.

"말동무 요정……? 술친구……?"

"네! 필요 없으시다면 사라지겠지만요."

여기서 뿅 능력을 사용해서 사라진다면 요정의 역할을 제대로 끝낼 수 있을 것이다.

후에 마주치게 된다면 시치미를 떼면 그만이고. 술에 취한 상태이니 아주 잘 통하겠지.

나름 그럴듯한 계획에 리페가 뿌듯한 미소를 지었다. 그리고 카린의 대답은 당연히도.

"술친구는 무슨! 꼬맹이들이랑 술을 마시는 취미는 없어. 아무리 꿈이라고 해도 딸의 얼굴을 가진 아이들을 옆에 두고 술을 마실 순 없지."

응……?! 이게 아닌데. 예상과는 전혀 다른 대답에 당황한 리페가 눈을 끔뻑였다.

'수, 술에 취하신 게 아니었어? 설마 이대로 내쫓기는 건?! 경비병을 부르는 건 아니겠지?'

짧은 순간, 오만 걱정을 하는 리페와 아직 상황 파악을 하지 못하고 멀뚱멀뚱 지켜만 보고 있는 블리스의 손목을 잡은 카린이 의미심장한 얼굴로 웃었다.

"애들과는 애들의 놀이를 해야 마땅하겠지. 각오 단단히 하렴."

* * *

"이게 다 무슨……."

상황이라는 말인가. 카린의 방에 다시 돌아온 아리아가 충격을 금치 못했다.

블리스의 방에 가 봤더니, 어째서인지 얌전히 있어야 할 아이들이 자리를 비워 혹시나 하며 와 보았건만.

왜 아이들이 여기에 있는 건지, 그리고 자신의 어미가 왜 저러고 있는 것인지 전혀 이해가 되지 않는 상황이었다.

아리아는 눈에 손수건을 감고 더듬더듬 구석에 숨은 아이들을 찾는 카린을 멍청하게 응시했다.

"……어머니."

"세상에, 눈을 가렸더니 이제 아리아의 목소리가 들리네. 꿈이란 참으로 신기해."

"주무시고 계실 줄 알았는데 지금 뭘 하고 계시는 건가요?"

현실을 일깨워 주는 차가운 말투에 그제야 카린은 지금 이 상황이 꿈이 아닐지도 모른다는 것을 깨달았다.

엉거주춤한 자세를 바로 하고 눈을 가린 손수건을 내린 카린이 저만치 뒤에 숨어 있던 아이들과 아리아를 번갈아 보았다.

"술친구 요정이 아니었다니……."

술친구 요정? 짐작도 가지 않는 요상한 상황에 팔짱을 낀 아리아가 블리스와 리페에게 심판자의 시선을 보냈다.

사실대로 말하지 않으면 크게 혼을 낼 거라는 눈빛이었다.

"그, 그러니까 그게에……."

먼저 입을 연 것은 블리스였다. 나름 언니라고 나선 것인지 블리스가 데굴데굴 눈동자를 굴리며 '그러니까, 이건, 그게, 사실은–'이라며 변명할 말을 찾았다.

그런 제 언니에게 책임을 떠넘길 성격이 아니었기에, 번쩍 손을 든 리페가 한 걸음 앞으로 걸어 나오며 순순히 제 죄를 시인했다.

"제가 그랬습니다. ……뵙고 싶어서 거짓말했습니다. 술에 취한 상태이신 데다가, 기억이 사라질 거라고 생각했습니다. 언니는 죄가 없어요……."

"리페에……! 아니야! 내가 먼저 기둥 뒤에서 훔쳐보았잖아!"

혼자만 떠안지 말라며 블리스가 갑자기 제 죄를 고백했다.

"가만히 있어."

그리고 곧장 이를 말리는 리페. 묘한 상황과 함께 자매의 우정이 깊어졌다.

내내 아옹다옹 티격태격하던 아이들이었기에, 좋은 일이기는 한데. 마치 한 편의 극이라도 보는 듯한 기분에 아리아가 헛웃음을 지으려던 때였다.

심각한 얼굴로 상황을 지켜보던 카린이 대화에 끼어들었다.

"그래서, 꿈은 아닌 모양인데. 대체 애들은 누구니? 응? 아리아."

머리가 아픈 듯 이마를 짚은 채였다. 아픈 머리 덕분에 꿈이 아니라는 것을 깨달은 듯싶었다.

그제야 가장 중요한 사람을 잊고 있었다는 사실을 깨달은 아리아가 당혹스럽다는 표정을 지우지 못했다.

'처음 오해했던 대로 아버지의 숨겨 둔 자식이라고 말할 수는 없고.'

그랬다간 단순한 두통이 아니라 기절하는 사태가 벌어질 수도 있을 테니.

그렇다고 친척이라고 둘러댈 수도 없었다. 자신과 아버지의 얼굴을 닮았으니 친부 쪽이라고 해야 하는데, 그렇다면 신분이 귀족이 되니 보태야 할 거짓말이 점점 늘어날 것이다.

'……하필이면 왜 지금.'

결국, 방법이 없었다. 시간이 더 있었다면 좋은 수를 찾았을지도 모르겠지만, 이미 발등에 불이 떨어진 상황이었다.

입술까지 깨물며 심각하게 고민하는 아리아에, 블리스와 리페가 뒤늦게 밀려오는 후회와 미안함으로 어쩔 줄을 몰라 했다.

그리고 그 사이에서 나름 머리를 굴려서 가장 합리적인 해답을 찾고야 만 카린이 경악한 표정을 감추지 못한 채 더듬더듬 아리아에게 물었다.

"서, 설마, 설마 아닐 거라고 생각하지만, 저 얼굴, 저 머리색……. 설마 내, 내 남편의 숨겨 둔—"

"아니요!"

이를 아리아가 단칼에 잘라 냈다. 고민의 여지가 없었다.

'어차피 사라질 기억이라면.'

깊은 한숨을 내쉰 아리아가 퍽 진지한 눈으로 사실을 토로했다.

"믿으실진 모르겠지만, 제 딸들이에요. ……미래에서 왔다고 하면 더더욱 믿지 않으시겠죠."

응? 으응? 으으응?! 설마 다 알고 있었어……?!

말이 끝나기가 무섭게 그때까지 여전히 혼자 착각에 빠져 있던 블리스가 털썩 바닥에 주저앉았다.

"아리아……. 혹시 황성 일이 고되니? 황태자비의 자리가 힘이 든 거야?"

카린이 진심으로 걱정된다는 얼굴로 물었다. 지금이라도 당장 크로아로 돌아가자는 얼굴에는 '아리아가 너무 힘이 들어 제정신이 아니다.'라는 전제가 깔려 있었다.

예상했던 결과였다. 구구절절 설명을 전부 늘어놓아도 믿기 힘든 상황인데, 딱 잘라서 아이들을 미래에서 온 자식들이라고 소개했으니, 믿을 리가 만무했다.

"그럴 리가요. 더없이 잘 지내고 있다고 말씀드렸잖아요."

"그럼 대체 그런 말도 안 되는 말을 하는 이유가 뭐니? 이 어미를 놀리기라도 하는 거야?"

카린이 재차 진실을 물었다. 이런 상태의 그녀에게 모든 사실을 털어놓아 봤자 통하지 않을 것이 분명했다.

그러니 굳이 이 이상 자세한 설명은 할 필요가 없겠지. 이쯤에서 얼버무리고 넘어가는 것이 좋을 듯싶었다.

"사실대로 말씀드렸을 뿐인데, 믿지 못하시겠다면 어쩔 수 없죠. 그리고 제가 언제 어머니를 놀렸던가요? 어머니께만큼은 늘 진실만 말했다고 생각했는데."

두 번이나 제 말을 부정한 카린에게 아리아가 섭섭하다는 기색을 내비쳤다.

"아, 아니. 그런 뜻이 아니라—"

덕분에 당연히 믿지 못할 상황임에도 불구하고 카린은 괜히 아리아에게 미안해졌다.

'무슨 다른 뜻이 있는 건가······? 하긴, 어릴 때는 잠시 철이 없긴 했지만, 돌이켜 보면 늘 속이 깊고 현명한 아이였으니까.'

그렇다고 진짜 미래에서 온 아이들일 리는 없을 테니, 필시 대답 속에 중요한 뜻이 숨겨져 있으리라.

짧은 시간 사이에 그리 오해한 카린이 고개를 끄덕이며 알아서 납득했다. 애초에 취한 상태의 그녀는 이 이상의 심오한 고민을 할 수 없기도 없었다.

"다, 당연히 믿는다는 뜻이지! 좋아. 그렇다는 말이지? 흐음, 손녀가 둘이나 생겨서 갑작스럽지만 그럼 이 할머니가 손녀들과 놀아 줘야겠는데?"

으응?! 할머니?! 믿는 거야?!

그때까지 경악에 차 있던 블리스가 더더욱 경악했다. 큰 의문 없이 아리아의 말을 넘기겠다는 카린에 리페마저 눈을 휘둥그레 떴다.

그런 리페와 눈이 마주친 아리아가 괜한 소리 하지 말자는 듯, 천천히 고개를 저었다.

"뭘 하고 놀아야 잘 놀았다고 소문이 나지? 애들이랑은 놀아 본 적이 별로 없어서 말이야. 아! 유령 놀이는 어떠니?"

물어봐 놓고는 대답도 듣지 않고 유령 놀이로 결정을 내린 카린이 주변을 두리번거리다가 찾은 하얀색 천을 머리에 뒤집어썼다.

"후후후, 잡히면 잡아먹을 테야. 어서 도망가렴, 귀여운 아가들아."

그러고는 친절하게 도망치라는 경고까지 하여 얼떨결에 블리스와 리페가 도망치도록 만들었다. 두 아이 다 이게 무슨 영문인지 모르겠다는 얼굴이었다.

그럼에도 '으흐흐' 기괴한 웃음소리를 내며 뒤를 쫓는 카린 때문에 바삐 도망칠 수밖엔 없었다.

그 사이에서 목적을 달성한 아리아만이 속물적으로 보이는 겉모습과는 달리 여전히 순수한 제 어미를 보며 복잡한 미소를 지었다.

* * *

유령 놀이는 술에 취해 열이 오른 카린이 다시 지쳐 곯아떨어진 뒤에야 끝이 났다.

물론 그 시간이 꽤 길었기에 덩달아 지친 블리스와 리페가 소파에 널브러졌다.

잠이라도 자는 듯 눈을 감고 새근새근 고른 숨소리를 내뱉었기에, 그제야 하인들을 부른 아리아가 아이들을 방으로 옮기라고 지시했다.

"깨어나면 바로 마실 수 있게, 아이들의 방에 얼음을 넣은 차가운 물을 준비해 두렴."

"예, 황태자비 전하."

"그리고 사탕이나 초콜릿도 마련해 둬. 실컷 뛰어놀았으니 깨어나면 아마 배가 고플 거야."

"그리하겠습니다."

하인들에게 당부를 마친 아리아가 침대에 누워 곤히 잠이 든 블리스를 물끄러미 응시하다가 조용히 방을 나섰다.

탁, 문이 닫힘과 동시에 자는 줄만 알았던 블리스가 번쩍 눈을 떴다. 그러고는 곧장 리페의 방으로 공간을 이동했다.

"리페, 리페! 자? 자는 거야?! 리페!"

"……자고 싶었는데 너 때문에 다 깼어."

말은 그리했지만, 자지 않았던 것은 마찬가지인지, 리페가 말똥말똥 뜬 눈으로 침대에서 일어났다. 그에 블리스가 동생의 옷을 붙잡고는 더듬더듬 물었다.

"설, 설마 말이야. 엄마가 다 아시는 건 아니지?! 응?! 아까 대체 왜 그런 소리를 했던 걸까?! 응?!"

하늘이라도 무너진 듯한 얼굴이었다. 어찌나 힘을 꽉 주었는지, 옷도 망가지기 일보 직전이었다.

드디어 알아챈 모양인데, 아니, 이런 상황까지 닥쳤는데 모르면 진심으로 바보일 테니 당연한 결과겠지만, 어쩔까.

애간장을 태울까 말까 잠시 고민하던 리페가 제 옷을 붙든 블리스의 손을 툭툭 쳐 내며 심드렁하게 대답했다.

"아닐 리가 있겠어? 당연히 다 알고 계시지. 늘 그랬잖아."

블리스는 무슨 일이 생기면 가장 늦게 알아채고, 대놓고 언급하기 전까지는 눈치채지 못하는 성격이었다.

아니나 다를까, 아리아가 이미 모든 사실을 알고 있다는 고백에 블리스가 작은 손으로 입까지 가리며 충격을 금치 못했다.

"어, 어, 어, 언제부터?!"

"거의 처음?"

"히이익?!"

기겁한 블리스가 발라당 뒤로 넘어갔다. 다행히 넓고 폭신한 침대 위라 다치는 일은 없었다.

놀란 마음을 진정시킬 새도 없이, 다시 벌떡 일어난 블리스가 손을 바들바들 떨며 리페에게 물었다.

"그, 그, 그, 그럼 엄마는, 엄마는 어떻게 하겠대……?! 왜 날 가만히 두는 거야……?!"

어휴, 어떻게 이렇게 둔할 수가 있지? 새삼스러웠지만 다시금 블리스의 성격에 탄식한 리페가 혀를 차며 대답했다.

"지금 네 상태를 보면 답이 나오잖아."

"무슨 말이야, 리페!"

정확한 대답이었으나, 아무것도 모르는 블리스에게는 영문을 모를 소리였다. 블리스는 빨리 제대로 말해 달라며 리페의 코앞까지 다가갔다.

필요 이상으로 가까운 거리에 미간을 찌푸린 리페가 다시금 블리스를 밀어내며 대답했다.

"너, 요즘 몸이 건강하지 않아? 지금도 한참이나 놀았는데 능력을 사용해도 멀쩡하잖아."

"……어, 어……? 그게 무슨 말이야, 리페?"

얼빠진 얼굴하고는. 역시 정확히 말해 주지 않으면 통하지 않는 모양이었다. 더는 이 답답한 대화를 이어 나가고 싶지 않은 리페가 어쩔 수 없다는 듯 입을 열었다.

"어머니께서 방법을 찾으셨어. 우리가 건강하게 태어날 수 있는 방법을. 어떤 병이든 다 치료할 수 있는 호숫물이래. 너는 그 물을 얼마 전에 마셨고."

그래서 튼튼하잖아? 덧붙이는 리페의 말에 멍하니 눈을 끔뻑이던 블리스가 제 손바닥을 내려다보았다.

그러고 보니, 하루의 대부분을 골골대던 평소와는 달리, 얼마 전부터 몸 상태가 급격하게 좋아졌다.

마냥 좋아서 신경 쓰지 않았었는데. 방법이라는 것이 있으리라 생각지도 못했다.

믿기지 않는지 손을 쥐었다 펴기를 반복하는 블리스를 팔짱을 낀 리페가 타박했다.

"너, 미래의 일을 고백한다고 정말 어머니께서 우리를 낳지 않으실 거라고 생각한 거야? 그럴 리 없잖아? 어머니께서 얼마나 정이 많고, 마음씨 고운 분이신데."

하지만 계속 바보 같다고 타박을 하기에는 블리스의 공이 컸다. 무모하고 어리석었지만, 블리스가 먼 과거로 온 덕분에 모두가 행복해질 방법을 찾지 않았는가.

"흠, 흠. 뭐, 그래도 이번에는 마냥 네가 잘못했다곤 할 수 없겠지. 얼어걸린 것에 가깝지만, 네가 루비를 내쫓고 그 자리를 티아란이 대신해서 호숫물도 찾았으니까."

원래대로라면 황성을 떠났을 그녀가 계속 이곳에 남은 까닭은 루비가 쫓겨났기 때문이었다.

이는 모두 블리스의 덕분이었다. 시기가 조금만 틀어졌더라도 티아란과 호숫물은 찾을 수 없었을 것이 분명했다.

라고 생각하여 모처럼 잘했다고 칭찬을 했거늘. 그때까지 얼이 빠져 있던 블리스가 왈칵 눈물을 터뜨리더니 갑자기 모습을 감췄다.

"야, 야! 어디—!"

가냐고 물었지만, 이미 블리스는 사라진 뒤였다.

게다가 어디에 갔을지 예상이 되었기에, 픽 웃으며 어깨를 으쓱인 리페가 다시 잠이나 자야겠다며 침대에 누웠다.

*　*　*

"어, 엄마!"

다짜고짜 허공에서 나타나 덥석 품에 안긴 블리스에, 놀란 아리아가 숨을 삼켰다.

"엄마, 엄마아, 엄마아아……! 으허헝!"

반응을 보아하니 드디어 모든 사실을 깨달은 모양이었다.

차를 타 오라며 막 하인을 내보낸 참이었기에 참으로 다행이라며 가볍게 한숨을 내쉰 아리아가 블리스의 등을 토닥였다.

"미안해, 미안해에……! 나 때문에 힘들고, 귀찮고오……!"

다시금 눈물 섞인 사과가 시작되었다. 아리아의 손이 블리스의 입을 가볍게 덮었다.

놀란 아이의 눈이 휘둥그레 커졌다. 그런 블리스의 눈을 가만히 응시한 아리아가 천천히 고개를 저었다.

"미안해할 필요 없단다. 네 덕분에 방법을 찾았으니까. 우리 모두 힘들지 않을 미래도."

눈물을 그치게 할 생각으로 꺼낸 말인데, 불행히도 블리스의 눈에 눈물이 한가득 차올랐다.

입을 막았던 손으로 눈물을 닦아 주자, 히끅, 딸꾹질한 블리스가 그치만이라며 반박했다.

"허락도 받지 않고 과거로 온 데다가, 리페한테 물어보지도 않고 마음대로 사라지려고 했는데도……?"

아주 잘 알고 있었네. 덮어 줄 수 없는 잘못을 꺼낸 블리스에 아리아가 쓰게 웃었다.

"그건 지금의 내가 화를 낼 문제가 아니니까. 사과는 미래의 내게 하렴. 아마도 불같이 화를 내겠지."

"……힝."

블리스가 침울함을 숨기지 못했다. 다행히 눈물은 그친 뒤였다.

"하지만 이제 미래는 바뀔 테고, 리페와 너를 제외하고는 지금 이 순간을 기억하지 못할 수도 있으니, 아직 기회는 많지 않겠니?"

"기회……?"

무슨 기회? 영문을 모르겠다는 얼굴을 아리아가 조심스레 쓸었다.

"더는 이런 무모한 행동을 하지 않을 기회. 그리고 혼자서 스스로를 희생할 결심을 하지 않을 기회. 널 사랑하는 사람들이 슬퍼하지 않도록 말이야."

꼭 그렇게 하겠다며 다시 덥석 안겨 들 거라고 생각했는데. 손가락을 꼼지락대며 우물쭈물 아랫입술만 씹던 블리스가 자신이 없다는 듯한 목소리로 되물었다.

"내, 내가 그럴 수 있을까……? 맨날 사고 치고, 방해만 되는데……?"

얼떨결이기는 하지만, 대단한 결과를 낳았으면서 아직도 자각이 없는 모양이었다.

아니, 어쩌면 그간 천덕꾸러기 취급만 받아 왔기 때문에 당연한 일일지도 모른다.

　무모한 천덕꾸러기에, 과거를 바꾸지 않으면 행복하게 살 수 없는 아이. 어쩜 이리도 자신을 쏙 빼닮았을까.

　모든 운명이 자신과 닮은 블리스였기에, 아리아는 마음을 주지 않을 수가 없었다.

　"그럼. 누구 딸인데. 그리고 블리스 네가 날, 내 미래를 구원해 주었잖니."

　이보다 더 확실한 대답은 없었다. 말이 끝나기도 전에 다시 눈물을 왈칵 터뜨린 블리스가 아리아의 품을 파고들었다.

　"나, 나아, 앞으로 사고 치지 않을 거야⋯⋯! 리페처럼 열심히 공부해서 훌륭한 사람이 될 거야! 맨날 맨날 칭찬만 받을 거야⋯⋯!"

　으헝―! 다짐과는 전혀 어울리지 않는 행동에 아리아의 입매가 호선을 그렸다.

　이미 충분히 훌륭하고 칭찬받을 만하니, 부디 지금처럼 착하고 씩씩하게 자라 달라는 목소리가 아리아의 집무실을 울렸다.

6. 안녕

6. 안녕

시간이 유수같이 흘러, 즉위식 당일이 되었다. 짧은 만남의 끝을 알리는 날이기도 했다.

주름 하나 없이 반듯하고 우아한 예복을 갖춘 아스가 막 장신구를 착용하려던 아리아의 드레스 룸을 찾았다.

"잠시 할 이야기가 있으니, 그건 나중으로 하지."

새 황제가 될 아스의 지시에 시종들이 정중히 허리를 숙이고는 조용히 방을 빠져나갔다.

아직 치장을 다 마치지 않았기에 무슨 일이냐며 아리아가 눈으로 아스에게 물었다.

"실은 제가 따로 준비한 것이 있습니다."

대답한 아스가 벨벳으로 감싼 상자를 열어 보였다. 안에는 아리아의 눈동자 색을 빼닮은 목걸이와 귀걸이, 그리고 티아라가 들어 있었다.

"마음에 들지 않으실 수도 있으니, 미리 보여 드렸어야 했는데. 뜻밖의 일들이 많아 늦어졌습니다. 사과드립니다."

선택권을 주겠다는 말투였으나, 불안해하는 기색은 없었다.

장신구 하나하나에 공을 들여 아름다운 것은 둘째 치고, 아리아가 제 선물을 거절할 리 없으리라는 걸 알고 있었기에.

미소 지은 아리아가 자신의 머리카락을 한쪽으로 넘기며 말했다.

"아스 님께서 손수 채워 주신다면 마음에 들 것 같기도 하네요."

"그런 영광스러운 일까지 맡겨 주신다니, 이 기쁜 마음을 무어라 표현할 길이 없습니다."

과장스레 대답한 아스가 아리아의 뒤에 자리했다. 그러고는 손수 주문한 목걸이를 걸어 주려 손을 뻗었을 때였다.

문득 아스의 눈에 아리아의 목덜미가 들어왔다. 매일 보았건만, 새삼스럽게도 무척이나 가녀려 보였다.

'……이렇게나 여린 몸으로 그 많은 일을 해 왔다니.'

대단하기도 하고, 미안하기도 하고, 안쓰럽기도 하고. 참으로 여러 가지 감정이 들었다. 그리고 개중 가장 큰 감정은 존경심이었다.

차마 말로는 다 표현할 수 없는 감정에 사로잡힌 아스는, 아리아의 어깨를 감싸 안으며 목덜미에 입을 맞췄다.

"아스 님?"

"저를 선택해 주셔서 감사합니다."

진심이 느껴지는 목소리였다. 그의 마음을 모르지 않았기에, 아리아는 대답 대신 자신을 감싼 그의 팔을 소중히 안았다.

"그러고 보니 곧 아이들이 돌아가겠군요. 아쉽지 않으십니까?"

"전혀요. 다시 만나게 될 테니 기대될 뿐이죠. 아이들도, 엄마가 된 저도, 아빠가 된 아스 님도. 그렇지 않나요?"

아이를 가지게 되리라고는 꿈에도 상상하지 못했는데. 몸을 희생
당하고도 저토록 사랑스럽게 키운 것을 보면, 크나큰 기쁨이 기다
리고 있을 것이 분명했다.

"맞는 말씀입니다."

부드럽게 웃는 아스에, 아리아 역시 따라 웃었다. 전쟁 같았던
과거는 전혀 떠올릴 수 없이 평화롭고 소중한 기분이었다.

두 사람은 잠시 서로의 체온과 마음을 느끼다가, 애정을 확인하
기라도 하듯 가볍게 입술을 포갰다.

이제 더는 시끄러울 일이 없을 것만 같았다. 뜻밖의 손님이 나타
나기 전까지는 그렇게 생각했다.

"나도 그렇게 생각해! ……요!"

오랜만에 가져 보는 조용한 분위기를 깨고, 드레스 룸 구석에서
블리스와 리페가 나타났다.

"나도, 나도 너무너무 기대돼! 요."

참으로 요상한 말투를 구사한 블리스가 가슴 앞에서 두 주먹을
불끈 쥐고 힘차게 외쳤다.

앞으로 훌륭한 사람이 되겠다고 다짐한 블리스 나름의 노력이었다.

지적할 것이 한두 개가 아니었고, 아직 한참이나 부족했지만, 시
작이 반이었다.

자신을 몹시도 닮은 아이이니, 필시 언젠가 현명한 어른이 되리
라 생각한 아리아가 두 팔을 벌려 블리스를 품에 안았다.

"세상에나, 예쁘기도 하지. 화동 복장이 참으로 잘 어울리는구
나. 혹시 보여 주러 온 거니?"

"응! 맞아! ……요! 보여 주고 싶어서 왔는데, 아빠랑 엄마랑 중요한 얘기를 하고 있어서 기다리고 있었어. 요!"

잘했지? 블리스가 히히 웃었다. 대화는 참았지만, 분위기를 잡는 것은 참지 못한 모양이었다.

너무 어려서 대화가 끝나면 끝인 줄 알았는지도. 아직 할 일이 많이 남은 것도 모르고.

하지만 그건 아이들이 미래로 돌아간 뒤에 해도 늦지 않은 일(?)이었다. 아리아가 잘했다며 블리스의 머리를 쓰다듬었다.

"착하기도 하지. 앞으로 조금만 더 인내심을 키우면 되겠구나."

그렇다고 아쉽지 않은 것은 아니었기에, 한마디 보태자 알겠다는 듯 블리스가 응! 고개를 끄덕였다.

그 뒤에서 리페가 '저는 조금 더 기다리자고 말렸습니다.'라는 표정으로 입술을 삐죽였다.

"응! 꼭 더 인내심을 키울게! 그리고 책도 많이 읽고, 아프다고 수업도 안 빠지고, 숙제도 잘하고, 아침에 일찍 일어나고, 그리고 또……!"

그러거나 말거나, 블리스가 주절주절 말을 이었다. 아주 쉽고 별 것 아닌 다짐이었다.

손가락까지 접어 가며 그런 사소한 것들로 한참이나 말을 잇던 블리스는 드디어 다 정리되었다며 배시시 웃었다.

"그러니까 꼭, 꼭 나 낳아 줘. 나아, 다 기억하고 있으니까, 지금처럼 바보 같지 않게, 방해되지 않게 열심히 노력할게! 요!"

그러지 않아도 충분하지만, 굳은 다짐을 한 블리스에게 필요한 대답은 그런 것이 아니었다.

"기대하고 있을게. 미래에서 너희 둘을 다시 만나게 되는 그날을."

대답이 끝나기도 전에 블리스가 아리아의 품에 안겼고, 눈시울을 붉힌 리페 역시 주춤주춤 다가와 아리아의 팔을 붙들었다.

곧 즉위식이 시작될 터이니 복장에 흐트러짐이 없도록 부동자세로 서 있어도 모자라거늘.

그런 것을 신경 쓰는 사람은 없다는 듯, 부둥켜안은 세 모녀를 아스의 너른 팔이 단단하게 감싸 안았다.

* * *

참으로 많은 일이 있었음에도, 즉위식은 예정대로 성대하고 웅장하게 치러졌다.

역대 최강의 황권을 거머쥠과 동시에 제국민들의 안녕까지 두루두루 도모한 새 황제와 황후였기에 당연한 일이었다.

짧게나마 마차를 타고 황성 주변을 도는 사이, 귀가 터질 것만 같은 함성이 아스와 아리아를 덮쳤다.

"걱정은 조금 끼쳤지만 나, 과거로 오길 잘한 것 같아. 그치?"

얼굴을 가린 채 아리아와 아스가 황성으로 돌아오기를 기다리던 블리스가 옆에 나란히 선 리페에게 작게 속삭였다.

조금이라니. 무슨 그런 섭섭한 소리를. 한마디 해 주고 싶은 리페였으나, 블리스 덕분에 모든 일이 잘 풀린 참이었다.

더불어 생각지도 못한 즉위식까지 눈앞에서 보게 되었으니, 더더욱 할 말이 없었다.

마지못했지만, 리페가 작게 고개를 끄덕이며 긍정을 표했다.

"……아니라곤 할 수 없겠지. 이번만큼은 네게 고맙다고 해 둘게."

"히히히."

블리스와 리페가 조금은 솔직해진 사이, 황성 정원에서 대기 중이던 악단이 연주를 시작했다. 새 황제와 황후가 탄 마차가 돌아왔음을 알리는 음악이었다.

아직 마차에서 내리지 않아 예를 갖추라는 말을 하지 않았음에도, 즉위식 회장에 있던 모두가 코가 땅에 닿을 정도로 고개를 숙여 두 사람의 입장을 기다렸다.

"어쩜, 아리아가 황후가 되다니……! 아직도 믿기지 않아요."

기쁜 것을 넘어 무섭기까지 하니, 꿈이라면 제발 깨워 달라며 카린이 클로이의 팔을 흔들었다.

"아니, 꿈이 아니야. 어려운 상황 속에서도 당신이 놓지 않고 보듬은 아이가 정말 황후가 되었어. 나는 카린 역시 모두에게 칭송받아야 마땅하다고 생각해."

주접을 떤 클로이가 카린의 뺨을 가볍게 꼬집었다. 혹여나 아플까 봐 너무 살살 꼬집어 꿈인지 생시인지 구분이 되지 않았지만, 덕분에 더더욱 감동한 카린이 클로이의 손가락을 살포시 잡았다.

"……하! 경이 이렇게 될 줄은 꿈에도 몰랐어. 전과는 다른 의미로 크로아의 미래가 걱정되는군."

그 모습을 지켜보던 로한이 웃음도 나오지 않는다며 질색했다.

혹여나 클로이가 목숨을 끊을까 봐 전전긍긍하던 선대 후작이 가엾어 그를 힐끗 쳐다봤으나, 그 역시 클로이와 별반 다를 바 없는 상태였다.

로한이 윽 소리와 함께 다시 절레절레 고개를 저었다.

"하여간, 피아스트 후작 가문의 작자들이란. 하나같이 저러고 있다니, 으휴."

쯧쯧, 잠시 혀를 차던 로한은 다시 웃음을 머금으며 더는 걱정할 일이 없어진 제 친우가 입장할 문으로 시선을 돌렸다.

얼마 뒤, 모두의 기대를 한몸에 업은 아스와 아리아가 즉위식 회장에 모습을 드러냈다.

새 황제가 선두에, 황후가 그 뒤를 따르는 것이 원칙이었지만, 자신보다 아리아의 공이 더 크다는 아스의 주장과 이를 납득한 이들로 인해 두 사람은 손을 잡고 나란히 황제의 좌까지 걷게 되었다.

꽤 긴 그 길을 걸으며 아리아가 긴장하지 않은 까닭은 맞잡은 크고 따뜻한 손 덕분이었다.

아스 역시 자신을 구원해 준 소중한 존재인 아리아가 곁에 있었기에 황제로서의 위엄을 잃지 않고 황좌까지 다다를 수 있었다.

칩거해 버린 선대 황제를 대신하여 왕관을 건네는 이는 황성 최고 관리였다. 예법대로 최고 관리가 왕관을 들어 새 황제의 머리에 씌우려는데, 아스가 손을 들어 이를 제지했다.

"씌워 줬으면 하는 사람이 따로 있어."

그의 시선은 당연하게도 아리아에게 향해 있었다. 전례가 없는 일도 아니었기에 그럴 줄 알았다며 웃은 아리아가 관리에게서 왕관을 받았다.

그러고는 그녀가 편하도록 자세를 낮춘 아스의 머리 위에 황금색으로 빛나는 왕관을 올렸다.

"저처럼 불행한 아이가 없는 나라로 만들어 줘요."

아리아의 비밀을 알고 있는 아스였기에, 그녀가 무슨 말을 하는지 알 수 있었다. 천천히 내리는 아리아의 손을 잡은 그가 손등에 입을 맞추며 대답했다.

"늘 그랬듯, 저 혼자서는 역부족일 것 같으니, 함께해 주시기를 간청합니다."

진심이었으나, 참으로 겸손하다며 아리아가 사르르 웃었다.

그 뒤, 두 사람이 함께 성수를 나눠 마심과 동시에 새 황제와 황후가 즉위했음을 알리는 목소리가 홀 안에 널리 퍼졌다.

기다렸다는 듯 곳곳에 자리한 화동들과 블리스, 리페가 꽃잎을 흩뿌렸다.

참석자들은 차마 기쁨의 감탄사를 숨기지 못했다. 엉엉 우는 이도 있었다. 다름 아닌 애니였다.

다행히 근처에 자리한 사라와 제시, 카린과 바이올렛 역시 손수건으로 눈물을 닦고 있었기에, 홀로 눈에 띄는 일은 없었다.

"그럼 이제 우리는 갈까?"

할 일을 마친 리페가 텅 빈 바구니를 팔에 낀 블리스의 손을 잡으며 물었다. 미련 따윈 전혀 남아 있지 않은 얼굴의 블리스가 세차게 고개를 끄덕였다.

"웅! 엄마, 아빠. 안녕. ……미래에서 기다리고 있을게, 요."

아주 작은 목소리였지만, 블리스의 목소리를 들은 아리아가 고개를 돌렸다.

하지만 그곳엔 이미 아무도 없었다. 그저 방금 전까지 누군가가 있었단 게 거짓이 아니라는 듯 텅 빈 꽃바구니 두 개만 놓여 있을 뿐이었다.

그것을 주워 든 아리아가 아이들도 이미 알고 있을 대답을 뒤늦게 내놓았다.

"그래, 미래에서 보자."

* * *

주변을 맴돌며 소란을 피우던 블리스와 리페가 돌아갔다고 하여 한가해진 것은 아니었다.

이제부터가 시작이었다. 즉위식 직후에 열린 연회에서 아리아는 만인의 앞에 나와 축사를 읊었다.

"실은 얼마 전, 꿈에 웅장한 빛이 찾아왔습니다. 훌륭한 황제가 즉위하게 되었으니, 그에 걸맞는 힘을 주겠다고 하였죠."

평소 아리아의 언변을 생각하면 의외로 뻔한 축사였다. 그렇다고 실망한 것은 아니었다.

뒤에 이어질 문장이 '그 힘이 바로 나야. 황제와 함께할 황후.'라고 예상한 청중들이 괜히 간질거리는 마음을 숨기지 못하고 입꼬리를 올렸다.

암, 오늘만큼은 이런 축사도 나쁘지 않지.

"그리하여 빛이 점지해 준 곳을 찾아보았습니다. 그리고 그곳에서 정말 힘을 찾았지요. 이 세상을 구원해 줄 힘을."

음? 갑자기 대체 무슨 소리지? 전혀 예상하지 못한 뒷말에 모두의 웃음기가 사라졌다.

진부한 이야기를 할 줄 알았는데, 예상을 뛰어넘다 못해 이해할 수 없는 소리를 하고 있지 않은가.

부드러운 웃음을 짓던 청중들은 어느새 자신이 놓친 이야기가 있나 싶어 아리아의 말에 집중했다.

사실 아까부터 집중하고 있었지만, 그녀가 허튼 말을 하는 사람이 아니라는 것을 알았기에 스스로를 탓하고 정신을 바짝 차렸다.

"신께서 황제 폐하의 즉위를 축복하신 게 아닐까 싶어, 그곳에 신전을 지었습니다. 곧 모두가 그 힘을 확인할 수 있겠지요."

하지만 끝까지 경청하여도 도무지 알 수 없었다. 다들 고개를 갸웃대며 아리아의 말뜻을 추측하려는데, 청중들 사이에 있던 한 귀족 남성이 호탕한 웃음을 터뜨렸다.

"황제 폐하의 즉위를 그렇게 표현하시다니, 참으로 낭만적이십니다. 황후 전하."

결국 아리아의 축사를 추상적인 비유로 이해했다는 말이었다. 황제나 왕을 신격화시키는 것은 드문 일도 아니니, 당연한 반응이기도 했다.

그의 해석이 옳다고 판단한 건지, 연회장에 점차 가벼운 웃음이 퍼져 나갔다.

"글쎄요. 전 그리 낭만적인 사람이 아닌데."

그를 향해 아리아가 의미심장한 미소를 지었다. 하지만 몹시도 찰나였기에 알아채는 사람은 그녀의 곁에 있던 아스 외엔 없었다.

* * *

얼마 뒤, 수도에 이상한 소문이 돌았다. 당장 죽어도 이상하지 않던 거리의 부랑자가 건강해져 돌아왔다는 소문이었다.

"그것뿐만이 아니야! 어릴 때 당한 마차 사고로 걷기는커녕, 잘 서지도 못했던 토퍼 그놈도 멀쩡하게 걸어 다녔다니까?!"

"에이, 말도 안 되는 소리를! 돈이 없어 치료도 못 받고 집에만 처박혀 있던 그 토퍼가?"

아는 사람의 이야기까지 화제에 오르자, 이야기를 듣던 남성이 말도 안 되는 소리 하지 말라는 듯 손을 내저었다.

제 부인이 직접 보았다고 해도 믿지 않았다. 애초에 남자는 토퍼가 사고를 당했을 당시를 기억하고 있었으니까. 그래서 계속해서 부인의 말을 부정하던 그때였다.

"내 얘기를 하는 중이었던 모양이군. 하하!"

화제의 주인공인 토퍼가 직접 모습을 나타냈다. 남자의 시선이 곧장 토퍼의 다리로 향했다.

몇십 년을 제대로 걷지 못한 탓에 근육이 없어 가녀렸던 그가 정말 자신의 힘으로 굳건히 대지를 밟고 있었다.

"아, 아니! 이게 도대체 어떻게 된 일인가……?!"

그 토퍼가 혼자 힘으로 서 있다니. 남자는 말도 제대로 나오지 않았다.

퍽 신경질적이었던 과거와는 다르게 자애로운 미소를 지은 토퍼가 천천히 입을 열었다.

"황제 폐하의 즉위식 날, 황후 전하께서 하셨다던 말 기억하나? 빛이 힘을 주고 갔다고 하셨다잖아."

"기, 기억하는데 그게 무슨 상관인데?!"

본론이나 말할 것이지. 뚱딴지같은 소리를 하여 남자가 발끈했다. 더는 그의 성격이 나빠지지 않도록 토퍼가 바로 본론을 꺼냈다.

"그 힘으로 나았다네. 대충 비유한 말인 줄 알았는데, 정말 존재하는 힘이었어! 신께서 황제 폐하와 황후 전하를 축복하신 게지!"

"뭐어?! 그게, 그게 말이 돼?!"

"말이 되지! 지금 이 내가 멀쩡히 걷고 있지 않은가!"

건강해진 다리를 여기저기 자랑하려는 모양인지, 하하하! 크게 웃은 토퍼가 훌쩍 다른 곳으로 이동했다.

기적을 겪은 사람은 토퍼뿐만이 아니었다. 소문의 부랑자는 물론이고, 뒷골목의 케인, 목장의 리리, 농장의 스칼렛 등등.

병으로 고통받았던 적지 않은 숫자의 사람들이 언제 그랬냐는 듯 건강해져서 나타났다.

"아니, 그럼 황후 전하께서 말씀하셨던 게 진짜였어……?! 게다가 일 년 치 소득을 지불하면 누구든 가리지 않고 치료해 주신다고?!"

일 년 치 소득이라고 하여 얼핏 비싸다고 느낄 수도 있겠지만, 자세히 따져 보면 무료나 다름없었다.

선별한 환자들은 일할 수 없는 심각한 상태였기에, 애초에 소득이 없었기 때문이다.

반면 귀족의 경우는 달랐다. 영지와 부동산, 사업체를 가지고 있는 그들은 몸을 움직일 수 없어도 거액의 돈이 들어왔다.

그러니 어쩌면 불합리하다고 생각할 수 있겠지만, 돈으로도 가질 수 없었던 건강을 갖게 해 주겠다는데, 불만이 생길 리가 없었다.

오히려 제발 자신들을 간택해 달라며 일 년이 아닌, 십 년 치 재산을 주겠다고 비는 이들도 있었다.

물론 불만이 전혀 없는 것은 아니었다. 제국의 황후가 죽어 가는 자를 살리는 힘을 갖고 있다는 소문이 타국까지 퍼지자, 화가 머리 끝까지 난 로한이 한걸음에 제국으로 달려왔다.

"어떻게 내게 한마디 말도 안 할 수가 있지? 내가 두 사람을 위해 얼마나 열심히 발 벗고 뛰었는데!"

최소한 자신에게는 언질을 주었어야 하는 게 아니냐며 로한이 아스에게 분개했다.

사실 이번 일의 주도자는 아리아였지만, 오랜 친우인 아스가 더 만만했기에 그를 탓했다.

"좋아요. 그럼 앞으로 크로아의 국민도 혜택을 받을 수 있게 해드리죠. 위중한 자들부터 환자 선별은 거쳐야 하지만요."

"진심으로?!"

순순히 힘을 나누어주겠다는 말에 로한이 성큼 아리아에게 다가섰다. 그것이 몹시도 가까웠기에 서둘러 사이에 끼어든 아스가 있는 힘껏 로한의 어깨를 밀었다.

덕분에 넘어질 뻔한 로한이었으나, 그런 것은 신경도 쓰이지 않는다는 듯 그가 다시 아리아에게 달려왔다.

그리고 다행히 먼 길을 달려온 보답을 받을 수 있었다.

"예. 정말이요. 그 대신, 제국과 동맹국이 된다는 약조를 하신다면."

"동맹국이 된다는 약조라니! 우린 이미 동맹이 아니었던가? 황후께서 크로아의 별이시니 우리는 한 몸이나 다름없지!"

그러니 굳이 다시 약조할 필요가 있냐는 물음을 무시한 아리아가 제시에게 손짓했다. 그에 제시가 서둘러 두꺼운 서류 더미를 가져왔다.

그 두께만으로도·어쩐지 크로아에 불리한 조항이 수없이 많을 것만 같았다.

"천천히 검토하시고 답변은 차후에 하셔도 괜찮습니다. 로한 님의 말씀대로, 제국과 크로아는 이미 가까운 사이이니 어려울 것 없는 내용이기는 하겠지만요."

"하, 철저하기도 하시군. ……좋아. 이 정도 두께라면 천천히 읽지 않을 수가 없겠어."

"타국의 절반도 되지 않는 간단한 내용이니 너무 마음 쓰지 마시기를."

"……말씀은 기꺼우나, 그건 내용을 읽어 봐야 알겠지."

원하는 것을 바로 얻을 수 있게 되었음에도 로한이 쌀쌀맞은 기색을 남긴 채 제국을 떠났다.

동맹국이 되겠다는 내용의 서신이 도착한 것은 그로부터 열흘이 지난 뒤였다.

형식적인 내용만 있을 뿐, 특별히 크로아에게 불리한 점이 없었기에 당연한 일이었다.

덕분에 서신에 적힌 로한의 글씨가 신이 나 있었다.

「이런 내용을 굳이 서류로 작성하고, 그 누구에게도 말하지 말라고 한 까닭을 알겠군. 황후께선 크로아를 시작으로 타국을 압박할 생각이신 거야.」

로한의 말이 정답이었다. 아리아는 타국을 견제하기 위해 불합리한 조건을 제시할 예정이었다.

누구든 죽지만 않으면 건강하게 만들 힘이라니, 전쟁으로 크나큰 희생을 불사하더라도 빼앗고 싶을 것이다.

제국은 이미 대단한 무력을 지닌 나라이기는 하였으나, 타국들이 힘을 합친다면 이야기가 달라진다.

그러니 그러한 말이 나오기 전에 조약으로 묶어 둘 필요가 있었다. 크로아가 시작을 끊었으니, 필시 조금 불합리한 조건을 제시해도 거절하지 못하겠지.

「역시 제국에 있기엔 너무 아까워. 크로아의 피를 이었으니, 크로아로 오는 게 어떠신지?」

로한이 덧붙인 쓸데없는 내용을 읽은 아리아가 어쩐지 한기가 드는 몸을 손으로 쓸었다.

그러자 옆에 있던 아스가 제 외투를 벗어 아리아의 어깨에 걸쳐 주었다.

"날이 춥지 않은데, 추위를 느끼시는 모양입니다. 몸이 안 좋으신 건 아닌지 걱정이 되는군요."

진중한 얼굴을 지운 아리아가 부드럽게 웃으며 고개를 끄덕였다.

"그런 것 같네요. 사실 최근 들어 종종 오한을 느꼈거든요. 피곤하기도 하고."

"남편이 누군지는 모르겠지만, 자격이 없군요. 이렇게 사랑스러운 부인이 아픈 줄도 모르고."

용서라도 해 달라는 뜻인지, 아스가 아리아의 이마에 입을 맞췄다.

어쩐지 어리광을 피우고 싶어진 아리아가 아스의 넓은 가슴에 기댄 채 눈을 감았다.

"그럼 그 자격 없는 분께 전해 주시겠어요? 부인께서 피로하여 이만 침실로 가고 싶으니, 데려다주었으면 좋겠다고."

오늘만큼은 저녁을 대충 침실에서 먹고, 산책도 거른 채 곧장 아스를 안고 자고 싶었다.

점점 더 피로가 몰려와 늘어진 말꼬리가 귀여웠는지 피식 웃은 아스가 아리아를 고쳐 안았다.

"영광입니다, 황후 전하."

잠시 뒤, 풍경이 아리아의 집무실에서 침실로 바뀌었다. 아리아는 몹시도 피곤했는지 침대에 눕자마자 눈을 감았다.

"저녁은 드셔야 하지 않겠습니까. 몸 상하십니다."

"……."

걱정된 아스가 가볍게 어깨를 흔들며 말을 걸었음에도 미동이 없었다.

그제야 그는 아리아의 상태가 평소와는 전혀 다르다는 것을 깨닫고는 조금 거친 손길로 그녀를 깨웠다.

"아리아 님, 아리아 님! 일어나 보십시오! 아리아?!"

"……아스 님, 저…… 피곤해요…….."

다행히 기절한 것은 아닌지 대답은 있었지만, 어딜 어떻게 보아도 아픈 사람 같았다.

다시 스르륵 눈을 감는 아리아에, 마음이 급해진 아스가 서둘러 의사를 불렀다.

그에 한걸음에 침실로 달려온 주치의는 아리아의 상태를 면밀하게 확인하고는, 당황한 기색을 감추지 못했다.

"……어? 세, 세상에."

"왜! 무슨 일이지? 대체 왜 이렇게 몸 상태가 좋지 않은 거야!"

덕분에 아스의 마음이 더욱더 다급해졌다. 혹여나 큰 병에 걸린 것은 아니겠지.

다행히 호숫물이 있으니 마시면 치유가 되겠지만, 그러기까지 찰나의 시간 동안 아리아가 고통을 느낄 것이라고 생각하니 마음이 찢어졌다.

"황후 전하께서, 아기씨를 가지신 것 같습니다."

"……뭐?"

하지만 돌아온 대답은 완전히 예상외의 것이었다. 아스가 얼빠진 목소리로 되물었다.

"아기씨라니. 설마, 설마 임신을……?"

"예! 착각인가 싶어서 몇 번이나 확인했는데, 확실합니다! 축하드립니다, 황제 폐하!"

블리스와 리페가 돌아간 지도 벌써 꽤 되어 전혀 생각지도 못한 사안이었기에 아스는 한동안 아무런 반응도 표하지 못했다.

갑자기 벼락이라도 맞은 느낌이었다. 이미 미래에서 온 아이들을 봤었기에 언젠간 아이를 갖게 되지 않을까 싶었는데, 그게 지금이라니.

파르르 떨리는 눈매를 애써 진정시킨 그가 곤히 잠이 든 아리아의 머리카락을 넘겨 주었다.

그마저도 혹여나 그녀가 잘못되진 않을까 덜컥 겁이 나, 손끝이 떨렸다.

당장 아리아를 위해 뭔가를 해 줘야 할 것 같은데, 무엇을 해야 할지 도무지 떠오르지 않았다.

그렇게 한참을 굳어 있자, 잠깐 정신을 차린 아리아가 반쯤 감긴 눈으로 아스의 손을 잡았다.

"……미안해요. 졸려서. 아까까지만 해도 괜찮았는데, 왜 이러지……."

짧은 말만 남기고 다시 정신을 놓고 잠에 빠지려는 아리아를 아스가 와락 품에 안았다.

"블리스와 리페를…… 곧 만날 수 있게 될 것 같습니다."

* * *

손을 꼭 잡고 함께 미래로 돌아간 블리스와 리페는 한동안 말없이 서로를 응시했다.

새록새록 떠오르는 새로운 기억들이 추억이 되어, 가슴을 벅차게 만들었기 때문이다.

"리페, 나, 나아……! 이제 힘을 사용할 수 없어……!"

눈물을 가득 머금은 채 웃으며 말하는 블리스에, 리페가 자신 역시 그러하다며 고개를 끄덕였다.

"그럼 이제 걸어서 만나러 가야겠네."

"응. 빨리 가자. 나, 엄마한테 하고 싶은 이야기가 너무 많아! 듣고 싶은 이야기도!"

마음이 급해진 블리스가 리페의 손을 끌어당기며 재촉했다.

급한 마음은 리페도 마찬가지였기에 손을 꼭 마주 잡은 자매가 힘차게 땅을 딛고 걸음을 옮기려던 그때였다.

"블리스, 리페. 여기 있었구나. 함께 차를 마시는 게 어떨까 싶어서 찾아가던 참이었는데."

몹시도 익숙한 목소리가 아이들의 발목을 잡았다.

서둘러 돌아보자 과거와 전혀 다르지 않은, 생기 어린 뺨과 반짝반짝 빛나는 눈동자의 아리아가 싱긋 웃으며 두 팔을 벌렸다.

"차를 마신 뒤에 함께 외출하지 않겠니? 플라워마운틴에 새 메뉴가 나왔다고 해서 궁금해졌거든. 아! 차를 마시기 전에 외출하는 편이 좋을—"

지도. 라는 말을 다 끝내기도 전이었다.

"엄마아!"

크게 외친 블리스와 리페가 힘차게 달려와 아리아의 품에 덥석 안겼다. 그 바람에 뒤로 밀려 넘어질 뻔한 아리아를 어느새 나타난 아스가 잡아 주었다.

아까까지 잘 놀고, 잘 먹고, 열심히 공부도 했는데. 아이들이 갑자기 왜 이러는 걸까? 의아해진 아리아가 무슨 일이라도 있었냐며 아스에게 시선을 보냈다. 하지만 그 역시 모르겠다는 듯 어깨만 으쓱일 뿐이었다.

"블리스, 리페. 어디 아프니? 넘어졌어? 둘이 싸운 건 아니겠지?"

아리아가 걱정스레 묻자, 으헝! 블리스가 거친 울음을 토했다. 그에 아리아와 아스의 표정이 심각해졌다. 아무래도 외출은 취소하고 가족끼리 조용한 온실에서 대화를 나눠 봐야 할 것만 같았다.

평소와 다를 바 없는 평화로운 일상이었다.

(악녀는 모래시계를 되돌린다 외전 마침)

작가 후기

안녕하세요. 〈악녀는 모래시계를 되돌린다〉 작가 산소비입니다.

2017년부터 2020년까지, 약 3년이라는 시간을 거쳐 악모래가 드디어 최종 외전까지 완결되었습니다.

그동안 많이 배우고, 행복했고, 또, 즐거웠습니다. 제 인생의 하이라이트라고 해도 과언이 아닐 만큼, 최고의 순간이었습니다.

사실, 누군가에게 소소한 즐거움이 되었으면 좋겠다는 작은 바람으로 쓰기 시작한 악모래가 이토록 많은 사랑을 받아 총 다섯 권의 책으로 만들어질 줄은 꿈에서도 상상하지 못했습니다.

그래서 어떻게 이 마음을 다 표현해야 할까, 감사를 전해야 할까 고민했습니다. 마음 같아서는 한 분 한 분 찾아뵈어 감사를 드리고 싶었지만, 짧은 문장으로밖에 인사를 드리지 못해 늘 죄송했습니다.

그러다가 이렇게 좋은 기회가 생겨 후기 겸 감사의 인사를 드리는 것이 좋겠다고 생각했습니다. 바라던 바를 모두 이뤄 평안할 아리아의 삶을 지켜볼 수 있는 여정은 여기까지이니, 이게 마지막 기회일 테니까요.

오랜 시간, 제가 계속 글을 쓸 수 있게 응원해 주신 독자님들께 진심으로 감사드립니다. 새싹이 양분을 먹고 자라듯, 저 역시 독자님들의 사랑으로 여기까지 올 수 있었습니다. 그리고 한 걸음 더 앞으로 나아갈 힘을 얻었습니다.

그 수많은 응원과 사랑, 모두 잊지 않겠습니다. 늘 기억하여 더 재미있고, 즐거운 이야기를 들려 드릴 수 있도록 노력하고 또 노력하는 산소비가 되겠습니다.

비록 이렇게 글로밖에 마음을 전달할 수 없지만, 항상 건강하시고, 행복하시기를 진심으로 바라겠습니다.

2020년 9월, 다시 만날 날을 고대하는 산소비 올림.

악녀는 모래시계를 되돌린다 외전

1판 1쇄 발행 2020년 9월 29일
1판 3쇄 발행 2022년 1월 5일

지은이 ǀ 산소비
펴낸이 ǀ 신현호
편집장 ǀ 예숙영
편집 ǀ 이혜영
편집디자인 ǀ 한방울
영업 ǀ 김민원
물류 ǀ 이순우 박찬수

펴낸곳 ㈜디앤씨미디어
출판등록 2002년 5월 1일 제117-90-51792호
주소 서울시 구로구 디지털로 26길 111 JnK디지털타워 503호
대표전화 (02)333-2513 팩스 (02)333-2514
전자우편 dncbooks@dncmedia.co.kr
디앤씨북스 블로그 http://blog.naver.com/dncbooks

ISBN 979-11-364-1695-7 04810
ISBN 979-11-364-1697-1 (SET)